Van dezelfde auteur

De dag van de Jakhals
Geheim dossier Odessa
De honden van de oorlog
Het alternatief van de duivel
Het Vierde Protocol
De verrader
Er zijn geen slangen in Ierland
De onderhandelaar
De Vuist van God
Icoon
Het spook van Manhattan
De veteraan
De Wreker
Kwade praktijken

Frederick Forsyth

De Afghaan

A.W. Bruna Uitgevers B.V., Utrecht

Oorspronkelijke titel
The Afghan

Vertaling
Jacques Meerman
Omslagontwerp
Studio Eric Wondergem

ISBN 90 229 9236 5
NUR 332

Deel 1

Stekelrog

1

Als de jonge talib geweten had dat het mobiele telefoongesprek hem het leven zou kosten, zou hij het niet gevoerd hebben. Maar dat wist hij niet; daarom voerde hij het en daarom kwam hij om het leven.

Op 7 juli 2005 lieten 4 jongemannen bij een zelfmoordaanslag in het centrum van Londen hun rugzakken ontploffen. Daarbij kwamen 52 forenzen om en raakten ongeveer 700 mensen gewond. Minstens 100 van hen werden voor het leven invalide.

Drie van de vier waren in Groot-Brittannië geboren en getogen maar zoons van Pakistaanse immigranten. De vierde kwam uit Jamaica, had de Britse nationaliteit en was tot de islam bekeerd. Hij en een van de anderen waren nog geen 20. De derde was 22 en hun leider 30. Ze waren allemaal geradicaliseerd en extreme fanatici geworden – niet in het buitenland maar in het hart van Engeland, waar ze extremistische moskeeën bezochten en naar predikers van hetzelfde slag luisterden.

Binnen 24 uur na de explosie waren ze geïdentificeerd en ze bleken allemaal in en rond de noordelijke stad Leeds te wonen. Ze spraken ook allemaal min of meer Yorkshire-Engels. De aanvoerder was een leraar die met gehandicapte kinderen werkte en Mohammad Siddique Khan heette.

Toen de politie hun huizen en bezittingen uitkamde, vonden ze daar een paar schatten waarover ze niets naar buiten brachten, namelijk vier rekeningen waaruit bleek dat een van de oudsten twee mobiele wegwerpmobieltjes had gekocht. Dat waren tri-bandtoestellen die bijna overal ter wereld bruikbaar zijn en een prepaid simkaart met een waarde van ongeveer twintig pond bevatten. De telefoons waren contant betaald maar ontbraken allemaal. De politie had echter de nummers achterhaald en geregistreerd voor het geval ze ooit nog gebruikt zouden worden.

Ook werd ontdekt dat Siddique Khan en zijn vertrouweling in de groep – een jongen die Shehzad Tanweer heette – in november 2004 naar Pakistan waren gegaan en daar drie maanden waren gebleven. Het bleef onbekend wie ze daar ontmoet hadden, maar na de explosies zond het Arabische televisiestation Al Jazeera een uitdagend videofilmpje uit dat Siddique Khan tijdens de voorbereidingen voor zijn dood gemaakt had. Het was duidelijk bij zijn bezoek aan Islamabad opgenomen.

Pas tegen het eind van 2006 werd bovendien duidelijk dat een van de zelfmoordenaars een 'lelieblanke', niet op te sporen mobiele telefoon meenam en als cadeautje aan zijn organisator en instructeur van Al Qaeda gaf. (De Britse politie had al vastgesteld dat geen van de plegers de technische kennis had om zonder hulp en leiding zelf de bommen te kunnen maken.)

Wie was dat hooggeplaatste Al Qaeda-lid? Dat wist niemand, maar de man had het cadeau als teken van respect doorgegeven aan iemand in de directe omgeving van Osama bin Laden zelf, die zich in de sombere bergen van Zuid-Waziristan langs de Pakistaans-Afghaanse grens ten westen van Pesjawar onvindbaar schuilhield. Het toestel was ongetwijfeld alleen voor noodgevallen bedoeld, want alle Al Qaeda-leden zijn heel voorzichtig met mobiele telefoons, maar de gever kon op dat moment niet vermoed hebben dat de Britse fanaticus dom genoeg was om de rekening op zijn bureau in Leeds te laten liggen.

Bin Ladens directe omgeving bestaat uit vier afdelingen, verantwoordelijk voor operaties, financiën, propaganda en doctrine. Elke afdeling heeft een leider, en alleen Bin Laden en zijn tweede man Ayman al-Zawahiri hebben een hogere rang dan zij. In september 2006 werd de financiële afdeling van de hele terreurorganisatie geleid door Tewfik al-Qur, die net als Al-Zawahiri uit Egypte kwam.

Om redenen die pas later duidelijk werden, bevond Al-Qur zich in september 2006 goed vermomd in de Pakistaanse stad Pesjawar, waar hij niet aan een uitgebreide en gevaarlijke reis buiten de bergvesting begon maar van zo'n reis terugkwam. Hij wachtte op de komst van de gids die hem naar het Wazirigebergte en de sjeik moest brengen.

Vier plaatselijke ijveraars uit de talibanbeweging hadden de taak gekregen hem tijdens zijn verblijf in Pesjawar te beschermen. Zoals alle mannen uit de noordwestelijke bergen – een onregeerbare grensstreek waar de stammen het voor het zeggen hebben – waren ze administratief gezien Pakistanen maar behoorden ze tot de Waziristam. Ze spraken geen Urdu maar Pathaans en hun trouw lag bij de Pathanen, waartoe ook de Waziri behoren.

Ze kwamen allemaal uit de goot, waren opgeleid aan een medresse (dat wil zeggen: een kostschool waar ze alleen een extreme Koranopvatting hadden geleerd) en behoorden tot de wahabieten, de minst soepele en minst tolerante van allemaal. Ze konden niets anders dan de Koran opzeggen en waren dus net als talloze andere in medressen opgeleide jongeren vrijwel kansloos op de arbeidsmarkt. Maar als hun clanleider hun een taak gaf, hadden ze er hun leven voor over. In die maand september hadden ze de opdracht gekregen een Egyptenaar van middelbare leeftijd te beschermen, een man die het Arabisch van de Nijl sprak maar het Pathaans goed genoeg beheerste om zich te kunnen redden. Een van die vier jongeren was Abdelahi, wiens mobieltje zijn kostbaarste bezitting was. Helaas was de batterij leeg omdat hij hem niet had opgeladen. Het was al na het middaguur. Al-Qur had samen met zijn lijfwachten in hun flat op de bovenste verdieping zijn gebeden gezegd omdat het te gevaarlijk was om daarvoor naar een moskee in de buurt te gaan. Daarna had hij een karige maaltijd gegeten en was hij even gaan rusten.

Abdelahi's broer woonde honderden kilometers westelijk in de al even fundamentalistische stad Quetta, waar hun beider moeder ziek was. Abdelahi wilde graag weten hoe het met haar ging en probeerde te bellen met zijn mobieltje. Wat hij wilde zeggen, zou loos gepraat zijn geweest, een paar van de vele biljarden 'kletswoorden' die elke dag op alle vijf continenten door de ether vliegen. Maar zijn telefoon deed het niet. Een van zijn makkers legde uit wat de afwezigheid van zwarte lijnen op het batterijschermpje betekende en vertelde hoe hij het toestel moest opladen. Toen zag Abdelahi de reservetelefoon op het diplomatenkoffertje van de Egyptenaar in de zitkamer.

Die was wel opgeladen. De jongen was zich van geen kwaad bewust, toetste het nummer van zijn broer in en hoorde in het verre Quetta ritmisch gerinkel. En in een ondergronds labyrint van onderling verbonden kamers, die samen het afluistercentrum van de Pakistaanse contraterrorismedienst vormen, begon een rood lampje te knipperen.

Veel mensen die er wonen, vinden Hampshire het mooiste graafschap van Engeland. De zuidkust wordt omspoeld door de wateren van Het Kanaal en daar liggen de zeehaven van Southampton en de marinewerf van Portsmouth. Het administratieve centrum is de historische stad Winchester, die door een bijna duizend jaar oude kathedraal wordt beheerst.

Precies in het midden van dat graafschap en ver uit de buurt van snel- en zelfs hoofdwegen ligt het stille dal van de Meon, een vriendelijk, in het krijt uitgesleten riviertje langs dorpen en stadjes die teruggaan tot de tijd van de Saksen.

Er loopt van noord naar zuid maar één belangrijke weg doorheen. De rest van het dal is een net van kronkelweggetjes tussen overhangende bomen, heggen en weilanden. Dit is boerenland zoals het vroeger was. Weinig akkers zijn groter dan tweeënhalve hectare en nog minder boerderijen hebben er meer dan honderd. De meeste boerenhuizen bestaan uit oeroude balken, bakstenen en dakpannen, en sommige ervan hebben enorme bijgebouwen van een eerbiedwaardige leeftijd en schoonheid.

De man die op het hoogste punt van zijn boerendak zat, keek uit op het Meondal en had een panoramisch gezicht op Meonstoke, het dichtstbijzijnde dorp, dat nauwelijks anderhalve kilometer verderop lag. Op het moment dat Abdelahi verscheidene tijdzones naar het oosten zijn laatste telefoongesprek voerde, veegde de klimmer op het dak het zweet van zijn voorhoofd en vervolgde zijn taak: de zorgvuldige verwijdering van de aardewerken dakpannen die daar honderden jaren eerder waren aangebracht.

Hij had eigenlijk een hele ploeg professionele dakdekkers moeten inhuren, en die hadden overal rond de boerderij steigers moeten plaatsen. Dan zou het werk sneller en veiliger gedaan zijn, maar ook meer geld hebben gekost. En dat was het probleem. De man met de klauwhamer was een ex-militair die na 25 jaar dienst met pensioen was gegaan en een groot deel van zijn vertrekpremie had besteed aan de aankoop van zijn droom: een huis op het platteland dat hij eindelijk zijn thuis mocht noemen. Vandaar de boerderij met tweeënhalve hectare en een pad dat eerst naar de landweg en dan naar het dorp liep.

Militairen zijn echter niet altijd handig met geld, en het ombouwen van een middeleeuwse boerderij tot een landhuis annex knusse woning had bij bedrijven die zich in zulke verbouwingen specialiseren, adembenemende prijsopgaven opgeleverd. Vandaar het besluit om het zelf te doen, hoeveel tijd het ook kostte.

De omgeving zelf was overigens idyllisch. Voor zijn geestesoog zag hij het tot lekvrije glorie herstelde dak waarop negen tiende van de oorspronkelijke en onbeschadigde dakpannen gehandhaafd was en de andere tien procent was aangeschaft bij een depot dat materialen van afgebroken gebouwen verkocht. De daksparren waren nog zo deugdelijk als op de dag dat ze uit hun eik waren gehakt, maar de dwarslatten moesten verwijderd worden om ze door goed, modern dakvilt te vervangen.

Helemaal beneden, waar nu nog de laatste oude hooibalen lagen, kon hij zich de zitkamer, keuken, studeerkamer en hal voorstellen die hij er wilde maken. Hij wist dat hij voor de elektriciteit en het loodgieterswerk vaklieden nodig had, maar hij had zich aan het Southampton Technical College al ingeschreven voor cursussen metselen, stukadoren, timmeren en beglazing.

Ooit zou er een betegelde patio en een moestuin zijn aangelegd. Het pad moest een grindpad worden en in de oude boomgaard zouden schapen grazen. Hij kampeerde elke nacht op het gras omdat het aan het einde van de zomer nog heerlijk warm was. Dan nam hij alle cijfers door en kwam hij tot de conclusie dat hij het met veel geduld en hard werken en ondanks zijn bescheiden inkomsten net zou kunnen redden.

Hij was 44, had een olijfkleurige huid, zwart haar en zwarte ogen, was mager en bezat een gehard lichaam. En hij had er schoon genoeg van, had genoeg van de woestijnen en oerwouden, genoeg van de malaria en de bloedzuigers, genoeg van de ijskoude nachten, genoeg van de smerige rantsoenen en van door pijn geteisterde ledematen. Hij wilde in de buurt een baan zoeken, een labrador en een paar jack russels zien te krijgen en misschien wel een vrouw vinden met wie hij zijn leven kon delen.

De man op het dak verwijderde nog een stuk of tien dakpannen, hield de hele exemplaren achter en gooide de kapotte pannen naar beneden. Intussen knipperde in Islamabad het rode lampje.

Veel mensen denken dat een prepaid simkaart in een mobiele telefoon alle verdere betalingen overbodig maakt. Dat geldt voor de koper en gebruiker, maar niet voor de telefoonmaatschappij. Tenzij het apparaat alleen gebruikt wordt binnen de ruimte waar het is aangeschaft, blijven er verrekeningen te doen, maar dan tussen de telefoonbedrijven, en die laten dat aan hun computers over.

Toen Abdelahi belde en zijn broer in Quetta opnam, begon hij gebruik te maken van de antenne even buiten Pesjawar. Die is van Pak Tel. De computer van Pak Tel zocht dus de oorspronkelijke verkoper van de mobiele telefoon in Engeland en wilde op elektronische wijze meedelen: een van je klanten gebruikt mijn tijd en luchtruim; je bent me dus geld schuldig. Maar het Pakistaanse contraterrorismecentrum CTC had zowel Pak Tel als diens rivaal Mobi Tel al sinds jaar en dag verplicht om elk gesprek dat door hun netwerk werd uitgezonden of ontvangen, door te schakelen naar de afluisterzaal van het CTC. En gewaarschuwd door de Britten had het CTC in zijn afluistercomputers Britse software geïnstal-

leerd om bepaalde nummers op te vangen. Een ervan was ineens actief geworden.
De jonge Pakistaanse, Pathaanssprekende sergeant die het scherm in de gaten hield, drukte op een knop en kreeg zijn meerdere aan de lijn. De man zweeg even en vroeg: 'Wat zegt hij?'
De sergeant luisterde en antwoordde: 'Iets over zijn moeder. Volgens mij praat hij met zijn broer.'
'Waarvandaan?'
Een volgende controle. 'De zender in Pesjawar.'
Meer hoefde de sergeant niet te weten. Het hele gesprek werd automatisch opgenomen en zou later bestudeerd worden. Hun eerste taak was de lokalisatie van de opbeller. De CTC-majoor van dienst twijfelde er niet aan dat één kort telefoontje daarvoor te weinig was. De man zou toch niet zo dom zijn om lang aan de praat te blijven?
Op zijn bureau, hoog boven de kelders, drukte de majoor drie knoppen in, waarmee in het kantoor van het CTC-hoofd meteen een telefoon begon te zoemen.
Jaren eerder en zeker voor de vernietiging van het WTC op 11 september 2001, was de Pakistaanse inlichtingendienst ISI diepgaand geïnfiltreerd door fundamentalistische moslims uit het Pakistaanse leger. Dat was het grote probleem van de dienst en de reden waarom die organisatie volstrekt onbetrouwbaar was in de strijd tegen de taliban en hun gast Al Qaeda.
De Pakistaanse president, generaal Musharraf, kon weinig anders doen dan gehoor geven aan het pittig geformuleerde Amerikaanse 'advies' om schoon schip te maken. Als onderdeel van dat programma kreeg een gestage stroom van extremistische ISI-officieren hun normale functies in het leger terug. Een ander element was de stichting van het CTC, een eliteonderdeel binnen de ISI dat bemand werd door een nieuwe lichting jonge officieren zonder enige relatie met het islamitische terrorisme, hoe vroom ze ook waren. Een van hen was kolonel Abdul Razak, een voormalige tankcommandant. Hij leidde het CTC in Pesjawar en nam om halfdrie de telefoon op.
Hij luisterde aandachtig naar zijn collega in de nationale hoofdstad en vroeg: 'Hoe lang?'
'Tot dusver drie minuten.'
Kolonel Razak had geluk. Zijn kantoor lag op maar 800 meter van de Pak Tel-antenne, dus binnen de straal van maximaal een kilometer waarin zijn richtingzoeker betrouwbaar was. Hij rende met twee techni-

ci naar het platte dak van het kantorencomplex om de stad met de richtingzoeker uit te kammen en de bron van het signaal tot een steeds nauwkeuriger bepaald deel van Pesjawar te beperken.

De afluisterende sergeant in Islamabad zei tegen zijn meerdere: 'Het gesprek is afgelopen.'

'Verdomme,' zei de majoor. 'Drie minuten en 45 seconden. Goed. Iets langers mochten we niet verwachten.'

'Maar volgens mij heeft hij het toestel niet uitgezet,' zei de sergeant.

Op de bovenste verdieping van een huis in de oude stad van Pesjawar had Abdelahi zijn tweede fout gemaakt. Toen hij de Egyptenaar uit zijn kamer hoorde komen, had hij het gesprek met zijn broer haastig beëindigd en de telefoon onder een kussen geschoven. Maar hij vergat de verbinding te verbreken. Nog geen 800 meter verderop kwamen kolonel Razaks richtingzoekers steeds dichterbij.

Zowel de Britse geheime dienst SIS als de Amerikaanse CIA voert in Pakistan om voor de hand liggende redenen grote operaties uit. Het land is een van de belangrijkste slagvelden in de strijd tegen het huidige terrorisme, en de kracht van het westerse bondgenootschap is al sinds 1945 deels te danken aan de samenwerking tussen de twee diensten.

Er zijn ruzies geweest, vooral wegens de stroom Britse verraders die in 1951 met Philby, Burgess en Maclean begon. Daarna drong tot de Amerikanen door dat ook in hun gelederen een hele boevengalerij voor Moskou werkte. Zo hield het gekibbel tussen de diensten op. Het einde van de Koude Oorlog leidde in 1991 bij politici aan beide kanten van de Atlantische Oceaan tot de oliedomme gedachte dat de vrede op aarde eindelijk was neergedaald. Precies op dat moment kwam een nieuwe, stille en in de diepten van de islam verborgen koude oorlog ter wereld.

Na 11 september was er geen rivaliteit meer tussen de diensten. Zelfs van de traditionele koehandel was geen sprake meer. De regel werd: wat wij hebben, mogen jullie ook zien. En omgekeerd. Ook uit de lappendeken van andere geheime diensten komen bijdragen tot de gemeenschappelijke strijd, maar nergens is de samenwerking zo hecht als die tussen de Angelsaksische inlichtingenjagers.

Kolonel Razak kende de twee chefs in zijn eigen stad, maar was beter bevriend met SIS-man Brian O'Dowd. Bovendien hadden de Britten de terroristentelefoon ontdekt. Daarom belde hij, toen hij weer van het dak naar beneden was gekomen, allereerst O'Dowd met het nieuws.

Op dat moment ging de heer Al-Qur naar het toilet en stak Abdelahi zijn hand onder het kussen om het telefoontje weer op het diplomatenkoffertje te leggen waar hij het gevonden had. Schuldbewust drong tot hem door dat het nog steeds aanstond, en hij zette het meteen uit. Hij dacht aan leeglopende batterijen, niet aan onderschepping. Hoe dan ook, hij was acht seconden te laat. De richtingzoeker had zijn werk gedaan.

'Wat bedoel je met "gevonden"?' vroeg O'Dowd. Voor hem was het ineens Kerstmis en verscheidene verjaardagen tegelijk.

'Geen twijfel mogelijk, Brian. Het gesprek kwam van de bovenste etage van een vijf verdiepingen hoog huis in de oude stad. Twee van mijn mensen gaan er vermomd naartoe om te kijken hoe we het kunnen benaderen.'

'Wanneer gaan jullie naar binnen?'

'Zodra het donker is. Ik zou het liever vannacht om drie uur doen, maar dat risico is te groot. Dan is de vogel misschien gevlogen...'

Kolonel Razak had op kosten van het Gemenebest een jaar aan het Britse Camberley Staff College gestudeerd en was trots op zijn beheersing van het Engels.

'Mag ik mee?'

'Wil je dat graag?'

'Is de paus katholiek?' vroeg de Ier.

Razak lachte hardop. Hij hield van zulke plagerijen.

'Als gelovige in de ene ware God zou ik dat niet weten,' zei hij. 'Maar wat mij betreft... Om zes uur op mijn kantoor. In burger. Ik bedoel ónze burger.'

Hij bedoelde dat niet alleen uniformen maar ook westerse kostuums verboden waren. In de oude stad en vooral in de Qissa Khawani-bazaar trokken alleen het *salwar kameez*-ensemble van een losse broek en een lang hemd en de gewaden en tulbanden van de bergbewoners geen aandacht. Ook O'Dowd moest zich daaraan onderwerpen.

De Britse agent kwam vlak voor zessen in zijn zwarte Toyota Land Cruiser met zwarte ramen aanrijden. Een Britse landrover zou misschien patriottischer zijn geweest, maar de Toyota genoot bij de plaatselijke fundamentalisten de voorkeur en viel niet op. Hij had ook een fles single malt whisky van het merk Chivas Regal bij zich. Dat was Abdul Razaks favoriete borrel. Hij had zijn Pakistaanse vriend een keer diens voorliefde voor het Schotse alcoholische brouwsel verweten.

'Ik vind mezelf een goede islamiet maar ben niet geobsedeerd,' zei Razak toen. 'Ik raak geen varkensvlees aan maar zie geen been in dansen of een goede sigaar. Alleen fanatieke taliban verbieden dat, en ik ben niet fanatiek. Dranken van druiven en graankorrels zijn tijdens de vier eerste kalifaten op grote schaal gedronken, en als ik ooit in het paradijs door een hoger gezag dan jij berispt word, zal ik de barmhartige Allah om vergeving smeken. Tot die tijd mag je me nog eens bijschenken.'

Het was misschien vreemd dat een cavalerieofficier zo'n uitstekende politieman bleek, maar zo was het nu eenmaal. Abdul Razak was 36, had een vrouw en twee kinderen en was goed opgeleid. Hij had ook een goed gevoel voor onorthodox denken, stille subtiliteit en de tactiek van de mangoest tegenover de cobra in plaats van die van de aanvallende olifant. Hij wilde de bovenverdieping van het flatgebouw zo mogelijk zonder spectaculair vuurgevecht innemen. Vandaar zijn stille en heimelijke aanpak.

Pesjawar is een buitengewoon oude stad, en geen wijk is ouder dan de Qissa Khawani-bazaar. De karavanen die via de geduchte en hoog optorenende Khyberpas over de grote weg naar Afghanistan trokken, hebben eeuwenlang in deze stad halt gehouden om de mannen en kamelen rust te gunnen. En net als elke andere goede bazaar heeft de Qissa Khawani altijd voorzien in de menselijke basisbehoeften: dekens, sjaals, tapijten, kunstvoorwerpen, koperen kommen, eten en drinken. Dat is nog steeds zo.

De wijk is een lappendeken van talen en volkeren. Een ervaren oog ziet er de tulbanden van de Afridi, de Waziri, de Ghilzai en de Pakistanen uit de buurt als contrast met de Chitralpetten uit het hogere noorden en de met bont afgezette wintermutsen van de Tadzjieken en Oezbeken.

In dit labyrint van smalle straten en stegen, waar je iedere achtervolger makkelijk afschudt, bevinden zich de winkeltjes en voedselkramen van de klokkenbazaar, de mandenbazaar, de geldwisselaars, de vogelmarkt en de bazaar van de vertellers. In de tijd van Victoria noemden de Britten deze stad het Piccadilly van Midden-Azië.

Het appartement dat de richtingzoeker als de bron van het telefoonsignaal had aangeduid, lag in een van de hoge, smalle gebouwen met rijk gebeeldhouwde balkons en luiken, vier verdiepingen boven een tapijtenwinkel in een straat waarin maar één auto tegelijk kon passeren. Vanwege de hitte in de zomer hebben al die gebouwen een open trappenhuis vanaf de straat beneden en een plat dak, waar de bewoners 's avonds een frisse neus kunnen halen. Kolonel Razak leidde zijn ploeg geluidloos en te voet.

Hij stuurde vier mannen in traditionele kleding naar een dak op vier huizen verwijderd van het doelwit. Ze klommen helemaal naar boven en liepen kalmpjes over de andere daken tot ze het laatste hadden bereikt. Daar wachtten ze op het teken. Onder leiding van de kolonel beklommen zes mannen de trap vanaf de straat. Ze hadden allemaal een machinepistool onder hun gewaad, behalve de voorste, een zwaargebouwde en gespierde Pakistaan die de stormram droeg.

Toen iedereen op een rij in het trappenhuis stond, knikte de kolonel naar de voorste, die de stormram naar achteren haalde en het slot versplinterde. De deur vloog naar binnen open en de ploeg rende het huis in. Drie van de vier mannen op het dak klommen de trap af; de vierde bleef boven voor het geval iemand via het dak probeerde te ontsnappen.

Toen Brian O'Dowd de gebeurtenissen later nog eens de revue liet passeren, leek alles buitengewoon snel en ongrijpbaar te verlopen. Die indruk hadden de bewoners ook.

De aanvallers hadden geen idee van het aantal mensen dat binnen was, noch van wat ze er zouden aantreffen. Er had een klein legertje gezeten kunnen hebben, maar ook een gezin dat rijst zat te eten. Ze kenden niet eens de plattegrond van het appartement, want in Londen of New York worden de tekeningen van architecten gearchiveerd, maar in de Qissa Khawani-bazaar niet. Ze wisten alleen dat er gebeld was met een in de gaten gehouden mobiele telefoon.

Uiteindelijk troffen ze vier jongemannen die televisie zaten te kijken. De aanvallers vreesden twee tellen dat ze een volstrekt onschuldig gezin aan het overvallen waren. Toen drong tot hen door dat alle jongemannen een zware baard hadden en uit de bergen kwamen. De jongen die het eerst reageerde, tastte bovendien onder zijn gewaad naar een vuurwapen. Hij heette Abdelahi en stierf aan vier kogels uit een Heckler & Koch MP5 in zijn borst. De drie anderen werden overmeesterd en tegen de grond gewerkt voordat ze zich konden verzetten. Kolonel Razak was heel duidelijk geweest: hij wilde hen zo mogelijk levend in handen krijgen.

De aanwezigheid van een vijfde man bleek uit een klap uit de slaapkamer. De man uit Punjab had zijn stormram neergelegd, maar zijn schouder was genoeg. De deur sprong open, en twee CTC'ers liepen gevolgd door kolonel Razak naar binnen. Midden in de kamer vonden ze een Arabier van middelbare leeftijd. Zijn ogen waren groot en rond van haat of angst en hij bukte zich om de laptop op te rapen die hij tegen de tegelvloer had gesmeten om hem te vernielen.

Toen hij besefte dat er geen tijd meer was, draaide hij zich om en rende

naar het wijdopen raam. Kolonel Razak schreeuwde 'Grijp hem!', maar de Pakistanen kregen geen grip op hem. De Egyptenaar was tot aan zijn middel naakt vanwege de hitte en zijn huid was glibberig van het zweet. Hij bleef niet eens voor de balustrade staan maar sprong er meteen overheen en viel ruim 10 meter lager met een klap op de keien. Binnen een paar tellen stonden er talrijke voorbijgangers om hem heen. De Al Qaeda-financier rochelde tweemaal en toen was hij dood.
Binnen in het huis en buiten op straat ontstond een chaos van roepende en rennende mensen. De kolonel trommelde via zijn mobieltje de vijftig geüniformeerde soldaten op die hij vier straten verderop in busjes met geblindeerde ramen had geposteerd. Ze renden de steeg in en probeerden de orde te herstellen, als dat de juiste uitdrukking voor een nog grotere chaos is. Maar ze bereikten hun doel en omsingelden het huizenblok. Abdul Razak wilde mettertijd alle buren verhoren, vooral de eigenaar van de tapijtwinkel aan de straat, die ook de huisbaas was.
Het lijk op straat werd door soldaten omringd en onder een deken gelegd. Straks kwam er een brancard. Dan werd de dode man naar het lijkenhuis van het algemene ziekenhuis in Pesjawar gebracht. Niemand had het flauwste vermoeden wie hij was. Ze wisten alleen dat hij liever dood was dan zich door de Amerikanen in het Afghaanse Bagramkamp te laten vertroetelen, want Islamabad zou hem, in ruil voor een wederdienst, zeker overdragen aan het CIA-hoofd in Pakistan.
Kolonel Razak liep bij het balkon vandaan. De drie gevangenen werden geboeid en kregen een kap op. Ze zouden hen met een gewapend geleide moeten afvoeren, want in de bazaar waren de fundamentalisten heer en meester. De stamleden hier op straat stonden niet aan hun kant. Als de gevangenen en het lijk weg waren, zou hij het appartement urenlang uitkammen om zo veel mogelijk te weten te komen over de man met de verdachte telefoon.
Brian O'Dowd had het verzoek gekregen om tijdens de overval op de trap te wachten, maar stond nu in de slaapkamer met de beschadigde Toshiba-laptop in zijn handen. De twee mannen wisten allebei dat dit waarschijnlijk het kroonjuweel was. Alle paspoorten, alle mobiele telefoons, de laatste onbeduidende snippers papier, alle gevangenen en alle buren, de hele zwik zou naar een veilige omgeving worden gebracht om onder handen te worden genomen tot er niets meer te achterhalen viel. Maar eerst de laptop...
De dode Egyptenaar was erg optimistisch geweest toen hij dacht dat hij de schat in zijn laptop met een deuk in de Toshiba kon vernietigen.

Zelfs een poging om de bestanden te wissen zou zinloos zijn geweest. In Groot-Brittannië en de Verenigde Staten waren slimmeriken die de harde schijf met zorg konden uitkleden, alle misleidende camouflage konden wegpellen en elk woord dat de Toshiba ooit had opgeslagen, konden terughalen.

'Jammer dat die vent de pijp uit is,' zei de SIS-agent.

Razak gromde. Hij had een logische beslissing genomen. Als hij nog een paar dagen had gewacht, was de man misschien verdwenen. Als zijn agenten urenlang rond het huis hadden gesnuffeld, zouden ze gezien zijn, en ook dan hadden ze achter het net gevist. Hij was dus snel en doortastend in actie gekomen, en als hij vijf tellen langer de tijd had gehad, had hij de geheimzinnige zelfmoordenaar in de boeien kunnen slaan. Hij wilde een persbericht uitsturen met de mededeling dat een onbekende misdadiger door een val was omgekomen toen hij zich tegen zijn arrestatie verzette. Als het lijk geïdentificeerd was en een hoog lid van Al Qaeda zou blijken te zijn, zouden de Amerikanen aandringen op een persconferentie om met veel zang en dans hun triomf op te eisen. Hij had nog geen idee hoe hoog Tewfik al-Qur geweest was.

'Je zult hier nog wel eventjes moeten blijven,' zei O'Dowd. 'Doe ik je er een plezier mee als ik de laptop veilig naar je hoofdkwartier breng?'

Abdul Razak had gelukkig een droog gevoel voor humor. In zijn werk was dat zijn redding, want in de wereld van de geheime operaties blijf je alleen met humor geestelijk gezond. Kolonel Razak genoot nu van het woord 'veilig'.

'Dat zou erg vriendelijk van je zijn,' zei hij. 'Ik geef je vier man mee om je naar je auto te brengen. Gewoon voor het geval dat. Als alles achter de rug is, drinken we de immorele fles leeg die je vanavond hebt meegebracht.'

De SIS-man klemde zijn kostbare lading tegen zijn borst en werd door Pakistanen voor, achter, links en rechts van hem naar zijn Land Cruiser gebracht. Achterin zat alle technologie die hij nodig had, en zijn chauffeur, een hartstochtelijk trouwe sikh, beschermde de machinerie en het voertuig.

Ze reden naar een plek buiten Pesjawar, waar O'Dowd de Toshiba aansloot op zijn eigen, grotere en krachtiger Tecra en waar diezelfde Tecra in de cyberruimte een lijntje opende naar het communicatiecentrum van de Britse regering in Cheltenham, diep in de heuvels van de Engelse Cotswolds.

O'Dowd kon het apparaat bedienen maar vond de (voor een leek) pure magie van de cybertechnologie nog steeds vooral een raadsel. Een paar tellen later en vele duizenden kilometers verderop had Cheltenham een volledig beeld van de harde schijf in de Toshiba binnengekregen. De laptop was even efficiënt leeggehaald als een gevangen vlieg in een spinnenweb.

Het SIS-hoofd bracht de laptop naar het CTC-hoofdkwartier en liet hem daar in veilige handen achter, maar voordat hij daar aankwam, had Cheltenham de schat al gedeeld met de Amerikaanse National Security Agency in Fort Meade (Maryland). In Pesjawar was het stikdonker, in de Cotswolds schemerde het en in Maryland was de middag pas halverwege. Het deed er niet toe. In de Cotswolds en bij de NSA schijnt de zon nooit en is het dag noch nacht.

Beide uitgestrekte gebouwencomplexen staan midden op het platteland en doen niets anders dan luisteren – naar de Noordpool, naar de Zuidpool en naar alles daartussen. De biljoenen woorden die elke dag in vijfhonderd talen en meer dan duizend dialecten gesproken worden, worden beluisterd, gewogen, uitgekamd, gesorteerd, afgewezen, vastgehouden en (indien belangwekkend) bestudeerd en nagetrokken.

En dat is nog maar het begin. Beide diensten coderen en ontcijferen in honderden codesystemen en hebben speciale afdelingen die zich helemaal wijden aan het terughalen van bestanden en het blootleggen van de digitale misdaad. Terwijl de planeet doordraaide naar een nieuwe dag en een nieuwe nacht, maakten de twee diensten de maatregelen ongedaan die Al-Qur genomen dacht te hebben om zijn privébestanden te wissen. De experts vonden de gewiste bestanden en legden de *slack spaces* bloot.

Het proces is weleens vergeleken met dat van een goede schilderijenrestaurateur, die de bovenste lagen vuil en latere verf met oneindig geduld verwijdert en het oorspronkelijke, verborgen schilderij eronder tevoorschijn haalt. De Toshiba van meneer Al-Qur onthulde het ene document na het andere dat hij gewist of overschreven dacht te hebben.

Brian O'Dowd had natuurlijk zijn collega en meerdere in Islamabad ingelicht voordat hij met kolonel Razak aan de overval deelnam. Het SIS-hoofd had het op zijn beurt aan zijn 'neef' van de CIA verteld. Beide mannen wachtten vol spanning op nieuws. In Pesjawar werd die nacht niet geslapen

Kolonel Razak kwam rond middernacht met verscheidene zakken vol buit uit de bazaar terug. De drie overlevende lijfwachten zaten in cellen in de kelder van zijn eigen gebouw, want hij vertrouwde hen beslist niet aan een gewone gevangenis toe. Daarin kwam het bijna zeker tot ontsnapping of hulp bij zelfmoord. Islamabad kende inmiddels hun namen en pingelde ongetwijfeld met de Amerikaanse ambassade, waarin ook de CIA-afdeling gevestigd was. De kolonel verwachtte dat ze uiteindelijk naar Bagram zouden gaan voor maandenlange ondervragingen, maar hij vermoedde dat ze de naam van de man die ze beschermden, niet eens kenden.

De veelbetekenende mobiele telefoon uit Leeds was gevonden en geïdentificeerd. Langzaam werd duidelijk dat de domme Abdelahi hem zonder toestemming gewoon geleend had. Hij lag op een marmeren plaat in het lijkenhuis met vier kogels in zijn borst, maar zijn gezicht was ongedeerd. De man naast hem had een verwoeste schedel, maar de beste plastisch chirurg van de stad probeerde zijn gezicht weer in elkaar te zetten. Toen hij zijn best had gedaan, werd er een foto van gemaakt. Een uur later belde kolonel Razak zijn vriend O'Dowd met nauwelijks verhulde opwinding op. Net als alle andere contraterreurdiensten die samenwerken in de strijd tegen de islamitische terreurgroepen, heeft het Pakistaanse CTC een enorme galerij met foto's van verdachten.

Al Qaeda-terroristen komen uit minstens veertig landen en nog tweemaal zoveel etnische groeperingen. Bovendien reizen ze. Razak had de hele nacht foto's uit de gezichtengalerij van zijn computer naar een groot plasmascherm in zijn kantoor gestuurd. Een van die gezichten trok steeds opnieuw zijn aandacht.

De in beslag genomen paspoorten – elf in totaal en allemaal uitmuntend vervalst – hadden al bewezen dat de Egyptenaar op reis was geweest en daarvoor kennelijk zijn uiterlijk had veranderd. Toch had het gezicht van de man die in de directiekamer van een westerse bank niet zou zijn opgevallen en die toch verteerd werd door haat voor alles en iedereen die niet zijn eigen misvormde geloof aanhing, wel degelijk iets gemeen met het verbrijzelde hoofd op de marmeren plaat.

Hij belde toen O'Dowd die met zijn Amerikaanse CIA-collega in Pesjawar zat te ontbijten. De twee mannen lieten hun roereieren staan en stormden naar het CTC-hoofdkwartier. Ook zij staarden naar het gezicht en vergeleken het met de foto uit het lijkenhuis. Als dát waar was... En de twee mannen hadden dezelfde prioriteit: hun hoofdkwartier vertellen welke verbijsterende ontdekking er was gedaan. Het lijk op de marmeren plaat was niemand minder dan Tewfik al-Qur, de hoogste bankier van Al Qaeda.

In de loop van de ochtend haalde een Pakistaanse legerhelikopter alles op. De geboeide en bekapte gevangenen gingen mee met de twee lijken en de dozen vol bewijsmateriaal uit het appartement. Aan dankbetuigingen geen gebrek, maar Pesjawar is een buitenpost, en het zwaartepunt van de actie verschoof snel, had in feite Maryland al bereikt.

In de nasleep van de ramp van 11 september werd één ding zo duidelijk dat niemand het in ernst kon ontkennen. De bewijzen voor het feit dat er iets gaande was, waren al die tijd aanwezig geweest. Zelfs wát er gaande was, was goeddeels bekend. De gegevens waren aanwezig zoals ze dat bijna altijd zijn: niet in een mooie cadeauverpakking maar als overal verspreide stukjes en beetjes. Zeven of acht van Amerika's negentien belangrijke inlichtingen- en politiediensten hadden alle puzzelstukjes, maar legden ze nooit aan elkaar.

Sinds 11 september is de bezem erdoor gehaald. Er zijn nu zes patroons aan wie alles in een vroeg stadium gemeld moet worden. Vier van hen zijn politici: de president, de vice-president, de minister van Defensie en die van Buitenlandse Zaken. En er zijn twee ambtenaren. Een van hen is Steve Hadley, voorzitter van de Nationale Veiligheidsraad met het toezicht op de binnenlandse veiligheid en de negentien diensten. Maar helemaal aan de top staat John Negroponte, de directeur Nationale Inlichtingen.

De CIA is nog steeds de belangrijkste dienst die buiten de Verenigde Staten gegevens vergaart, maar de directeur Nationale Inlichtingen is niet meer de eenzame jager van vroeger. Iedereen rapporteert aan hem, en de drie wachtwoorden zijn: vergelijk, vergelijk en vergelijk. De National Security Agency in Fort Meade is van alle reuzen nog steeds de grootste, qua geld en personeel, en de geheimste. Het is de enige dienst zonder banden met het publiek of de media. De dienst werkt in het duister maar luistert alles af, decodeert alles, vertaalt alles en analyseert alles. Een deel van wat wordt afgeluisterd, opgeslagen, vertaald en bestudeerd is echter zo duister dat ook de diensten van deskundigencommissies buitenshuis worden ingeroepen. Een ervan is de Korancommissie.

Toen de schat uit Pesjawar elektronisch of fysiek binnenkwam, gingen ook andere diensten ermee aan het werk. De identificatie van het lijk was fundamenteel, en dat was een taak voor de FBI. De dienst kwam binnen 24 uur met de bevestiging: de man die van het balkon in Pesjawar was gesprongen, was inderdaad de belangrijkste fondsenwerver van Al Qaeda en een van de weinige naaste medewerkers van Osama bin Laden zelf. De band tussen die twee was tot stand gekomen via zijn landgenoot Ayman al-Zawahiri, die de fanatieke bankier in het oog had gekregen en bij de organisatie betrokken had.

Het ministerie van Buitenlandse Zaken nam de paspoorten voor zijn rekening. Twee ervan waren nooit afgegeven maar vertoonden nu aankomst- en vertrekstempels van talloze landen in Europa en het Midden-Oosten. Het verbaasde niemand dat zes ervan uit België kwamen, allemaal op een andere naam waren gesteld en allemaal volstrekt echt waren op de gegevens in het paspoort zelf na.

Voor de mondiale inlichtingendiensten is België al een hele tijd zo lek als een mandje. Sinds 1990 is het verbijsterende aantal van 19.000 'blanco' Belgische paspoorten als vermist opgegeven – volgens de Belgische regering zelf. In feite zijn ze gewoon door corrupte ambtenaren verkocht. Vijfenveertig zijn verdwenen uit het Belgische consulaat in Straatsburg en twintig uit de Belgische ambassade in Den Haag. De twee die gebruikt zijn door de Marokkaanse moordenaars van Ahmad Shah Massoud, die zich tegen de taliban verzette, kwamen uit die laatste partij. Dat gold ook voor een van de paspoorten van Al-Qur. Diens andere vijf Belgische paspoorten kwamen vermoedelijk uit de nog steeds vermiste partij van 18.935 stuks.

De Federal Aviation Administration gebruikte zijn contacten en enorme invloed in de wereld van de internationale luchtvaart en controleerde de vliegtickets en passagierslijsten. Dat was een saai werkje, maar de aankomst- en vertrekstempels gaven een aardige indicatie voor de vluchten die nagetrokken moesten worden.

De puzzelstukjes vielen langzaam maar zeker op hun plaats. Tewfik al-Qur had kennelijk de opdracht gekregen om grote sommen geld te verzamelen waarvan de herkomst niet was vast te stellen en waarmee onverklaarde aankopen gedaan konden worden. Niets wees erop dat hij die aankopen zelf verricht had, en dat leidde tot de conclusie dat hij anderen op de fondsen had gezet om die taak voor hun rekening te nemen. De Amerikaanse autoriteiten zouden er een lief ding voor overhebben gehad om te weten bij wie hij op bezoek was geweest. Als die namen bekend waren, zou een groot maar geheim netwerk in heel Europa en het Midden-Oosten op te rollen zijn geweest, vermoedden ze. De Verenigde Staten waren het enige belangrijke land waar de Egyptenaar niet geweest was.

Het spoor van gegevens liep uiteindelijk in Fort Meade dood. Van de Toshiba die in het appartement van Pesjawar in beslag was genomen, werden 73 bestanden gedownload. Sommige waren gewoon dienstregelingen van luchtvaartmaatschappijen, en inmiddels was bekend welke vluchten Al-Qur genomen had. Andere waren openbare financiële verslagen die de financier kennelijk genoeg geïnteresseerd hadden om ze voor latere analyse te kopiëren. Maar er viel verder niets uit op te maken.

De meeste teksten waren in het Engels, maar er waren er ook in het Frans en Duits. Het was bekend dat Al-Qur, naast het Arabisch, ook deze drie talen vloeiend beheerste. De gevangengenomen lijfwachten, die op de basis Bagram opgewekt aan het doorslaan waren, hadden verteld dat de man gebrekkig Pathaans sprak, waaruit bleek dat hij enige tijd in Afghanistan was geweest, maar in het Westen wist niemand waar of wanneer.

Het waren de Arabische teksten die onbehagen wekten. Fort Meade is eigenlijk een enorme legerbasis en valt onder het ministerie van Defensie. De bevelhebber van de NSA is ook altijd een hoge generaal, en het was met hem dat het hoofd van de afdeling Arabische Vertalingen een gesprek aanvroeg.

In de loop van de jaren negentig was de NSA zich steeds meer op het Arabisch gaan richten. De toestand tussen de Israëliërs en de Palestijnen eiste aandacht en het islamitische terrorisme groeide. Dat was zonneklaar toen Ramsi Yousef in 1993 met een vrachtwagenbom een aanslag op de Twin Towers pleegde. Maar na 11 september werd het een kwestie van 'we willen elk woord in die taal kennen'. De afdeling Arabische Vertalingen is dus enorm en omvat duizenden vertalers. De meesten van hen zijn als Arabieren geboren en getogen, maar er zijn ook niet-Arabische geleerden bij.

Het Arabisch is echter geen eenheidstaal. Naast het klassieke Arabisch van de Koran en de universiteiten wordt het in minstens vijftig dialecten door een half miljard mensen gesproken. Als iemand het snel spreekt en plaatselijke accenten en uitdrukkingen gebruikt, is er meestal een vertaler uit dezelfde streek als de spreker nodig om elke betekenisnuance op te vangen, zeker als de kwaliteit van de opname slecht is.

Bovendien is het een bloemrijke taal met veel beeldspraak, vleierij, overdrijvingen, vergelijkingen en metaforen. Tegelijkertijd kan het heel elliptisch zijn en de betekenis eerder laten doorklinken dan uitspreken, dus heel anders dan veel westerse talen, die maar één betekenis toelaten.

'We hebben problemen met de laatste twee documenten,' zei het hoofd van de afdeling Arabische Vertalingen. 'Ze zijn kennelijk door twee verschillende mensen geschreven. Volgens ons is de ene afkomstig van Ayman Al-Zawahiri zelf en de andere van Al-Qur. De eerste bevat duidelijk zinswendingen van Al-Zawahiri die we uit zijn redevoeringen en video-opnamen kennen. Met geluid erbij zouden we dat natuurlijk met honderd procent zekerheid weten. Het antwoord lijkt afkomstig van Al-Qur, maar we hebben in ons archief geen voorbeeld van een Arabische tekst van hem. Als bankier sprak en schreef hij vooral Engels. Maar de twee documenten verwijzen herhaaldelijk naar de Koran en bepaalde passages daarin. Ze vragen Allahs zegen voor iets. Ik heb natuurlijk veel kennis van het Arabisch, maar de taal en subtiele betekenissen van de Koran zijn iets bijzonders. Dat boek is veertienhonderd jaar oud. Ik vind dat we de Korancommissie ernaar moeten laten kijken.'

De bevelhebber knikte. 'Oké, professor. Doe maar.' Hij wierp een blik op zijn adjudant. 'Trommel onze Korangeleerden op, Harry. Haal ze op met het vliegtuig. Geen getreuzel, geen smoesjes.'

2

De Korancommissie telde vier leden: drie Amerikanen en één Brit. Ze waren alle vier professor en hoewel ze geen Arabier waren, hadden ze wel hun leven gewijd aan de studie van de Koran en de duizenden geleerde commentaren daarop.
Een van hen was verbonden aan de Columbia University in New York en werd op grond van het bevel uit Fort Meade met een legerhelikopter naar de NSA gebracht. Twee anderen werkten respectievelijk bij de Rand Corporation en bij het Brookingsinstituut (allebei in Washington). Auto's van het leger werden uitgestuurd om hen op te halen.
De vierde en jongste was dr. Terry Martin, die van de Londense School of Oriental and African Studies (SOAS) was uitgeleend aan de Georgetown University in Washington. De SOAS is onderdeel van de Londense universiteit en geniet wereldwijde faam om zijn kennis van Arabische vraagstukken.
Wat de studie van het Arabisch betreft had de Engelsman een voorsprong: hij was geboren en getogen in Irak en was de zoon van een boekhouder bij een grote oliemaatschappij daar. Zijn vader had hem bewust naar een Engels-Iraakse school gestuurd, een privéinstituut waar de zonen van de Iraakse elite werden opgeleid. Op zijn tiende sprak hij net zo vloeiend Arabisch als zijn klasgenoten. Alleen zijn blozende gezicht en plukkerige blonde haar verhinderden dat hij echt voor een Arabier kon doorgaan.
De jongen werd in 1965 geboren en was tien toen zijn vader besloot Irak te verlaten en het veilige Groot-Brittannië weer op te zoeken. De Ba'athpartij was voor de tweede maal aan de macht, maar de echte macht lag niet bij president Bakr maar bij de vice-president, die een meedogenloze pogrom tegen echte en verzonnen politieke vijanden uitvoerde.
Het gezin had ook andere roerige tijden beleefd sinds de weldadige jaren vijftig, toen de piepjonge koning Feisal op de troon zat. Ze hadden de moord op de jonge koning en de prowesterse premier Nuri Said meegemaakt en de even gruwelijke moord voor de televisiecamera's op zijn

opvolger generaal Kassem gezien. De even brute Ba'athpartij was aan de macht gekomen, uit de macht ontzet en in 1968 weer op het pluche geraakt. Vader Martin sloeg zeven jaar lang de groeiende macht van de psychotische vice-president Saddam Hoessein gade en vond het in 1975 welletjes.

Zijn oudste zoon Mike was dertien en klaar voor een Britse kostschool. Zelf had hij in Londen een goede baan bij Burmah Oil gekregen dankzij de aanbeveling van een zekere Denis Thatcher, wiens vrouw Margaret net de Conservatieve Partij was gaan leiden. Het hele gezin – de vader, mevrouw Martin, Mike en Terry – was tegen Kerstmis weer terug in Groot-Brittannië.

Terry's scherpe verstand was intussen al opgevallen. Hij legde met het grootst mogelijke gemak examens af voor jongens die twee of drie jaar ouder waren. Men ging ervan uit dat hij met een reeks beurzen de middelbare school zou afmaken, om dan naar Oxford of Cambridge te gaan. Maar hij wilde zijn Arabische studies voortzetten. Nog op school had hij zich opgegeven voor de SOAS. In de lente van 1983 kreeg hij er een gesprek, en in de herfst daarna begon hij aan zijn studie geschiedenis van het Midden-Oosten.

Hij haalde in drie jaar zijn graad en studeerde nog twee jaar voor zijn doctoraat, waarbij hij zich specialiseerde in de Koran en de eerste vier kalifaten. Daarna nam hij een jaar vrij om aan de beroemde Al-Azhar-universiteit in Caïro zijn Koranstudie voort te zetten. Bij zijn terugkeer kreeg hij als 27-jarige een docentschap aangeboden, en dat was een hele eer, want op het gebied van de Arabische studies is de SOAS een van de zwaarste opleidingen ter wereld. Op zijn 34e kreeg hij promotie tot lector en werd hij voorbestemd om op zijn 40e hoogleraar te worden. Hij was 41 toen de NSA op een middag om advies kwam vragen, waarna hij een jaar als gasthoogleraar in Georgetown bleef omdat zijn leven in de lente van datzelfde jaar 2006 in duigen was gevallen.

De afgezant van Fort Meade trof hem in een collegezaal, waar hij een verhandeling over de relevantie van de leerstellingen in de Koran voor de huidige tijd afsloot.

Dat er zelfs aan de zijkanten van het podium studenten stonden, bewees dat hij geliefd was. De zaal was stampvol. Zijn colleges gaven de indruk van een lang en beschaafd gesprek tussen gelijken. Hij keek zelden in aantekeningen, deed graag zijn jasje uit en beende heen en weer. Zijn korte, gedrongen lichaam straalde enthousiasme uit. Hij wilde iets delen, besteedde serieus aandacht aan alles wat een student te berde bracht, zette niemand voor schut wegens gebrek aan kennis, gebruikte geen moeilijke woorden en hield zijn college kort om genoeg tijd voor de vragen van studenten te hebben. Hij had net dat punt bereikt toen de speurneus uit Fort Meade in de coulissen verscheen.

Iemand in een simpel rood overhemd op de vijfde rij hief zijn hand. 'U zei dat het onjuist is om de filosofie van de terroristen "fundamentalistisch" te noemen. Waarom?'

Sinds 11 september werden de Verenigde Staten overspoeld met een stortvloed aan publiciteit rond alles wat met het Arabisch, de Koran en de islam te maken had, en het was geen wonder dat elk geleerd en theoretisch gesprek met de studenten al gauw over de slachtpartijen ging die de laatste tien jaar op zo'n ruime schaal in het Westen hadden plaatsgevonden.

'Omdat het een misleidende term is,' zei de professor. 'Het woord houdt in dat je teruggaat naar de basis, maar mensen die bommen leggen in treinen, winkelcentra en bussen gaan niet terug naar de grondslagen van de islam. Ze schrijven zelf een nieuw script en rechtvaardigen dat achteraf door in de Koran passages te zoeken die hun oorlog goedpraten. Elke godsdienst heeft zijn fundamentalisten. De christelijke monniken in afgesloten kloosters die armoede, onzelfzuchtigheid, kuisheid en gehoorzaamheid hebben gezworen, zijn fundamentalisten. In alle godsdiensten bestaan asceten, maar die prediken geen willekeurige massamoorden op mannen, vrouwen en kinderen. Dat is de kern van de zaak. Beoordeel alle godsdiensten en alle sekten binnen die godsdiensten met dat criterium. Je zult zien dat de wens om terug te keren naar fundamentele leerstellingen geen terrorisme is, want de fundamentele leerstellingen van geen enkele godsdienst bepleiten massamoord, ook niet die van de islam.'

De man uit Fort Meade in de coulissen probeerde dr. Martins aandacht te trekken. De professor wierp een snelle blik opzij en zag een jongeman met kortgeknipt haar, een dichtgeknoopt overhemd en een donker kostuum. Zijn officiële functie droop van hem af. Hij tikte op zijn polshorloge, en Martin knikte.

'Maar hoe noemt u de terroristen van tegenwoordig dan? Jihadisten?'

Die vraag kwam van een ernstige jonge vrouw, verder achterin. Dr. Martin dacht aan haar gezicht te kunnen zien dat haar ouders uit het Midden-Oosten kwamen: uit India, Pakistan of misschien Iran. Maar ze droeg niet de *hejab*-hoofddoek waarmee moslimvrouwen hun strikte geloof aanduiden.

'Zelfs "jihad" is het verkeerde woord. De jihad bestaat natuurlijk, maar heeft zijn eigen regels. Het is een persoonlijke strijd in iemands binnenste om een betere moslim te worden en is dan volstrekt niet agressief. Maar het woord kan ook slaan op een heilige, gewapende strijd ter verdediging van de islam. De terroristen beweren daarmee bezig te zijn, maar zijn zo vrij de regels aan hun laars te lappen. Een echte jihad kan bijvoorbeeld alleen worden uitgeroepen door een Korangeleerde met een bewezen en in brede kring aanvaarde reputatie. Bin Laden en zijn helpers zijn berucht om hun gebrek aan kennis. Ook als het Westen de islam en dus alle moslims heeft aangevallen, gekwetst, geschaad, vernederd en door het slijk gehaald, bestaan er nog steeds regels, en de Koran is daar heel duidelijk over. Het is verboden om mensen aan te vallen en te doden die jou geen kwaad hebben gedaan en niets gedaan hebben om je te kwetsen. Het is verboden om vrouwen en kinderen te doden. Het is verboden om mensen te gijzelen en gevangenen te mishandelen, te martelen of te doden. De Al Qaeda-volgelingen doen dat allemaal elke dag. En laten we niet vergeten dat ze veel meer medemoslims dan christenen of joden hebben vermoord.'

'Maar hoe noemt u hun campagne dan?'

De man in de coulissen werd ongeduldig. Een topgeneraal had een bevel gegeven. Hij wilde zich niet als laatste moeten melden.

'Ik zou hen "nieuwe jihadisten" willen noemen, omdat ze een onheilige oorlog buiten de wetten van de heilige Koran en dus buiten de ware islam hebben bedacht. Een echte jihad is niet woest. Wat zij doen is dat wel. We zijn alweer aan de laatste vraag toe, ben ik bang.'

Er klonk een geritsel van boeken en aantekeningen. Op de voorste rij schoot een hand omhoog. Sproeten en een wit T-shirt met de aanprijzing van een studentenrockgroep.

'Alle bommenleggers beweren martelaren te zijn. Hoe rechtvaardigen ze dat?'

'Slecht,' zei dr. Martin. 'Ze zijn namelijk misleid, hoe goed opgeleid sommigen ook zijn. Het is heel goed mogelijk om in een correct uitgeroepen jihad als *shahid* te sterven, dus als martelaar strijdend voor de islam. Maar nogmaals, daarvoor bestaan regels, en die staan heel duidelijk in de Koran. De strijder mag zich niet zelf het leven benemen, ook al heeft hij zich vrijwillig opgegeven voor een missie waarvan geen terugkeer mogelijk is. Hij mag de tijd en plaats van zijn eigen dood niet kennen. Bij zelfmoordenaars is dat precies het omgekeerde, maar zelfmoord is nadrukkelijk verboden. Toen Mohammed nog leefde, weigerde hij pertinent het lijk van een zelfmoordenaar te zegenen, hoewel de man een eind aan zijn leven had gemaakt om een verminkende ziekte te voorkomen. Mensen die een massamoord op onschuldigen plegen en daarbij zelfmoord plegen, gaan naar de hel, niet naar de hemel. Daar treffen ze ook de valse predikers en imams die hen ertoe verleid hebben. Maar eerst is de wereld van Georgetown en de hamburgers weer aan de beurt, ben ik bang. Ik dank jullie voor jullie aandacht.'

Ze gaven hem een staande ovatie. Blozend van verlegenheid pakte hij zijn jasje en liep hij de coulissen in.

'Het spijt me dat ik stoor, professor,' zei de man uit Fort Meade. 'Maar de hoge omes roepen de Korancommissie naar het fort. De auto staat buiten.'

'Zoveel haast?'

'U had er gisteren al moeten zijn. De pleuris is uitgebroken.'

'Enig idee waarover?' vroeg Martin.

'Nee, meneer.'

Natuurlijk niet. De onwrikbare regel is dat iemand alleen dingen mag weten die hij weten móét. Niemand zal je vertellen wat je niet hoeft te weten om je werk te doen. Martin zou zijn nieuwsgierigheid nog even moeten bedwingen. De auto was de gebruikelijke sedan met de veelzeggende antenne op het dak: de inzittenden moesten altijd met de basis in contact blijven. De chauffeur was een korporaal, maar hoewel Fort Meade een legerbasis is, was de man in burger, niet in uniform. Je hoeft ook nergens mee te koop te lopen.

De chauffeur hield het portier open, en dr. Martin ging op de achterbank zitten. Zijn begeleider nam de passagiersstoel, en ze reden door het drukke verkeer naar de snelweg naar Baltimore.

Ver weg in het oosten lag de man die zijn boerderij aan het verbouwen was, languit naast het kampvuur in de boomgaard. Hij had er niets op tegen om zo te liggen. Als hij op rotsblokken en in sneeuwhopen kon slapen, kon hij dat zeker ook in het zachte gras onder appelbomen.

Ook de brandstof voor het kampvuur was geen probleem. Hij had genoeg oude, vermolmde planken om er de rest van zijn leven mee toe te kunnen. Zijn kantineblik hing pruttelend boven de rode as en hij zette een welkome mok dampende thee. Luxedrankjes zijn prima, maar na een dag hard werken drinkt een soldaat veel liever een mok gloeiend hete thee.

Hij had die middag overigens vrij genomen van zijn verheven werk op

..n was naar Meonstoke gelopen om in de kleine supermarkt ..iand voor het weekend in te slaan.
Iedereen wist inmiddels kennelijk dat hij de boerderij had gekocht en die zelf probeerde te verbouwen. Dat vond iedereen best. Rijke Londenaren die met een chequeboek zwaaiden en de landedelman uithingen, werden beleefd genoeg gegroet maar achter hun rug enigszins uitgelachen. In het dorp groeide daarentegen de opvatting dat de donkerharige vrijgezel die in zijn eigen boomgaard kampeerde terwijl hij de renovatie eigenhandig aanpakte, uit het goede hout gesneden was.
Volgens de postbode kreeg hij weinig post, behalve een paar officieel uitziende, vaalgele enveloppen, en hij had de man gevraagd om zelfs die in de pub (de Buck's Head) achter te laten om de postbode een sjokpartij over het lange modderpad te besparen – een gebaar dat de postbode erg waardeerde. De brieven waren geadresseerd aan een 'kolonel', maar daar had de man het nooit over als hij aan de bar iets te drinken vroeg of in de winkel een krant kocht of boodschappen deed. Hij glimlachte alleen en was heel beleefd. De groeiende waardering van de dorpsbewoners voor de man was niet vrij van nieuwsgierigheid. Veel mensen 'van buiten' waren onbeschaamd en arrogant. Wie was deze man? Waar kwam hij vandaan en waarom wilde hij in Meonstoke wonen?
Toen hij die middag door het dorp wandelde, bezocht hij de oeroude kerk van St. Andrew en raakte hij in gesprek met de predikant, dominee Jim Foley.
De ex-militair had al bedacht dat hij van het leven zou genieten in het dorp dat hij als zijn woonplaats had gekozen. Hij kon op zijn afgeragde mountainbike naar Droxford aan de weg naar Southampton rijden om op de markt groente te kopen die rechtstreeks uit iemands tuin kwam. Hij kon de talloze landweggetjes verkennen die vanaf zijn dak te zien waren, of bier proeven onder de balkenplafonds van pubs die hij daar nog kon ontdekken.
Maar eerst wilde hij over twee dagen naar het zondagse ochtendgebed in het stille halfdonker tussen de oude muren van de St. Andrew-kerk, Hij wilde er bidden, zoals hij heel vaak deed.
Hij wilde de God in wie hij vast geloofde, vergeving vragen voor alle mannen die hij gedood had, en om rust vragen voor hun onsterfelijke ziel. Hij wilde ook om eeuwige rust vragen voor de kameraden die hij naast zich had zien sterven, en zijn dankbaarheid uiten voor het feit dat hij nooit vrouwen of kinderen had gedood en ook nooit iemand die vreedzame bedoelingen had. Verder wilde hij bidden dat hij ooit voor

zijn zonden zou kunnen boeten, om dan het koninkrijk der hemelen te betreden.
Daarna wilde hij weer naar de heuvel gaan om zijn werk te hervatten. Hij had nog maar duizend dakpannen te gaan.

Het gebouwencomplex van de National Security Agency is enorm en vormt toch maar een klein deel van Fort Meade, dat een van de grootste Amerikaanse legerbases is. Het ligt 6 kilometer ten oosten van de Interstate 95 en halverwege Washington en Baltimore. Er zijn ongeveer 10.000 militairen gelegerd en er werken 25.000 burgers. De basis heeft veel weg van een stad en heeft alle gebruikelijke faciliteiten daarvan. Het deel van de speurneuzen beslaat een hoek van een streng bewaakte veiligheidszone waar dr. Martin nog nooit geweest was.
De sedan waarin hij zat, gleed ongestoord en ongehinderd over de uitgestrekte basis tot de veiligheidszone bereikt werd. Bij de poort werden passen gecontroleerd en tuurden mensen door de raampjes naar de Britse geleerde, voor wie de gids op de passagiersstoel garant moest staan. Een kleine kilometer verderop stopte de auto bij een zijdeur van het reusachtige gebouw en liep dr. Martin met zijn gids naar binnen. Daar stond een door militairen bewaakt bureau. Nieuwe controles, een paar telefoontjes, duimen op paneeltjes, een irisscan en daarna eindelijk toestemming.
Na wat een marathon door talloze gangen leek, stonden ze voor een anonieme deur. De gids klopte en ze gingen naar binnen. Dr. Martin bevond zich eindelijk tussen mensen die hij kende, en herkende vrienden, collega's en medeleden van de Korancommissie.
Net als heel veel andere vergaderzalen in overheidsgebouwen was ook deze anoniem en functioneel. Ramen waren er niet, maar de airconditioning hield de lucht fris. Een ronde tafel en gecapitonneerde stoelen met een rechte rug. Tegen een van de muren een scherm, vermoedelijk voor eventueel noodzakelijke grafieken en displays. Bijzettafeltjes met koffiekannen en schalen met eten voor de onverzadigbare Amerikaanse maag.
De gastheren waren twee kennelijk niet-academische inlichtingenofficieren die zich met nietszeggende beleefdheid voorstelden. De ene was de adjunct-directeur van de NSA, die door de generaal zelf gestuurd was. De andere was een hoge officier van de afdeling Binnenlandse Veiligheid in Washington.
Verder waren er de vier academici, onder wie dr. Martin. Ze kenden

elkaar allemaal. Voordat ze zich bereid hadden verklaard lid te worden van de naamloze commissie die buiten elke publiciteit bleef en uit deskundigen op het gebied van één boek en één godsdienst bestond, kenden ze elkaar al indirect door middel van hun publicaties en direct van seminars, lezingen en congressen. De wereld van zulke toegewijde Korangeleerden is niet groot.
Terry Martin begroette Ludwig Schramme van Columbia University, Ben Jolley van de Rand Corporation en 'Harry' Harrison van het Brookingsinstituut, die beslist een andere voornaam had maar altijd als Harry werd aangesproken. De oudste was Ben Jolley, een grote, baardige beer van een man die prompt en ondanks de afkeurende blik van de adjunct-directeur een geduchte bruyèrepijp tevoorschijn haalde en opstak. Zodra de tabak brandde als een vreugdevuur nam hij tevreden trekjes. De afzuigkap van Westinghouse boven hun hoofd deed zijn best en had zelfs bijna succes, hoewel hij na afloop een volledige reinigingsbeurt nodig had.
De adjunct-directeur begon meteen over de reden waarom de geleerden bij elkaar waren geroepen. Hij gaf iedereen een map met twee documenten: de Arabische teksten die uit de laptop van de Al Qaeda-financier waren gepeuterd en de vertaling van de eigen Arabische afdeling. De vier mannen namen meteen de Arabische versie voor zich en lazen in stilte. Dr. Jolley pufte door; de man van Binnenlandse Veiligheid huiverde. Het viertal was ongeveer op hetzelfde moment klaar.
Toen lazen ze de Engelse vertalingen om te zien wat over het hoofd was gezien en waarom. Jolley keek de twee inlichtingenofficieren aan.
'En?'
'Eh... wat bedoelt u, professor?'
'Wat is het grote probleem? Waarom zitten we hier?'
De adjunct-directeur boog zich naar voren en tikte op een deel van de Engelse vertaling.
'Dit is het probleem. Dit stuk tekst hier. Wat betekent het? Waar hebben ze het over?'
Alle vier hadden ze de Koranverwijzing in de Arabische tekst opgemerkt. Daarvoor hadden ze geen vertaling nodig. Ze hadden de zinsnede allemaal vaak gezien en de mogelijke betekenissen ervan bestudeerd. Maar dat was in geleerde verhandelingen geweest. Deze tekst stond in moderne letters. Drie verwijzingen in de ene brief, één verwijzing in de andere.
'Al-Isra? Dat moet een soort code zijn. Het woord slaat op een episode

in het leven van de profeet Mohammed.'
'Vergeef ons onze onwetendheid, maar wat is Al-Isra?' vroeg de man van Binnenlandse Veiligheid.
'Vertel jij het maar, Terry,' zei dr. Jolley.
'Het woord verwijst naar een openbaring in het leven van de Profeet, heren,' zei Terry Martin. 'De geleerden zijn het er echter niet over eens of hij toen een echt goddelijk wonder meemaakte of gewoon een uittreding. Kort gezegd lag hij ongeveer een jaar voordat hij uit zijn geboorteplaats Mekka naar Medina trok een keer te slapen, toen hij een droom kreeg. Of een hallucinatie. Of een goddelijk wonder. Laat ik het kortheidshalve maar een "droom" noemen. In die droom werd hij vanuit de diepten van het moderne Saudi-Arabië naar Jeruzalem gebracht, een stad die toen alleen voor de christenen en joden heilig was.'
'In welk jaar van onze kalender?'
'Rond 622.'
'Wat gebeurde er toen?'
'Hij vond een getuierd paard met vleugels en kreeg het verzoek om erop te gaan zitten. Het paard vloog naar de hemel en de Profeet kwam voor de Almachtige God te staan, die hem alle gebeden en rituelen leerde die van een ware gelovige geëist worden. Mohammed leerde ze uit zijn hoofd en dicteerde ze later aan een klerk. Zo werden ze een integrerend deel van de 6.666 verzen van de Koran. Ze werden zelfs de basis van de islam en zijn dat nog steeds.'
De drie andere professoren knikten instemmend.
'En geloven ze dat?' vroeg de adjunct-directeur.
Harry Harrison onderbrak hem. 'Laten we daar niet te neerbuigend over doen. In het Nieuwe Testament lezen we dat Jezus Christus veertig dagen en nachten in de woestijn vastte, de duivel zelf tegenkwam en diezelfde Satan afwees. Na zo'n lange tijd zonder eten gaat iemand beslist hallucineren, maar voor de ware gelovigen in het christendom is dat de Heilige Schrift waaraan niet getornd mag worden.'
'U hebt gelijk. Mijn verontschuldigingen. Al-Isra is dus de ontmoeting met de aartsengel?'
'Helemaal niet,' zei Jolley. 'Al-Isra is de reis zelf. Een goddelijke reis, ondernomen op bevel van Allah zelf.'
'Die reis is een tocht door de duisternis naar een grote verlichting genoemd,' zei dr. Schramme.
Hij citeerde een oud commentaar. De anderen kenden het goed en knikten.

'Wat kunnen een moderne islamiet en een hooggeplaatst iemand van Al Qaeda ermee bedoelen?'
Voor de academici was dit de eerste keer dat er iets doorschemerde over de herkomst van de documenten. Het was dus geen onderschepping maar een inbeslagname.
'Werd het goed bewaakt?' vroeg Harrison.
'Twee mannen stierven bij hun poging om te verhinderen dat wij het zagen.'
'Juist ja. Begrijpelijk.' Dr. Jolley bestudeerde zijn pijp met grote aandacht. De drie anderen sloegen hun ogen neer. 'Het kan niets anders zijn dan een verwijzing naar een project, een operatie, vrees ik. En geen kleintje.'
'Iets groots?' vroeg de man van Binnenlandse Veiligheid.
'Heren, vrome moslims praten niet lichtvaardig over Al-Isra, om van fanatieke moslims nog maar te zwijgen. Voor hen is die reis iets wat de wereld veranderd heeft. Als zij ergens de codenaam Al-Isra aan geven, moet het iets enorms zijn.'
'Is er niets waaruit blijkt wat het zijn kan?'
Dr. Jolley keek zijn drie collega's aan. Ze haalden hun schouders op.
'Geen spoor. De twee auteurs vragen Allahs zegen voor hun project, meer staat er niet in. Ik denk dat ik namens iedereen hier spreek als ik voorstel om uit te zoeken wat het zijn kan. Want wat het ook is, ze zouden de term Al-Isra nooit gebruiken voor een gewone rugzakbom, een verwoeste nachtclub of een ontplofte forenzenbus.'
Niemand had aantekeningen gemaakt. Dat hoefde ook niet, want elk woord was opgenomen. Dit was immers het gebouw dat in de wereld van de inlichtingendiensten het 'puzzelpaleis' heette. De twee inlichtingenofficieren zouden binnen een uur een afschrift hebben en 's nachts hun gezamenlijke rapport schrijven. Dat rapport zou nog voor zonsopgang verzegeld en met gewapende bewakers het gebouw verlaten en hoog in de bevelsketen belanden. Heel hoog zelfs, zo hoog als in de Verenigde Staten maar mogelijk is, namelijk in het Witte Huis.

Terry Martin reed in dezelfde limousine als Ben Jolley naar Washington terug. De auto was groter dan de sedan van de heenweg en had een afscheiding tussen de voor- en de achterkant. Door het glas heen zagen ze twee achterhoofden: de chauffeur en hun jonge militaire gids.
De norse, oude Amerikaan hield zijn pijp attent in zijn zak en staarde naar het passerende landschap, een zee van roestrode en gouden herfst-

bladeren. De jonge Brit staarde de andere kant op en begon te dagdromen.
Zijn leven lang had hij maar van vier mensen echt gehouden, en in de laatste tien maanden was hij drie van hen kwijtgeraakt. Aan het begin van het jaar waren zijn beide ouders, die twee zoons van in de veertig hadden en zelf ruim zeventig waren, vlak na elkaar overleden. Zijn vader was geveld door prostaatkanker en zijn moeder was daardoor zo verpletterd dat ze niet verder wilde leven. Ze schreef haar twee zoons een ontroerende brief, nam een flesje slaappillen in een gloeiend heet bad, viel in slaap en ging, zoals ze zelf geschreven had, 'papa opzoeken'.
Terry Martin was er kapot van, maar overleefde het dankzij de kracht van twee mannen, de andere twee van wie hij meer hield dan van zichzelf. Een van hen was al veertien jaar zijn levenspartner: de lange, knappe effectenmakelaar Gordon. Maar toen, op een wilde avond in maart, was daar ineens een dronken chauffeur die waanzinnig hard reed, klonk het geknerp van metaal tegen mensenvlees, lag het lijk op een marmeren plaat en was er een afschuwelijk begrafenis waarbij Gordons ouders stijf en afkeurend naar zijn openlijke tranen keken.
Hij overwoog in alle ernst om een eind aan zijn ellendige leven te maken, maar zijn oudere broer Mike kon kennelijk gedachtenlezen, kwam een week logeren en praatte hem door de crisis heen.
Mike was Terry's held al toen ze nog in Irak woonden, maar ook toen Mike op de Britse kostschool in Haileybury buiten de marktstad Hertford zat.
Mike was altijd in alles het tegendeel van Terry geweest. Mike was donker, Terry blond; Mike was mager, Terry gezet; Mike was hard, Terry zacht; Mike was snel, Terry traag; Mike was dapper, Terry angstig. Terwijl Terry in de limousine door Maryland gleed, dwaalden zijn gedachten af naar de rugbywedstrijd tegen Tonbridge waarmee Mike zijn vijf jaar in Haileybury afsloot.
Op het moment dat de twee ploegen van het veld kwamen, stond Terry grijzend in de met touwen afgezette doorgang. Mike stak zijn hand uit en maakte Terry's haar in de war.
'We hebben het hem gelapt, broertje,' zei hij.
Terry was overmand geweest door een hartverscheurende angst toen het moment kwam waarop hij zijn broer moest vertellen dat hij homo was. Mike was inmiddels officier bij de para's en kwam net terug uit de oorlog op de Falklands. Hij dacht er even over na, grijnsde zijn spottende grijns en reageerde met Joe E. Browns uitsmijter in *Some like it hot*:

'Nou ja, niemand is volmaakt.'
Vanaf dat moment kende Terry's verering voor zijn broer geen grenzen meer.

In Maryland ging de zon onder. Cuba ligt in dezelfde tijdzone, en ook daar ging de zon onder. Op een schiereiland in het zuidwesten daarvan, dat Guantánamo heet, rolde een man zijn gebedsmat uit. Hij draaide zich naar het oosten, knielde en begon aan zijn gebeden. De soldaat buiten zijn cel keek onaangedaan toe. Hij had dit allemaal al heel vaak zien gebeuren en mocht zijn waakzaamheid niet ook maar één moment laten verslappen.
De biddende man zat nu al bijna vijf jaar achter de tralies van het vroegere Camp X-Ray en het huidige Camp Delta, dat in de Amerikaanse pers meestal Gitmo heet als afkorting van Guantánamo Bay. Hij had de mishandelingen en ontberingen van het begin zonder geschreeuw of protesten verdragen. Hij had de vele tientallen vernederingen van zijn lichaam en zijn geloof zwijgend ondergaan, maar als hij zijn kwelgeesten aanstaarde, zagen zelfs zij de onverzoenlijke haat in de zwarte ogen boven zijn zwarte baard en werd hij nog harder geslagen. Toch ging hij er niet aan onderdoor.
In de tijd van 'de wortel en de stok', toen de gevangenen werden aangemoedigd om collega's te verklikken in ruil voor gunsten, bleef hij zwijgen en kreeg hij geen betere behandeling. Toen anderen dat zagen, gingen ze hem in ruil voor concessies in het wilde weg beschuldigen, maar omdat hun verhalen complete verzinsels waren, had hij ze ontkend noch bevestigd.
De kamer vol dossiers die de ondervrager als bewijs van zijn kennis bijhield, bevatte veel over de man die die avond aan het bidden was, maar bijna niets daarvan kwam uit zijn eigen mond. Jaren eerder had hij beleefd allerlei vragen beantwoord toen een ondervrager tot een menselijke benadering besloot. Daarom bestond er toch een redelijk dossier over zijn leven.
Het probleem veranderde echter niet. Geen van de ondervragers had ooit een woord van zijn taal verstaan, en ze hadden zich altijd moeten verlaten op de tolken die overal met hen meegingen. Maar ook die tolken hadden een eigen agenda. Ook zij kregen gunsten in ruil voor interessante onthullingen, en ook zij hadden dus een motief om die te verzinnen.
Na vier jaar was de biddende man als 'niet-coöperatief' geclassificeerd, wat gewoon 'onbreekbaar' betekende. In 2004 was hij overgeplaatst

naar het nieuwe Camp Echo aan de overkant van de baai. Sindsdien zat hij permanent in een isoleercel. De cellen waren er kleiner en hadden witte muren. De gevangenen werden er alleen 's nachts uit gelaten. De man had al meer dan een jaar geen zon gezien.

Geen ouder eiste hem op. Geen regering vroeg om nieuws van hem. Geen advocaat diende verzoekschriften voor hem in. Gevangenen om hem heen werden krankzinnig en weggebracht voor therapie. Hij zweeg alleen en las zijn Koran. De wachtposten buiten zijn cel werden afgelost terwijl hij bad.

'Die verdomde Arabier,' zei de man wiens dienst erop zat.

Zijn vervanger schudde zijn hoofd. 'Hij is geen Arabier,' zei hij. 'Hij is Afghaan.'

'Wat vind je van ons probleem, Terry?'

Dat was Ben Jolley, die Martin uit zijn dagdroom wekte en achter in de limousine aankeek.

'Niet veel goeds,' zei Terry Martin. 'Heb je de gezichten van die twee speurneuzen gezien? We hebben bevestigd wat ze al vermoedden, maar toen we weggingen, waren ze bepaald niet blij.'

'Maar een andere interpretatie is onmogelijk. Ze zullen moeten ontdekken wat die Al-Isra-operatie inhoudt.'

'Hoe?'

'Nou, ik heb al een hele tijd met spionnen te maken. Ik adviseer hun al sinds de Zesdaagse Oorlog zo goed als ik kan over dingen die met het Midden-Oosten te maken hebben. Ze hebben veel mogelijkheden: interne bronnen, omgekochte agenten, afluisterapparatuur, herstel van bestanden, spionagevliegtuigen... Ze doen ook veel met computers en analyseren gegevens in een paar minuten, wat vroeger weken kostte. Ze zullen er wel achter komen en het op de een of andere manier tegenhouden. Vergeet niet dat we een heel eind zijn opgeschoten sinds Gary Powers in 1960 boven Sverdlovsk werd neergeschoten en sinds de U2 in 1962 die foto's van de Cubaanse raketten nam. Je was toen vast nog niet eens geboren.'

Terry Martin knikte en dr. Jolley lachte uit volle borst om zijn eigen leeftijd.

'Ze hebben misschien iemand binnen Al Qaeda,' opperde hij.

'Dat betwijfel ik,' zei de oudere man. 'Iemand op dat niveau zou inmiddels verteld hebben waar de leiding zit, en dan zouden we er met slimme bommen op af zijn gegaan.'

'Of ze hebben iemand in Al Qaeda laten infiltreren om verslag uit te brengen.'

De oudere man schudde opnieuw zijn hoofd, ditmaal uit volle overtuiging. 'Schiet op, Terry, we weten allebei dat dat niet kan. Een geboren Arabier zou waarschijnlijk worden overgehaald om ons tegen te werken en een niet-Arabier kunnen we vergeten. We weten allebei dat Arabieren grote families, clans en stammen hebben. Eén keer navragen bij de familie of clan is genoeg om iedere bedrieger te ontmaskeren. Zijn curriculum moet dus volmaakt zijn. Hij moet bovendien niet alleen een Arabier lijken, maar ook als een Arabier praten en bovendien als een Arabier handelen. Als hij in al die gebeden één lettergreep verkeerd zegt, horen die fanatici dat meteen. Ze bidden vijfmaal per dag en maken nooit een fout.'

'Dat klopt,' zei Martin. Hij wist dat zijn zaak hopeloos was maar genoot van de fantasie. 'Maar je kunt de Koranverzen leren en een niet op te sporen familie bedenken.'

'Vergeet het, Terry. Geen westerling kan bij de Arabieren voor een Arabier doorgaan.'

'Mijn broer wel.' zei dr. Martin. Als hij een paar tellen eerder zijn tong had kunnen afbijten, zou hij dat gedaan hebben. Maar er was natuurlijk niets aan de hand. Dr. Jolley gromde, liet het onderwerp varen en bestudeerde de eerste buitenwijken van Washington. Aan de andere kant van het glas bewoog geen enkel hoofd ook maar een centimeter. Hij slaakte een zucht van verlichting. Alle microfoons in de auto waren kennelijk uitgezet.

Daarin vergiste hij zich.

3

Het Fort Meade-rapport over de besprekingen van de Korancommissie was zaterdag voor zonsopgang klaar en verstoorde diverse weekendplannen. Een van degenen die 's nachts in zijn huis in Old Alexandria werd opgetrommeld, was Marek Gumienny, adjunct-directeur Operaties van de CIA. Hij moest meteen naar zijn kantoor komen, maar kreeg niet te horen waarom.

Dat 'waarom' lag op zijn bureau toen hij daar aankwam. In Washington was de zon nog niet eens op. De eerste aanwijzingen voor de komende dageraad kleurden de verre heuvels van het Prince George-district, waar de Patuxent samenvloeit met de Chesapeake, al wel roze.

Marek Gumienny's kantoor was een van de weinige op de zesde en hoogste verdieping van het grote, langwerpige gebouw in het complex dat het CIA-hoofdkwartier vormt en simpelweg wordt aangeduid als Langley. Het wordt de laatste tijd ook wel het Oude Gebouw genoemd om het te onderscheiden van het spiegelbeeldige Nieuwe Gebouw waarin de uitdijende dienst sinds 11 september gevestigd is.

In de hiërarchie van de CIA is de directeur traditioneel een politieke benoeming en ligt de echte macht vaak bij zijn twee plaatsvervangers. De afdeling Operaties verzamelt de feitelijke inlichtingen terwijl de afdeling Inlichtingen de vergelijking en analyse van de binnenkomende oogst voor haar rekening neemt en uit de ruwe informatie een betekenisvol beeld distilleert.

Vlak daaronder liggen de afdelingen Contraspionage (om de dienst vrij van indringers en interne verraders te houden) en Contraterrorisme. Die laatste werd in toenemende mate het brandpunt omdat de aandacht van de dienst steeds minder uitging naar de voormalige Sovjet-Unie en steeds meer naar de nieuwe bedreigingen vanuit het Midden-Oosten.

De adjunct-directeur Operaties was sinds het begin van de Koude Oorlog rond 1945 altijd een sovjetexpert geweest, en de divisie Sovjet-Unie en SE (satellieten en Oost-Europa) was ideaal voor de carrière van een ambitieuze agent. Marek Gumienny was de eerste arabist die adjunct-directeur Operaties was geworden. Als jonge agent was hij jarenlang in het Midden-Oosten gedetacheerd geweest. Hij had Arabisch en Farsi, de taal van Iran, leren beheersen en kende de cultuur.

Zelfs in dit gebouw, dat 24 uur per dag in bedrijf is, is de zaterdagochtend voor zonsopgang niet de beste tijd om het kopje gloeiend hete en geurige koffie te krijgen waarvan hij hield, en dus zette hij die zelf. Terwijl die stond te pruttelen, begon Gumienny aan het pakje op zijn bureau waarin het dunne, met was verzegelde dossier zat.

Hij wist wat hij daarvan mocht verwachten. Fort Meade had het bestand opgevist, vertaald en geanalyseerd, maar de CIA had samen met de Britten en de Pakistanen in Pesjawar de laptop te pakken gekregen. De CIA-afdelingen in Pesjawar en Islamabad hadden dan ook uitvoerige rapporten geschreven om hun chef op de hoogte te houden.

Het dossier bevatte alle documenten die uit de computer van de Al Qaeda-financier waren gehaald, maar de twee brieven, die drie bladzijden in beslag namen, waren de klappers. De adjunct-directeur sprak vloeiend Straatarabisch, maar het lezen van die taal is altijd moeilijker, en hij nam herhaaldelijk zijn toevlucht tot de vertalingen.

Hij las het rapport van de Korancommissie, dat door de twee inlichtingenofficieren na de vergadering was opgesteld, maar dat bevatte voor hem geen verrassingen. Het was hem duidelijk dat de verwijzingen naar Al-Isra, de magische reis van de Profeet door de nacht, alleen een code voor een belangrijk project konden zijn.

Dat project moest nu voor de Amerikaanse inlichtingendiensten een interne naam krijgen, maar Al-Isra mocht dat niet zijn, want dan zouden de anderen weten wat ze ontdekt hadden. Hij overlegde met de afdeling Dossiercryptografie over een naam die hij en zijn collega's zouden gebruiken voor het Al Qaeda-project, wat het ook mocht blijken te zijn.

Codenamen komen uit een computer via een proces dat 'willekeurige selectie' heet en dat bedoeld is om niets te verraden. Het naamgevingsproces van die maand gebruikte vissennamen, en de computer kwam met Stekelrog. Het project heette voortaan dus project-Stekelrog.

Het laatste vel in het dossier was er die zaterdagnacht aan toegevoegd. Het was een korte mededeling, afkomstig van een man die niet graag woorden verspilde: de directeur Nationale Inlichtingen, een van de zes patroons. Het dossier van Fort Meade had kennelijk zijn weg gevonden naar de Nationale Veiligheidsraad (Steve Hadley), naar de directeur Nationale Inlichtingen en naar het Witte Huis. Marek Gumienny nam aan dat in het Oval Office nog laat licht had gebrand.

Het laatste vel droeg het persoonlijke briefhoofd van de directeur Nationale Inlichtingen, en daarop stond in hoofdletters:

WAT IS AL-ISRA?
NUCLEAIR, BIOLOGISCH, CHEMISCH, CONVENTIONEEL?
ONTDEK WAT, WANNEER EN WAAR.
UITERSTE DATUM: NU.
BEPERKINGEN: GEEN.
BEVOEGDHEDEN: ALLE.
JOHN NEROPONTE.

Daaronder was een handtekening gekrabbeld. De brief in Marek Gumienny's hand gaf hem gezag over alle negentien belangrijke diensten in de Verenigde Staten die gegevens verzamelen en opslaan. Zijn blik gleed naar de bovenkant van het vel. Het was aan hem persoonlijk geadresseerd. Iemand klopte aan.

Een jonge GS15 kwam iets anders afleveren. GS is de afkorting van *general service*, en 15 is een heel lage salarisschaal. Gumienny glimlachte de jongeman bemoedigend toe, want deze was kennelijk nog nooit zo hoog in het gebouw geweest. Gumienny stak zijn hand uit, tekende op het klembord om de ontvangst te bevestigen en wachtte tot hij weer alleen was.

Het nieuwe dossier was een attentie van zijn collega's in Fort Meade: de transcriptie van het gesprek tussen de twee Korangeleerden in de auto op de terugweg naar Washington. Een van hen was een Brit. Iemand in Fort Meade had diens laatste uitspraak met een serie vraagtekens in rode inkt onderstreept.

Tijdens zijn verblijf in het Midden-Oosten had Marek Gumienny veel met de Britten te maken gehad, en anders dan sommige landgenoten die zich drie jaar lang in het afgrijselijke Irak staande hadden moeten houden, was hij niet te trots om toe te geven dat de naaste bondgenoten van de CIA in wat Kipling ooit het 'grote spel' noemde, veel esoterische kennis bezaten over de woestenijen tussen de Jordaan en de Hindoekoesj.

De Britten hadden anderhalve eeuw lang als soldaten, als administrateurs van het oude rijk of als excentrieke ontdekkingsreizigers alle woestijnen, gebergten en geitenkralen verkend in de streek die inmiddels de tijdbom voor de mondiale inlichtingendiensten was. De Britten noemden de CIA de Neven of het Bedrijf en de Amerikanen duidden de in

Londen gevestigde Secret Intelligence Service aan als de Vrienden of de Firma. Voor Marek Gumienny was een van die vrienden een man met wie hij goede tijden, minder goede tijden en ronduit gevaarlijke tijden had beleefd toen ze allebei nog gewone agenten in het veld waren. Marek zat inmiddels achter een bureau in Langley en Steve Hill was uit het veld gehaald en bevorderd tot hoofd Midden-Oosten in het hoofdkwartier van de Firma aan Vauxhall Cross.

Gumienny stelde vast dat een gesprek geen kwaad kon en misschien zelfs iets goeds kon opleveren. Veiligheidsproblemen waren er niet. Hij wist dat de Britten over vrijwel alles beschikten wat hij ook zelf had. Ook zij hadden de ingewanden van de laptop in Pesjawar doorgeseind naar hun eigen afluister- en cryptografiehoofdkwartier in Cheltenham. Ook zij moesten het apparaat hebben leeggehaald en de inhoud hebben geprint. Ze hadden ook vast de vreemde Koranverwijzingen in de gecodeerde brieven geanalyseerd.

Wat Marek Gumienny echter wel en Londen waarschijnlijk niet had, was de bizarre opmerking van een Britse professor op de achterbank van een auto midden in Maryland. Hij toetste een nummer in op het paneel op zijn bureau. Telefooncentrales zijn in zekere zin prachtig, maar de moderne technologie betekent dat iedere hoge manager sneller verbinding krijgt als hij zijn eigen satelliettelefoon gebruikt.

In een bescheiden forenzenhuis in Surrey, vlak buiten Londen, ging de telefoon. Het was acht uur 's ochtends in Langley en dus één uur 's middags in Londen: het gezin stond op het punt om aan te vallen op het gebraden rundvlees dat elk moment kon worden opgediend. Na drie keer rinkelen werd er opgenomen. Steve Hill had heerlijk gegolfd en wilde heerlijk gaan eten.

'Hallo?'

'Steve? Ik ben het. Marek.'

'Waar zit je, ouwe jongen? Toch niet in Engeland?'

'Nee, achter mijn bureau. Kun je de lijn even beveiligen?'

'Natuurlijk. Geef me twee minuten...' Op de achtergrond hoorde Marek: 'Schat, hou het vlees nog even in de keuken.' De lijn viel weg.

Toen de verbinding hersteld was, was de stem uit Engeland ietwat blikkerig maar niet te onderscheppen.

'Mag ik aannemen dat er iets onwelriekends aan de knikker is?' vroeg Hill.

'Niet alleen aan de knikker,' gaf Gumienny toe. 'Ik neem aan dat jij uit Pesjawar ongeveer hetzelfde gekregen hebt als wij.'

'Dat vermoed ik. Ik heb gisteren alles gelezen en vroeg me al af wanneer je zou bellen.'
'Ik weet iets wat jullie misschien niet hebben, Steve. We hebben hier een gasthoogleraar uit Londen. Vrijdagavond maakte hij een toevallige opmerking. Maar laat ik er niet omheen draaien. Ken je iemand die Martin heet?'
'Martin wie?'
'Nee, Martin is zijn achternaam. Zijn broer hier is dr. Terry Martin. Zegt die naam je iets?'
Steve Hill liet alle koetjes en kalfjes voor wat ze waren. Hij hield de hoorn vast en staarde in de verte, want hij kende Martins broer wel degelijk. Tijdens de Eerste Golfoorlog, van 1990 tot 1991, had hij in Saudi-Arabië in het begeleidingsteam gezeten toen de broer van de professor Bagdad in was geglipt. Hij had daar onder de neus van Saddams geheime politie als een nederige tuinman gewerkt terwijl hij inlichtingen van onschatbare waarde doorseinde die van iemand uit het kabinet van de dictator afkomstig waren.
'Best mogelijk,' gaf hij toe. 'Waarom?'
'Ik denk dat we moeten praten,' zei de Amerikaan. 'Onder vier ogen. Ik kan naar je toe komen, want ik heb de Grumman.'
'Wanneer kom je?'
'Vanavond. Ik kan in het vliegtuig slapen. Dan ben ik voor het ontbijt in Londen.'
'Prima. Ik regel het wel met Northolt.'
'En Steve... Kun je terwijl ik in het vliegtuig zit, een volledig dossier over die Martin samenstellen? Als ik bij je ben, leg ik uit waarom.'
De Britse luchtmachtbasis Northolt ligt ten westen van Londen aan de weg naar Oxford. Een paar jaar na de Tweede Wereldoorlog was dat zelfs Londens burgerluchthaven, want toen werd nog haastig aan Heathrow gebouwd. Het werd daarna weer een secundair vliegveld en ten slotte een veld voor privé- en directievliegtuigen. Maar omdat het nog steeds van de Britse luchtmacht is, kunnen inkomende en uitgaande veilige vluchten zonder de gebruikelijke formaliteiten worden geregeld.
De CIA heeft zijn eigen privévliegveld bij Langley plus een kleine vloot van directievliegtuigen. Dankzij de brief die alle macht in zijn handen legde, kreeg Marek Gumienny de beschikking over de Grumman V, waarin hij tijdens de vlucht uitstekend sliep. Steve Hill wachtte hem op Northolt op.
Hij bracht zijn gast niet naar de groene en zandstenen ziggoerat aan

Vauxhall Cross op de zuidelijke oever van de Theems bij Vauxhall Bridge, maar naar het veel rustiger Clivedenhotel, een voormalig herenhuis op een eigen landgoed, dat op nog geen 50 kilometer van het vliegveld ligt. Hij had er een kleine vergadersuite met roomservice en privacy geregeld. Daar las hij de analyse van de Amerikaanse Korancommissie – opmerkelijk identiek aan die van Cheltenham – en de transcriptie van het gesprek op de achterbank van de limousine.

'Wat een sufferd,' mompelde hij toen hij alles gelezen had. 'Die andere arabist had gelijk. Het gaat niet alleen om de taal, maar ook om al die andere dingen die je moet kunnen en weten. Een vreemdeling valt altijd door de mand.'

'Wat zou jij doen als je een opdracht van de allerhoogste had, zoals ik?'

'Een Al Qaeda-insider oppakken en roosteren,' zei Hill.

'Steve, als we ook maar het flauwste idee hadden waar we iemand te pakken kunnen krijgen die zo hoog is in Al Qaeda, zouden we dat natuurlijk gedaan hebben. Maar voorlopig hebben we niemand in zicht.'

'Wacht en hou je ogen open. Iemand gebruikt die uitdrukking misschien opnieuw.'

'Als Al-Isra inderdaad de volgende spectaculaire aanslag wordt, dan moeten mijn mensen aannemen dat de Verenigde Staten het doelwit zijn. Washington zal nooit tevreden zijn met wachten op een wonder dat misschien nooit gebeurt. Bovendien moet Al Qaeda inmiddels weten dat we de laptop hebben. De kans is groot dat ze die uitdrukking nooit meer gebruiken, behalve mondeling.'

'Nou, we zoeken plekken waar ze het horen, en we laten doorschemeren dat we alles hebben en het net aan het sluiten zijn. Dan houden ze ermee op en pakken ze hun biezen,' zei Hill.

'Misschien wel, misschien niet. Maar dat zouden we nooit weten. We zouden altijd in onzekerheid verkeren over de vraag of operatie-Stekelrog is afgeblazen of niet. En zo niet? Als het gewoon doorgaat? Zoals mijn baas vroeg: is het nucleair, biochemisch, conventioneel? We moeten iets doen. Kan jouw Martin inderdaad bij Arabieren voor een Arabier doorgaan? Is hij echt zo goed?'

'Vroeger wel,' zei Hill grommend, terwijl hij de Amerikaan een dossier gaf. 'Kijk zelf maar.'

De map was bijna 3 centimeter dik en gemaakt van het gewone, vaalgele manillapapier. Op de voorkant stond alleen: KOLONEL MIKE MARTIN.

De vader van de moeder van de twee Martins had tussen de beide

wereldoorlogen op een theeplantage in het Indiase Darjeeling gewerkt. Daar had hij iets vrijwel ongehoords gedaan: hij trouwde er met een Indiaas meisje.
De wereld van de Britse theeplanters was klein, afgelegen en heel arrogant. Bruiden werden uit Engeland gehaald of gevonden tussen de dochters van de officieren van de Raj. De jongens kenden foto's van hun grootvader, de lange Terence Granger, die met een blozend gezicht, een blonde snor, een pijp in zijn mond en een geweer in zijn hand naast een doodgeschoten tijger stond.
En ze kenden foto's van de vriendelijke, liefhebbende en heel mooie Indira Bohse. Toen bleek dat Terence Granger zich niet liet ompraten, bedacht de leiding van de plantage een oplossing in plaats van een schandaal te riskeren door hem te ontslaan. Het jonge paar werd overgeplaatst naar de wildernis van Assam bij de Birmese grens.
Als dat als straf bedoeld was, pakte het anders uit. Granger en zijn jonge vrouw genoten van het leven daar in een woest landschap vol ravijnen, tijgers en ander wild. In 1930 werd Susan er geboren. Dertien jaar later begon de oorlog Assam te naderen. De Japanners rukten door Birma naar de grens op. Terence Granger was oud genoeg om niet in het leger te hoeven, maar gaf zich op als vrijwilliger en stierf in 1945 bij een oversteek van de Irawaddy.
Met het kleine weduwepensioen van de plantage kon Indira Granger maar één kant op: terug naar haar eigen cultuur. Twee jaar later ontstonden nieuwe problemen: India werd opgesplitst en onafhankelijk. Ali Jinnah klampte zich vast aan het islamitische Pakistan in het noorden, Pandit Nehru deed hetzelfde met het grotendeels hindoeïstische India in het zuiden. Horden vluchtelingen trokken naar noord en zuid, en er braken hevige gevechten uit.
Mevrouw Granger, die voor Susans veiligheid vreesde, stuurde haar naar de jongste broer van wijlen haar man, die een heel keurige architect in Haslemere (Surrey) was. Zelf kwam ze zes maanden later om tijdens rellen.
Susan Granger bereikte als zeventienjarige het land van haar vader, waar ze nooit geweest was. Ze ging een jaar naar een meisjesschool en werkte drie jaar als verpleegkundige in het algemene ziekhuis van Farnham. Op haar eenentwintigste – de jongste leeftijd die was toegestaan – solliciteerde ze naar de baan van stewardess bij de British Overseas Airways Corporation. Ze was verbijsterend mooi met haar waterval van kastanjebruin haar, de blauwe ogen van haar vader en de huid van een Engels

meisje, maar dan met een honingkleur. Omdat ze vloeiend Hindi sprak, zette de BOAC haar op de route tussen Londen en Bombay. Het was een lange en trage reis. Van Londen ging het naar Rome, Caïro, Basra, Bahrein, Karachi en ten slotte Bombay. Geen bemanningslid hield dat de hele reis vol, en in het Zuid-Iraakse Basra werd de bemanning gewisseld. Susan ontmoette daar in 1951 in een country club een boekhouder die voor een oliemaatschappij werkte en Nigel Martin heette. Ze trouwden in 1952, maar moesten tien jaar op de geboorte van hun oudste zoon Mike wachten. Drie jaar later werd Terry geboren. Maar de gezinsleden waren onderling heel verschillend.

Marek Gumienny staarde naar de foto in het dossier. Geen zonnebrand maar een van nature donkere huid met zwart haar en donkerbruine ogen. Hij besefte dat de genen van de grootmoeder een generatie hadden overgeslagen en terecht waren gekomen in de kleinzoon, die in niets leek op zijn broer, de professor in Georgetown, wiens blozende gezicht en blonde haar van zijn vader afkomstig waren. Hij moest aan Ben Jolleys bezwaren denken: iedere infiltrant die binnen Al Qaeda ook maar een schijn van kans wilde maken, zou Arabisch moeten lijken en Arabisch moeten spreken.

Gumienny nam snel de rest van hun jeugd door. Ze waren allebei naar een Engels-Iraakse school gegaan en hadden ook Arabisch geleerd van hun vader en het kindermeisje, de lieve en begerenswaardige Fatima die van het platteland kwam en zou teruggaan naar haar stam als ze genoeg geld had verdiend om een fatsoenlijke, jonge echtgenoot te vinden. Er was een verhaal bij dat alleen uit een gesprek met Terry Martin afkomstig kon zijn: diens oudste broer rende in zijn witte, Iraakse *dishdash* over het gazon van het huis in de Bagdadse voorstad Saadun; de verrukte gasten van hun vader lachten vrolijk en riepen: 'Maar, Nigel, hij lijkt wel iemand van ons!' Hij lijkt wel iemand van ons, dacht Marek Gumienny. Hij lijkt wel iemand van hen. Aan twee van Ben Jolleys vier voorwaarden was daarmee voldaan: hij leek een Arabier en sprak Arabisch als een Arabier. Met een goede training moest hij ook de gebedsrituelen onder de knie kunnen krijgen.

De CIA-man las nog even door. Als vice-president was Saddam Hoessein de buitenlandse oliemaatschappijen gaan nationaliseren, en in 1972 was Anglo-Iraq aan de beurt. Nigel Martin hield het nog drie jaar vol, maar ging in 1975 met zijn gezin naar Engeland terug. Mike was toen dertien en stond klaar om in Haileybury naar de middelbare school te gaan. Marek Gumienny moest even naar het toilet en wilde een kop koffie.

'Volgens mij zou hij het kunnen,' zei hij toen hij terugkwam. 'Met genoeg opleiding en steun zou hij het kunnen. Waar zit hij tegenwoordig?'
'We hebben hem twee keer voor korte klussen geleend, maar de rest van zijn carrière heeft hij bij de para's en de Special Forces gezeten. Vorig jaar zaten zijn 25 jaar erop en ging hij met pensioen. Maar nee, het zou nooit kunnen.'
'Waarom niet? Hij heeft alles, Steve.'
'Behalve de achtergrond, de voorouders, de geboorteplaats. Je loopt niet gewoon bij Al Qaeda naar binnen, behalve als jonge vrijwilliger voor een zelfmoordopdracht, een sukkel, een armoedzaaier zonder vooruitzichten. Je moet vele jaren lang het vertrouwen winnen voordat je in de buurt van prijsprojecten mag komen. Daarop loopt je idee stuk, Marek. Daarop blijft het stuklopen. Tenzij...' Hij liet zijn gedachten even de vrije loop, maar schudde toen zijn hoofd.
'Tenzij wat?' vroeg de Amerikaan.
'Het zit er gewoon niet in,' zei Hill.
'Vertel het me toch maar.'
'Ik zat aan een dubbelganger te denken. Iemand wiens plaats hij zou kunnen innemen. Iemand wiens plaats hij zou kunnen innemen en op wie hij sprekend lijkt. Maar ook dat is geen goed plan. Als de echte nog leefde, zou hij Al Qaeda-lid zijn. Als hij dood was, zouden ze dat ook weten. We hebben geen schijn van kans.'
'Het is een dik dossier,' zei Marek Gumienny. 'Mag ik het meenemen?'
'Het is natuurlijk een kopie. Wie krijgt het te zien?'
'Alleen ik, ouwe jongen. Daar kun je van op aan. Alleen mijn eigen safe en de papierverbrander krijgen het onder ogen.'
De adjunct-directeur Operaties vloog weer naar Langley, maar belde een week later opnieuw. Steve nam het telefoontje aan achter zijn bureau aan Vauxhall Cross.
'Ik kom er weer aan,' zei Marek Gumienny zonder omhaal. Beide mannen wisten dat de Britse premier in Downing Street zijn vriend in het Witte Huis alle Britse steun voor het achterhalen van het project-Stekelrog had beloofd.
'Dat is geen probleem, Marek. Is er een doorbraak?' Steve Hill zei het niet, maar was wel geïntrigeerd. Dankzij de moderne technologie bestaat er niets wat niet in het diepste geheim en binnen een paar seconden tussen de CIA en de SIS kan worden uitgewisseld. Waarom nam de Amerikaan dan het vliegtuig?

'De dubbelganger,' zei Gumienny. 'Volgens mij hebben we hem. Hij is tien jaar jonger maar ziet er ouder uit. Dezelfde lengte en lichaamsbouw. Hetzelfde donkere gezicht. En een Al Qaeda-veteraan.'
'Dat klinkt goed. Maar waarom zit hij niet bij de boeven?'
'Omdat wij hem onder onze hoede hebben genomen. Hij zit in Guantánamo. Al bijna vijf jaar.'
'Is het een Arabier?' Hill was verrast. Als een hoge Al Qaeda-Arabier al bijna vijf jaar in Gitmo zat, had hij dat moeten weten.
'Nee, een Afghaan die Izmat Khan heet. Ik kom eraan.'

Terry Martin kon een week later nog steeds niet slapen. Wat een stomme opmerking! Waarom had hij zijn mond niet gehouden? Waarom moest hij zo nodig opscheppen over zijn broer? Ben Jolley had het misschien wel doorgebriefd, want Washington was één groot roddelend dorp. Zeven dagen na zijn opmerking achter in de limousine belde hij zijn broer.
Mike Martin was de laatste lading hele pannen van zijn kostbare dak aan het halen. Eindelijk kon hij het vilt aanbrengen plus de latten om het op zijn plaats te houden. Binnen een week kon het lekvrij zijn. Hij hoorde het getingel van *Lillibolero* uit zijn mobieltje in de zak van zijn werkmansjasje dat aan een spijker in de buurt hing. Hij werkte zich voorzichtig over de veilige daksparren en pakte het. Het schermpje verried dat zijn broer in Washington belde. 'Dag, Terry.'
'Mike, ik ben het.' Hij begreep nog steeds niet hoe de mensen die hij belde, wisten dat hij het was. 'Ik heb iets stoms gedaan en je moet het me vergeven. Een week of zo geleden heb ik mijn mond voorbijgepraat.'
'O ja? Wat heb je dan gezegd?'
'Doet er niet toe. Hoor eens, als je ooit bezoek krijgt van mannen in pakken – je weet wel wie ik bedoel – moet je gewoon zeggen dat ze oprotten. Ik heb gewoon iets stoms gezegd. Als er iemand op bezoek komt...'
Mike Martin zag vanuit zijn arendsnest een antracietgrijze Jaguar langzaam over het pad tussen de landweg en de boerderij rijden. 'Het geeft niet, broertje,' zei hij vriendelijk. 'Ze zijn er al, geloof ik.'

De twee spionnenbazen zaten op klapstoeltjes en Mike Martin op de stam van een boom die met de kettingzaag tot voer voor het kampvuur moest worden verwerkt. Martin hoorde de Amerikaan zijn 'verkoopverhaal' afsteken en trok een wenkbrauw op naar Steve Hill.

'Je mag het zelf zeggen, Mike. Onze regering heeft het Witte Huis onze volledige medewerking aangeboden bij alles wat ze willen of nodig hebben, maar we zetten niemand onder druk om aan een missie zonder terugkeer te beginnen.'
'Valt deze dan in die categorie?'
Marek Gumienny onderbrak hen. 'We denken van niet. We hoeven alleen maar de naam en verblijfplaats van één hoge Al Qaeda'er te ontdekken die weet wat er gaande is. Dan halen we jou eruit en doen wij de rest. Alleen maar naar de roddels luisteren is misschien al genoeg...'
'Maar of ik nog voor een Arabier kan doorgaan... Ik denk eigenlijk van niet. Vijftien jaar geleden maakte ik me in Bagdad onzichtbaar door een nederige tuinman te zijn die in een schuur woonde. Ik hoefde geen ondervraging door de Mukhabarat te overleven. Ditmaal zou ik intensief aan de tand worden gevoeld, want iemand die vijf jaar lang in Amerikaanse handen is geweest, kan best een verrader zijn geworden.'
'We denken inderdaad dat ze je zullen ondervragen. Maar met een beetje geluk laten ze daar een hoge piet voor komen. Op dat moment smeer je 'm en wijs je de man voor ons aan. We staan vlak in de buurt. Op een paar meter afstand.'
'Maar deze man is een Afghaan,' zei Martin, terwijl hij op het dossier over de man achter de tralies van Guantánamo tikte. 'Ex-taliban. Dat betekent een Pathaan. Ik heb nooit vloeiend Pathaans leren spreken. Iedere Afghaan in de buurt heeft me meteen in de smiezen.'
'Je krijgt een maandenlange opleiding, Mike,' zei Steve Hill. 'Je mag pas weg als jij je er klaar voor voelt, en alleen als je denkt dat het werkt. Bovendien blijf je ver uit de buurt van Afghanistan, en de Afghaanse fundamentalisten hebben de prettige eigenschap dat ze zich maar zelden buiten hun erf wagen. Denk je dat je slecht Arabisch kunt spreken met het accent van een Pathaan die weinig opleiding heeft gehad?'
Mike Martin knikte. 'Dat kan. Maar als die theedoeken er een Afghaan bij halen die deze vent echt gekend heeft?'
De twee andere mannen deden er het zwijgen toe. Als dat gebeurde, was het einde verhaal. Dat wist iedereen rond het kampvuur. Terwijl de twee spionnenbazen liever naar de grond keken dan uitlegden wat er zou gebeuren met een agent die in het hart van Al Qaeda gesnapt werd, sloeg Mike Martin het dossier op zijn schoot open. Hij verstijfde bij wat hij zag. Het gezicht was vijf jaar ouder en gegroefd door leed. Hij leek ook tien jaar ouder dan zijn echte leeftijd. Maar het bleef de jongen uit de bergen die in Qala-i-Jangi bijna was omgekomen. 'Ik ken die man,'

zei hij zachtjes. 'Hij heet Izmat Khan.'
De Amerikaan staarde hem met open mond aan. 'Hoe ken je die vent in jezusnaam? Hij zit al in Gitmo sinds we hem vijf jaar geleden gevangen hebben genomen.'
'Dat weet ik, maar vele jaren eerder vochten we in de Tora Bora tegen de Russen.'
De mannen uit Londen en Washington dachten aan het dossier over Martin. Inderdaad... dat jaar in Afghanistan, toen hij de moedjahedien in hun strijd tegen de Russische bezetters geholpen had. Het was heel toevallig maar niet onmogelijk dat de mannen elkaar daar ontmoet hadden. Tien minuten lang hoorden ze hem uit over Izmat Khan in de hoop dat hij er iets aan toe te voegen had.
'Hoe is het tegenwoordig met hem? Is hij erg veranderd in de vijf jaar bij jullie mensen in Camp Delta?'
De Amerikaan uit Langley haalde zijn schouders op. 'Hij is een taaie, Mike. Een keiharde. Hij kwam met een ernstige hoofdwond en een dubbele hersenschudding aan. Tijdens zijn gevangenneming gewond geraakt. De hospikken dachten eerst dat hij... een beetje... simpel was. Achterlijk. Hij bleek alleen volstrekt gedesoriënteerd door de hersenschudding en de reis. Dat was begin december 2001, vlak na 11 september. De behandeling was toen... hoe zal ik het zeggen... niet zachtzinnig. Maar toen deed de natuur haar werk en herstelde hij genoeg om ondervraagd te kunnen worden.'
'Wat heeft hij jullie verteld?'
'Niet veel. Alleen zijn curriculum. Hij is ongevoelig voor marteling en aanbiedingen. Hij staart ons alleen aan, en als hij gromt, zien we in zijn zwarte ogen geen broederliefde. Daarom zit hij afgezonderd. Maar we weten van anderen dat hij redelijk Arabisch spreekt. Dat heeft hij in Afghanistan geleerd, want hij heeft er jarenlang in een medresse de Koran opgedreund. Twee in Groot-Brittannië geboren Al Qaeda-vrijwilligers die bij hem in de gevangenis hebben gezeten en nu zijn vrijgelaten, zeggen dat hij ook een beetje Engels hakkelt. Dat hebben zij hem geleerd.'
Martin wierp een doordringende blik op Steve Hill. 'Ze moeten opgepakt worden en in quarantaine blijven.'
Hill knikte. 'Natuurlijk. Dat is te regelen.'
Marek Gumienny stond op en liep rond de boerderij terwijl Martin het dossier bestudeerde. Vervolgens staarde hij naar het vuur en zag diep in de gloeiende kooltjes een verre, sombere, kale helling. Twee mannen,

wat rotsblokken en een zwaarbewapende, Russische Hind-helikopter die een bocht maakte om de aanval in te zetten. De jongen met de tulband die fluisterend vroeg: 'Gaan we dood, Angleez?'
Gumienny kwam terug, hurkte op de grond en pookte het vuur op. Het beeld vervloog in een wolk van vonken. 'Je hebt hier een heel project onder handen, Mike. Het lijkt me een klus voor een hele ploeg bouwvakkers. Doe je alles zelf?'
'Zo veel mogelijk. Voor het eerst in twintig jaar heb ik er de tijd voor.'
'Maar niet het geld, zeker.'
Martin haalde zijn schouders op. 'Het stikt hier in de buurt van de beveiligingsbedrijven, en als ik wil, heb ik zo een baan. Irak heeft al meer beroepslijfwachten voortgebracht dan iemand tellen kan, en het zijn er nog steeds te weinig. Als ze voor jullie in de soennitische driehoek werken, verdienen ze in een week meer dan in een halfjaar als soldaat.'
'Maar dan moeten ze weer naar het stof, het zand, de gevaren en een voortijdige dood. Daar had je toch afscheid van genomen?'
'Wat hebben jullie dan te bieden? Een vakantie met Al Qaeda op een van de eilanden bij Florida?'
Mark Gumienny was sportief genoeg om te gaan lachen. 'De Amerikanen worden van veel dingen beschuldigd, Mike, maar niet veel mensen zeggen dat we krenterig zijn tegenover degenen die ons helpen. Ik zit te denken aan een adviseursfunctie van vijf jaar voor 200.000 dollar per jaar. In het buitenland uitbetaald. Zonder gezeur met de belastingen. Je hoeft niet op je werk te komen. Je hoeft je ook nooit meer in gevaar te begeven.'
Mike Martins gedachten dwaalden af naar een scène in zijn favoriete film: T.E. Lawrence heeft Auda Abu Tayi geld aangeboden om mee te doen met zijn aanval op Akaba. Hij herinnerde zich Auda's grandioze antwoord: de man rijdt niet naar Akaba om het Britse geld, maar omdat het hem behaagt. Hij stond op. 'Steve, ik wil mijn huis van boven tot onder in zeildoek verpakt hebben. Als ik terugkom, wil ik het aantreffen zoals ik het heb achtergelaten.'
Het hoofd van de afdeling Midden-Oosten knikte. 'Geregeld,' zei hij.
'Ik pak even mijn spullen. Veel is het niet. Genoeg voor een kofferbak vol, meer niet.'
En zo werd het westerse antwoord op de operatie-Stekelrog bepaald onder de appelbomen van een boomgaard in Hampshire. Een computer liet er twee dagen later een willekeurige selectie op los en kwam met de naam operatie-Koevoet. Als iemand er Mike Martin over aangesproken

zou hebben, had hij zich nooit kunnen verdedigen, maar in alle gesprekken die hij later met hen had over de man die ooit zijn vriend was geweest, verzweeg hij één detail. Hij vond de noodzaak om iemands kennis te beperken tot wat hij nodig heeft, misschien iets wederzijds. En anders vond hij het detail niet belangrijk genoeg. Het had iets te maken met een gemompeld gesprek in de schaduwen van een hospitaalgrot op een plek die Jaji heet en door Arabieren geleid werd.

Deel 2

Strijders

4

De beslissing in de boomgaard van Hampshire leidde bij de twee spionnenbazen tot een stortvloed van andere beslissingen. Allereerst moesten de twee bazen toestemming en goedkeuring van hun politieke bazen zien te krijgen.

Dat was makkelijker gezegd dan gedaan, want Mikes eerste voorwaarde was dat niet meer dan twaalf mensen mochten weten waar operatie-Koevoet over ging. Zijn zorgen waren volstrekt begrijpelijk.

Als vijftig mensen iets interessants weten, is er altijd één die uiteindelijk uit de school klapt. Niet doelbewust, niet uit kwade wil, maar wel onvermijdelijk.

Mensen die ooit in het diepste geheim levensgevaarlijk werk hebben gedaan, weten dat het al zenuwslopend genoeg is om dankzij hun vakkennis fouten en betrapping te voorkomen. Ook de hoop dat je nooit verraden zullen worden door een volstrekt niet te voorzien toeval, legt altijd een zware druk op je. Maar je ergste nachtmerrie is de wetenschap dat je gevangenneming en lange, pijnlijke dood daarna te wijten zijn aan een sukkel die in de kroeg tegen zijn vriendin staat op te scheppen en wordt afgeluisterd – dat is de ergste angst van allemaal. Martins voorwaarde werd dus meteen ingewilligd.

In Washington was John Negroponte bereid de enige vertrouweling te zijn; hij gaf zijn goedkeuring. Steve Hill dineerde in zijn club met één man van de Britse regering en bereikte hetzelfde resultaat. Dat waren er dus vier.

Maar iedere man wist dat hij niet 24 uur per dag met de zaak bezig kon zijn en dus voor de dagelijkse gang van zaken een uitvoerder nodig had. Marek Gumienny benoemde een snel op de voorgrond rakende arabist van de CIA-divisie Contraterrorisme. Michael McDonald liet alles vallen, vertelde zijn gezin dat hij een tijdje in Groot-Brittannië moest werken, en vloog naar het oosten terwijl Marek Gumienny in het vliegtuig naar Washington zat.

Steve Hill koos Gordon Phillips, zijn eigen vervanger op de afdeling Midden-Oosten. Voordat de twee hoofdrolspelers afscheid namen,

kwamen ze overeen dat elk aspect van Koevoet een plausibele dekmantel moest hebben, zodat niemand beneden de top tien echt kon weten dat een westerse agent in Al Qaeda ging infiltreren.
Langley en Vauxhall Cross kregen te horen dat het binnenkort afwezige tweetal gewoon een tijd vrijaf nam om met een wetenschappelijke studie de eigen carrière te bevorderen en ongeveer zes maanden niet op kantoor zou komen.
Steve Hill stelde de twee mannen, die nu moesten samenwerken, aan elkaar voor en vertelde waar Koevoet op uit was. McDonald en Phillips werden doodstil. Hill had hun geen kantoren in het hoofdkwartier aan de Theems gegeven maar in een safehouse op het platteland, een van de diverse die de Firma bezat.
Toen ze hun bagage hadden uitgepakt en in de salon zaten, gooide hij hun een dik dossier toe.
'Morgen zoeken jullie een hoofdkwartier Operaties,' zei hij. 'Jullie hebben 24 uur om dit uit je hoofd te leren. Dit is de man die naar binnen gaat. Tot die dag werken jullie met hem, na die dag voor hem. Dit' – hij gooide een dunnere map op de salontafel – 'is de man wiens rol hij speelt. Over hem weten we duidelijk veel minder. Maar dit is alles wat de Amerikaanse ondervragers in honderd uur in Gitmo uit hem los hebben gekregen. Leer ook dat uit je hoofd.'
Toen hij weg was, bestelden de twee jongere mannen een grote pot koffie bij de huishoudelijke dienst en begonnen te lezen.

In de zomer van 1977, tijdens een bezoek aan de luchtvaarttentoonstelling van Farnborough, werd de vijftienjarige schooljongen Mike Martin verliefd. Zijn vader en jongere broer waren er ook en keken gefascineerd naar de gevechtsvliegtuigen, bommenwerpers, acrobatische piloten en allereerste prototypes. Voor Mike was het hoogtepunt een bezoek aan de Rode Duivels, het stuntteam van het Parachutistenregiment. Hij zag de mannen in vrije val als kleine vlekjes aan de hemel verschijnen om dan in hun tuig precies op het kleine landingsterrein neer te komen. Op dat moment wist hij wat hij later wilde doen.
In 1980 schreef hij tijdens zijn laatste semester in Haileybury een persoonlijke brief aan de parachutisten en werd hij voor diezelfde maand september uitgenodigd voor een gesprek in het militaire depot van het regiment in Aldershot. Bij zijn aankomst staarde hij naar de oude Dakota waaruit zijn voorgangers gesprongen waren bij hun poging om de brug bij Arnhem te veroveren, maar toen bracht de sergeant die het

groepje van vijf ex-scholieren begeleidde, hen naar de gespreksruimte. Op zijn oude school (de para's controleerden dat altijd) gold hij als een middelmatige leerling, maar ook als een uitstekende sportman. Voor de para's was dat precies goed. Hij werd aangenomen en begon aan het eind van de maand aan zijn opleiding: een martelende 22 weken die de overlevenden tot april 1981 bezighielden.

Eerst vier weken exerceren, elementaire omgang met wapens, veldoefeningen en fitness. Daarna nog eens twee weken van hetzelfde plus eerste hulp, seinen en voorzorgsmaatregelen tegen de atomaire, bacteriologische en chemische oorlogvoering (ABC).

Week zeven was bestemd voor nog meer fitnesstraining, die steeds zwaarder werd maar nog niet zo zwaar was als die in de weken acht en negen: langeafstandsmarsen door het Brecongebergte in Wales. Het was hartje winter, en fitte mannen overleden daar aan ontberingen, kou en uitputting. De groep dunde uit.

In week tien gingen ze naar de schietbaan in Hythe (Kent), waar Martin, die net negentien was geworden, een scherpschuttersscore haalde. De weken elf en twaalf waren testweken: ze hoefden alleen maar door de modder, regen en ijskoude hagel zanderige heuvels op en af te rennen met boomstammen in hun handen.

'Testweken?' mompelde Phillips. 'Wat was de rest dan?'

Na de testweken kregen de resterende jongemannen de felbegeerde rode baret, maar toen volgden nog eens drie weken in de Brecons voor defensieoefeningen, patrouilles en scherp schieten. Het was toen eind januari, en de Brecons waren uitzonderlijk onherbergzaam en koud. De mannen sliepen zonder kampvuur op de natte grond.

De weken zestien tot negentien waren gewijd aan datgene waarvoor Mike Martin gekomen was: de parachutistencursus op het legervliegveld van Abington, waar nog een paar jongens wegvielen, en niet alleen uit een vliegtuig. Aan het eind daarvan kwam de 'vleugelparade', waarbij de jongens eindelijk de parachutistenvleugels kregen opgespeld. Die avond was de oude 101-club in Aldershot getuige van het zoveelste luidruchtige feest.

Nog twee weken werden gewijd aan een veldoefening die 'laatste horde' heette, en aan het opfrissen van hun exerceerkunst. In week 22 vond de Afzwaaiparade plaats, waarbij trotse ouders eindelijk een blik wierpen op hun puistige kroost dat op mysterieuze wijze tot soldaten was omgevormd. Soldaat Mike Martin stond al een hele tijd te boek als POM (potentieel officiersmateriaal) en volgde in april 1981 de nieuwe, korte cursus aan de Royal Military Academy in Sandhurst. In december kwam hij er als tweede luitenant vandaan. Als hij dacht dat hem nu glorie wachtte, vergiste hij zich ernstig.

Het Parachutistenregiment is in drie bataljons verdeeld, en Martin werd ingedeeld bij het Derde, dat in Aldershot lag en in de 'pinguïnmodus' verkeerde.

Elk bataljon is elke negen jaar drie jaar zonder parachute en wordt dan als gewone infanterie met vrachtwagens ingezet. Para's hebben daar een bloedhekel aan.

Martin was commandant van het rekrutenpeloton en liet de nieuwelingen dezelfde ellende ondergaan die hijzelf had moeten verduren. Hij was daar misschien tot het eind van de pinguïntijd van het Derde Parachutisten gebleven als ergens ver weg niet een heer had geleefd die Leopoldo Galtieri heette. Deze Argentijnse dictator drong op 1 april 1982 de Falklandeilanden binnen. Het Derde Parachutisten kreeg bevel hun boeltje te pakken en klaar te staan voor vertrek.

Binnen een week en voortgedreven door de onvermurwbare Margaret Thatcher voer een Britse troepenmacht naar het zuiden in een grote verzameling schepen. Hun einddoel was de andere kant van de Atlantische Oceaan, waar hun de zuidelijke winter met zijn bulderende zeeën en jagende stortbuien wachtte.

Mike Martin zat op de lijnboot *Canberra* met een eerste stop bij het eiland Ascension, een onherbergzaam bruggenhoofd dat altijd door de wind geteisterd werd. Daar werd even gepauzeerd terwijl ver weg de laatste diplomatieke pogingen werden gedaan. Galtieri moest tot evacuatie of Margaret Thatcher tot de terugtocht worden overgehaald. Geen van beiden kon daarmee akkoord gaan en toch aan de macht blijven. De *Canberra* voer door in de schaduw van de Ark Royal, het enige vliegdekschip van de expeditie.

Toen duidelijk werd dat invasie onvermijdelijk was, werden Martin en zijn ploeg per helikopter van de *Canberra* gehaald en naar een landingsvaartuig gebracht. Daarmee kwam aan het beschaafde leventje op de lijnboot een eind. In dezelfde wilde en stormachtige nacht waarin Martin en zijn mannen in Sea King-helikopters werden overgeplaatst, stortte een andere Sea King neer en zonk. Daarbij kwamen negentien leden van het Special Air Service Regiment om het leven – het grootste verlies dat de SAS ooit in één nacht geleden heeft.

Martin bracht zijn dertig manschappen samen met de rest van het Derde Parachutisten aan land bij San Carlos Water. Dat lag kilometers van

Port Stanley, de hoofdstad op het hoofdeiland, maar stuitte om dezelfde reden niet op verzet. De parachutisten en mariniers begonnen meteen aan hun uitputtende en geforceerde mars door de modder en de regen naar de hoofdstad in het oosten. Ze droegen alles in hun Bergenrugzakken, die zo zwaar waren dat het leek alsof ze iemand anders op hun rug hadden. Als een Argentijnse Skyhawk opdook, moesten ze zich in de modder laten vallen, maar de 'Argies' hadden het vooral op de schepen voor de kust voorzien, niet op de mannen in de modder beneden. Als ze die schepen tot zinken konden brengen, was het ook met de mannen aan land gedaan.

De echte vijand was de kou, de constante natte sneeuw, de uitputtende tocht door een landschap waar niet één boom wilde groeien. Tot aan de Longdonberg.

Het Derde Parachutisten installeerde zich aan de voet van de heuvels in een eenzame boerderij die Estancia House heette, en bereidde zich voor op wat ze na hun reis van 10.000 kilometer verondersteld werden te doen.

Het moest een geluidloze, nachtelijke aanval worden en was dat ook totdat korporaal Milne op een mijn trapte. Toen werd het heel luidruchtig. De Argentijnse machinegeweren openden het vuur en lichtgranaten verlichtten de heuvels en dalen alsof de zon scheen. Het Derde Parachutisten kon teruggaan en dekking zoeken, of doorgaan en de Longdon innemen. Na 23 doden en meer dan 40 gewonden was de Longdon veroverd. De kogels vlogen rond Mikes hoofd en naast hem sneuvelden soldaten.

Het was voor het eerst dat hij die vreemde kopersmaak op zijn tong proefde, de smaak van de angst. Maar hij bleef ongedeerd. Van de dertig man in zijn eigen peloton, dat ook een sergeant en drie korporaals omvatte, waren er zes dood en negen gewond.

De Argentijnse soldaten die de bergrug bezet hadden gehouden, waren onder dwang gerekruteerd. Het waren jongens van de zonnige pampa's – wie een rijke vader had, hoefde niet in dienst – en ze wilden naar huis, ver uit de buurt van de regen, de kou en de modder. Ze hadden hun bunkers en schuttersputjes in de steek gelaten om dekking te zoeken in Port Stanley.

Bij dageraad stond Mike Martin op de Wireless Ridge en keek hij naar de stad en de opgaande zon in het oosten. Daar herontdekte hij de god van zijn vaderen, die hij vele jaren verwaarloosd had. Hij bad dankbaar en zwoer Hem nooit meer te vergeten.

Op het moment dat de tienjarige Mike Martin tot vermaak van Iraakse gasten bokkensprongen aan het maken was in zijn vaders tuin in Saadun, werd 1.500 kilometer verderop een jongen geboren.
Ten westen van de weg tussen het Pakistaanse Pesjawar en het Afghaanse Jalalabad liggen de Spin Ghar ofwel Witte Bergen, die gedomineerd worden door de torenhoge Tora Bora.
Vanuit de verte gezien ligt dit dreigende en koude gebergte als een grote barrière tussen de twee landen. De toppen zijn altijd met sneeuw bedekt, en dat geldt 's winters ook voor de rest van de bergen.
De Spin Ghar liggen in Afghanistan met het Safedgebergte aan de Pakistaanse kant. Talloze bergbeken brengen de regen en gesmolten sneeuw van de Spin Ghar naar de hoge dalen, waar kleine lapjes grond beplant kunnen worden. Er zijn daar boomgaarden en er grazen kuddes geiten en schapen.
Het leven is er hard, en omdat de middelen zo schaars zijn, liggen de kleine dorpjes ver uit elkaar. De mensen die hiervandaan komen, zijn degenen die tijdens het Britse Rijk berucht en gevreesd waren. Ze heten de Pathanen. In die tijd vochten ze vanachter hun stenen bastions met lange, door koper bijeengehouden musketten die *jezail* heetten. Iedere man schoot er even nauwkeurig mee als een moderne sluipschutter.
Rudyard Kipling, de dichter van de oude Raj, beschreef in maar vier regels hoe dodelijk deze bergbewoners waren tegenover de duur opgeleide soldaten uit Engeland. 'Een vechtpartij in een grenspost/Een rustig ritje over een donkere helling/Tweeduizend pond aan opleiding/legt het af tegen een jezail van tien roepies.'
In 1972 lag in een van die hoge dalen een gehucht dat Maloko-zai heette en net als alle andere gehuchten genoemd was naar een allang dode strijder annex stichter. De nederzetting omvatte vijf ommuurde complexen, en in elk daarvan woonde een grote familie van zo'n twintig mensen. Het dorpshoofd was Nuri Khan, en het was in zijn complex dat de mannen zich op een warme zomeravond rond het vuur verzameld hadden om hete thee zonder melk en suiker te drinken.
Net als in alle andere complexen waren de stallen en kralen voor het vee tegen de ommuring aan gebouwd, zodat alles naar binnen keek. Het vuur van blokken moerbeihout laaide op terwijl de zon ver in het westen onderging. De bergen werden in duister gehuld, waarbij het zelfs midden in de zomer kil werd.
Vanuit de vrouwenverblijven klonken gedempte kreten, maar als er één harder was dan de rest, staakten de mannen hun joviale gesprekken en

wachtten ze op nieuws. De vrouw van Nuri Khan bracht haar vierde kind ter wereld, en haar echtgenoot bad dat Allah hem een tweede zoon zou gunnen. Het was alleen maar goed dat een man zoons had die de kuddes konden hoeden als ze klein waren, en als mannen het complex konden verdedigen. Nuri Khan had een zoon van acht en twee dochters.
Het was al stikdonker en alleen de vlammen verlichtten de arendsneuzen en zwarte baarden, toen een vroedvrouw uit de schaduwen kwam gesneld. Ze fluisterde iets in het oor van de vader, en op diens mahoniebruine gezicht verscheen een stralende glimlach. '*Insjallah*, ik heb een zoon!' riep hij. Zijn mannelijke buren en verwanten stonden als één man op en schoten hun geweren knallend af naar de nachtelijke hemel. Overal knetterde en bulderde het. Iedereen omhelsde elkaar en feliciteerde elkaar en dankte de barmhartige Allah, die Zijn dienaar een zoon had gegund.
'Hoe ga je hem noemen?' vroeg een geitenhoeder uit een complex in de buurt.
'Izmat, naar mijn grootvader, wiens ziel in eeuwige vrede moge rusten,' zei Nuri Khan.
En zo ging het ook toen een imam een paar dagen later naar het gehucht kwam voor de naamgeving en de besnijdenis.
Het kind groeide doodnormaal op. Toen hij kon kleuteren, kleuterde hij, en toen hij kon rennen, rende hij als een bezetene. Net als alle boerenzoons wilde hij de dingen doen die de oudere jongens deden, en op zijn vijfde mocht hij al helpen om de kudden 's zomers naar de hoge weidegronden te brengen en in de gaten te houden terwijl de vrouwen voedsel sneden voor de winter.
Hij wilde dolgraag het vrouwenhuis uit, en de heerlijkste dag van zijn korte leventje kwam toen hij eindelijk bij de mannen rond het vuur mocht zitten om te horen vertellen hoe de Pathanen in deze bergen de Angleez in hun rode uniformen verslagen hadden. Dat was nog maar honderdvijftig jaar geleden; het leek wel de dag van gisteren.
Zijn vader was de rijkste man van het dorp op de enige manier waarop iemand rijk kon zijn: door het bezit van koeien, schapen en geiten. Die gaven – met hard werk en eeuwigdurende zorg – vlees, melk en huiden. Veldjes met graan leverden pap en brood op. Fruit en notenolie kwamen uit de alomtegenwoordige boomgaarden met moerbei- en walnotenbomen.
Er was geen enkele noodzaak om het dorp te verlaten, en tot zijn achtste deed Izmat Khan dat ook niet. De vijf gezinnen hadden een gezamenlij-

ke moskee en kwamen voor het gemeenschappelijke vrijdaggebed bij elkaar. Izmats vader was vroom, maar geen fundamentalist en zeker geen fanaticus.

Het Afghanistan buiten dit bergdorp noemde zichzelf een 'democratische republiek', maar zoals zo vaak was die aanduiding misleidend. De regering was communistisch en leunde zwaar op de Sovjet-Unie. Godsdienstig gezien was dat vreemd, want de bewoners van het woeste binnenland waren traditioneel vrome moslims voor wie het atheïsme goddeloos en dus onaanvaardbaar was.

Maar de stedelijke Afghanen waren even traditioneel gematigd en tolerant; het fanatisme werd hun pas later opgelegd. Vrouwen waren goed opgeleid en bedekten maar zelden hun gezicht. Zingen en dansen was niet alleen toegestaan maar zelfs schering en inslag, en de gevreesde geheime politie vervolgde het politieke verzet, niet de godsdienstige laksheid.

Het gehucht Maloko-zai had twee banden met de buitenwereld. Af en toe kwam een groep Kuchi-nomaden langs met een muilezelkaravaan vol smokkelwaar: ze meden dan de hoofdweg over de Khyberpas met zijn patrouilles en grenstroepen en namen het pad naar de stad Parachinar in Pakistan.

Bovendien hadden ze nieuws over de vlakten en de steden, over de regering in het verre Kabul en de wereld voorbij de dalen. En daarnaast was er de radio: een gekoesterde schat die piepte en kraakte maar wel woorden voortbracht die ze begrepen. Dat was de Pathaanzender van de BBC met een niet-communistische wereldvisie voor de Pathanen. Voor Izmat was het alles bijeen een vredige jeugd. Toen kwamen de Russen.

Het kon de mensen in Maloko-zai niet veel schelen wie gelijk of ongelijk had. Ze wisten niet (en het maakte ook niet uit) dat hun communistische president de mentors in Moskou mishaagd had omdat hij geen orde kon houden. Ter zake deed wel dat een heel sovjetleger vanuit het Russische Oezbekistan de Amur Darya was overgestoken, door de Salangpas gedenderd was en Kabul had ingenomen. Het was (nog) geen kwestie van islam tegen atheïsme, maar wel een belediging.

Izmat Khan had een heel elementaire opleiding gekregen. Hij had de Koranverzen geleerd die voor het gebed nodig waren, hoewel die in een taal waren gesteld die Arabisch heette en voor hem onbegrijpelijk was. De plaatselijke imam woonde ergens anders, en het was dus Nuri Khan die de gebeden leidde. Hij had de dorpsjongens wel de grondbeginselen van het lezen en schrijven geleerd, maar alleen in het Pathaans. Boven-

dien had hij hun de regels van de Pukhtunwali bijgebracht, de gedragscode waaraan een Pathaan zich moest houden. Eer, gastvrijheid en de noodzaak om een belediging met een vendetta te wreken, zo luidden de regels. En Moskou had hen beledigd.
In de bergen begon dan ook het verzet, en de deelnemers noemden zich 'strijders van God' ofwel moedjahedien. Maar de bergbewoners hadden eerst een vergadering (sjoera) nodig om te beslissen wat ze doen moesten en wie hen zou leiden.
Ze wisten niets van de Koude Oorlog, maar kregen wel te horen dat ze nu machtige vrienden hadden, namelijk de vijanden van de USSR. Dat was volstrekt logisch. De vijand van mijn vijand... De bekendste van hen was Pakistan, dat naast de deur lag en geregeerd werd door de fundamentalistische dictator generaal Zia-ul-Haq. Ondanks de godsdienstige verschillen had hij een bondgenootschap met een christelijke grootmacht die Amerika heette, en met de Angleez, de vroegere vijanden.

Mike Martin had actie geproefd en genoot ervan. Hij werd in de strijd tegen de IRA in Noord-Ierland gedetacheerd, maar daar waren de omstandigheden ellendig, en hoewel altijd het gevaar loerde dat een sluipschutter hem een kogel in zijn rug schoot, waren de patrouilles saai. Hij keek om zich heen en solliciteerde in 1986 bij de SAS.
Nogal wat SAS'ers komen van de parachutisten, omdat hun opleiding en gevechtsregels vergelijkbaar zijn, maar de SAS beweert hogere eisen te stellen. Martins papieren gingen naar de regimentsadministratie in Hereford, waar zijn vloeiende Arabisch belangstelling wekte. Hij werd dan ook uitgenodigd voor een selectiecursus.
De SAS beweert heel fitte mensen aan te trekken en dan met hen aan het werk te gaan. Martin volgde de normale, 'eerste' selectiecursus van zes weken tussen een groep mannen afkomstig van de parachutisten, de infanterie, de cavalerie, de artillerie en zelfs de genie. Een van de andere elite-eenheden, het Special Boat Squadron, betrekt zijn rekruten alleen van de mariniers.
Het is een simpele cursus die uitgaat van maar één idee. Een glimlachende sergeant zei op de eerste dag tegen de groep: 'Tijdens deze cursus leiden we jullie niet op. We proberen jullie alleen maar te vermoorden.'
En dat probeerden ze ook. Maar tien procent van de sollicitanten doorstaat de 'eerste' proef. Dat scheelt later tijd.
Martin haalde het. Daarna kwamen een vervolgcursus, een oerwoud-

training in Belize en nog een cursus van een maand in Engeland, gewijd aan verzet tegen ondervraging. 'Verzet' betekent dat je moet blijven zwijgen terwijl heel onaangename dingen met je worden gedaan. Het prettige is alleen dat zowel de regimentsleden als de vrijwilligers elk uur het recht op terugkeer naar hun eenheid hebben.

Martin begon in 1986 aan het einde van de zomer met 22 SAS'ers als commandant met de rang van kapitein. Hij koos voor het A Squadron van vrije-vallers, een logische keuze voor een parachutist.

Bij de parachutisten was zijn kennis van het Arabisch nutteloos geweest, maar bij de SAS was dat anders, want die eenheid heeft een lange en intieme relatie met de Arabische wereld. Het onderdeel ontstond in 1941 in de Westelijke Woestijn en heeft altijd een zwak voor het Arabische zand gehad.

Er wordt ook wel schertsend gezegd dat dit het enige onderdeel is dat winst maakt, wat niet helemaal waar is. SAS'ers zijn de gewildste lijfwachten en trainers van lijfwachten ter wereld. In heel de Arabische wereld hebben de sultans en emirs altijd een SAS-ploeg aangetrokken om hun eigen lijfwacht op te leiden, en daar betalen ze royaal voor.

Martin was aan zijn eerste detachering bij de Saudische Nationale Garde in Riyad bezig toen hij in de zomer van 1987 naar Engeland werd geroepen.

'Ik hou hier helemaal niet van,' zei zijn commandant in diens kantoor in Stirling Lines (Hereford), het hoofdkwartier van het regiment. 'Ik moet hier verdomme niks van hebben. Maar het groene slijm wil je lenen vanwege je Arabisch.'

Hij gebruikte de soms vriendschappelijk bedoelde term waarmee vechtende soldaten de inlichtingenmensen aanduiden. Hij bedoelde de SIS, de Firma.

'Hebben ze zelf niemand die Arabisch spreekt?' vroeg Martin.

'O ja, hele kantoren vol. Maar het gaat niet alleen om mensen die het spreken. En het gaat ook niet om Arabië. Iemand moet achter de Russische linies in Afghanistan infiltreren om met het verzet van de moedjahedien samen te werken.'

De militaire dictator van Pakistan had bepaald dat geen enkele militair van een westers land via Pakistan naar Afghanistan mocht gaan. Hij zei het niet met zoveel woorden, maar zijn eigen militaire inlichtingendienst ISI vond het prachtig om de stroom Amerikaanse hulpgoederen voor de moedjahedien te distribueren. Hij had er ook geen zin in om een via Pakistan geïnfiltreerde en door de Russen gevangengenomen

Amerikaanse of Britse soldaat overal te zien paraderen.
Maar halverwege de Russische bezetting hadden de Britten vastgesteld dat ze hun kaarten niet op de Pakistaanse keuze Hekmatyar moesten zetten maar op de Tadzjiek Shah Massoud, die niet in Pakistan of Europa zat te mokken maar de bezetters echte schade toebracht. Het was alleen heel moeilijk om de hulp naar hem toe te brengen. Zijn gebied lag hoog in het noorden.
Het probleem was niet om bij de moedjahedieneenheden in de buurt van de Khyberpas goede gidsen te krijgen. Net als in de tijd van de Raj kom je daar met een paar goudstukken een heel eind. En een spreekwoord zegt dat de trouw van een Afghaan nooit te koop maar wel altijd te huur is.
'Het sleutelwoord in elke fase is "ontkenbaarheid", kapitein,' zeiden ze tegen hem in het toenmalige SIS-hoofdkwartier in het Century House bij Elephant and Castle. 'Daarom zult u technisch gesproken ontslag uit het leger moeten nemen. Zodra u terugkomt' – hij was zo vriendelijk om niet 'als u terugkomt' te zeggen – 'wordt u direct in uw functie hersteld.'
Mike Martin wist heel goed dat binnen de SAS al de ultrageheime Revolutionary Warfare Wing bestond die de taak had alle communistische regimes ter wereld zo veel mogelijk last te bezorgen.
'Dit is nog geheimer,' zei de bureaucraat. 'We noemen deze groep de Eenhoorn, want dat beest bestaat evenmin. Hij zal uit nooit meer dan twaalf mensen bestaan, en op dit moment zijn er slechts vier. We hebben echt iemand nodig die via de Khyberpas Afghanistan in glipt, een plaatselijke gids inhuurt en naar de Pansjirvallei in het noorden gaat, waar Shah Massoud opereert.'
'Moet ik cadeautjes meenemen?' vroeg Martin.
De gladde rakker maakte een machteloos gebaar. 'Alleen symbolische, ben ik bang. Het is een kwestie van hoeveel u dragen kunt. Later hebben we het misschien over muilezelkaravanen en uitrusting op grote schaal, mits Massoud zijn eigen gidsen naar de grens in het zuiden stuurt. U hoeft niet meer te doen dan het eerste contact leggen.'
'En het cadeautje?'
'Snuif. Hij is dol op onze snuiftabak. En ook twee Blowpipe-grondluchtbuizen met projectielen. Hij heeft veel last van luchtaanvallen. U zult zijn mensen moeten leren hoe ze die moeten gebruiken. Ik neem aan dat u zes maanden weg zult zijn. Wat vindt u ervan?'

Nog voordat de invasie een halfjaar oud was, was duidelijk dat de Afghanen nooit datgene zouden bereiken wat ze ook vroeger nooit bereikt hadden: de eenheid. In Pesjawar en Islamabad werd wekenlang ruziegemaakt, want het Pakistaanse leger hield vast aan de eis dat alleen Amerikaanse fondsen en wapens verstrekt zouden worden aan geaccrediteerde verzetsbewegingen, en het aantal van die rivaliserende groepen werd tot zeven beperkt. Elke groep had een politieke en een militaire leider. Dat waren de Zeven van Pesjawar.

Maar één groep was niet-Pathaans, namelijk die onder leiding van professor Rabbani en zijn charismatische generaal Ahmad Shah Massoud, die allebei Tadzjieken uit het uiterste noorden waren. Van de andere zes kregen er drie al gauw de bijnaam Gucci-commandanten, omdat ze zich zelden of nooit in het bezette Afghanistan vertoonden en liever veilig en westers gekleed in het buitenland zaten.

Van de drie anderen waren er twee – Sayyaf en Hekmatyar – fanatieke aanhangers van de ultra-islamitische Moslimbroederschap, en de laatste van die twee was zo wreed en wraakzuchtig dat hij uiteindelijk meer Afghanen dan Russen doodde. De krijgsheer die de provincie Nangarhar – waar Izmat Khan geboren werd – beheerste, was de moellah Maulvi Younis Khalès. Hij was een geleerde en een prediker, maar de twinkeling in zijn ogen duidde op vriendelijkheid, in tegenstelling tot de wreedheid van Hekmatyar, die hem verachtte.

Younis Khalès was de oudste van de zeven en al boven de zestig, maar leidde een groot deel van het decennium daarna zijn mannen persoonlijk bij overvallen in het bezette Afghanistan. Als hij zelf afwezig was, was zijn commandant Abdul Haq er.

In 1980 bereikte de oorlog ook de dalen van de Spin Ghar. In Jalalabad aan de voet van de bergen wemelde het van de Russen, en hun luchtmacht was aan een reeks strafacties tegen bergdorpen begonnen. Nuri Khan had trouw gezworen aan Younis Khalès als zijn krijgsheer en het recht gekregen om een eigen *lashkar* ofwel militie te leiden. Hij kon veel van de dierlijke rijkdom van het dorp verbergen in de natuurlijke grotten waarmee de Witte Bergen bezaaid waren, en ook zijn mensen konden daar in geval van een luchtaanval schuilen. Maar hij stelde vast dat het moment was gekomen om de vrouwen en kinderen hun toevlucht te laten zoeken aan de overkant van de grens met Pakistan.

Het kleine konvooi moest natuurlijk voor de reis en het verblijf in Pesjawar – hoe lang dat ook mocht duren – een mannelijke begeleider hebben, en hij benoemde zijn eigen vader, die boven de zestig was en stijve spieren had, tot *mahram*. Ezels en muilezels werden klaargemaakt voor de reis.

De achtjarige Izmat Khan bedwong zijn tranen omdat hij als een kind en met schande overladen werd weggestuurd. Hij liet zich door zijn vader en zijn broer omhelzen, pakte de teugel van de muilezel waarop zijn moeder zat en trok via de hoge toppen naar Pakistan. Het zou nog zeven jaar duren voordat hij uit zijn ballingschap terugkwam, en toen dat eindelijk zover was, bestreed hij de Russen met kille woestheid.

Afgesproken was dat iedere krijgsheer tegenover de wereld een wettelijk jasje zou aantrekken door een politieke partij te stichten. Die van Younis Khalès heette Hizb-Islami, en iedereen onder zijn bevel moest er lid van zijn. Onder auspiciën van iets wat de Verenigde Naties heette en waarvan Izmat Khan nog nooit gehoord had, was buiten Pesjawar een woekering van tentenkampen ontstaan. Diezelfde VN had ook goedgevonden dat iedere krijgsheer, inmiddels als leider van een politieke partij vermomd, zijn eigen vluchtelingenkamp kreeg en dat niemand werd toegelaten die geen lid van de juiste partij was.

Een andere organisatie deelde voedsel en dekens uit. Het symbool daarvan was een stomp, rood kruis. Izmat Khan had ook dat nooit eerder gezien maar wist wel wat warme soep was, en na de moeizame oversteek van de bergen at hij zijn buikje vol. Aan de kampbewoners die van de westerse, via de VN en generaal Zia-ul-Haq gesluisde goedgeefsheid profiteerden, werd nog een andere voorwaarde gesteld: de jongens moesten in elk vluchtelingenkamp de lessen van de medresse ofwel Koranschool bijwonen. Ander onderwijs was er niet. Ze leerden niets van wiskunde, natuurwetenschap, geschiedenis of aardrijkskunde. Ze leerden alleen eindeloos Koranverzen opzeggen. Voor de rest leerden ze alleen iets over de oorlog.

De imams van die medressen werden grotendeels gestuurd en betaald door Saudi-Arabië, en velen kwamen ook uit dat land. In hun bagage zat de enige islamversie die in Saudi-Arabië is toegestaan: de wahabitische, de meest hardvochtige en intolerante richting binnen de islam. Onder de ogen van het Rode Kruis dat voedsel en medicamenten uitdeelde, werd dus een hele generatie jonge Afghanen gehersenspoeld tot fanatisme.

Nuri Khan bezocht zijn gezin zo vaak als hij kon – wel twee of drie keer per jaar – en gaf zijn oudste zoon dan de leiding over de lashkar. Maar het was een uitputtende tocht, en Nuri Khan leek elke keer weer ouder geworden. In 1987 arriveerde hij met een gegroefd en ingevallen

gezicht. Izmats oudere broer was bij een bombardement gesneuveld terwijl hij de anderen naar de veilige grotten bracht. Izmat was toen vijftien en barstte bijna van trots toen zijn vader hem vroeg mee terug te gaan, zich bij het verzet te voegen en een moedjahedin te worden.
De vrouwen huilden natuurlijk veel en zijn grootvader, die op de vlakte buiten Pesjawar zijn laatste winter geleefd had, mompelde. Toen trokken Nuri Khan, zijn enige nog resterende zoon en de acht mannen die hij had meegenomen om hun gezinnen te bezoeken, naar het westen om de bergen naar de provincie Nangarhar over te steken en oorlog te voeren.
De jongen die terugkwam, was veranderd, en de omgeving die hij aantrof, was onherkenbaar verwoest. In de dalen stond nauwelijks nog een stenen hut overeind. De Sukhoi-gevechtsbommenwerpers en de zwaarbewapende Hind-helikopters hadden tussen de bergdalen rond de Pansjir in het noorden, waar Shah Massoud zijn gevechtsterrein had, en het Paktia- en Shinkaygebergte, alles platgegooid. De bewoners van de vlakte konden onder de duim gehouden of geïntimideerd worden door het Afghaanse leger of de Khad, de geheime politie die les kreeg van en werd opgejut door de Russische KGB. Maar de bergbewoners en de mensen uit de vlakten en steden die zich bij hen aansloten, bleven onhandelbaar en zelfs onoverwinnelijk, naar later bleek. Ondanks de luchtsteun, die de Britse kolonialisten nooit hadden gehad, maakten de Russen ongeveer hetzelfde mee als de Britse colonne die tijdens een zelfmoordmars van Kabul naar Jalalabad in mootjes werd gehakt.
De wegen werden onveilig gemaakt met hinderlagen; de bergen waren alleen door de lucht benaderbaar. En de Amerikaanse Stingers waarover de moedjahedien in september 1986 de beschikking kregen, dwongen de Russische vliegtuigen tot een hoogte die nauwkeurigheid onmogelijk maakte. Anders werden ze neergehaald. De Russische verliezen groeiden onstuitbaar. Een ander deel van hun leger werd door verwondingen of ziektes uitgeschakeld. Zelfs in een gecontroleerde samenleving als die van de Sovjet-Unie daalde het moreel als een valk in duikvlucht.
Het was een meedogenloos wrede oorlog. Er werden maar weinig mensen gevangengenomen, en wie snel stierf, had geluk. De bergclans haatten vooral de Russische piloten, en als ze die levend te pakken kregen, werden ze vastgebonden aan een paal in de zon met een sneetje in hun buikwand, zodat hun darmen naar buiten bengelden. Ze bleven dan in de zon staan bakken tot de dood hen verloste. Of ze werden aan vrouwen met vilmessen gegeven.

De Russen reageerden met bommen, raketten en beschietingen op alles wat bewoog: mannen, vrouwen, kinderen en dieren. Ze bezaaiden de bergen vanuit de lucht met talloze miljoenen mijnen, waardoor uiteindelijk een land vol krukken en kunstbenen ontstond. Toen de oorlog voorbij was, waren een miljoen Afghanen dood, een miljoen anderen invalide en vijf miljoen mensen op de vlucht.

Izmat Khan had in het vluchtelingenkamp alles over wapens gehoord, en zijn favoriet was natuurlijk de kalasjnikov AK-47. Het was hoogst ironisch dat dit Russische wapen – het favoriete aanvalsgeweer van iedere dissident en terrorist ter wereld – nu tegen hen gebruikt werd. Maar de Amerikanen gaven het met een reden: iedere Afghaan kon zijn munitie aanvullen uit de bepakking van een dode Rus, en niet-compatibele munitie zou vrachtcapaciteit over de bergen hebben gekost. Naast dit geweer was ook de *rocket-propelled grenade* (RPG) populair, want die was makkelijk te gebruiken, makkelijk te laden en op korte en middellange afstand dodelijk. Ook dat wapen werd door het Westen geleverd.

Izmat Khan was groot voor zijn vijftien jaar. Hij probeerde wanhopig wat pluis op zijn kin te krijgen, en de bergen hadden hem al gauw gehard. Getuigen hebben gezien hoe de Pathanen uit de bergen zich als berggeiten door hun eigen terrein bewegen: hun benen schijnbaar immuun voor uitputting en hun ademhaling ontspannen waar anderen naar adem snakken.

Hij was alweer een jaar thuis toen zijn vader hem liet komen. Nuri Khan had een onbekende bij zich. De man had een zonverbrand gezicht, een zwarte baard en droeg een salwar kameez van grijze wol en een mouwloos jasje boven stevige trekkerslaarzen. Naast hem op de grond stond de grootste rugzak die de jongen ooit gezien had, plus twee in schapenvachten verpakte buizen. Hij had een Pathaanse tulband op zijn hoofd.

'Deze man is een gast en een vriend,' zei Nuri Khan. 'Hij is gekomen om ons in de strijd te helpen. Hij moet deze buizen naar Shah Massoud in de Pansjirvallei brengen, en jij brengt hem erheen.'

5

De jonge Pathaan keek de vreemdeling aan. De man had kennelijk niet verstaan wat Nuri Khan gezegd had. 'Is hij een Afghaan?' vroeg hij.

'Nee, een Angleez.'

Izmat Khan was verbijsterd. Dit was de vroegere vijand. Bovendien was hij een van de mensen die de imam in de medresse altijd scherp veroordeeld had: een *kafir*, een ongelovige, een *nasrani*, een christen, voorbestemd om voor eeuwig te branden in de hel. En moest hij deze man begeleiden tijdens een honderden kilometers lange bergtocht naar een groot dal in het noorden? Dagen- en nachtenlang in zijn gezelschap verkeren? Toch had zijn vader, die een goede man en een goede moslim was, hem een vriend genoemd. Hoe kon dat?

De Engelsman legde zijn wijsvingers even op zijn borst bij zijn hart. '*Salam aleikum*, Izmat Khan,' zei hij.

Izmats vader sprak geen Arabisch, hoewel er verderop in het gebergte inmiddels veel Arabische vrijwilligers waren. Die Arabieren zochten echter niet veel contact en waren altijd aan het zwoegen; er was dus geen reden om hun gezelschap te zoeken en iets van hun taal te leren. Maar Izmat had talloze keren de Koran gelezen. Die was alleen in het Arabisch geschreven en zijn imam had alleen zijn eigen Saudische Arabisch gesproken. Izmat kon er zich aardig in redden. '*Alaikoem al-salam*,' antwoordde hij. 'Hoe heet je?'

'Mike,' zei de man.

'Ma-ïk.' Izmat probeerde het. 'Rare naam.'

'Goed. We drinken een kop thee,' zei zijn vader. Ze schuilden in de opening van een grot op ongeveer 15 kilometer van de ruïne die hun dorp was geweest. Dieper in de grot smeulde een vuurtje, maar zo ver naar binnen dat de rook niet de aandacht van een Russisch toestel trok.

'Vannacht slapen we hier. Morgenochtend ga jij naar het noorden. Ik ga naar Abdul Haq in het zuiden. Er komt een nieuwe operatie tegen de weg van Jalalabad naar Kandahar.'

Ze kauwden op geitenvlees en knabbelden aan rijstkoeken. Toen sliepen ze. Het tweetal dat naar het noorden ging, werd al voor zonsopgang gewekt en vertrok. De tocht voerde door een labyrint van onderling verbonden dalen waar ze konden schuilen. Maar tussen die dalen lagen bergruggen met steile hellingen vol rotsblokken en schalie met weinig of geen dekking. Het zou verstandig zijn om ze bij maanlicht te beklimmen en overdag in het dal te blijven.

Op hun tweede dag sloeg de pech toe. Om het tempo van hun mars te versnellen hadden ze hun kamp al voor zonsopgang verlaten, en bij het eerste ochtendlicht zagen ze zich tot de oversteek van een groot gebied vol stenen en schalie gedwongen. Pas bij de volgende heuvelrug was er dekking. Voor een veilige oversteek zouden ze tot zonsondergang moeten wachten. Izmat Khan drong erop aan om bij daglicht de oversteek te wagen, maar halverwege de tocht hoorden ze het gegrom van helikoptermotoren.

De man en de jongen lieten zich vallen en bleven doodstil liggen, maar niet op tijd. Boven de heuvelrug voor hen uit verscheen, dreigend als een dodelijke waterjuffer, de Russische MiL 24D, simpel aangeduid als een Hind. Een van de piloten had kennelijk iets zien bewegen of tussen de stenen metaal zien blinken, want de Hind verlegde zijn koers en kwam op hen af. Het gebrul van de twee Isotovmotoren zwol aan, en dat gold ook voor het onmiskenbare *takka-takka-takka* van de grote rotorbladen.

Mike Martin lag met zijn hoofd op zijn onderarmen maar waagde een snelle blik. Ze waren inderdaad gezien. De twee Russische piloten in hun dubbele stoel – de tweede boven en achter de eerste – staarden hem recht aan terwijl de Hind in de aanval ging. Het is de nachtmerrie van iedere soldaat te voet om zonder enige dekking door een zwaarbewapende helikopter gesnapt te worden. Hij keek om zich heen. Honderd meter verderop lagen wat rotsblokken, niet manshoog maar genoeg om erachter te schuilen. Met een schreeuw naar de Afghaanse jongen sprong hij op en rende hij weg. Hij liet de 50 kilo zware Bergen-rugzak liggen, maar nam wel een van de buizen mee die zijn gids zo geïntrigeerd hadden.

Hij hoorde de rennende voeten van de jongen achter hem, het razen van zijn eigen bloed in zijn oren en het bijbehorende gesnauw van de duikende Hind. Hij zou die sprint nooit gewaagd hebben als hij aan de helikopter niet iets hoopvols had gezien. De rakethouders waren leeg en er hingen geen bommen onder het toestel. Hij ademde gretig de ijle lucht in en hoopte dat hij het goed geraden had.

Dat was inderdaad het geval. Piloot Simonov en tweede piloot Grigoriev hadden bij zonsopgang gepatrouilleerd en een smal dal bestookt waar zich volgens de agenten moedjahedien verscholen. Ze hadden vanaf een flinke hoogte hun bommen afgeworpen en waren toen lager gaan vliegen om de rotskloof met raketten onder vuur te nemen. Een stel geiten was uit een scheur in het gesteente gekomen, wat bewees dat daar inderdaad mensen waren. Simonov had de dieren met zijn 30 mm-kanon aan flarden geschoten en daarbij het grootste deel van zijn munitie verbruikt.

Hij was weer naar een veilige hoogte gestegen en was op weg naar de Russische basis buiten Jalalabad, toen Grigoriev op de helling beneden aan stuurboord iets zag bewegen. Hij zag twee gestalten rennen, zette zijn kanon in de schietstand en dook. De twee mannen diep beneden hen renden naar een stel rotsblokken. Simonov hield de Hind op 2.000 voet, zag de twee mannen naar de dekking van de rotsblokken rennen en schoot.

De dubbele loop van het GSH-kanon schoot trillend zijn patronen af, maar hield er snel mee op. Simonov vloekte want hij had geen munitie meer. Hij had zijn patronen aan geiten verspild, had nu moedjahedien voor zijn loop en had niets meer om mee te schieten. Hij hief de neus van de helikopter, beschreef een ruime bocht om de bergtop te vermijden en liet de Hind ratelend het dal uit vliegen.

Martin en Izmat Khan hurkten achter hun meelijwekkende stapeltje rotsblokken. De Afghaanse jongen zag de Angleez snel het etui van schapenvacht openmaken en er een korte buis uit halen. Hij besefte vaag dat iets in zijn rechterdij had geprikt maar voelde geen pijn, alleen verdoving.

Wat de SAS'er zo snel in elkaar aan het zetten was als zijn vingers toelieten, was een van de twee Blowpipe-apparaten die hij naar Shah Massoud in de Pansjirvallei probeerde te brengen. Die zijn minder goed dan de Amerikaanse stingers, maar wel lichter en eenvoudiger.

Sommige grond-luchtraketten worden naar het doel geleid door een radar op de grond. Andere hebben een eigen kleine radar in de neus. Weer andere zenden een infrarode straal uit en vliegen op basis daarvan. Andere soorten raketten zijn hittezoekers: hun neus 'ruikt' de hitte van de vliegtuigmotoren en bepaalt daarmee zijn koers.

De Blowpipe was veel simpeler dan dat en werd aangeduid als *command to line of sight* (CLOS), wat betekende dat de schutter moest gaan staan om een radiosignaal met behulp van een kleine stick naar de beweegbare vinnen aan de raketkop te sturen.

Het nadeel van de Blowpipe was altijd dat de schutter stil moest blijven staan tegenover een aanstormende gevechtshelikopter, en dat was vragen om veel dode schutters. Martin duwde de tweetrapsraket in de lanceerbuis, zette de batterij en de gyroscoop aan, tuurde door het vizier en zag de Hind weer recht op hem afkomen. Hij zorgde ervoor dat hij het toestel goed in het vizier had en schoot. De raket verliet de buis om zijn schouder met een gezoef van voortrazende gassen en schoot blindelings de hemel in. Het wapen werd volledig met de hand bediend en vereiste dat de schutter het liet dalen, stijgen of draaien. Hij schatte de afstand op 1.400 meter en snel afnemend. Simonov opende het vuur met zijn *chaingun*.

In de neus van de Hind braakten de vier lopen een draaiend gordijn van vingergrote mitrailleurkogels uit. Toen zag de Russische piloot het flakkerende vlammetje van een Blowpipe op zich afkomen. Het werd nu een kwestie van stalen zenuwen.

De kogels die in de rotsblokken sloegen, dreven steensplinters alle kanten op. Het salvo duurde twee seconden, maar het tempo van tweeduizend kogels per minuut betekende dat zeventig kogels de rotsblokken raakten voordat Simonov een pogingen tot ontwijken deed en de stroom kogels afboog.

Het is bewezen dat iemand die in een noodsituatie niet de tijd krijgt om na te denken, automatisch naar links gaat. Om die reden is rijden op de linker weghelft veiliger, hoewel maar weinig landen dat voorschrijven. Een chauffeur in paniek rijdt dan de weg af en het weiland in en niet frontaal op een tegenligger. Simonov raakte in paniek en trok de Hind naar links. De Blowpipe was zijn eerste trap kwijt en werd supersonisch. Martin rukte de koers naar rechts vlak voordat Simonov zwenkte. Dat was een goede gok. De Hind bleek zijn buik bloot te geven en de raketkop joeg erin. Die woog maar iets meer dan 2 kilo, en een Hind is ontzagwekkend sterk. Maar zelfs zo'n kleine raketkop deelt bij een snelheid van 1.500 kilometer per uur een geduchte klap uit. Hij brak door de bepantsering heen, drong het toestel binnen en ontplofte.

Martin stond kletsnat van het zweet op de ijskoude helling en zag het monster door de klap opzij vallen. Het braakte rook uit en dook naar de bodem van het dal, ver in de diepte. Toen het met een knal in de rivierbedding was gevallen, was het ineens doodstil. Een geluidloze pioenroos van vlammen steeg op terwijl de Russen stierven. Toen verhief zich een donkere rookpluim. Alleen die al zou de aandacht van de Russen in Jalalabad trekken. Over land was dat misschien een zware en lange tocht, maar een Sukhoi, die gronddoelen aanvalt, kostte het maar een paar

minuten. 'Ga mee,' zei hij in het Arabisch tegen zijn gids.
De jongen probeerde op te staan, maar kon het niet. Toen zag Martin een bloedvlek op zijn dij. Zonder een woord te zeggen legde hij de opnieuw bruikbare Blowpipe-buis neer en ging hij zijn Bergen halen. Met zijn mariniersmes sneed hij de broekspijp van de salwar kameez open. Ofschoon het een keurig en klein gat was, was de wond kennelijk diep. Als de wond afkomstig was van een granaat, kon het alleen een hulsfragment zijn, maar misschien was het wel een steensplinter. Hoe dan ook, hij wist niet hoe dicht de dijslagader in de buurt was. Hij was op de EHBO-afdeling van Hereford opgeleid en had de eerste hulp goed onder de knie, maar een Afghaanse berghelling met Russen op komst was geen plek voor een ingewikkelde operatie.
'Gaan we dood, Angleez?' vroeg de jongen.
'Insjallah, vandaag niet, Izmat Khan. Vandaag niet.'
Hij zat in een lastig parket. Hij had de Bergen en de hele inhoud ervan nodig. Hij kon hetzij de Bergen, hetzij de jongen dragen. Niet allebei.
'Ken je deze bergen?' vroeg hij terwijl hij verband zocht.
'Natuurlijk,' zei de Afghaan.
'Dan moet ik met een andere gids terugkomen. Jij moet hem vertellen waar hij naartoe moet gaan. Ik zal de rugzak en de raketten begraven.'
Hij maakte een platte, stalen doos open en haalde er een injectienaald uit. De jongen keek lijkbleek toe.
Het zij zo, dacht Izmat Khan. Als de ongelovige me wil martelen, zal ik geen kik geven.
De Angleez stak de naald in zijn dij. Izmat gaf geen kik. Een paar tellen later begon de morfine te werken en nam de pijn af. Vol goede moed probeerde hij op te staan. De Engelsman had een klein, opvouwbaar graafwerktuig tevoorschijn gehaald en groef een ondiep gat in de schalie tussen de rotsblokken. Toen hij klaar was, bedekte hij zijn Bergen en de twee raketbuizen met stenen tot er niets meer van te zien was. Maar hij had zich wel de plaats van zijn steenhoop ingeprent. Als iemand hem naar deze helling terugbracht, kon hij alles weer ophalen.
De jongen bezwoer hem dat hij kon lopen, maar Martin legde hem gewoon over een schouder en begon te lopen. De Afghaan was een en al huid, botten, spieren en pezen. Met zijn ongeveer 50 kilo woog hij dan ook niet meer dan de Bergen. Toch kon hij beter niet tegen de zwaartekracht in blijven klimmen, want dan werd de lucht steeds ijler. Hij verlegde zijn koers naar opzij over het gruis en daalde langzaam af. Dat bleek een verstandige beslissing.

Neergehaalde Russische vliegtuigen trokken altijd gretige Pathanen die al het bruikbare uit zo'n wrak kwamen slopen. De Russen hadden de rookpluim nog niet gezien, en Simonovs laatste levensteken was een schreeuw waaruit niemand wijs kon worden. Maar de rook trok wel de aandacht van een groepje moedjahedien uit een ander dal, en ze kwamen elkaar na 300 meter in het dal tegen.
Izmat Khan legde uit wat er gebeurd was. De bergbewoners begonnen verrukt te grijnzen en sloegen de SAS'er op zijn rug. Hij maakte hun duidelijk dat zijn gids hulp nodig had en geen kom thee in een *chai-khana* in de heuvels. De jongen moest naar een chirurgisch ziekenhuis worden vervoerd. Een van de moedjahedien kende een man die een muilezel had en maar twee dalen verderop woonde. Hij ging hem halen en was bij zonsondergang terug. Martin gaf de jongen een nieuwe injectie.
Met een nieuwe gids en Izmat Khan op de muilezel liep hij de hele nacht door. Tegen de dageraad bereikten ze de zuidkant van de Sin Ghar. De gids bleef staan en wees. '*Jaji*,' zei hij. 'Arabieren.' Hij wilde ook zijn muilezel terug.
Martin droeg de jongen de laatste 5 kilometer. Jaji was een complex van vijfhonderd grotten, en de zogenoemde Afghaanse Arabieren werkten er al drie jaar aan. Ze verbreedden ze, maakten ze dieper, groeven ze uit en veranderden ze in een grote guerrillabasis. Martin wist het niet, maar het complex omvatte een kazerne, een moskee, een bibliotheek met godsdienstige teksten, keukens, voorraden en een volledig uitgerust chirurgisch ziekenhuis.
Bij zijn nadering werd hij staande gehouden door de buitenste ring van wachtposten. Het was duidelijk wat hij aan het doen was: hij had een gewonde op zijn rug. De wachtposten bespraken onderling wat ze met het tweetal moesten doen, en Martin herkende het Arabisch van Noord-Afrika. Ze werden onderbroken door een hogergeplaatste man die als een Saudiër praatte. Martin verstond alles maar vond het niet verstandig om iets te zeggen. Met gebarentaal maakte hij duidelijk dat zijn vriend dringend geopereerd moest worden. De Saudiër knikte, boog en ging hem voor.
Izmat Khan werd binnen een uur geopereerd. Uit zijn been werd een kwaadaardig stuk granaathuls gehaald.
Martin wachtte tot de jongen wakker werd. Hij hurkte in plaatselijke stijl in de schaduwen van een hoek van de afdeling, en niemand hield hem voor iemand anders dan een Pathaan uit de bergen die zijn vriend was komen brengen.

Een uur later kwamen twee mannen de afdeling op. De ene was heel lang, jong en baardig. Hij droeg een camouflagejasje over zijn Arabische gewaden en een wit hoofddeksel. De andere was kort, gezet en evenmin ouder dan 35. Deze had een mopsneus en een ronde bril die op de punt ervan stond. Hij droeg een doktersjas. Na een paar eigen mensen onderzocht te hebben liep het tweetal naar de Afghaan. De lange man vroeg in het Saudische Arabisch: 'En hoe voelt onze jonge Afghaanse strijder zich?'

'Insjallah, ik voel me veel beter, sjeik.' Izmat zei het in het Arabisch en gaf de oudere man een respectvolle titel.

Dat deed de lange man genoegen. 'Je spreekt dus Arabisch, en je bent nog wel zo jong,' zei hij met een glimlach.

'Ik ben in Pesjawar zeven jaar naar een medresse gegaan. Vorig jaar ben ik teruggekomen om te vechten.'

'En voor wie vecht je, mijn zoon?'

'Ik vecht voor Afghanistan,' zei de jongen. Het leek wel alsof een wolk over het gezicht van de Saudiër trok, en de jongen begreep dat hij misschien iets verkeerds had gezegd. 'En ik vecht ook voor Allah, sjeik,' vervolgde hij.

De wolk trok weg en de vriendelijke glimlach kwam terug. De Saudiër boog zich naar voren en klopte op de schouder van de jongen. 'Er komt een dag dat Afghanistan je niet meer nodig heeft, maar de barmhartige Allah kan een strijder als jij altijd goed gebruiken. Is de wond van onze jonge vriend goed aan het genezen?' De vraag stelde hij aan de gezette arts.

'Laten we eens kijken,' zei de arts, terwijl hij het verband wegtrok. De wond was schoon. Er zaten blauwe plekken omheen, maar hij was met zes hechtingen gesloten en niet ontstoken. Hij uitte tevreden geluidjes en bracht het verband weer aan. 'Over een week loop je weer,' zei dr. Ayman al-Zawahiri. Toen liepen hij en Osama bin Laden de afdeling af. Niemand besteedde aandacht aan de met zweetvlekken bedekte 'strijder' die in de hoek met zijn hoofd op zijn knieën zat alsof hij sliep.

Martin stond op en liep naar de jongen op het bed. 'Ik moet weg,' zei hij. 'De Arabieren zullen voor je zorgen. Ik ga je vader zoeken en om een nieuwe gids vragen. Ga met Allah, beste vriend.'

'Wees voorzichtig, Maïk,' zei de jongen. 'De Arabieren zijn anders dan wij. Jij bent een kafir, een ongelovige. Ze zijn als de imam in mijn medresse en haten alle ongelovigen.'

'Dan zou ik je dankbaar zijn als je niet vertelt wie ik ben,' zei de Engelsman.

Izmat Khan sloot zijn ogen. Hij zou tijdens een marteling liever sterven dan zijn nieuwe vriend verraden. Zo luidde de gedragscode. Toen hij zijn ogen weer opendeed, was de Angleez weg. Hij hoorde later dat de man Shah Massoud in de Pansjir-vallei had bereikt, maar zag hem nooit terug.

Na zes maanden achter de Russische linies in Afghanistan te hebben verbleven, kwam Martin via Pakistan onopgemerkt in Engeland terug. Hij sprak nu ook redelijk Pathaans. Hij kreeg verlof, kwam in het leger terug en werd in Noord-Ierland gedetacheerd omdat hij nog steeds bij de SAS zat. Maar de situatie was veranderd. De IRA was inmiddels doodsbang voor de SAS, en het was de droom van ieder IRA-lid om een Sassman – zoals ze die noemden – te doden, of liever gezegd: levend gevangen te nemen, te martelen en dan te doden. Mike Martin moest samenwerken met de Veertiende Inlichtingencompagnie ofwel het Detachement ofwel het Det. Dat waren de mensen die observeerden, volgden en afluisterden. Het was hun werk om zo heimelijk te zijn dat ze onzichtbaar waren en toch te achterhalen waar de IRA-moordenaars gingen toeslaan.
Daarvoor haalden ze opmerkelijke staaltjes uit. Ze drongen de huizen van IRA-leiders via het dak binnen en brachten van de zolder tot de kelder afluisterapparatuur aan. Zulke apparaatjes werden ook in de lijkkist van dode IRA-leden gestopt omdat rouwende mannen de gewoonte hadden om vergaderingen te houden terwijl ze net deden of ze de doden hun respect betuigden. Langeafstandscamera's vingen beelden van bewegende monden op, en liplezers ontcijferden hun woorden. Speciale richtmicrofoons vingen dwars door dichte ramen heen gesprekken op. Als het Det iets bijzonders in handen had, kwamen de harde mannen eraan te pas, maar de gevechtsregels waren strikt. De IRA-leden moesten als eersten schieten, en dan ook nog op de SAS. Wie staande werd gehouden en zijn wapens neerlegde, werd gevangengenomen.
Voordat het eerste schot gelost werd, moesten de para's en SAS'ers heel voorzichtig zijn. Het is bij Britse politici en juristen sinds kort traditie dat Engelands vijanden burgerrechten hebben maar de eigen soldaten niet.
Toch deed Martin in de achttien maanden die hij als SAS-kapitein in Ulster zat, aan allerlei nachtelijke hinderlagen mee. Elke keer werd een groep gewapende IRA-leden bij verrassing staande gehouden. Elke keer waren ze dom genoeg om hun wapens te trekken en te richten. Elke keer vond de Royal Ulster Constabulary de volgende ochtend hun lijken.

Bij een van die schietpartijen werd Martin echter geraakt. Hij had geluk want hij had slechts een vleeswond in zijn linkerbovenarm. Maar dat was genoeg om hem voor revalidatie naar Headley Court in Engeland te sturen. Daar ontmoette hij de verpleegkundige Lucinda, die na een korte verloving zijn vrouw werd.

Mike Martin kwam in de lente van 1990 bij de para's terug en werd bij het ministerie van Defensie in Whitehall (Londen) gedetacheerd. Hij en zijn vrouw hadden bij Cobham een huisje gehuurd, zodat Linda haar carrière kon voortzetten. Martin was voor het eerst van zijn leven een forens die elke ochtend in een donker kostuum naar Londen ging. Hij had de rang van stafofficier 3 en werkte in het kantoor van Militaire Operaties, Speciale Projecten (MOSP). Opnieuw was het een vijandelijke agressor die hem daarvandaan haalde.

Op 2 augustus van dat jaar viel de Iraakse president Saddam Hoessein zijn buurland Koeweit binnen. Margaret Thatcher wilde ook dat niet over haar kant laten gaan, en de Amerikaanse president George Bush senior was het met haar eens. Gedurende een week werd verwoed aan plannen gewerkt om een multinationale coalitie te organiseren voor een tegeninvasie om het olierijke ministaatje te bevrijden.

Hoewel van de MOSP een uiterste inspanning gevraagd werd, was de invloed van de Secret Intelligence Service groot genoeg om Martin op te sporen en 'uit te nodigen' voor een lunch met een paar 'vrienden'. Het was een discrete club in St James, en zijn gastheren waren twee hooggeplaatste medewerkers van de Firma. Aan tafel zat ook een in Jordanië geboren maar tot Engelsman genaturaliseerde analist van het GCHQ in Cheltenham. Het was zijn werk om radiostations in de Arabische wereld af te luisteren en het gehoorde te analyseren, maar aan tafel had hij een andere rol. Hij praatte met Mike Martin in rad Arabisch en Martin antwoordde. Uiteindelijk knikte hij naar de twee spionnen uit Century House. 'Zoiets heb ik nog nooit gehoord,' zei hij. 'Met dat gezicht en die stem kan hij voor een Arabier doorgaan.' Daarmee ging hij van tafel. Hij had zijn werk kennelijk gedaan.

'We zouden u verdomd dankbaar zijn als u naar Koeweit wilde gaan om te kijken wat daar gaande is,' zei de hoogste bureaucraat.

'Maar het leger dan?' vroeg Martin.

'Het leger zal ons standpunt ongetwijfeld begrijpen,' mompelde de ander.

Het leger protesteerde opnieuw maar liet hem gaan.

Een paar weken later glipte Martin vermomd als kameeldrijver over de

Saudische grens naar het door Irak bezette Koeweit. Tijdens zijn moeizame tocht naar de hoofdstad in het noorden kwam hij diverse Iraakse patrouilles tegen, maar die letten niet op een baardige nomade die twee kamelen naar de markt bracht. De bedoeïenen zijn zo onwrikbaar apolitiek dat ze al duizenden jaren binnendringers heen en weer door Arabië hebben zien trekken zonder ooit tussenbeide te komen. Die binnendringers lieten hen dan ook meestal met rust. In de paar weken dat Martin in Koeweit bleef, legde hij contact met het opkomende verzet, leerde hij hun allerlei handige trucs en bracht hij Iraakse posities, sterktes en zwaktes in kaart.

Zijn tweede optreden tijdens de Golfoorlog bracht hem naar Bagdad zelf. Hij stak in het westen de Saudische grens over en nam gewoon een Iraakse bus naar de hoofdstad. Zijn vermomming was die van een simpele boer die een rieten mand met kippen bij zich had. Toen hij terug was in de stad die hij als zijn broekzak kende, nam hij een baantje als tuinman van een rijke villa en woonde daar in een schuurtje aan het einde van de tuin. Het was zijn taak om berichten te vergaren en door te geven. Daarvoor had hij een kleine, opvouwbare schotelantenne bij zich waarmee hij bliksemsnel berichten kon verzenden. Ze waren voor de Iraakse geheime politie niet op te vangen, maar bereikten wel Riyad.

Een van de best bewaarde geheimen van die oorlog was dat de Firma een hooggeplaatste bron in Saddams regering had. Martin ontmoette hem nooit; hij haalde alleen op afgesproken plekken berichten op en stuurde ze naar Saudi-Arabië, waar het door de Amerikanen geleide coalitiehoofdkwartier ze even verbaasd als dankbaar aanpakte. Saddam capituleerde op 28 februari 1991. Toen Mike Martin uit Irak vertrok, werd hij bijna doodgeschoten door een lid van het Franse vreemdelingenlegioen terwijl hij in het donker de grens overstak.

Op de ochtend van 15 februari 1989 passeerde generaal Boris Gromov, de commandant van het Russische Veertigste Leger (de bezetter van Afghanistan), in zijn eentje de Vriendschapsbrug over de Amur Darya naar het Russische Oezbekistan. Zijn hele leger was hem al voorgegaan. De oorlog was voorbij maar de euforie hield niet lang aan.

Het Russische Vietnam was op een ramp uitgelopen. De roerige satellietstaten in Europa kwamen openlijk in opstand en de Russische economie viel uit elkaar. In november haalden de Berlijners de Muur neer en ging het sovjetrijk eenvoudig in rook op.

In Afghanistan hadden de Russen een regering geïnstalleerd die het vol-

gens de meeste analisten niet lang zou volhouden, omdat de overwinnende krijgsheren de macht zouden overnemen en een stabiele regering zouden vormen. Maar die wijsneuzen hadden het mis. De regering van president Nadjiboella, de Afghaan die zo van whisky hield en door de Russen in Kabul in de steek was gelaten, klampte zich om twee redenen aan de macht vast. De ene was dat het Afghaanse leger, gesteund door de Khad (de geheime politie), gewoon sterker was dan wie ook in het land en met de steden ook het merendeel van de bevolking beheerste.
Nog belangrijker was dat de krijgsheren simpelweg de eenheid verloren; het werden snauwende, graaiende, ruziemakende en zelfzuchtige opportunisten die zich niet verenigden om een stabiele regering te vormen maar precies het tegendeel deden: ze begonnen een burgeroorlog.
Voor Izmat Khan maakte dat allemaal niet uit. Zijn vader was weliswaar voortijdig oud en stram geworden, maar hij bleef het familiehoofd. Samen met de buren hielp hij het gehucht Maloko-zai herbouwen. Steen voor steen en rotsblok voor rotsblok haalden ze het puin weg dat de bommen en raketten hadden achtergelaten, en herstelden ze het familiecomplex bij de moerbei- en granaatappelbomen.
Nadat Izmats been genezen was, was hij naar de oorlog teruggegaan en kreeg hij in de praktijk het bevel over de lashkar van zijn vader. De mannen aanvaardden hem omdat hij gewond was geweest. Toen de vrede kwam, kreeg zijn guerrillagroepering een enorme wapenopslagplaats in handen die de Russen uit laksheid hadden laten liggen.
Ze brachten die wapens over de Spin Ghar naar Parachinar in Pakistan, een stad die bijna in zijn geheel uit een wapenbazaar bestaat. Daar ruilden ze de Russische restanten voor koeien, geiten en schapen om weer kuddes te kunnen opbouwen.
Het leven was vroeger al hard geweest en de nieuwe start was nog harder, maar hij genoot van het werk en voelde zich overwinnaar omdat Maloko-zai weer tot bloei komen. Een man moet wortels hebben, en daar lagen de zijne. Op zijn twintigste riep hij elke vrijdag op tot het gebed en leidde hij de gebeden in de dorpsmoskee.
De passerende Kuchinomaden vertelden gruwelijke verhalen over de vlakte. Het Afghaanse leger was trouw aan Nadjiboella en beheerste nog steeds de steden, maar het platteland werd geteisterd door de krijgsheren en hun mannen, die zich als bandieten gedroegen. Op hoofdwegen werd naar believen tol geheven; reizigers werden van hun geld en goederen beroofd of in elkaar geslagen.
Pakistan, of liever gezegd de ISI-leiding, gokte erop dat Hekmatyar heel

Afghanistan zou gaan beheersen, maar in streken waar hij de macht had, heerste terreur. De vroegere Zeven van Pesjawar, die samenwerkten tegen de Russen, vlogen elkaar nu aan, en de mensen kreunden. De moedjahedien stonden niet meer als helden maar als tirannen te boek. Izmat Khan dankte de barmhartige Allah dat hem de ellende van de vlakte bespaard bleef.
Na het einde van de oorlog verdwenen bijna alle Arabieren uit de bergen en hun geliefde grotten. Ook de lange Saudiër uit het grothospitaal, die uiteindelijk hun ongekroonde koning was geworden, was weg. Zo'n vijfhonderd Arabieren bleven achter, maar ze waren niet populair; ze leefden wijd verspreid als bedelaars.
Toen Izmat Khan op zijn twintigste een aangrenzend dal bezocht, zag hij daar een meisje kleren wassen in de rivier. Vanwege het geluid van het stromende water had ze zijn paard niet gehoord, en voordat ze de punt van haar hejab voor haar gezicht had getrokken, had hij al oogcontact gemaakt. Ze vluchtte geschrokken en verlegen weg. Maar hij had gezien dat ze mooi was.
Izmat deed wat iedere andere jongen ook zou doen. Hij raadpleegde zijn moeder. Ze vond het prachtig, en al gauw zaten twee tantes bij haar in een blije samenzwering om het meisje te vinden. Ze moesten bovendien Nuri Khan winnen voor een gesprek met de vader om een huwelijk te regelen. Het meisje heette Maryam en de bruiloft werd aan het einde van de lente van 1993 gevierd.
Het feest werd natuurlijk in de openlucht gehouden, en overal rook het naar de bloesem die van de notenbomen waaide. De bruid kwam op een mooi versierd paard vanuit haar dorp naar het feest. Er werd fluit gespeeld en onder de bomen werd de *attan* gedanst, hoewel natuurlijk alleen door de mannen. Izmat protesteerde omdat hij in de medresse gehoord had dat zingen en dansen verkeerd was, maar zijn vader voelde zich weer jong worden en was nog steeds de baas. Eén dag lang vergat Izmat dus de medresse en danste ook hij op de weidegrond terwijl de blik van zijn bruid hem overal volgde.
Tussen de eerste blik bij het water en de bruiloft verliep veel tijd, die nodig was om de details van de bruidsschat te regelen en om in het Khancomplex een nieuw huis voor het jonge paar te bouwen. Daar nam hij zijn bruid mee naartoe toen de nacht gevallen was en de uitgeputte dorpelingen weer naar huis waren gegaan. Veertig meter verderop knikte zijn moeder tevreden toen één meisjesroep in de nacht bewees dat haar schoondochter vrouw was geworden. Drie maanden later was dui-

delijk dat ze in de sneeuw van februari een kind ter wereld zou brengen.
Terwijl Maryam zwanger was van Izmat, kwamen de Arabieren terug. De lange Saudiër die hen leidde, was er niet bij: hij was ergens in een ver land dat Sudan heette, maar stuurde veel geld, en door de krijgsheren een schatting te betalen wist hij trainingskampen op te richten. Daar, in Khalid ibn Walid, Al-Farouk, Sadeek, Khaldan, Jihad Wai en Darunta, kwamen duizenden nieuwe vrijwilligers uit de hele Arabischsprekende wereld om te oefenen voor de oorlog.
Maar welke oorlog was dat? Voor zover Izmat Khan kon zien, kozen ze geen partij in de burgeroorlog tussen de krijgsheren. Dus tegen wie wilden ze strijden? Hij hoorde dat het allemaal kwam omdat de lange, die door zijn volgelingen 'emir' werd genoemd, een jihad had uitgeroepen tegen zijn eigen regering in Saudi-Arabië en tegen het Westen.
Maar Izmat Khan had geen grief tegen het Westen. Het Westen had met geld en wapens de Russen helpen verslaan, en de enige kafir die hij kende, had zijn leven gered. Hij stelde vast dat deze jihad niet de zijne was en maakte zich veel meer zorgen over zijn land, waar de toestand zo langzamerhand krankzinnig begon te worden.

6

Het Parachutistenregiment nam hem terug en stelde geen vragen, want dat was de opdracht, maar Martin werd wel een vreemde snuiter gevonden. In vier jaar tijd was hij twee keer zes maanden onverklaard afwezig geweest, en dat leidt in elke militaire eenheid tot opgetrokken wenkbrauwen aan het ontbijt. In 1992 ging hij naar het Staff College in Camberley en toen weer naar het ministerie, maar nu als majoor.

Ook nu kwam hij bij Militaire Operaties terecht, maar ditmaal als stafofficier 2 in afdeling 3: de Balkan.

De oorlog woedde nog steeds. De Serviërs onder Milosevic hadden de overhand, maar de wereld werd misselijk van de massamoorden die als 'etnische zuivering' vermomd waren. Woedend over het volstrekte gebrek aan actie forensde hij twee jaar lang in een donker kostuum tussen Londen en de voorsteden.

Officieren die bij de SAS hebben gezeten, kunnen een tweede detachering krijgen, maar alleen op uitnodiging. Mike Martin kreeg zijn telefoontje uit Hereford eind 1994. Een mooier kerstcadeau had hij niet kunnen krijgen. Lucinda was er echter niet blij mee.

Er waren geen kinderen gekomen en hun carrières gingen verschillende kanten op. Lucinda had een enorme promotie aangeboden gekregen – 'de kans van mijn leven' – maar moest daarvoor naar de Midlands. Hun huwelijk stond onder druk, en Mike werd benoemd tot commandant van het B Squadron van de 22e SAS, dat hij heimelijk naar Bosnië moest brengen. Ogenschijnlijk werkten ze in het kader van UNPROFOR, een vredesmissie van de Verenigde Naties, maar in werkelijkheid moesten ze oorlogsmisdadigers opsporen en gevangennemen. Hij mocht Lucinda de details niet vertellen, alleen maar dat hij weer vertrok.

Het uur van de waarheid was aangebroken. Ze nam aan dat hij weer naar Arabië moest en stelde hem volgens de regels een ultimatum: kies voor de para's, de SAS en die verdomde woestijn, of ga mee naar Birmingham en voldoe aan je huwelijkse veplichtingen. Hij dacht erover na en koos de woestijn.

Buiten de beschutte hoge dalen van de Witte Bergen stierf Izmats oude partijleider Younis Khalès. De Hizb-i-Islami kwam nu helemaal in de macht van Hekmatyar, wiens wreedheid hij afschuwelijk vond.
Toen in februari 1994 zijn kind werd geboren, was president Nadjiboella gevallen maar nog in leven: hij zat vast in een pension van de Verenigde Naties in Kabul. In naam was hij opgevolgd door professor Rabbani, maar die was een Tadzjiek en dus voor de Pathanen niet aanvaardbaar. In de domeinen buiten Kabul heersten alleen de krijgsheren, maar de echte heer en meester was chaotische anarchie.
Er gebeurde ook nog iets anders. Na de oorlog tegen de Russen waren duizenden jonge Afghanen naar de Pakistaanse medressen teruggegaan om hun opleiding af te maken. Anderen, die te jong waren geweest om te vechten, trokken de grens over om een klein beetje onderwijs te krijgen, wat voor lessen dan ook. In plaats daarvan kregen ze een jarenlange wahabitische hersenspoeling. Nu kwamen ze terug, maar ze waren anders dan Izmat Khan.
De oude Younis Khalès was erg vroom geweest, maar ook enigszins gematigd. Zijn medressen in de vluchtelingenkampen hadden dus een islam met een zekere mate van tolerantie gepredikt. Andere scholen concentreerden zich alleen op de ultra-agressieve passages uit de Verzen van het Zwaard in de heilige Koran. En de oude Nuri Khan, die eveneens vroom was, was daarnaast menselijk en zag geen kwaad in zingen, dansen, sport en enige toegeeflijkheid jegens anderen.
De jongens die terugkwamen, waren slecht opgeleid en hadden alleen les gehad van imams die nauwelijks konden lezen of schrijven. Ze wisten niets van het leven, niets van vrouwen (de meesten leefden en stierven als maagd) en zelfs niets van hun eigen stamcultuur, zoals Izmat die van zijn vader had geleerd. Behalve de Koran kenden ze maar één ding: de oorlog. De meesten kwamen uit het diepe zuiden, waar de islam altijd strikter was nageleefd dan elders in Afghanistan.
In de zomer van 1994 trokken Izmat Khan en een neef vanuit het hoge dal naar Jalalabad. Het korte bezoek duurde lang genoeg om te zien welke verwoestingen Hekmatyars volgelingen hadden aangericht in een dorp dat uiteindelijk geweigerd had om hem nog langer te betalen. De mannen bleken gemarteld en vermoord, de vrouwen afgetuigd. Het dorp zelf was in brand gestoken. Izmat Khan walgde ervan. In Jalalabad ontdekte hij dat zulke taferelen heel gewoon waren.
Toen gebeurde er iets in het diepe zuiden. Omdat zelfs de schijn van een centrale regering niet meer werd opgehouden, gaf het oude, officiële

Afghaanse leger zichzelf een nieuwe taak: het stelde zich ter beschikking van de krijgsheer die het best betaalde. Buiten Kandahar nam een stel soldaten twee tienermeisjes mee naar hun kamp, waar de meisjes een groepsverkrachting kregen.

De plaatselijke prediker in het dorp waar ze vandaan kwamen, een man die ook zijn eigen godsdienstschool had, ging met dertig studenten en zestien geweren naar het legerkamp. Tegen alle verwachtingen in rosten ze de soldaten af en hingen ze de commandant aan de loop van een tankkanon op. Die prediker heette Mohammad Omar ofwel moellah Omar. Hij had op het slagveld een oog verloren.

Het nieuws deed de ronde. Anderen riepen zijn hulp in. Zijn groep werd steeds groter en bood hulp. Zijn mannen namen geen geld aan, verkrachtten geen vrouwen, stalen geen gewassen en vroegen geen beloning. Ze werden helden. In december 1994 hadden al 12.000 mannen zich bij hem aangesloten. Ze droegen zijn zwarte tulband en noemden zichzelf 'de leerlingen'. Het Pathaanwoord voor 'leerling' is 'talib' en het meervoud daarvan is 'taliban'. Deze beweging van dorpswachters vormde na de inname van Kandahar zelfs een alternatieve regering.

Pakistan had geprobeerd via zijn altijd complotterende ISI de Tadzjieken uit Kabul weg te krijgen door Hekmatyar te steunen, maar hij stapelde de ene mislukking op de andere. Omdat de ISI diepgaand geïnfiltreerd was door ultraorthodoxe moslims, verleende Pakistan zijn steun nu aan de taliban. In Kandahar erfde de nieuwe beweging een enorm wapenarsenaal plus tanks, pantserwagens, vrachtwagens, kanonnen, zes MiG 21-straaljagers, die van de Russen waren geweest, en zes zware helikopters. De taliban begonnen aan hun opmars naar het noorden. Izmat Khan omhelsde in 1995 zijn vrouw, gaf zijn kleine kind een afscheidskus en trok de bergen uit om zich bij hen te voegen.

Later, op de grond van een cel op Cuba, bedacht hij dat de tijd met zijn vrouw en kind in het hoge dal de gelukkigste van zijn leven was geweest. Hij was 23.

Hij had te laat geleerd dat de taliban een duistere kant hadden. De Pathanen waren altijd vroom geweest, maar werden in Kandahar onderworpen aan het strengste regime dat de wereld van de islam ooit gezien had.

Alle meisjesscholen gingen meteen dicht. Vrouwen mochten alleen in gezelschap van een mannelijke verwant de straat op. De alles bedekkende boerka moest altijd gedragen worden, en het geklepper van vrouwensandalen op een stenen vloer werd verboden omdat het te sexy was.

Zingen, muziek maken, sport en vliegeren (een nationale hobby) werden eveneens door een verbod getroffen. De voorgeschreven vijf keer per dag moest er gebeden worden, en mannen werden verplicht hun baard te laten staan. De wetshandhavers waren vaak fanatieke tieners met zwarte tulbanden die niets anders kenden dan wreedheid, oorlog en de Verzen van het Zwaard. Van bevrijders werden ze tirannen, maar hun opmars was onstuitbaar. Het was hun taak om de macht van de krijgsheren te fnuiken, en omdat deze krijgsheren flink gehaat waren, nam de bevolking de nieuwe gestrengheid op de koop toe. In elk geval werd de wet gehandhaafd, was corruptie uitgebannen, werd er niet meer verkracht en was er geen misdaad meer – alleen fanatieke orthodoxie.
Moellah Omar was strijder annex prediker, niets meer. Toen hij zijn revolutie gestart had door een verkrachter aan een tankkanon op te hangen, trok hij zich weer in zijn zuidelijke fort Kandahar terug. Zijn volgelingen leken wel middeleeuwers, en een van de vele dingen die ze niet kenden, was angst. Ze vereerden de eenogige moellah achter zijn muren, en tot aan hun val waren 80.000 taliban bereid voor hem te sterven.
In het verre Sudan keek de lange Saudiër toe en wachtte; hij had in Afghanistan 20.000 Arabieren tot zijn beschikking.
Izmat Khan sloot zich aan bij een lashkar van mannen die uit zijn eigen provincie Nangarhar kwamen. Hij werd er al gauw gerespecteerd omdat hij volwassen was, tegen de Russen had gevochten en gewond was geweest.
Het leger van de taliban was geen echt leger: het had geen commandant, geen generale staf, geen officierenkorps, geen rangen en geen infrastructuur. Elke lashkar was grotendeels onafhankelijk en stond onder een stamleider wiens macht vaak te danken was aan zijn persoonlijkheid, moed op het slagveld en godsdienstige toewijding. Net als de oorspronkelijke islamitische strijders van de eerste kalifaten vaagden ze hun vijanden weg met een fanatieke moed die hun de reputatie van onoverwinnelijkheid gaf, zelfs zodanig dat tegenstanders vaak capituleerden zonder een schot te lossen. Toen ze eindelijk tegenover echte soldaten stonden – de troepen van Shah Massoud, de charismatische Tadzjiek – leden ze verbijsterende verliezen. Ze hadden geen medische dienst, zodat de gewonden langs de weg als ratten stierven. Toch ging hun opmars door.
Bij de poorten van Kabul onderhandelden ze met Massoud, maar hij weigerde op hun voorwaarden in te gaan en trok zich terug in zijn eigen

noordelijke gebergte, waar hij ook de Russen bestreden en getrotseerd had. Zo begon een nieuwe burgeroorlog, ditmaal tussen de taliban en de Noordelijke Alliantie van Massoud de Tadzjiek en Dostum de Oezbeek. Het was toen 1996. Alleen Pakistan (die het georganiseerd had) en Saudi-Arabië (die het betaalde) erkenden het buitenissige nieuwe bewind. Voor Izmat Khan was de teerling geworpen. Zijn oude bondgenoot Shah Massoud was nu zijn vijand.

Diep in het zuiden landde een vliegtuig. Het bracht de lange Saudiër terug die acht jaar eerder in een grot van Jaji met hem gepraat had, plus de gezette arts, die een stuk sovjetstaal uit zijn been had gehaald. De twee mannen gingen meteen hun respect betuigen aan moellah Omar, die ze heel veel geld en materiaal gaven, waarmee ze zich van zijn levenslange trouw verzekerden.

Na de verovering van Kabul stokte de oorlog even. Bijna de eerste daad van de taliban in Kabul was dat ze de afgezette ex-president Nadjiboella uit zijn huisarrest haalden, hem martelden, verminkten en terechtstelden, voordat ze zijn lijk aan een lantaarnpaal hingen. Dat was een voorproefje van het bewind dat Afghanistan te wachten stond. Izmat Khan had geen zin in wreedheid voor de lol. Hij had hard gevochten voor de bevrijding van zijn land, was van vrijwilliger opgeklommen tot commandant van zijn eigen lashkar, en naarmate de geruchten over zijn leiderschap zich verbreidden, werd zijn militie steeds groter, zodanig dat die uiteindelijk een van de vier divisies van het talibanleger werd. Toen hij toestemming vroeg om naar Nangarhar terug te gaan, werd hij tot gouverneur van die provincie benoemd. Hij was in Jalalabad gevestigd en kon zijn familie en zijn gezin bezoeken.

Hij had nog nooit van Nairobi of Dar es Salaam gehoord. Hij had nog nooit van een man gehoord die William Jefferson Clinton heette. Maar hij had wel veel gehoord over een nieuwe groep in zijn land die Al Qaeda werd genoemd, en wist dat de aanhangers ervan een wereldwijde jihad hadden uitgeroepen tegen alle ongelovigen maar vooral tegen het Westen, en nog het allermeest tegen een land dat Amerika werd genoemd. Maar die jihad was de zijne niet.

Hij vocht tegen de Noordelijke Alliantie om zijn vaderland definitief te herenigen, en de Alliantie was tot in twee kleine en obscure enclaves teruggeslagen. Een ervan was een groep opstandelingen van de Hazarastam, die klem zat in de bergen van Darai-Suf; de andere was Massoud zelf in zijn ondoordringbare Pansjirvallei en de noordoostelijke hoek die Badakhshan heette.

Op 7 augustus ontploften bommen buiten de Amerikaanse ambassades in twee Afrikaanse hoofdsteden. Daar wist hij niets van. Naar buitenlandse radiozenders luisteren was verboden, en dat verbod werd nageleefd. Op 21 augustus lanceerde Amerika zeventig Tomahawk-kruisraketten tegen Afghanistan. Ze kwamen van de kruisers *Cowpen* en *Shiloh* in de Rode Zee en van de fregatten *Briscoe*, *Elliot*, *Hayler* en *Milius* plus de onderzeeër *Columbia*, allemaal in de Arabische Zee ten zuiden van Pakistan.
Ze waren bedoeld voor de opleidingskampen van Al Qaeda en de grotten van de Tora Bora. Een van de raketten raakte uit de koers en kwam terecht in de opening van een natuurlijke, lege grot hoog in de berg bij Maloko-zai. De ontploffing diep in de grot spleet de hele berg. Tien miljoen ton gesteente kwam in het dal terecht.
Toen hij zijn dal bereikte, viel er niets meer te herkennen. Alles lag begraven. Er was niets meer: geen rivier, geen boerenbedrijf, geen boomgaarden, geen kralen voor het vee, geen moskee, geen stallen, geen complexen. Zijn hele familie en al zijn buren waren weg. Zijn ouders, ooms, tantes, zusjes, vrouw en kind lagen dood onder miljoenen tonnen graniet. Aan graven viel niet te denken. Er was niets meer op te graven. Hij was een man zonder wortels, familie of clan geworden.
In de ondergaande augustuszon knielde hij op de schalie hoog boven de plaats waar zijn dode familie lag. Hij draaide zich naar Mekka in het westen, legde zijn voorhoofd op de grond en bad. Maar zijn gebed was anders dan anders. Het was een machtige eed waarmee hij bloedwraak zwoer, een persoonlijke jihad op leven en dood tegen de mensen die dit gedaan hadden. Hij verklaarde Amerika de oorlog.
Een week later had hij zijn gouverneursfunctie neergelegd en ging hij weer naar het front. Twee jaar lang bestreed hij de Noordelijke Alliantie. In zijn afwezigheid had de tactisch briljante Massoud de tegenaanval ingezet en bij de minder vakbekwame taliban opnieuw grote verliezen veroorzaakt, maar de wraakzuchtige taliban sloegen terug en doodden 2.000 burgers.

De akkoorden van Dayton waren getekend. De oorlog in Bosnië was officieel voorbij. Maar een nachtmerrie bleef achter. Het islamitische Bosnië was het belangrijkste slagveld geweest, maar ook de Serviërs en Kroaten waren zwaar getroffen. Dit was het bloedigste conflict in het Europa van na de Tweede Wereldoorlog geweest.
De veel beter bewapende Serviërs en Kroaten hadden de meeste wreed-

heden begaan. Een terecht diep beschaamd Europa richtte het Joegoslaviëtribunaal op in Den Haag en wachtte op de eerste dagvaardingen. Het probleem was alleen dat de schuldigen niet uit eigen beweging met de handen omhoog kwamen aanlopen. Milosevic bood geen enkele hulp en bereidde zelfs nieuwe misère voor de islamitische provincie Kosovo voor.

Een deel van Bosnië – het uitsluitend Servische deel – had zichzelf tot Servische Republiek uitgeroepen, en daar hielden de meeste oorlogsmisdadigers zich schuil. Dit was dan ook de taak: hen vinden, identificeren, oppakken en voor de rechter slepen. De SAS-ers leefden het hele jaar 1997 in de bossen en velden en spoorden zogenoemde PIFWICS (*persons indicted for war crimes* ofwel van oorlogsmisdaden beschuldigde personen) op.

In 1998 was Martin weer terug, zowel in Engeland als bij de para's, ditmaal als overste en instructeur aan het Staff College in Camberley. In het jaar daarna werd hij commandant van het eerste bataljon ofwel Eén Para. De NAVO-bondgenoten waren op de Balkan opnieuw in actie gekomen, ditmaal wat sneller dan eerst en ook ditmaal om een massamoord te voorkomen die zo groot was dat de pers er het afgesleten woord 'genocide' voor gebruikte. De inlichtingendiensten hadden er de Amerikaanse en Britse regering van overtuigd dat Milosevic van plan was de rebelse provincie Kosovo te zuiveren, en wel grondig. Het middel daartoe was de verdrijving van het grootste deel van de 1,8 miljoen burgers naar het aangrenzende Albanië in het westen. De bondgenoten gaven Miloseviv onder de NAVO-vlag een ultimatum. Hij negeerde het en dreef hele colonnes huilende en berooide Kosovaren over de bergpassen naar Albanië.

De reactie van de NAVO was geen invasie over land maar bombardementsvluchten die achtenzeventig dagen duurden en zowel Kosovo als Servië zelf in puin legden. Milosevic gaf nu eindelijk toe. De NAVO trok Kosovo in en probeerde die puinbak te besturen. Generaal Mike Jackson, de man die daarvan de leiding had, was al zijn hele leven parachutist, en Eén Para ging met hem mee. Dat zou waarschijnlijk Mike Martins laatste 'actie'-detachement zijn geworden als de West Side Boys er niet geweest waren.

Op 9 september 2001 werd in het talibanleger razendsnel een bericht bekend waarvan de soldaten steeds opnieuw 'Allahoe akbar' (Allah is groot) gingen roepen. De lucht boven Izmat Khans kamp buiten

Bamian knetterde van de schoten die in een delirium van vreugde werden afgevuurd. Iemand had Ahmad Sjah Massoud vermoord. Hun vijand was dood. De man wiens charisma de nutteloze Rabbani overeind had gehouden, wiens slimme guerrillatechnieken de bewondering van de Russen hadden gewekt en onder wiens leiding talibantroepen in mootjes waren gehakt, bestond niet meer.
Hij was vermoord door twee zelfmoordenaars, ultrafanatieke, als journalisten vermomde Marokkanen met gestolen Belgische paspoorten. Ze waren gestuurd door Osama bin Laden als gunst voor zijn vriend moellah Omar. De Saudiër had deze list niet zelf bedacht; het was een idee van de veel slimmere Egyptenaar Ayman al-Zawahiri, die besefte dat de eenogige moellah na deze gunst van Al Qaeda hen nooit meer het land uit kon zetten vanwege wat er te gebeuren stond.
Op de elfde dag van die maand werden boven de Amerikaanse oostkust vier vliegtuigen gekaapt. Binnen negentig minuten hadden twee toestellen het World Trade Center in Manhattan verwoest; het derde beschadigde het Pentagon en het vierde stortte neer terwijl opstandige passagiers de cockpit binnendrongen om de kapers van de knoppen te halen. Een paar dagen later waren de identiteit en inspiratie van de negentien kapers vastgesteld. Na nog een paar dagen gaf de nieuwe Amerikaanse president moellah Omar een onwrikbaar ultimatum: draag de leiders van Al Qaeda over of aanvaard de gevolgen. Omar kon vanwege Massoud niet capituleren. Zo was de gedragscode nu eenmaal.

In het West-Afrikaanse Sierra Leone, ooit een rijke Britse kolonie, was na jaren van burgeroorlog en barbarij een panorama van chaos, misdaad, vuil, ziektes, armoede en afgehakte ledematen ontstaan. Al jaren daarvoor hadden de Britten besloten tussenbeide te komen, en de VN was overgehaald om er 15.000 soldaten naartoe te sturen. Die soldaten zaten echter vooral in hun kazernes in de hoofdstad Freetown. Het oerwoud buiten de stad gold gewoon als te gevaarlijk. Maar de troepenmacht omvatte ook een eenheid van het Britse leger, en die patrouilleerde wel degelijk in het achterland.
Eind augustus werd een patrouille van elf man uit de Royal Irish Rangers van de hoofdweg gelokt en over een pad naar een dorp geloodst. Daar had een groep opstandelingen die zich de West Side Boys noemden, hun hoofdkwartier. Eigenlijk waren ze onhandelbare psychopaten, die altijd dronken waren van een plaatselijk drankje op basis van pure alcohol. Ze wreven hun tandvlees in met cocaïne of maakten een snee in

hun arm om er de drug in te wrijven en sneller high te worden. In de wijde omtrek hadden ze bij de boeren onzegbare gruwelen aangericht; maar het waren er vierhonderd, en ze waren tot de tanden bewapend. De Rangers werden snel gevangen en in gijzeling genomen.
Mike Martin had Eén Para na een korte klus in Kosovo naar Freetown gebracht en had zijn basis in Camp Waterloo. Na ingewikkelde onderhandelingen werden vijf Rangers tegen een losgeld vrijgelaten, maar de andere zes leken voorbestemd om in stukken te worden gehakt. In Londen gaf de chef van de defensiestaf, sir Charles Guthrie, het bevel: ga erheen en haal ze met geweld eruit.
De taakgroep bestond uit 48 SAS'ers, 24 mensen van het SBS en 90 van Eén Para. Een week voor de aanval werden tien SAS'ers in camouflagekleding in de buurt van het bandietendorp gedropt. Ze luisterden, keken en deden verslag. Alles wat de West Side Boys zeiden en deden werd afgeluisterd door de SAS'ers in een bosje, een paar meter verderop, en doorgegeven. Daarom wisten de Britten dat alle hoop op een vreedzame bevrijding zinloos was.
Mike Martin ging erheen met de tweede groep, nadat een mortiergranaat van de rebellen zes mannen gewond had, onder wie de commandant van de eerste groep. Ze moesten zonder ceremonieel worden afgevoerd.
Het dorp bestond eigenlijk uit de twee dorpen Gberi Bana en Magbeni, die links en rechts van de stinkende en slijmerige Rokelrivier lagen. De SAS'ers veroverden Gberi Bana, waar de gijzelaars gelokaliseerd waren, bevrijdden hen en sloegen een serie manische tegenaanvallen af. De negentig para's namen Magbeni in. De zon ging net op, en in elk dorp zaten ongeveer tweehonderd West Side Boys.
Zes gevangenen werden geboeid naar Freetown gebracht. Sommigen ontsnapten in het oerwoud. Niemand probeerde de lijken te tellen, noch in de ruïnes van de twee dorpen, noch in het omringende oerwoud, maar niemand protesteerde ooit tegen een aantal van driehonderd doden.
Bij de SAS en de para's raakten twaalf mensen gewond, en de SAS'er Brad Tinnion overleed aan zijn verwondingen. Mike Martin, die de commandant van zijn eerste ploeg kwijt was, arriveerde in de tweede Chinook en leidde de vernietiging van Magbeni. Het was een ouderwets gevecht op korte afstand en man tegen man. Aan de zuidkant van de Rokel hadden de para's hun radio verloren bij de granaatontploffing die ook de leider van de aanval uitschakelde. De rondcirkelende helikopters

konden dus geen meldingen geven over waar hun eigen mortiergranaten vielen, en het oerwoud was te dicht om ze te zien vallen.
Uiteindelijk vielen de para's gewoon aan. Het bloed raasde door hun aderen en ze schreeuwden en vloekten tot de West Side Boys vluchtten en sneuvelden en gingen daarmee door tot er geen West Side Boys meer waren.
Zo'n zes maanden later was Martin in Londen en werd zijn lunch onderbroken door de ongelooflijke televisiebeelden van vliegtuigen die volledig beladen en met volle brandstoftanks de Twin Towers in vlogen. Een week later was duidelijk dat de Verenigde Staten naar Afghanistan moesten om de verantwoordelijken tot de orde te roepen, met of zonder instemming van de regering in Kabul.
Londen was direct bereid uit eigen middelen alles bij te dragen wat nodig was, en de eerste behoeften waren tankvliegtuigen voor in de lucht en Special Forces. Het SIS-hoofd in Islamabad zei dat ook hij alle hulp moest hebben die hij krijgen kon.
Dat was een kwestie voor Vauxhall Cross, maar ook de militair attaché in Islamabad vroeg hulp. Mike Martin werd achter zijn bureau in het parachutistenhoofdkwartier van Aldershot vandaan gehaald en zat in het volgende vliegtuig naar Islamabad als liaisonofficier voor de Special Forces.
Hij arriveerde er precies twee weken na de verwoesting van het World Trade Center en op de dag van de eerste geallieerde aanvallen.

7

Izmat Khan was nog steeds commandant aan het Badakhshanfront in het noorden toen het op Kabul bommen regende. De hele wereld had alleen oog voor Kabul en de afleidingsmanoeuvres in het zuiden, maar de Amerikaanse Special Forces glipten Badakhshan in ter ondersteuning van generaal Fahim, die Massouds leger had overgenomen. Daar moest het echte gevecht plaatsvinden; de rest was poppenkast voor de media. De grondtroepen van de Noordelijke Alliantie en de Amerikaanse luchtmacht moesten de overwinning verzekeren.

Afghanistans eigen kleine luchtmacht werd verpulverd zonder ooit opgestegen te zijn. Als tanks of artillerie ontdekt werden, werden ze 'buiten gevecht gesteld'. De Oezbeek Rashid Dostum, die jarenlang in het veilige buitenland had gezeten, werd overgehaald om terug te komen en een tweede front in het noordwesten te openen, naast Fahims noordoostelijke front. En in november begon de grote uitbraak. De sleutel daarbij was doelwitmarkering, een technologie die sinds de Eerste Golfoorlog van 1991 een stille revolutie in de oorlogvoering heeft betekend.

Onzichtbaar verborgen tussen de geallieerde troepen turen specialisten van de Special Forces door langeafstandskijkers om ingegraven posities, kanonnen, tanks, munitievoorraden, reserves, voorraden en commandobunkers van de vijand te lokaliseren. Die worden allemaal met een projector vanaf de schouder van een rood puntje voorzien. Via de radio wordt dan om een luchtaanval verzocht.

Bij de vernietiging van het talibanleger tegenover de Noordelijke Alliantie kwamen die aanvallen hetzij uit het diepe zuiden, waar vliegdekschepen van de Amerikaanse marine voor de kust lagen, hetzij van A10-antitankvliegtuigen vanuit het goed beloonde Oezbekistan. Eenheid voor eenheid werd het talibanleger opgerold met bommen en raketten die niet konden missen omdat ze een infrarode straal volgden. De Tadzjieken rukten in triomf op.

Izmat Khan trok zich steeds verder terug omdat de ene positie na de andere onhoudbaar bleek. Het talibanleger in het noorden begon met 30.000 man, maar verloor 1.000 manschappen per dag. Er waren geen

medicamenten, geen evacuatiehelikopters, geen artsen. De gewonden zeiden hun gebeden op en stierven als vliegen. Ze schreeuwden 'Allahoe akbar' en vielen aan tegen een muur van kogels.
Van de oorspronkelijke vrijwilligers was veruit het grootste deel allang gesneuveld. Rekruteringsploegen van de taliban hadden tienduizenden anderen tot dienstneming gedwongen, maar veel mensen wilden niet vechten. De echte fanatici verdwenen als sneeuw voor de zon. En Izmat Khan moest hen steeds verder laten terugtrekken. Hij stond bij elk gevecht vooraan en was er steeds van overtuigd dat hij geen dag meer te leven had. Op 18 november had hij de stad Kunduz bereikt.
Vanwege een speling van de geschiedenis is Kunduz een enclave van de Pathaanse Ghilzai uit het zuiden in een zee van Tadzjieken en Hazara's. Het talibanleger kon daar dus schuilen. En daar was het bereid zich over te geven. Afghanen zien niets oneerbaars in een onderhandelde overgave en houden zich altijd aan de afgesproken voorwaarden. Het hele talibanleger gaf zich over aan generaal Fahim en het volk van de Amerikaanse adviseurs. Fahim aanvaardde hun capitulatie.
Het talibanleger omvatte echter ook twee niet-Afghaanse groeperingen. De eerste bestond uit 600 Arabieren, allemaal trouwe volgelingen van Osama bin Laden, die hen erheen had gestuurd. Meer dan 3.000 Arabieren waren al gesneuveld, en de Amerikanen zouden er geen traan om laten als ook het laatste contingent zich bij Allah vervoegde.
Verder waren er ongeveer 2.000 Pakistanen, die ongetwijfeld een enorme afgang voor Islamabad betekenden als ze ontdekt werden.
De Pakistaanse heerser generaal Musharraf was na 11 september overduidelijk gemaakt dat hij moest kiezen: als toegewijde bondgenoot van de Verenigde Staten vele miljarden hulpdollars opstrijken of via de ISI de taliban en dus Osama bin Laden blijven steunen en daarvan de gevolgen dragen. Musharraf koos voor de Verenigde Staten.
Maar de ISI had nog steeds een legertje agenten in Afghanistan, en de Pakistaanse vrijwilligers die met de taliban meevochten, zouden er niet voor terugdeinzen om te vertellen hoe ze ooit waren aangemoedigd om naar het noorden te trekken. De meesten van hen werden met een drie nachten durende luchtbrug naar Pakistan teruggebracht.
Bij een andere, geheime overeenkomst werden 4.000 gevangenen verkocht aan Rusland en de Verenigde Staten voor bedragen die hoger werden naarmate de gevangenen begerenswaardiger waren. De Russen wilden alle Tsjetsjenen en (als gunst aan Tasjkent) alle tegen Tasjkent vechtende Oezbeken.

Het leger dat zich overgaf, telde 14.000 man, maar dat aantal liep terug. De Noordelijke Alliantie verklaarde uiteindelijk tegenover de mondiale media, die naar het noorden togen om het echte oorlogsverhaal te verslaan, dat er maar 8.000 gevangenen waren. Toen werd besloten om nog eens 5.000 gevangenen over te dragen aan de Oezbeekse commandant generaal Dostum. Hij wilde hen naar Sheberghan brengen, een plaats binnen zijn eigen gebied, ver in het westen. Ze werden zonder eten en drinken in stalen vrachtcontainers gezet en zo op elkaar geperst dat ze alleen konden staan en hun hals moesten rekken naar het beetje lucht boven hun hoofd. Ergens onderweg werd vastgesteld dat ze luchtgaten verdienden. Dat gebeurde met zware machinegeweren, die bleven schieten tot het geschreeuw ophield.
De Arabieren werden uit de resterende 3.015 man gehaald. Ze kwamen uit alle delen van de islamitische wereld: er waren Saudiërs, Jemenieten, Marokkanen, Algerijnen, Egyptenaren, Jordaniërs en Syriërs. De ultraradicale Oezbeken waren aan de tedere zorgen van Tasjkent toevertrouwd en de meeste Tsjetsjenen hadden een soortgelijk lot ondergaan, maar sommigen hadden kunnen achterblijven. Tijdens de veldtocht hadden de Tsjetsjenen de naam gekregen dat niemand zo woest en wreed de dood zocht als zij. De laatste 2.400 gevangenen bleven in Tadzjiekse handen, en van hen is niets meer vernomen.
Izmat Khan werd door een van de selecteurs in het Arabisch aangesproken. Hij antwoordde in dezelfde taal, en daarom werd gedacht dat hij Arabier was. Hij droeg geen rangonderscheiding, was smerig, had geklit haar, had honger en was uitgeput. Toen hij in een bepaalde richting werd geduwd, was hij te moe om te protesteren. Zo kwam hij als een van de zes Afghanen in de groep terecht die naar Mazar-e Sharif werd gestuurd, naar Dostum en zijn Oezbeken. Op dat moment keek de westerse pers al toe en garandeerden de Verenigde Naties de gevangenen een veilige reis.
Ergens werden vrachtauto's versierd, en de zeshonderd gevangenen werden ingeladen voor de tocht over hobbelige paden naar Mazar in het westen. Hun uiteindelijke bestemming was echter niet de stad zelf maar een enorm gevangenisfort, 15 kilometer verderop.
Het was de ingang van de hel maar heette 'het fort van Qala-i-Jangi'.

Gemeten vanaf de eerste bom tot de overgave van Kabul aan de Noordelijke Alliantie duurde de verovering van Afghanistan ongeveer vijftig dagen, maar al ruim voor die tijd waren er Special Forces uit de Verenigde Staten en Groot-Brittannië in het land actief. Mike Martin stond te trappelen om mee te gaan, maar de Britse Hoge Commissie in Islamabad hield voet bij stuk: hij was ter plaatse nodig om het contact te onderhouden met de Pakistaanse legertop.

Tot Bagram. Die enorme luchtmachtbasis ten noorden van Kabul was van de Russen geweest en ging tijdens de uiteindelijke bezetting ongetwijfeld een belangrijke geallieerde basis worden. De daar gestationeerde vliegtuigen van de taliban waren lege wrakken en de verkeerstoren lag in puin. Maar de reusachtige landingsbaan, de talrijke grote hangars en de woonverblijven van het Russische garnizoen waren allemaal met tijd en geld te herstellen.

De basis werd in de derde week van november veroverd, en een ploeg van het Special Boat Squadron snelde toe om de Britse aanspraken veilig te stellen. Mike Martin gebruikte het nieuws als een eersteklas excuus om een lift te vragen aan de Amerikanen op het vliegveld van Rawalpindi: hij wilde even een kijkje nemen, zoals hij zei.

Het was er onbeschut en oncomfortabel, maar het SBS had helemaal alleen een hangar 'bevrijd' voordat de Amerikanen de rest bezetten. De soldaten hurkten helemaal achterin op de grond, zo ver mogelijk van de ijskoude wind.

Militairen hebben een opmerkelijk talent: ze voelen zich op rare plaatsen op hun gemak, en dat geldt al helemaal voor Special Forces, want die komen op nog vreemdere plaatsen terecht dan anderen. De SBS-eenheid van twintig man was met lange landrovers gaan foerageren en kwam terug met een stel stalen vrachtcontainers, die naar binnen werden gesleept. Met vaten, planken en enige handigheid maakten ze er kleine kamertjes van met bedden, sofa's, tafels, lampen en – vooral niet te vergeten – een stopcontact om de ketel voor een paar mokken thee op aan te sluiten.

Op de ochtend van 26 november zei de commandant van de eenheid tegen zijn manschappen: 'Er schijnt iets gaande te zijn in een plaats die Qala-i-Jangi heet, ten westen van Mazar. Een paar gevangenen zijn in opstand gekomen. Ze hebben de wapens van de cipiers afgepakt en verzetten zich met geweld. Laten we maar eens even gaan kijken.' Zes mariniers werden uitgekozen en kregen twee landrovers vol brandstof tot hun beschikking.

Toen ze wilden vertrekken vroeg Mike Martin: 'Mag ik mee? Jullie hebben misschien wel iets aan een tolk.'

De commandant van de kleine SBS-eenheid was een kapitein van de mariniers. Martin was een parachutistenkolonel. Bezwaren waren er niet. Martin ging naast de chauffeur van de tweede auto zitten. Achter hem bogen twee mariniers zich over hun .30-machinegeweer. Ze reden naar het noorden en bereikten na zes uur via de Salangpas de noordelijke vlakte, de stad Mazar en het fort van Qala-i-Jangi.

Wat de massamoord op de gevangenen precies veroorzaakte, was toen onderwerp van discussie en zal dat altijd blijven. Maar er zijn wel goede aanwijzingen.

De westerse media, nooit te beroerd om iets volstrekt verkeerd voor te stellen, noemden de gevangenen hardnekkig 'taliban'. Ze waren precies het tegendeel. Met uitzondering van de zes Afghanen die er per ongeluk terecht waren gekomen, waren ze in feite het verslagen leger van Al Qaeda. In die hoedanigheid waren ze naar Afghanistan gekomen om de jihad te voeren, te vechten en te sterven. De gevangenen die vanuit Kunduz naar het westen waren gebracht, waren de zeshonderd gevaarlijkste mannen in Azië.

In Qala wachtten hun honderd slecht opgeleide Oezbeken onder een schandalig onbekwame commandant. Rashid Dostum zelf was weg; de leiding was in handen van zijn tweede man Sayid Kamel. Onder de zeshonderd gevangenen bevonden zich zestig mannen die afkomstig waren uit drie niet-Arabische groeperingen. Er waren Tsjetsjenen die in Kunduz vermoed hadden dat selectie voor een uitstapje naar de Russen gelijkstond aan een doodvonnis; ze hadden de schifting overleefd. Verder waren er anti-Tasjkentgezinde Oezbeken, die eveneens beseft hadden dat in Oezbekistan de dood wachtte; ze hadden zich verborgen. Ten slotte waren er Pakistanen, die ten onrechte vreesden voor repatriëring naar hun vaderland, waar ze vrijgelaten zouden zijn.

De anderen waren Arabieren. Anders dan veel in Kunduz achtergebleven taliban waren ze vrijwilligers, allemaal ultrafanatiek en niet onder dwang gerekruteerd. Ze waren in Al Qaeda-kampen opgeleid en hadden er woest en goed leren vechten. Bovendien hadden ze weinig wil om te leven. Ze vroegen van Allah niets anders dan de kans om een paar westerlingen of vrienden van westerlingen mee te nemen en dus als shahid of martelaar te sterven.

Het fort van Qala is niet gebouwd als een westers fort. Het is een enorm, tweeënhalve hectare groot complex met open ruimtes, bomen en gebouwen van één verdieping. Het geheel is omgeven door een 15 meter hoge muur maar die helt af, zodat iemand naar de top kan klimmen om over de borstwering te kijken.

Deze dikke muren bevatten een labyrint van kazernes, magazijnen en gangen, met daaronder een tweede labyrint van tunnels en kelders. De Oezbeken hadden het nog maar tien dagen eerder veroverd en wisten kennelijk niet dat zich aan de zuidelijke kant een wapenkamer en een magazijn van de taliban bevonden, en de gevangenen werden uitgerekend daar naar binnen gejaagd.

In Kunduz hadden ze hun geweren en RPG's moeten inleveren, maar niemand had hen gefouilleerd. Als dat wel was gebeurd, zouden hun cipiers geweten hebben dat bijna iedere man een granaat of twee in zijn gewaad verstopt had. Daarmee kwamen ze in het konvooi bij Qala aan.

De eerste aanwijzing daarvoor kwam op de zaterdagavond van hun aankomst. Izmat Khan zat in de vijfde vrachtwagen en hoorde de ontploffing op 100 meter afstand. Een van de Arabieren had diverse Oezbeken om zich heen verzameld en liet zijn granaat ontploffen, waarbij hij gehakt maakte van zichzelf en vijf Oezbeken. Het werd nacht. Er was geen licht. Dostums mannen besloten hen de volgende ochtend te fouilleren. Ze dreven de gevangenen zonder eten en drinken het fort in en lieten hen daar gehurkt en door nerveuze bewakers omringd achter.

Bij zonsopgang begonnen de fouilleringen. De gevangenen, dociel in hun gevechtskleding, lieten hun handen achter hun rug binden. Omdat er geen touwen waren, gebruikten de Oezbeken de tulbanden van hun gevangenen. Maar tulbanden zijn geen touwen.

De gevangenen werden een voor een overeind getrokken om gefouilleerd te worden. Zo kwamen er pistolen, granaten... en geld tevoorschijn. Toen de stapel geld flink gegroeid was, werd die door Sayid Kamel en zijn tweede man naar een zijkamer gebracht. Een Oezbeekse soldaat, die even later door het raam keek, zag de twee mannen al het geld in hun zak steken. Hij liep protesterend naar binnen, maar kreeg in heldere bewoordingen te verstaan dat hij moest oprotten. Hij kwam echter met een geweer terug.

Twee gevangenen hadden hun handen bevrijd en zagen het gebeuren. Ze liepen achter de soldaat de kamer in, grepen het geweer en sloegen alle drie de Oezbeken met de kolf dood. Omdat er niet geschoten was, had niemand iets gehoord, maar het fort werd een kruitvat.

Johnny 'Mike' Spann en Dave Tyson van de CIA waren het fort in gekomen, en Mike Spann begon in de openlucht mensen te ondervragen. Hij was omringd door zeshonderd fanatici met maar één ambitie: een Amerikaan meenemen naar Allah. Een Oezbeekse bewaker zag een gewapende Arabier en riep een waarschuwing. De Arabier schoot en doodde hem. Het kruitvat ontplofte.

Izmat Khan hurkte op de grond en wachtte op zijn beurt. Net als anderen had hij zijn handen weten te bevrijden. Nog terwijl de neergeschoten Oezbeek op de grond viel, begonnen anderen boven op de muur met machinegeweren te schieten. De slachting was begonnen.

Meer dan honderd gevangenen stierven met gebonden handen op de grond en werden op die manier aangetroffen toen het voor VN-waarnemers veilig genoeg was om naar binnen te gaan. Anderen maakten de handen van hun buurman los zodat ze konden vechten. Izmat Khan leidde weer een andere groep, onder wie zijn vijf mede-Afghanen, zigzaggend, wegduikend en rennend tussen de bomen door naar de zuidmuur, want van een vorig bezoek in de tijd toen het fort nog in handen van de taliban was, wist hij dat daar de wapenkamer lag.

Twintig Arabieren in de buurt van Mike Spann stortten zich op hem en sloegen en schopten hem dood. Dave Tyson leegde zijn pistool op de menigte, schoot drie gevangenen dood, hoorde de hamer op een lege kamer klikken en was tot zijn geluk nog net op tijd bij de poort.

Binnen tien minuten waren de open ruimtes leeg, op de lijken en de gewonden na, die jammerend bleven liggen tot ze dood waren. De Oezbeken stonden nu buiten de muur, de grote poort viel dicht en de gevangenen waren binnen. Het beleg begon. Het zou zes dagen duren, en niemand had nog enige belangstelling voor het maken van gevangenen. Beide partijen waren ervan overtuigd dat de andere de capitulatieovereenkomst geschonden had, maar het deed er niet meer toe.

De deur van de wapenkamer was gauw verbrijzeld en de schat verdeeld. Er was genoeg voor een klein leger, en de ruim vijfhonderd man konden dan ook royaal herbevoorraad worden. Ze hadden geweren, granaten, RPG's en mortieren. Ze namen mee wat ze dragen konden, en verspreidden zich over de tunnels en gangen tot ze het hele fort in handen hadden. Steeds als een Oezbeek buiten zijn hoofd boven de borstwering uit stak, werd hij door een Arabier via een spleet aan de andere kant van het complex beschoten.

Dostums mannen konden niets anders doen dan dringend om versterking vragen. Die kwam in de vorm van honderden andere Oezbeken op bevel van generaal Dostum, die haastig naar Qala-i-Jangi trok. Er waren ook Amerikanen onderweg: vier groene baretten uit Fort Campbell (Kentucky), één man van de luchtmacht om bij de coördinatie te helpen en zes man van de Tiende Bergdivisie. Het was in wezen hun taak om te observeren, te rapporteren en luchtaanvallen aan te vragen om het verzet te breken.

In de loop van de ochtend kwamen ook twee lange landrovers uit Bagram, ten noorden van het pas veroverde Kabul, met zes Britten van het Special Boat Squadron (SBS) en hun tolk, overste Mike Martin van de SAS.

Op dinsdag kreeg de Oezbeekse tegenaanval vorm. Onder dekking van één simpele tank trokken ze het complex weer binnen en begonnen ze de opstandige posities te bestoken. Izmat Khan was als hoge commandant herkend en kreeg de leiding over de vleugel aan de zuidkant. Als de tank het vuur opende, gaf hij zijn manschappen bevel om de kelders in te gaan. Als het bombardement stopte, kwamen ze weer naar boven.

Hij wist dat het nog maar een kwestie van tijd was. Er was geen uitweg en geen kans op genade. Die wilde hij ook niet. Hij had als 29-jarige de plaats gevonden waar hij ging sterven, en deze was niet slechter dan een andere.

Op dinsdag begonnen ook de Amerikaanse luchtaanvallen. De vier commando's en de man van de luchtmacht lagen vlak buiten de borstwering op de hellende muur en brachten voor de gevechtsbommenwerpers de doelwitten in kaart. Die dag werden dertig bommen afgeworpen. Achtentwintig daarvan bestookten het metselwerk waarin de opstandelingen zich verscholen. Ongeveer honderd van hen kwamen om, vooral door vallende stenen. Twee bommen waren minder goed gemikt.

Mike Martin lag aan de voet van de muur op een meter of honderd van de commando's, toen de eerste bom afzwaaide en midden tussen de vijf Amerikanen landde. Als het een bij contact ontploffende brisantbom was geweest, zouden ze allemaal in stukken zijn gescheurd. Dat ze het allemaal – met gebarsten trommelvliezen en wat botbreuken – overleefden, was op zichzelf een wonder.

De bom was een J-DAM tegen bunkers, bedoeld om diep in metselwerk door te dringen en dan pas te ontploffen. Het ding kwam met zijn neus in de steenslag terecht, drong er ruim 10 meter in door en ging af. De Amerikanen lagen ineens op een aardbeving en werden heen en weer geschud, maar ze overleefden het.

De tweede misser was nog vervelender, want die schakelde de Oezbeekse tank en de commandopost erachter uit.

Op woensdag waren de westerse journalisten ter plaatse. Ze zwermden over het hele fort uit, althans aan de buitenkant, en beseften het mis-

schien niet, maar alleen hun aanwezigheid verhinderde uiteindelijk dat de Oezbeken de opstandelingen tot de laatste man uitroeiden.
In de loop van die zes dagen waagden twintig opstandelingen het erop: ze probeerden onder de dekking van de nacht te ontsnappen. Allemaal werden ze door boeren gesnapt en gelyncht. Dit waren Hazara's, en die waren nog niet vergeten dat de taliban drie jaar eerder een slachting onder hun volk hadden aangericht.
Mike Martin lag boven op de muur en staarde door de borstwering naar het open complex. De lijken van de eerste dagen lagen er nog steeds, en de stank was niet te harden. De Amerikanen met hun zwarte wollen mutsen hadden hun gezicht niet bedekt en waren al vaak door fotografen en televisiemakers gekiekt. De zeven Britten gaven de voorkeur aan anonimiteit. Ze droegen allemaal een *shebagh*, een grote katoenen hoofddoek die vliegen, zand, stof en starende blikken tegenhoudt. Op woensdag diende het kledingstuk ook nog een ander doel: het was een filter tegen de stank.
Even voor zonsondergang kwam de overlevende CIA-man Dave Tyson na een dagje in Mazar-e Sharif bij het fort terug. Hij was stoutmoedig genoeg om het complex binnen te gaan met een televisieploeg die dolgraag een prijswinnende reportage wilde maken. Martin zag hen langs de muur aan de andere kant kruipen. Marinier J lag naast hem. Onder hun ogen kwam een overvalcommando van opstandelingen door een onzichtbare deur in de muur, die de vier westerlingen gevangennamen en naar binnen sleepten.
'Iemand zou ze eigenlijk moeten gaan halen,' merkte marinier J achteloos op. Hij keek om zich heen. Zes paar ogen staarden hem zwijgend aan.
Hij uitte twee oprecht gemeende woorden ('O shit!'), klom over de muur, werkte zich over de binnenste helling omlaag en rende over het open terrein. Drie SBS'ers gingen met hem mee. De twee anderen en Martin gaven vuurdekking. De opstandelingen kwamen inmiddels niet verder meer dan de zuidelijke muur. De pure roekeloosheid van wat de mariniers deden, verraste de opstandelingen volledig en er werd niet geschoten totdat de mariniers de deur in de muur bereikten.
Marinier J ging als eerste naar binnen. De bevrijding van gijzelaars wordt zowel bij de SAS als het SBS geoefend tot het een tweede natuur is geworden. Het 'dodenhuis' van de SAS in Hereford dient voor bijna niets anders, en het SBS heeft iets dergelijks op het hoofdkwartier in Poole.
De vier SBS'ers gingen zonder omhaal naar binnen, herkenden de drie

opstandelingen aan hun kleding en baard, en schoten. Die procedure heet de 'dubbele tap' en bestaat uit twee kogels recht in het gezicht. De Arabieren konden geen schot lossen en keken bovendien de verkeerde kant op. David Tyson en de Britse televisieploeg beloofden elkaar ter plekke over het incident te zwijgen, en hebben zich daaraan gehouden.
Op woensdagavond begreep Izmat Khan dat hij en zijn manschappen niet langer bovengronds konden blijven. Er was artillerie aangekomen, en de zuidelijke muur werd over de hele lengte van het complex aan puin geschoten. De kelders waren hun laatste toevlucht. Het aantal overlevende opstandelingen bedroeg inmiddels minder dan 300.
Sommigen besloten niet ondergronds te gaan maar in de openlucht te sterven. Ze begonnen aan een zelfmoordaanval, en doodden een aantal onoplettende en te traag reagerende Oezbeken. Maar toen opende het machinegeweer op de Oezbeekse vervangingstank het vuur en werden de Arabieren in stukken gescheurd. Het waren vooral Jemenieten en een paar Tsjetsjenen.
Op donderdag namen de Oezbeken op Amerikaans advies vaten diesel die voor hun tank bedoeld waren, en goten ze door buizen in de kelders beneden. Toen staken ze het spul in brand.
Izmat Khan zat niet in dat deel van de kelders, en de stank van de lijken maskeerde die van de diesel, maar hij hoorde wel iets zoeven en voelde de hitte. Diverse opstandelingen stierven, maar de overlevenden kwamen wankelend uit de rook op hem af. Ze kokhalsden en snakten naar adem. In de laatste kelder en met ongeveer 150 man om zich heen sloeg Izmat Khan de deur dicht en vergrendelde hem om de rook buiten te houden. Het gebonk van de stervenden aan de andere kant van de deur werd zwakker en stierf uiteindelijk weg. In de lege kamers boven hen ontploften granaten.
De laatste kelder kwam uit op een gang, en aan het einde ervan roken de mannen frisse lucht. Ze gingen kijken of er een uitweg was, maar het was alleen een regenafvoer van boven.
Die avond kwam de nieuwe Oezbeekse commandant Din Muhammad op het idee om een irrigatiesloot naar die pijp te leiden. Het had in november geregend, de sloot stond vol en het water was ijskoud.
Tegen middernacht stonden de mannen tot hun middel in het water. Verzwakt door honger en uitputting zakten sommige mannen onder water en verdronken.
Bovengronds hadden de Verenigde Naties het voor het zeggen, en omringd door de media gaven ze bevel om de opstandelingen weer

gevangen te nemen. Door het puin van de ingestorte gebouwen boven hen heen hoorden de laatste opstandelingen de megafoon die hun beval ongewapend en met hun handen omhoog naar buiten te komen. Na twintig uur wankelden de eersten naar de trappen. Anderen volgden. Izmat Khan, de laatste nog levende Afghaan, wist zich verslagen en ging met hen mee.

Toen de laatste 86 opstandelingen bovengronds over het puin wankelden dat ooit de zuidelijke muur was geweest, zagen ze zich door gerichte geweren en raketten omringd. In het daglicht van de zaterdagse dageraad leken ze vogelverschrikkers uit een horrorfilm. Ze waren vuil, stonken, waren zwart van het cordiet, droegen haveloze kleren, hadden geklit haar, waren ongeschoren en leden aan onderkoeling. Ze wankelden. Sommigen vielen. Een van hen was Izmat Khan.

Van een stapel rotsblokken klimmend gleed hij uit. Hij strekte zijn hand om houvast te zoeken en pakte een steen vast, waarvan een stuk afbrak. Een nerveuze jonge Oezbeek dacht dat hij werd aangevallen en vuurde zijn RPG af.

De granaat vloog langs het oor van de Afghaan en sloeg in een rotsblok achter hem. Het gesteente versplinterde en een stuk ter grootte van een honkbal sloeg met verwoestende kracht tegen zijn achterhoofd.

Hij droeg geen tulband, want die was zes dagen eerder gebruikt om zijn handen te boeien en nooit teruggehaald. De steen zou zijn schedel verpletterd hebben als hij die onder een hoek van 90 graden geraakt had. Maar hij schampte af, beschadigde zijn hoofdhuid en sloeg hem bewusteloos. Hij viel tussen het puin terwijl het bloed uit zijn wond gutste. De rest van de opstandelingen werd afgevoerd naar de vrachtwagens.

Een uur later liepen de zeven Britse militairen aantekeningen te maken in het complex. Mike Martin, de hoogste officier, hoewel formeel de tolk van de eenheid, zou een lang rapport moeten schrijven. Hij telde de doden, maar wist dat er nog vele tientallen en misschien wel tweehonderd ondergronds lagen. Eén lijk interesseerde hem, want het bloedde, en lijken bloeden niet.

Hij draaide de vogelverschrikker om. De kleren klopten niet want ze waren Pathaans, en er hoorden daar helemaal geen Pathanen te zijn. Hij trok de shebagh van zijn hoofd en veegde het besmeurde gezicht af. Het kwam hem vaag bekend voor.

Toen hij zijn mes tevoorschijn haalde, begon een toekijkende Oezbeek te grijnzen. Als die buitenlander zijn zinnen wilde verzetten, mocht hij

hem dat pretje niet misgunnen. Martin maakte een snee in de dij van de rechterbroekspijp.
Het litteken op de plaats waar de Russische granaatsplinter dertien jaar eerder was binnengedrongen, zat er nog steeds, en er zaten rimpels omheen waar de zes hechtingen hadden gezeten. Voor de tweede keer in zijn leven legde hij Izmat Khan in de brandweergreep over zijn schouder en bracht hij hem weg. Bij de poort vond hij een witte landrover met het symbool van de Verenigde Naties erop. 'Deze man leeft nog maar heeft een zware hoofdwond,' zei hij. Daarmee had hij zijn plicht gedaan, en toen stapte hij in de SBS-landrover voor de terugweg naar Bagram.
De Amerikaanse bezemwagen vond de Afghaan drie dagen later in het ziekenhuis van Mazar en ze namen hem mee voor ondervraging. Ze brachten hem per vrachtwagen naar Bagram, maar dan naar hun kant van de enorme luchtmachtbasis, en daar kwam hij op de grond van een geïmproviseerde cel twee dagen later langzaam en versuft bij. Hij had het koud en was geboeid, maar hij leefde nog.

Op 14 januari 2002 arriveerden vanuit Kandahar de eerste gevangenen bij het Cubaanse Guantánamo Bay. Ze waren geblinddoekt, geboeid, hongerig, dorstig en vuil. Izmat Khan was een van hen.
Kolonel Mike Martin ging in de lente van 2002 naar Londen terug en was drie jaar plaatsvervangend chef-staf in het hoofdkwartier van de Special Forces, de Duke of York-kazerne in Chelsea. In december 2005 ging hij met pensioen na een feest waarop een groep vrienden hem tevergeefs onder tafel probeerde te drinken. In januari 2006 kocht hij een op de monumentenlijst staande boerderij in het Meondal in Hampshire, en aan het einde van de zomer van dat jaar begon hij die tot een woning te verbouwen.
Uit latere documenten van de Verenigde Naties blijkt dat in Qala-i-Jangi 514 Al Qaeda-fanatici om het leven kwamen en dat 86 man het overleefden, zij het allemaal gewond. Allemaal gingen ze naar Guantánamo Bay. Ook 60 Oezbeekse bewakers kwamen om. Generaal Rashid Dostum werd minister van Defensie in de nieuwe Afghaanse regering.

Deel 3

Koevoet

8

De eerste taak van operatie-Koevoet was de keuze van een dekmantel, want zelfs de mensen die eraan meewerkten, mochten niets weten van Mike Martin of het plan om een dubbelganger in Al Qaeda te laten infiltreren.

Het gekozen 'verhaal' betrof een gezamenlijk Engels-Amerikaans initiatief tegen de gestaag groeiende dreiging van de opium die uit de Afghaanse papavers werd gewonnen en naar laboratoria in het Midden-Oosten ging. De geraffineerde heroïne drong daarna in het Westen door, waar het spul levens verwoestte en fondsen voor nieuwe terreurdaden creëerde.

Het 'script' beschreef vervolgens dat de westerse pogingen om de geldstroom van de terroristen via de wereldbanken af te snijden de fanatici ertoe gedwongen hadden om zich met drugs bezig te houden, een vorm van misdaad die alleen contant geld oplevert.

En hoewel in het Westen machtige instellingen zoals de Amerikaanse DEA en de Britse douane al tegen de verdovende middelen streden, hadden beide regeringen tot Koevoet besloten als een specifieke, op één doel gerichte operatie: een geheime troepenmacht buiten het bereik van de diplomatieke beleefdheid ter vernietiging van alle fabrieken waar ook ter wereld die zich niet aan de regels hielden.

Het overgeplaatste Koevoetpersoneel kreeg de werkwijze te horen: ze moesten met de allermodernste techniek kijken en luisteren om hoge criminelen, transportroutes, voorraden, laboratoria en eventueel gebruikte schepen en vliegtuigen te identificeren.

Het nieuwe Koevoetpersoneel slikte het gelukkig voor zoete koek. Dit was de dekmantel en die zou gelden tot hij niet meer nodig was, wanneer dan ook. Maar na de vergadering in Fort Meade waren de westerse inlichtingendiensten zeker niet bereid om al hun kaarten op Koevoet te zetten. Ook elders gingen de verwoede maar ultradiscrete inspanningen door om te ontdekken waarop Al-Isra kon slaan.

Maar de inlichtingendiensten zaten in een lastig parket. Samen hadden ze vele tientallen informanten in de wereld van het islamitische funda-

mentalisme, soms vrijwillig en anders onder dwang.
De vraag was: hoe ver kunnen we gaan zonder dat de echte leiders beseffen dat we iets over Al-Isra weten? Het had duidelijke voordelen om Al Qaeda te laten denken dat de laptop van de dode bankier in Pesjawar niets had opgeleverd.
Dat werd bevestigd toen ze de uitdrukking lieten vallen in algemene gesprekken met Korangeleerden wier welwillende houding tegenover het extremisme bekend was: al die geleerden reageerden beleefd maar nietszeggend.
Al Qaeda had de kring van mensen die de echte betekenis van de uitdrukking kenden, heel klein gehouden, en al gauw was duidelijk dat er geen westerse informanten bij waren. Daarom werd besloten de geheimhouding met geheimhouding te beantwoorden. Koevoet en alleen Koevoet werd de tegenmaatregel van het Westen.
De tweede taak van het project was het vinden en inrichten van een nieuw, afgelegen hoofdkwartier. Marek Gumienny en Steve Hill spraken af om ver uit de buurt van Washington en Londen te blijven. Hun tweede afspraak was dat Koevoet ergens op de Britse Eilanden gevestigd zou worden.
Na een analyse van de behoeften aan ruimte, onderdak, omvang en toegankelijkheid viel de keuze op een buiten bedrijf gestelde luchtmachtbasis. Zo'n basis ligt in het algemeen ver van de grote steden en omvat eetzalen, kantines, keukens en een overvloed aan slaapruimte. Bovendien zijn er hangars voor de opslag en een landingsbaan voor komende en gaande geheime bezoekers. Als zo'n basis niet al te lang had leeggestaan, kon hij door de daarin gespecialiseerde legereenheden – in dit geval van de luchtmacht – makkelijk weer worden gereedgemaakt voor operationele doeleinden.
Bij de keuze van de basis zelf beperkten ze zich tot de voormalige Amerikaanse bases waarvan er tijdens de Koude Oorlog tientallen op Britse bodem waren aangelegd. Vijftien kwamen er op een lijst te staan en werden bekeken, zoals Chicksands, Alconbury, Lakenheath, Fairford, Molesworth, Bentwaters, Upper Heyford en Greenham Common. Allemaal werden ze afgewezen.
Sommige waren nog operationeel, en onderhoudspersoneel kletst altijd. Andere waren eigendom van projectontwikkelaars en bij weer andere was de landingsbaan voor agrarische doeleinden omgeploegd. Twee werden nog steeds voor de opleiding van de inlichtingendiensten gebruikt. Koevoet wilde een maagdelijke plek, helemaal voor zichzelf.

Phillips en McDonald lieten hun oog vallen op de RAF-basis Edzell en kregen er de goedkeuring van hun superieuren voor.
Edzell is altijd het soevereine eigendom van de RAF gebleven, maar is jarenlang verhuurd geweest aan de Amerikaanse marine, hoewel de basis vele kilometers van de zee verwijderd ligt. De plek ligt in het Schotse graafschap Angus, recht ten noorden van Brechin en ten noordwesten van Montrose op de zuidelijke drempel van de Hooglanden.
De hoofdweg A90 van Forfar naar Stonehaven ligt ruim uit de buurt en het dorp zelf bestaat uit een paar verspreid staande huizen in een groot gebied met bossen en heidevelden. De North Esk stroomt erdoorheen.
Toen de twee uitvoerders er gingen kijken, bleek het aan al hun eisen te voldoen. Het lag zo ver van nieuwsgierige ogen als ze maar konden wensen, omvatte twee goede landingsbanen met een verkeerstoren en had genoeg woonruimte voor het inwonende personeel. Er hoefde niet meer bijgebouwd te worden dan ronde witte koepels voor de installatie van geheime antennes die een halve wereld verderop het geklik van een kever kon horen, en het voormalige operatiecentrum van de Amerikaanse marine moest tot een nieuw communicatiecentrum worden getransformeerd.
Vanuit dit complex moesten verbindingen lopen naar het GCHQ in Cheltenham en de NASA in Maryland, rechtstreekse en beveiligde lijnen naar Vauxhall Cross en Langley om Marek Gumienny en Steve Hill onmiddellijk te kunnen bereiken, en een permanent open lijn naar nog eens acht diensten in beide landen die gegevens verzamelen. Vooral de opbrengst van de Amerikaanse ruimtesatellieten, die geleid worden door het National Reconnaisance Office in Washington, was van groot belang.
Toen de goedkeuringen binnen waren, gingen de 'schilders en behangers' van de Royal Air Force ijlings aan het werk om de basis weer aan de praat te krijgen. De brave bevolking van het dorp Edzell merkte dat er iets gaande was, maar aanvaardde met veel geknipoog en getik tegen neuzen dat alles weer onder de pet moest blijven zoals in de goede oude tijd. De plaatselijke kroegbaas liet extra voorraden bier en whisky aanrukken en hoopte dat iedereen zich net zo zou gedragen als vroeger. Voor de rest hield iedereen zijn mond.

Terwijl schilders de muren van de officiersverblijven op de Schotse luchtmachtbasis met de verfspuit onder handen namen, kreeg het kantoor van Siebart & Abercrombie in de Londense City bezoek. Daar, in

de bescheiden straat die Crutched Friars heet, had de heer Ahmed Lampong na een uitwisseling van e-mails tussen Londen en Djakarta een afspraak gemaakt, en hij werd naar het kantoor van de heer Siebart, zoon van de stichter, gebracht. De in Londen gevestigde cargadoor wist het misschien niet, maar het Lampong is gewoon een van de kleinere talen op Sumatra, waaruit de Indonesische bezoeker afkomstig was. En het was een schuilnaam, hoewel zijn paspoort op dezelfde naam gesteld en bovendien onberispelijk was.
Dat gold ook voor zijn Engels, en als reactie op Alex Siebarts complimenten gaf hij toe dat hij die taal geperfectioneerd had tijdens zijn studie voor een masterstitel aan de London School of Economics. Hij praatte makkelijk, was heel beleefd, bleek charmant en (nog belangrijker) bood een mogelijkheid tot zakendoen. Uit niets bleek dat hij een fanatiek lid was van de islamitische terreurorganisatie Jemaah Islamiyah, die verantwoordelijk is voor een reeks bomaanslagen op Bali.
Zijn geloofsbrieven als belangrijke firmant van de Sumatra Trading International waren even gezond als de referenties van zijn bank. Toen hij verlof vroeg om zijn probleem uiteen te mogen zetten, was de heer Siebart een en al oor. De heer Lampong legde ter inleiding plechtig een vel papier voor de Britse cargadoor neer.
Daarop stond een lange lijst die begon met het Britse Kanaaleiland Alderney en doorging met Anguilla, Antigua en Aruba. Dat waren alleen nog maar de A's. De laatste van de 43 namen waren Uruguay, Vanuatu en West-Samoa.
'Dit zijn allemaal belastingparadijzen waar het bankgeheim gehandhaafd wordt, meneer Siebart,' zei de Indonesiër. 'U bent het er misschien niet mee eens, maar er bestaan uiterst dubieuze en zelfs misdadige bedrijven die in zulke landen hun financiële geheimen hebben ondergebracht. En deze' – hij haalde een tweede vel tevoorschijn – 'zijn op hun manier even dubieus. Dat zijn de landen met een goedkope vlag.'
Ook deze lijst begon met Antigua, gevolgd door Barbuda, Bahama's, Barbados, Belize, Bermuda en Bolivia. De lijst bevatte 27 namen en eindigde met St Vincent, Sri Lanka, Tonga en Vanuatu.
Er waren achterlijke gaten in Afrika bij zoals Equatoriaal Guinee, vliegenpoepjes op de wereldkaart zoals São Tomé en Príncipe, de Comoren en het atol Vanuatu. Tot de aardigste behoorden Luxemburg en Mongolië, die niet eens aan zee liggen. De heer Siebart was verbijsterd, hoewel de lijsten niets nieuws bevatten.

‘Combineer die twee, en wat krijgt u dan?’ vroeg de heer Lampong triomfantelijk. ‘Fraude, waarde heer, fraude op een massale en steeds massalere schaal. En dat geldt helaas des te meer voor het deel van de wereld waar mijn vennoten en ik handeldrijven. Daarom hebben we besloten om in de toekomst alleen in zee te gaan met het instituut dat befaamd is om zijn integriteit. De Londense City.’
‘Heel vriendelijk van u,’ mompelde de heer Siebart. ‘Koffie?’
‘Diefstal van vracht, meneer Siebart. Aan de lopende band. En het wordt steeds erger. Nee, dank u. Ik heb net ontbeten. Er wordt een vracht ingenomen, een waardevolle vracht, die dan ineens verdwenen is. Geen spoor van het schip, van de bevrachter, van de bemanning, van de vracht zelf, laat staan van de eigenaren. Allemaal verstopt in het oerwoud van vlaggen en banken. En veel te veel daarvan zijn hoogst corrupt.’
‘Afschuwelijk,’ zei Siebart instemmend. ‘Op welke manier kan ik u van dienst zijn?’
‘Mijn medevennoten en ik hebben besloten dat we er niets meer mee te maken willen hebben. Dat gaat ons ongetwijfeld iets meer kosten, maar we willen in de toekomst uitsluitend en alleen werken met schepen van de Britse koopvaardijvloot die de Red Ensign voeren, een Britse haven als thuisbasis hebben, onder een Britse kapitein varen en gegarandeerd worden door een Londense cargadoor.’
‘Uitmuntend,’ zei Siebart stralend. ‘Een verstandige keuze, en laten we natuurlijk niet vergeten dat we schip en lading bij Lloyd’s in Londen moeten verzekeren. Welke vrachten wilt u verscheept hebben?’
De juiste schepen vinden voor een bepaalde vracht en omgekeerd is precies wat een cargadoor doet, en Siebart & Abercrombie zijn al sinds heel lang steunpilaren van de Baltic Exchange, het oeroude samenwerkingsverband in de Londense City.
‘Ik heb mijn huiswerk gedaan,’ zei de heer Lampong, die nieuwe aanbevelingsbrieven voor de dag haalde. ‘We hebben gesprekken gevoerd met dit bedrijf, dat de Britse limousines en sportauto’s in Singapore importeert. Wijzelf verschepen goed timmerhout zoals palissander, tulpenboomhout en padoek van Indonesië naar de Verenigde Staten. Dat hout komt uit Noord-Borneo, maar we willen graag dat de rest van de ruimte aan dek wordt benut voor containers met geborduurde zijde uit Surabaya, eveneens op weg naar de Verenigde Staten. Hier’ – hij legde zijn laatste brief neer – ‘vindt u de details over onze vrienden in Surabaya. We zijn het erover eens dat we met een Brits schip in zee willen gaan, en

voor een Brits vrachtschip wordt dit natuurlijk een driehoeksreis. Kunt u een geschikt, in Groot-Britttannië geregistreerd vrachtschip voor ons vinden? Mij staat een regelmatig en duurzaam samenwerkingsverband voor ogen.'

Alex Siebart ging ervan uit dat hij minstens tien schepen met een Red Ensign kon vinden om het contract na te komen, maar hij moest wel de omvang, prijs en gewenste data weten. Uiteindelijk werd afgesproken dat hij de heer Lampong zou voorzien van een overzicht van schepen met het benodigde tonnage voor de dubbele vracht plus de bijbehorende prijs. En als de heer Lampong met zijn medevennoten overlegd had, zou hij de afhaaldata voor de Indonesische havens en de bestemmingshaven in de Verenigde Staten laten weten. Ze namen afscheid met wederzijds betuigingen van vertrouwen en goede wil.

'Wat is het prettig om zaken te doen met ouderwets beschaafde heren,' zei Alex Siebarts vader zuchtend tegen hem tijdens hun lunch in Rules.

Als er één plek was waar Mike Martin zijn gezicht niet mocht laten zien, dan was dat de luchtmachtbasis Edzell, maar Steve Hill kon een beroep doen op een keur aan contacten, het 'netwerk van ouwe jongens' dat in elk vak bestaat.

'Ik ben het grootste deel van de winter afwezig,' zei zijn gast tijdens de lunch in de Special Forces Club. 'Ik wil wat meer van de Caribische zon zien. Ik kan je mijn huis dus wel lenen.'

'We betalen natuurlijk huur,' zei Hill. 'Zoveel als mijn bescheiden begroting toelaat.'

'En jullie maken er geen rotzooi van, hè?' vroeg de gast. 'Goed dan. Wanneer heb ik het terug?'

'We hopen er niet langer dan tot half februari te blijven. We hebben het alleen voor wat seminars nodig. Komende en gaande instructeurs en zo. Niks eh... fysieks.'

Martin vloog van Londen naar Aberdeen en werd opgehaald door een vroegere SAS-sergeant die hij goed kende: een taaie Schot die na zijn pensionering kennelijk naar zijn oude heideveld was teruggegaan.

'Hoe gaat het, baas?' vroeg de man, het jargon gebruikend waarmee SAS'ers hun officieren aanspreken. Hij tilde Martins bagage in de achterbak en reed de parkeergarage van het vliegveld uit. Bij de buitenwijken van Aberdeen sloeg hij af naar het noorden en nam hij de A96 in de richting van Inverness. Al na een paar kilometer reed hij door de bergen van de Schotse Hooglanden. Tien kilometer voorbij de afslag nam hij een zijweg.

Op de wegwijzer stond alleen: KEMNAY. Ze reden door het dorp Monymusk en bereikten de weg van Aberdeen naar Alford. Vijf kilometer later sloeg de landrover rechts af en nam via Whitehouse de weg naar Keig. Er liep een rivier langs de weg. Martin vroeg zich af of er zalm dan wel forel in zwom, of misschien wel geen van beide.

Vlak voor Keig stak de onverharde weg de rivier over en werd een lang, kronkelend privépad. Na twee bochten was een oud kasteel te zien. Het stenen gevaarte stond op een lage helling en had een verbijsterend uitzicht over wilde heuvels en smalle dalen.

Twee mannen kwamen uit de voordeur aanlopen en stelden zich voor.

'Gordon Phillips. Michael McDonald. Welkom op Forbes, het familiekasteel van lord Forbes. Goede reis gehad, kolonel?'

'Ik heet Mike, maar jullie verwachtten me dus. Hoezo? Angus heeft niet gebeld.'

'We hebben iemand meegestuurd in het vliegtuig. Gewoon voor alle zekerheid,' zei Phillips.

Mike Martin gromde. Hij had zijn schaduw niet opgemerkt en was kennelijk niet meer in vorm.

'Trek het je niet aan, Mike,' zei de CIA-man McDonald. 'Je bent er. Van nu af aan krijgt een hele reeks instructeurs achttien weken lang je onverdeelde aandacht. Ga je maar even opfrissen. Na de lunch is je eerste briefing.'

Tijdens de Koude Oorlog had de CIA een keten van safehouses in de hele Verenigde Staten. Sommige lagen in een stad en dienden voor discrete vergaderingen met mensen die beter buiten het hoofdkwartier konden blijven. Andere waren huizen op het platteland, bijvoorbeeld gerenoveerde boerderijen waar agenten die een zware taak achter de rug hadden, een ontspannen vakantie kregen terwijl ze punt voor punt over hun tijd in het buitenland ondervraagd werden.

Weer andere waren gekozen omdat ze zo afgelegen lagen: een Russische overloper kon er vriendelijk gevangen worden gehouden terwijl zijn oprechte bedoelingen werden nagegaan zonder dat een wraakzuchtige KGB'er op de ambassade of het consulaat hem te grazen kon nemen.

Veteranen van de dienst krimpen nog ineen bij de herinnering aan kolonel Joertsjenko, die in Rome overliep en verbazingwekkend genoeg toestemming kreeg om in Georgetown uit eten te gaan met zijn ondervra-

ger. Hij ging naar het toilet en kwam niet meer terug. De KGB had contact met hem opgenomen en hem aan zijn gezin in Moskou herinnerd. Hij was vol berouw en stom genoeg om de belofte van amnestie te geloven. Daarom liep hij weer naar zijn eigen land over. Niemand heeft ooit meer iets van hem gehoord.
Marek Gumienny had maar één vraag aan de kleine dienst binnen Langley die de safehouses beheert en onderhoudt: 'Wat is de meest afgelegen, meest onvindbare en moeilijkst te bereiken of te verlaten plek die we hebben?'
Zijn collega bij onroerend goed hoefde er geen moment over na te denken. 'We noemen het daar De hut. Het ligt ver van de menselijke beschaving in de Pasayten Wilderness van de Cascade Range.'
Gumienny vroeg elk detail en elke beschikbare foto. Binnen dertig minuten na ontvangst van het dossier had hij zijn keuze bepaald en zijn bevelen gegeven.
Ten oosten van Seattle in de wildernis van de staat Washington ligt een reeks steile, beboste en 's winters besneeuwde bergen die de Cascade Range heten. Binnen de grenzen daarvan liggen drie zones: een nationaal park, een commercieel bos en de Pasayten Wilderness. De eerste twee hebben toegangswegen en er staan wat huizen. Het park trekt, als het open is, elk jaar honderden bezoekers en is bezaaid met onverharde wegen en paden – de eerste categorie voor terreinwagens, de tweede voor wandelaars en ruiters. En de boswachters kennen er elke vierkante centimeter van.
Het commerciële bos is om veiligheidsredenen niet voor het publiek toegankelijk, maar ook daar ligt een netwerk van paden waarlangs grommende trucks de gekapte boomstammen naar de afleverplaatsen voor de zagerijen slepen. Midden in de winter zijn ze allebei dicht omdat de sneeuw de meeste verplaatsingen vrijwel onmogelijk maakt.
Maar ten oosten daarvan ligt de Wilderness, die tot de Canadese grens doorloopt. Daar zijn geen wegen, op een of twee paden na. En alleen in het diepe zuiden ervan staan een paar blokhutten.
's Winters en 's zomers krioelt het er van de wilde dieren. De paar blokhuteigenaren overzomeren meestal in de Wilderness, zetten dan alle systemen uit, doen de deur op slot en trekken zich in hun stadshuizen terug. Waarschijnlijk is er nergens in de Verenigde Staten een onherbergzamer of meer afgelegen oord, misschien met uitzondering van het deel van Noord-Vermont waar iemand kan verdwijnen om de volgende lente keihard bevroren te worden teruggevonden.

Een aantal jaren eerder was zo'n afgelegen hut op de markt gekomen en had de CIA hem gekocht. Het was een later betreurde aankoop, maar soms gebruikten hoge functionarissen hem voor hun zomervakantie. Toen Marek Gumienny er in oktober naar vroeg, was hij dicht en op slot, maar ondanks de naderende winter en de hoge kosten beval hij hem te heropenen en opnieuw in te richten.

'Als je zoiets zoekt, waarom neem je dan niet het Northwest Detention Center in Seattle?' vroeg de onroerendgoedman.

Gumienny was met een collega aan het praten, maar kon niet anders dan liegen. 'Het gaat er niet alleen om dat ik een uitzonderlijk waardevol iemand uit de buurt van nieuwsgierige ogen wil houden en dat ik ontsnapping wil voorkomen. Ik moet ook aan zijn veiligheid denken. Zelfs in superbeveiligde gevangenissen zijn mensen omgekomen.'

Het hoofd van de afdeling Safehouses begreep het. Dat dacht hij tenminste. Volledig en volstrekt onzichtbaar. Volledig en volstrekt beveiligt tegen ontsnappingen. Minstens zes maanden helemaal op zichzelf aangewezen. Eigenlijk was dit niet zijn specialiteit. Hij liet de ploeg komen die de beveiliging van de gevreesde Pelican Bay Supermax in Californië ontwikkeld had.

De hut was om te beginnen al bijna onbereikbaar. Een simpele weg liep tot een paar kilometer ten noorden van het stadje Mazama en verdween daar, op 15 kilometer van het doel. Er zat niets anders op dan op ruime schaal luchttransport te organiseren. Met de macht die hij gekregen had, trommelde Marek Gumienny van de luchtmachtbasis McChord ten zuiden van Seattle een Chinook-helikopter voor zware transporten op. Die werd zijn werkpaard.

De bouwploeg kwam van de genie; de materialen werden in de buurt gekocht na adviezen van de deelstaatpolitie. Niemand wist meer dan hij weten moest, en het verhaal was dat De hut werd omgebouwd tot een ultrabeveiligd onderzoekscentrum. In werkelijkheid werd het een eenmansgevangenis.

De briefings op Forbes begonnen intensief en werden steeds intensiever. Mike Martin moest zijn westerse kleding verruilen voor de gewaden en tulband van een Pathaan. Zijn baard en haar moesten zo lang worden als de tijd toestond.

De huishoudster mocht blijven: zij had geen enkele belangstelling voor de gasten van haar *laird*, en dat gold ook voor Hector, de tuinman. De derde inwonende gast was Angus, de voormalige SAS-agent die de manager of rentmeester van lord Forbes' landgoed was geworden. Zelfs als iemand het landgoed had willen binnendringen, zou dat, met Angus op de uitkijk, heel onverstandig zijn geweest.

De andere 'gasten' kwamen en gingen, behalve de twee die permanent aanwezig bleven. De ene was Najib Qureshi, een geboren Afghaan en gewezen leraar die gevlucht was, in Groot-Brittannië asiel had gekregen, genaturaliseerd was en op het GCHQ in Cheltenham vertaalwerk deed. Hij was van zijn taak ontheven en naar Forbes overgeplaatst. Hij was de taalleraar en trainde Mike in de gedragingen die van een Pathaan verwacht werden. Hij gaf les in lichaamstaal, gebaren, de manier waarop Mike moest hurken, eten, lopen en bidden.

De andere was dr. Tamian Godfrey, een vrouw van rond de 65 met een staalgrijze knot. Ze was jarenlang getrouwd geweest met een hoge functionaris van de Security Service MI5, maar haar man was nu al twee jaar dood. Ze was 'een van ons', zoals Steve Hill het uitdrukte, bekend met veiligheidsprocedures en de cultus van de geheimhouding, en ze was niet in het minst van plan om haar aanwezigheid in Schotland ooit aan iemand kenbaar te maken.

Bovendien hoefde niemand haar te vertellen dat haar leerling zich in gevaar ging begeven, en ze was vast van plan te verhinderen dat hij ooit uitgleed omdat zij iets vergeten was. Haar specialisme was de Koran; haar kennis daarvan was encyclopedisch en ze sprak vlekkeloos Arabisch.

'Heb je weleens van Muhammad Asad gehoord?' vroeg ze aan Martin.

Hij moest toegeven van niet.

'Dan beginnen we bij hem. Hij was een Duitse jood die geboren werd als Leopold Weiss, zich tot de islam bekeerde en een van de grootste islamitische geleerden werd. Hij schreef het waarschijnlijk beste commentaar op Al-Isra, de reis van Arabië naar Jeruzalem en vandaar naar de hemel. Op basis van die ervaring schreef hij de vijf gebeden per dag voor, en die zijn de hoeksteen van het geloof. Als kind zou je dat in je medresse hebben geleerd, en omdat je imam een wahabiet was, zou hij rotsvast geloofd hebben dat die reis echt, lichamelijk heeft plaatsgevonden en geen droomvisioen was. Dat geloof jij dus ook. Maar nu de dagelijkse gebeden. Zeg na...'

Najib Qureshi was diep onder de indruk. Ze weet meer van de Koran dan ik, peinsde hij.

Om wat lichaamsbeweging te krijgen, kleedden ze zich goed aan en gingen ze in de heuvels wandelen – geschaduwd door Angus, die volledig legaal een jachtgeweer droeg.

Mike Martin sprak Arabisch, maar besefte hoe verpletterend veel hij nog te leren had. Najib Qureshi leerde hem Arabisch spreken met een Pathaans accent, omdat Izmat Khans gesprekken in het Arabisch met medegevangenen in Camp Delta stiekem waren opgenomen in de hoop dat hij geheimen zou vertellen. Dat gebeurde niet, maar voor Najib Qureshi was zijn accent van grote waarde omdat hij het aan zijn leerling kon leren.

Mike Martin had tijdens de Russische bezetting weliswaar zes maanden bij de moedjahedien in de bergen doorgebracht, maar dat was zeventien jaar geleden, en hij was veel vergeten. Qureshi gaf hem ook les in het Pathaans, maar iedereen ging er van het begin af aan van uit dat Martin tussen Pathanen niet voor een Pathaan kon doorgaan.

Het ging vooral om twee dingen: de gebeden en wat er in Guantánamo Bay met hem gebeurd was. De CIA was de belangrijkste leverancier van ondervragers in Camp Delta. Marek Gumienny had er drie of vier gevonden die vanaf Izmat Khans aankomst met hem te maken hadden gehad.

Michael McDonald vloog weer naar Langley, bracht dagenlang met deze mannen door en peuterde elk detail uit hen los, inclusief de aantekeningen en bandopnamen die ze gemaakt hadden. Het verhaal dat ze te horen kregen, was dat overwogen werd om Izmat Khan vrij te laten, omdat hij niet gevaarlijk meer was, maar Langley wilde dat goed controleren. Geen van de ondervragers was van de overtuiging af te brengen dat deze Pathaan uit de bergen en talibancommandant de hardste man daar in de gevangenis was. Hij had weinig praatjes, klaagde nooit, werkte minimaal mee en aanvaardde alle ontberingen en straffen stoïcijns. Maar ze waren het over één ding eens: als je in die zwarte ogen keek, wist je dat hij het liefst je hoofd eraf zou scheuren.

Toen McDonald alles had, vloog hij in de Grumman van de CIA terug en landde hij op de luchtmachtbasis Edzell. Een auto bracht hem vervolgens naar Forbes in het noorden, en daar lichtte hij Mike Martin in.

Tamian Godfrey en Najib Qureshi concentreerden zich op de dagelijkse gebeden. Martin zou die in aanwezigheid van anderen moeten opzeggen, en moest ze dus goed hebben. Volgens Najib was er één straaltje hoop. Martin was geen geboren Arabier, maar voor islamieten bestaat de Koran alleen in het klassieke Arabisch, nooit in een vertaling. Hoewel één fout woord aan een verkeerde uitspraak kon worden geweten, was voor een jongen die zeven jaar in een medresse had gezeten, een foute zin te veel. Martin zat dus vaak tussen Najib (die zijn voorhoofd tot het vloerkleed boog) en Tamian Godfrey (die wegens haar stijve knieën op een stoel bleef zitten), en dan baden ze, baden ze en baden ze.

Ook op de luchtmachtbasis Edzell werd vooruitgang geboekt. Een team van Engelse en Amerikaanse technici legde de verbindingen met de Britse en Amerikaanse inlichtingendiensten en maakte er een netwerk van. Het woongedeelte en de voorzieningen functioneerden. Toen de Amerikaanse marine er nog zat, had de basis naast woningen en arbeidsplaatsen ook een kegelbaan, een schoonheidssalon, een delicatessenwinkel, een postkantoor, een basketbalveld, een gymnastiekzaal en een bioscoop. Gordon Phillips, die zijn begroting kende en wist dat Steve Hill meekeek, liet de toeters en bellen zoals ze waren: buiten werking.

De RAF zorgde voor keukenpersoneel en een RAF-regiment bewaakte het hek. Niemand betwijfelde dat de basis een luisterpost naar opiumhandelaars was.

Enorme Galaxy's en Starlifters uit de Verenigde Staten voerden luisterapparatuur aan waarmee de hele wereld bestreken kon worden. Arabische vertalingen werden niet geïmporteerd, omdat Cheltenham en Fort Meade die voor hun rekening namen, en die hadden allebei permanent en beveiligd contact met Koevoet, zoals de codenaam voor de nieuwe afluisterpost luidde.

Nog vóór Kerstmis waren de twaalf computerposten ingericht en in bedrijf. Die waren het zenuwcentrum. Dag en nacht werden ze door zes mensen bediend.

Koevoet was niet als nieuwe inlichtingendienst bedoeld, maar als een specifieke kortetermijnoperatie waarmee alle Britse en Amerikaanse diensten dankzij John Negropontes alomvattende gezag zonder beperkingen of uitstel moesten samenwerken.

Om dat te bevorderen waren de computers van Koevoet uitgerust met ultraveilige ISDN BRENT-lijnen en twee BRENT-toetsen per computer. Ze hadden allemaal een losse harde schijf die na het werk los werd gekoppeld om veilig te worden opgeborgen.

De Koevoetcomputers waren direct verbonden met het hoofdkantoor (HK), de term voor het SIS-hoofdkwartier aan Vauxhall Cross, en met Grosvenor, de aanduiding van de CIA-afdeling in de Amerikaanse ambassade aan Grosvenor Square in Londen.

Om de operatie te vrijwaren van elke ongewenste bemoeienis werd het Koevoetadres verborgen onder een STRAP-3-code die de bevoegde toe-

gang tot heel weinig hooggeplaatste betrokkenen beperkte.
Toen begon Koevoet te luisteren naar elk woord dat in het Midden-Oosten, in de Arabische taal en in de wereld van de islam gezegd werd. Op dat moment was dat een werkje dat ook anderen al deden, maar de schijn moest worden opgehouden. Toen Koevoet van start ging, werd ook nog een andere verbinding actief, want er was niet alleen belangstelling voor geluid maar ook voor beelden. De obscure Schotse luchtmachtbasis kreeg ook de stroom beelden die het National Reconnaissance Office oppikte van zijn KH11 Keyholesatellieten boven de Arabische wereld, plus de opbrengst van de steeds populairdere, onbemande Predatorvliegtuigen: haarscherpe beelden vanaf 6 kilometer hoogte, afkomstig uit het American Army Central Command ofwel CENTCOM in Tampa, Florida. Sommige scherpe denkers in Edzell begrepen dat Koevoet klaar was en op iets wachtte, maar ze wisten niet wat dat was.

Kort voor Kerstmis 2006 nam de heer Alex Siebart weer contact op met de heer Lampong in diens Indonesische kantoor. Hij stelde twee algemene vrachtschepen voor die in Liverpool geregistreerd stonden en voor zijn doel geschikt waren. Toevallig waren ze allebei eigendom van dezelfde kleine scheepvaartmaatschappij, en de firma Siebart & Abercrombie had ze al eens eerder gehuurd namens klanten, die er bijzonder tevreden over waren. McKendrick Shipping was een familiebedrijf en zat al een eeuw in de koopvaardij. Het bedrijf werd geleid door patriarch Liam McKendrick, die kapitein was op de *Countess of Richmond*, terwijl zijn zoon Sean het bevel voerde over het andere schip. De *Countess of Richmond* mat 8.000 ton, voerde de Red Ensign, was redelijk geprijsd en zou op 1 maart beschikbaar zijn voor nieuwe vracht vanuit een Britse haven.
Wat Alex Siebart niet zei, was dat hij het contract bij Liam McKendrick warm had aanbevolen, en de oude schipper was het met hem eens geweest. Als Siebart & Abercrombie een vracht vanuit de Verenigde Staten naar Groot-Brittannië kon vinden, zou er in de lente sprake zijn van een heel aardige en winstgevende driehoeksreis.
Zonder dat de twee heren het wisten, nam de heer Lampong contact op met iemand in de Britse stad Birmingham – een academicus aan Aston University – die naar Liverpool reed, met een heel sterke verrekijker alle details van de *Countess of Richmond* bekeek en met een telelens vanuit alle hoeken meer dan honderd foto's van het schip nam. De heer Lam-

pong antwoordde Siebart & Abercrombie een week later per e-mail. Hij verontschuldigde zich voor zijn late reactie; hij was in het binnenland geweest om zagerijen te inspecteren. De *Countess of Richmond* leek hem echter een uitstekende keuze. Zijn vrienden in Singapore zouden contact opnemen en details geven over de lading limousines die van Groot-Brittannië naar het Verre Oosten gebracht moesten worden.
Die vrienden in Singapore waren echter geen Chinezen maar Maleisiërs en geen simpele islamieten maar ultrafanatieke islamisten. Ze hadden hun fondsen te danken aan een nieuwe rekening die op Bermuda geopend was door wijlen de heer Tewfik al-Qur, die het oorspronkelijke bedrag voorafgaand aan de overboeking gedeponeerd had bij een kleine, nietsvermoedende bank in Wenen. Ze wilden op de limousines geen verlies lijden en hun investering terugverdienen zodra de auto's hun doel gediend hadden.

Marek Gumienny's uitleg tegenover de CIA-ondervragers, namelijk dat Izmat Khan misschien voor de rechter zou komen, was niet onwaar. Hij wilde dat inderdaad regelen en daarna vrijspraak en ontslag uit de gevangenis zien te krijgen.
Een Amerikaans hof van beroep had in 2005 bepaald dat de rechten van krijgsgevangenen niet voor leden van Al Qaeda golden. Het Federale Hof steunde president Bush' bedoeling om het proces tegen terreurverdachten door speciale krijgsraden te laten leiden. Dat gaf de gevangenen voor het eerst in vier jaar de kans op een advocaat. Gumienny wilde tot Izmat Khans verdediging laten aanvoeren dat hij nooit bij Al Qaeda had gezeten maar een Afghaanse officier was, zij het dan van het talibanleger, en niets met 11 september of het islamitische terrorisme te maken had. En hij hoopte te bereiken dat de krijgsraad dat accepteerde. Maar het zou wel een verzoek van John Negroponte als directeur Nationale Inlichtingen aan zijn collega Donald Rumsfeld als minister van Defensie vereisen om 'eens te gaan praten' met de militaire rechters van de zaak.

Mike Martins been genas goed. Toen in de boomgaard de koppen bij elkaar waren gestoken, had hij Izmat Khans dunne dossier gelezen en opgemerkt dat de man nooit verteld had hoe hij aan het litteken op zijn rechterdij was gekomen. Martin zag op dat moment geen reden om erover te beginnen. Maar toen Michael McDonald terugkwam uit Langley met uitvoeriger aantekeningen over Izmat Khans talloze ondervragingen, was Martin bang geweest dat de ondervragers de Afghaan onder druk hadden gezet om het litteken te verklaren maar geen antwoord hadden gekregen. Als het bestaan van zo'n litteken toevallig bij iemand van Al Qaeda bekend was en als Mike Martin dat litteken niet had, was alles voor niets geweest.

Martin zag geen bezwaren want hij was iets van plan. Een chirurg werd van Londen naar Edzell gevlogen en daarna in de net aangeschafte Bell JetRanger-helikopter naar het gazon van Forbes gebracht. Hij kwam uit Harley Street, had alle veiligheidsverklaringen en haalde af en toe een kogel weg zonder er iets over te zeggen.

Het gebeurde allemaal onder plaatselijke verdoving. De operatie zelf was makkelijk, want er hoefde geen kogel of granaatsplinter verwijderd te worden. Het probleem was dat de wond in een paar weken moest genezen maar er veel ouder moest uitzien.

Chirurg James Newton haalde een hoeveelheid spierweefsel onder en rond de incisie weg alsof er iets uit was gehaald. Daarmee schiep hij een holte in het vlees. De hechtingen waren grote, scheve steken die de randen van de wond op zo'n manier naar elkaar toe trokken dat er bij de genezing rimpels gingen ontstaan. Hij probeerde het te laten lijken op iets wat in een veldhospitaal in een grot gebeurd was, en bracht zes hechtingen aan.

Bij zijn vertrek zei hij: 'Begrijp één ding goed. Als een chirurg ernaar kijkt, ziet hij waarschijnlijk dat de wond geen 15 jaar oud is, maar een niet-medicus laat zich wel bedotten. De wond heeft overigens twaalf weken nodig om tot rust te komen.'

Dat was begin november. Rond Kerstmis hadden de natuur en het lichaam van een topfitte man van 44 uitstekend werk gedaan. De zwelling en de rode kleur waren weg.

9

Tijdens een van hun dagelijkse wandelingen zei Tamian Godfrey: 'Als ik je bestemming goed inschat, ga je waarschijnlijk allerlei niveaus van agressie en fanatisme tegenkomen, en die moet je onder de knie krijgen, jonge vriend. De kern van de zaak is de zelfopgelegde jihad of heilige oorlog, maar de verschillende stromingen komen langs verschillende routes op dat punt uit en gedragen zich op verschillende manieren. Ze zijn op geen stukken na identiek.'

'Volgens mij begint het met het wahabisme,' zei Martin.

'In zekere zin wel, maar laten we niet vergeten dat het wahabisme de staatsgodsdienst van Saudi-Arabië is en dat Osama bin Laden de Saudische elite wegens ketterij de oorlog heeft verklaard. Tal van groepen bevinden zich op de uiterste, extremistische vleugel en gaan nog verder dan de leer van Mohammad al-Wahhab. Dat was een achttiende-eeuwse prediker uit de Nejd, het onherbergzaamste en hardvochtigste deel van het Saudische binnenland. Zijn erfenis is de hardvochtigste en minst tolerante van de talloze Koraninterpretaties. Dat was toen, dit is nu. Hij is verdrongen. Het Saudische wahabisme heeft het Westen en het christendom niet de oorlog verklaard en roept ook niet op tot willekeurige massamoord, laat staan op vrouwen en kinderen. Wat Wahhab deed, was het scheppen van een voedingsbodem voor volledige intolerantie, en de huidige terreurbazen kunnen daarin de jonge zaailingen zetten voordat ze moordenaars van hen maken.'

'Maar waarom komen ze dan niet alleen op het Arabische schiereiland voor?' vroeg Martin.

Najib Qureshi bemoeide zich ermee. 'Omdat Saudi-Arabië al dertig jaar zijn oliedollars gebruikt om zijn staatsgodsdienst internationaal te verbreiden, en dat betreft elk islamitisch land ter wereld, ook het land waar ik geboren ben. Waarschijnlijk heeft niemand zich gerealiseerd wat voor een monster daarmee de vrije teugel kreeg en hoe dat op massamoord kon uitlopen. Er is namelijk alle reden om te geloven dat Saudi-Arabië inmiddels doodsbang is voor het schepsel dat het drie decennia gefinancierd heeft, al is het daar nu een beetje laat voor.'

'Waarom heeft Al Qaeda dan de oorlog verklaard aan de bron van zijn geloof en financiën?'
'Omdat andere, nog intolerantere, nog extremere profeten zijn opgestaan. Ze prediken niet alleen een geloof dat niets verdraagt wat niet-islamitisch is, maar ook een geloof dat geweld en vernietiging eist. Het Saudische bewind wordt aangeklaagd omdat het omgaat met het Westen en Amerikaanse troepen op zijn heilige grond toelaat. En dat geldt ook voor de regeringen van seculiere islamitische landen. Voor de fanatici zijn zij even schuldig als de christenen en joden.'
'Wie ga ik op mijn reis ontmoeten, denk je, Tamian?' vroeg Martin.
De academica vond een rotsblok zo groot als een stoel en ging erop zitten om haar benen te laten rusten.
'Van de talrijke groepen zijn er twee de kern. Ken je de term 'salafisme'?'
'Ik heb ervan gehoord,' zei Martin.
'De salafisten zijn degenen die terug willen naar het begin. Zij willen echt de grote gouden eeuw van de islam herstellen. Terug naar de eerste vier kalifaten, meer dan duizend jaar geleden. Woeste baarden, sandalen, gewaden, een rigoureuze sharia, de afwijzing van de moderniteit en de afwijzing van het Westen dat de moderniteit gebracht heeft. Zo'n aards paradijs bestaat natuurlijk niet, maar fanatici deinzen niet terug voor enig gebrek aan realiteitszin. Bij de verwezenlijking van hun manische droom hebben nazi's, communisten, maoïsten en volgelingen van Pol Pot honderden miljoenen mensen afgeslacht, voor de helft van hun eigen slag maar niet extreem genoeg. Denk maar aan Stalins en Mao's zuiveringen: allemaal medecommunisten maar afvalligen.
'Als je het over de salafisten hebt, heb je het over de taliban,' zei Martin.
'Onder anderen. Het zijn de plegers van zelfmoordaanslagen, de simpele gelovigen. Ze vertrouwen hun meesters, volgen hun spirituele richtlijnen, zijn niet erg helder maar wel volstrekt gehoorzaam en geloven dat hun krankzinnige haat de machtige Allah een genoegen doet.'
'Zijn anderen nog erger?' vroeg Martin.
'Jazeker,' zei Tamian Godfrey, die haar wandeling hervatte, maar de groep vastbesloten terug naar het kasteel leidde. De toren daarvan was twee korte dalen verderop nog net te zien.
'De ultra's. De echte ultra's, zou ik zeggen. De *takfir*. De betekenis van dat woord is sinds de tijd van Wahhab veranderd. Een echte salafist rookt niet, gokt niet, danst niet, wil geen muziek in zijn aanwezigheid, drinkt geen alcohol en gaat niet met westerse vrouwen om. Vanwege zijn kleding, verschijning en godsdienstige toewijding zie je meteen wat

hij is, en vanuit het gezichtspunt van de binnenlandse veiligheid is met identificeerbaarheid al de helft gewonnen. Maar sommigen nemen ondanks hun afkeer alle westerse gewoonten over om voor volledig verwesterd en dus onschuldig door te kunnen gaan. Alle negentien terroristen van 11 september glipten erdoor omdat ze westers deden en leken. Dat geldt ook voor de vier bommenleggers in Londen. Ze waren ogenschijnlijk normale jongens, gingen naar de sportschool, speelden cricket en waren hulpvaardig en beleefd. Eentje was zelfs leraar voor gehandicapte kinderen. Ze glimlachten altijd en beraamden intussen hun massamoord. Voor zulke mensen moet je uitkijken. Veel mensen zijn goed opgeleid, strak geknipt, goed geschoren, goed verzorgd, netjes in het pak en met een goed diploma. Die gaan tot het uiterste. Ze zijn bereid zich in weerwil van hun geloof te vermommen en voor hun geloof een massamoord te plegen. De hemel zij dank; we zijn er. Mijn benen kunnen niet meer. Tijd voor het middaggebed. Mike, jij doet de oproep en gaat ons voor in het gebed. Dat moet je later misschien ook. Het is een grote eer.'

Even na Nieuwjaar stuurde Siebart & Abercrombie een e-mail naar Jakarta. De *Countess of Richmond* zou op 1 maart met een volledige lading in kisten verpakte Jaguarsedans de haven van Liverpool verlaten met bestemming Singapore. Na het uitladen in Singapore zou het schip in ballast doorvaren naar Noord-Borneo om daar een ruim vol timmerhout in te laden en vervolgens in Surabaya de deklading van containers zijde aan boord te nemen.

De ploeg bouwvakkers was diep dankbaar toen het werk eind januari eindelijk klaar was. Om het tempo erin te houden, hadden de mannen besloten om ter plaatse te overnachten, en tot de centrale verwarming aan de praat was, hadden ze het erg koud gehad. Maar de bonus was groot en verleidelijk. Ze namen het ongemak op de koop toe en waren op tijd klaar.

Op het eerste gezicht leek De hut niet erg veranderd, maar wel groter. In feite had het bouwsel een gedaanteverwisseling ondergaan. Er waren genoeg slaapkamers voor een staf van twee functionarissen, maar voor de acht bewakers die 24 uur per dag moesten surveilleren, was een nieuw slaaphuis aangebouwd met een eetzaal ernaast.

De ruime zitkamer was als zodanig gehandhaafd, maar een nieuwe uitbouw ontstond door de aanleg van een recreatieruimte met een biljart-

tafel, een kast boeken, een plasmatelevisie en een ruime verzameling dvd's. Alles was gebouwd van aan de binnenkant geïsoleerde boomstammen.
De derde aanbouw leek uit de gewone, rustieke boomstammen te bestaan, maar de buitenmuren waren in feite alleen maar met gespleten stammen bekleed; de muren zelf bestonden aan de binnenkant uit voorgespannen beton. De hele gevangenisvleugel was van buitenaf en van binnenuit ondoordringbaar.
Je kwam er via de bewakersverblijven en één stalen deur met een luik voor de maaltijden en een kijkgat. Achter die deur lag één grote ruimte. Het bed was diep in de betonvloer verankerd en was met blote handen niet te verplaatsen. Dat gold ook voor de planken tegen de muren, die één geheel vormden met het beton.
Er lagen echter wel kleden op de grond, en de warmte kwam uit roosters op plinthoogte, die nooit opengingen. Tegenover het kijkgat was nog een andere deur, en de gevangene kon die naar believen openen en sluiten, maar de deur leidde alleen naar een binnenplaats. Die was leeg, op een betonnen bank in het midden na, uit de buurt van de muren. Deze muren waren 3 meter hoog en glad als een biljartlaken. Niemand kon in de buurt van de bovenkant komen. Er was ook niets wat kon worden losgemaakt en tegen de muur gezet, en niets waarop iemand kon staan.
Als badkamer was er een nis aan de zit-slaapkamer gebouwd, met een gat in de grond als provisorisch toilet en een douche die alleen door de bewakers buiten bediend kon worden.
Omdat alle bouwmaterialen per helikopter waren aangevoerd, was een besneeuwd landingsterrein de enige zichtbare toevoeging aan de buitenkant. Voor de rest was De hut op zijn terrein van 125 hectare aan alle kanten omringd door dennen, lariksen en sparren, hoewel het bos in alle richtingen 100 meter was teruggedrongen.
De tien cipiers van waarschijnlijk 's lands duurste en exclusiefste gevangenis bleken twee niet al te hoge CIA-mannen uit Langley en acht jonge personeelsleden die net hun mentale en lichamelijke training op de opleidingsschool van de 'Farm' achter de rug hadden en op een spannende eerste detachering hoopten. Maar ze waren allemaal fit en maakten graag een goede indruk.

Het proces voor de krijgsraad van Guantánamo begon tegen eind januari en werd gehouden in een van de grootste kamers in het ondervragingsblok, inmiddels netjes ingericht voor zijn gerechtelijke doeleinden.

Iedereen die hoopte op een halfwaanzinnige kolonel Jessup of de capriolen uit *A Few Good Men*, zou ernstig teleurgesteld zijn geweest. Het proces verliep ordelijk en op zachte toon.

Van acht gevangenen werd de vrijlating overwogen omdat ze geen gevaar meer opleverden, en zeven van hen betuigden hun onschuld met grote welsprekendheid. Alleen één man bewaarde een minachtende stilte. Zijn zaak was als laatste aan de beurt.

'Gevangene Khan, in welke taal wilt u het proces vertaald hebben?' vroeg de kolonel die de krijgsraad voorzat. Hij zat op het podium aan het einde van de zaal onder het zegel van de Verenigde Staten van Amerika en werd geflankeerd door een majoor en een vrouwelijke kapitein. Alle drie kwamen ze uit de juridische dienst van de mariniers.

De gevangene tegenover hen werd overeind getrokken door de twee bewakende mariniers links en rechts van hem. Bureaus tegenover elkaar waren toegewezen aan de auditeur-militair en de verdediger; de eerste was een militair, de tweede een burger. De gevangene haalde even zijn schouders op, staarde enkele tellen naar de vrouwelijke marinierskapitein en liet zijn blik toen op de muur boven de krijgsraad rusten.

'Het hof weet dat de gevangene Arabisch verstaat. Dat is dus de taal die het hof kiest. Bezwaar, raadsman?'

De vraag was gericht tot de advocaat, die zijn hoofd schudde. Toen hij deze zaak op zich nam, was hij voor deze cliënt gewaarschuwd, en na alles wat hij gehoord had, was hij ervan overtuigd dat de man kansloos was. De burgerrechtenbeweging had hem aan deze verdachte toegewezen, en hij wist wat de omringende mariniers van de witte ridders uit de burgerrechtenbeweging vonden. Een hulpvaardige cliënt zou prettig zijn geweest. Hij schudde zijn hoofd. Geen bezwaar. Voor hem was Arabisch prima.

De Arabische tolk kwam naar voren en ging dicht bij de bewakers staan. Het was een verstandige keuze: er was maar één Pathaantolk, en die had het met de Amerikanen aan de stok gekregen omdat hij niets uit zijn mede-Afghaan had losgekregen. Nu had hij niets meer te doen en zag hij het eind van een heel comfortabel leventje naderen.

Er waren in Gitmo altijd maar zeven Pathanen geweest: de zeven die vijf jaar eerder in Kunduz ten onrechte voor buitenlandse strijders waren gehouden. Vier waren weer weg. Dat waren eenvoudige boerenjongens die hun islamitische extremisme geestdriftig vaarwel hadden gezegd. De twee anderen waren geestelijk zo compleet gebroken dat ze nog steeds psychiatrisch behandeld werden.

De talibancommandant was de laatste. De auditeur-militair begon en de tolk braakte een sissende stroom Arabisch uit. Hij zei ongeveer: de yanks smijten je weer achter de tralies en gooien de sleutels weg, jij arrogante talibanklootzak. Izmat Khan liet zijn blik langzaam zakken en keek de tolk strak aan.
Die blik was erg welsprekend, en de in Libanon geboren Amerikaan begon meteen weer letterlijk te vertalen. De gevangene droeg dan misschien een belachelijke, oranje overall en was aan handen en voeten geboeid, maar met zo'n hufter wist je het maar nooit. De auditeur-militair had niet veel tijd nodig. Hij benadrukte dat de gevangene vijf jaar vrijwel gezwegen had, geen deelnemers aan de terreuroorlog tegen de Verenigde Staten had willen noemen en gesnapt was bij een gevangenisoproer waarbij een Amerikaan op brute wijze was doodgeslagen. Toen ging hij zitten. Hij twijfelde niet aan de uitspraak. Deze man zou nog jarenlang in hechtenis moeten blijven.
De advocaat van de burgerrechtenbeweging deed er wat langer over. Hij was blij dat de gevangene als Afghaan niets met de gruwelen van 11 september te maken had gehad. Hij was op dat moment in een puur Afghaanse burgeroorlog verwikkeld en had niets met de Arabieren achter Al Qaeda te maken. Moellah Omar en de Afghaanse regering die Bin Laden en zijn makkers een schuilplaats hadden geboden, vormden een dictatuur waarvan de heer Khan een officier was geweest maar geen deel had uitgemaakt.
'Ik moet er echt op aandringen dat deze krijgsraad de werkelijkheid onder ogen ziet,' zei hij tot besluit. 'Als deze man een probleem is, dan is hij een Afghaans probleem. Daar is inmiddels een nieuwe, democratisch gekozen regering aan de macht. Laten we deze man terugsturen en de nieuwe regering haar eigen probleem laten oplossen.'
De drie rechters trokken zich terug en bleven dertig minuten weg. Toen ze weer gingen zitten, was de kapitein rood van woede. Ze kon haar oren nog steeds niet geloven. Alleen de kolonel en de majoor hadden een gesprek met de voorzitter van de verenigde chefs van staven gehad en kenden hun bevelen.
'Gevangene Khan, sta op! Deze krijgsraad is zich bewust van een overeenkomst met president Karzai, inhoudende dat u na terugkeer naar uw vaderland tot een levenslange gevangenisstraf zult worden veroordeeld. In deze omstandigheden acht de krijgsraad het onnodig om de Amerikaanse belastingbetaler nog langer met uw aanwezigheid te bezwaren. Er zullen daarom regelingen worden getroffen om u terug te brengen

naar Kabul, en u zult teruggaan zoals u gekomen bent: in boeien. Dat is alles. De zitting is verdaagd.'
De kapitein was niet als enige geschokt. De auditeur-militair vroeg zich af welke gevolgen dit voor zijn carrière ging hebben. De advocaat voelde zich ietwat licht in het hoofd. De tolk had heel even in paniek gedacht dat de gekke kolonel zou bevelen om de boeien af te doen; in dat geval zou hij als brave zoon van Beirut rechtstreeks naar het raam zijn gesneld.

Het Britse ministerie van Buitenlandse Zaken is gevestigd aan King Charles Street, even buiten Whitehall en ruimschoots in het zicht van het raam – aan de andere kant van Parliament Square – waarbuiten koning Karel I onthoofd is. Terwijl de herinneringen aan de kerstvakantie vervaagden, hervatte de kleine protocolcommissie die de vorige zomer opgericht was, haar taak, namelijk de coördinatie met de Amerikanen van de steeds ingewikkelder details van de naderende G8-conferentie in 2007. Voor die van 2005 hadden de regeringsleiders van de acht rijkste landen ter wereld in het Schotse Gleneagleshotel verbleven, en dat was in zekere zin een succes geweest. Het punt was echter dat de luidruchtig en massaal protesterende demonstranten een elk jaar groeiend probleem vormden. In Gleneagles moest het landschap van Perthshire ontsierd worden door vele kilometers harmonicahek om een compleet veilige zone rond het hele landgoed te scheppen. De toegangsweg moest worden afgezet en bewaakt. Onder leiding van twee popsterren op hun retour waren miljoenen demonstranten tegen de armoede in de wereld opgeroepen tot een mars door het nabije Edinburgh. En dat was alleen nog maar de antiarmoedebrigade. Daarna hadden de antiglobaliseringscohorten hun meelbommen gegooid en met hun borden gezwaaid.
'Snappen die eikels dan niet dat de wereldhandel rijkdom genereert waarmee de armoede bestreden kan worden?' vroeg een boze diplomaat zich af. Het antwoord luidde: kennelijk niet.
Aan Genua dacht iedereen nog steeds huiverend terug. Daarom was het simpele, elegante, briljante idee van het Witte Huis, dat in 2007 gastheer was, enthousiast ontvangen: een luxe locatie die volstrekt geïsoleerd, immuun, onbereikbaar en te controleren was. De protocolcommissie werkte alleen nog maar aan de massa details en aan de vervroeging tot april. Die had iets met de helft van de Amerikaanse regeringstermijn te maken. De Britse commissie aanvaardde dus wat was afgesproken en aangekondigd, en ging door met haar bestuurswerkzaamheden.

Ver weg in het zuidoosten daalden twee enorme Starlifters van de Amerikaanse luchtmacht naar het sultanaat Oman. Ze kwamen van de Amerikaanse oostkust en hadden alleen buiten de Azoren in de lucht moeten tanken. Deze twee vliegende monsters doken uit de zonsopgang boven de heuvels van Dhofar op, draaiden naar het oosten en vroegen landingsinstructies aan de luchtmachtbasis in de woestijn van Thamarit.
De twee reuzen hadden een hele militaire eenheid in hun buik. In de ene bevonden zich de onderkomens: van door deskundigen in elkaar te zetten bouwpakketten voor barakken via generators, airconditionings, koelinstallaties en televisieantennes tot de kurkentrekkers van het uit vijftien man bestaande technische team. Het andere vrachtvliegtuig bevatte de zogenoemde 'scherpe punt': twee onbemande Predator-verkenningsvliegtuigen, de apparatuur voor hun geleiding, de apparatuur voor de ontvangst en verzending van de beelden, en de mannen en vrouwen die de apparaten bedienden.
Een week later waren ze ingericht. Aan de verre kant van de luchtmachtbasis, ontoegankelijk voor mensen van buiten het team, stonden barakken, zoemden airconditionings, waren latrines gegraven en stond er in de keukens van alles te pruttelen. En in hun ronde tenten wachtten de twee Predators op hun bevelen. De luchtverkenningseenheid stond ook in verbinding met Tampa (Florida) en Edzell (Schotland). Ooit zouden ze te horen krijgen wat ze dag en nacht en in weer en wind in het oog moesten houden, fotograferen en terugsturen. Tot dat moment bleven de mensen en machines in de hitte wachten.

Mike Martins laatste briefing duurde drie volle dagen en was zo belangrijk dat Marek Gumienny er met zijn dienst-Grumman voor naartoe ging. Steve Hill kwam uit Londen, en de twee spionnenbazen sloten zich aan bij hun uitvoerders McDonald en Phillips.
Er waren maar vijf mensen in de kamer, want Gordon Phillips verzorgde de 'diavoorstelling' (zoals hij die noemde) zelf. Maar zijn projector was heel wat moderner dan de diaprojectoren van vroeger en smeet het ene plaatje na het andere perfect van kleur en detaillering op een haarscherp plasmascherm. Met één druk op de afstandsbediening kon Phillips inzoomen op elk detail, dat dan vergroot werd en het hele scherm vulde.
De bijeenkomst had tot doel Mike Martin te voorzien van de laatste inlichtingen die het gamma van westerse diensten te bieden had over de

mensen die hij misschien zou ontmoeten. De bronnen waren niet alleen Engels of Amerikaans. De diensten van meer dan veertig landen stuurden hun ontdekkingen naar centrale databanken. Afgezien van schurkenstaten zoals Iran en Syrië en mislukte staten zoals Somalië deelden regeringen overal ter wereld hun informatie over terroristen met een ultra-agressief, islamistisch geloof.

Rabat leverde waardevolle bijdragen over zijn eigen Marokkanen; Aden droeg namen en gezichten uit Zuid-Jemen bij; Riyad bedwong zijn schaamtegevoel en verschafte hele kolommen vol gezichten van Saudiërs.

Martin staarde ernaar terwijl ze op het scherm verschenen. Sommige *en face*-portretten kwamen van een politiebureau; andere waren met lange lenzen op straat of in hotels genomen. Ook de mogelijke varianten van een gezicht werden getoond: met of zonder baard, in Arabische of westerse kleding, met lang haar, met kort haar of kaal. Er waren moellahs en imams uit allerlei extremistische moskeeën; jongeren die vermoedelijk alleen berichten doorgaven; mensen die steun boden met geld, transport en safehouses.

En er waren hoofdrolspelers bij, mensen die de diverse wereldwijde divisies leidden en toegang tot de hoogste top hadden. Sommigen waren dood, zoals Mohammed Atef, de eerste directeur Operaties die door een Amerikaanse bom in Afghanistan om het leven was gekomen. Zijn opvolger, die een levenslange gevangenisstraf uitzat; diens opvolger, die eveneens dood was; en de vermoedelijk huidige functionaris.

Ergens tussen hen in stond het doktersgezicht van Tewfik al-Qur, die vijf maanden eerder van een balkon in Pesjawar was gesprongen. Een paar gezichten daaronder stond Saud Hamud al-Utaibi, het nieuwe Al Qaeda-hoofd in Saudi-Arabië en hoogstwaarschijnlijk nog springlevend.

En er waren lege silhouetten. Een ervan was dat van het Al Qaeda-hoofd in Zuidoost-Azië, de opvolger van Hanbali en waarschijnlijk de man achter de bomaanslagen op toeristenoorden in het Verre Oosten. Verrassend genoeg was ook het Al Qaeda-hoofd in Groot-Brittannië erbij.

'Tot zes maanden geleden wisten we wie hij was,' zei Gordon Phillips. 'Toen is hij 'm net op tijd gesmeerd. Hij is weer in Pakistan, maar ze zitten dag en nacht achter hem aan. De ISI krijgt hem uiteindelijk wel te pakken...'

'En stuurt hem naar ons in Bagram,' gromde Marek Gumienny. Ze wisten allemaal dat zich in de Amerikaanse basis ten noorden van Kabul

een afdeling bevond waar iedereen uiteindelijk doorsloeg.
'Let in elk geval op deze,' zei Steve Hill toen het grimmige gezicht van een imam op het scherm verscheen. De foto was stiekem genomen en kwam uit Pakistan. 'En op deze.' Dit was een oudere man die mild en hoffelijk uit zijn ogen keek. De eveneens heimelijk gemaakte foto toonde hem op een kade tegen een achtergrond van lichtblauw water en kwam van de Special Forces van de Verenigde Arabische Emiraten in Dubai.
Ze pauzeerden, aten, gingen door, sliepen en begonnen opnieuw. Alleen als de huishoudster dienbladen met eten kwam brengen, zette Phillips de televisie uit. Tamian Godfrey en Najib Qureshi bleven op hun kamer of wandelden samen in de heuvels.
Eindelijk was het voorbij. 'Morgen vertrekken we,' zei Marek Gumienny. Mevrouw Godfrey en de Afghaanse analist kwamen naar het heliplatform om afscheid te nemen. Hij was jong genoeg om de zoon van de Korangeleerde te kunnen zijn.
'Pas goed op jezelf, Mike,' zei ze, en vervolgens begon ze te vloeken. 'Verdomme, ik lijk wel gek. Ik moet er helemaal van snotteren. God zij met je, knul.'
'En als al het andere faalt, moge Allah je onder Zijn hoede nemen,' zei Qureshi.
De JetRanger kon alleen de twee spionnenbazen en Martin meenemen. De twee uitvoerders reden naar Edzell en hervatten daar hun werk.
De Bell landde uit de buurt van nieuwsgierige ogen, en het drietal rende naar de Grumman van de CIA. Een Schotse sneeuwbui dwong hen om een regenjas boven hun hoofd te houden, en niemand zag dus dat een van hen geen westerse kleding droeg.
De helikopterbemanning had al vaker met eigenaardig uitziende passagiers te maken gehad en was zo verstandig zich te onthouden van commentaar over de baardige Afghaan die samen met een Britse gast meeging met de adjunct-directeur Operaties op een trans-Atlantische vlucht.
Ze vlogen niet naar Washington maar naar een afgelegen schiereiland aan de zuidoostkust van Cuba. Op 14 februari landden ze even na zonsopgang bij Guantánamo Bay en taxieden ze rechtstreeks naar de hangar, waarvan de deuren meteen dichtgingen.
'Ik ben bang dat jij aan boord moet blijven, Mike,' zei Marek Gumienny. 'Je mag eruit als het donker is.'
In de tropen wordt het vroeg nacht, en om zeven uur 's avonds was het

al pikdonker. Op dat moment liepen vier CIA'ers van de afdeling Bijzondere Taken de cel van Izmat Khan in. Hij voelde dat er iets mis was en stond op. Anderhalf uur eerder waren de gewone cipiers buiten zijn cel de gang uit gelopen, en dat was nog nooit eerder gebeurd.
De vier mannen traden niet echt hardhandig op, maar lieten zich ook niet afschepen. Twee mannen grepen de Afghaan vast. Zijn armen werden geboeid en zijn dijen vastgeklemd. Het lapje met chloroform deed zijn werk in twintig seconden. Het gekronkel hield op en het lichaam van de gevangene werd slap.
Hij kwam op een brancard te liggen die op wieltjes werd gezet. Een katoenen laken werd over hem heen gelegd, en toen werd hij naar buiten gereden. De kist stond al te wachten. Uit het hele cellenblok was het personeel teruggetrokken. Niemand zag iets. Een paar tellen na de ontvoering lag de Afghaan al in de kist, die tamelijk comfortabel was ingericht voor een kist. Aan de buitenkant was het een doodnormaal houten krat waarin van alles vervoerd kon worden. Zelfs de markeringen waren authentiek.
Aan de binnenkant was het ding zodanig geïsoleerd dat geen geluid kon ontsnappen. In de bovenkant zat een afneembaar luikje voor de frisse lucht, maar dat zou pas verwijderd worden als de kist veilig in de lucht was. Er stonden twee gerieflijke, aan de vloer gelaste armstoelen en er hing een zwakke, amberkleurige lamp.
De languit liggende Izmat Khan werd in de stoel gezet waaraan al riemen bevestigd waren. Daarmee kon de gevangene op zo'n manier worden vastgezet dat hij zich kon ontspannen zonder dat zijn bloedvaten werden afgesneden, maar ook zonder dat hij de stoel kon verlaten. Hij sliep nog.
De vijfde CIA'er, de man die in de kist meereisde, was eindelijk tevreden en knikte naar zijn collega's. De ingang werd afgesloten. Een vorkheftruck hief de kist 30 centimeter boven de grond en bracht het ding naar het vliegveld, waar een Hercules stond te wachten. Dat was een AC-130 Talon van de Special Forces, die met extra brandstoftanks was uitgerust en zijn bestemming makkelijk kon bereiken.
Onverklaarde vluchten van en naar Gitmo zijn de gewoonste zaak van de wereld. Als reactie op het korte verzoek gaf de verkeersleiding snel toestemming voor vertrek, en toen was de Hercules in de lucht op weg naar de basis McChord in de staat Washington.
Een uur later reed een dichte auto naar het cellenblok van Camp Echo, waar een ander groepje mensen uitstapte. In de lege cel kreeg een man

een oranje overall en zachte slippers aan. De bewusteloze Afghaan was gefotografeerd voordat hij met een laken over zich heen werd weggehaald. Op basis van die polaroid werden de baard en het haar van de vervanger een beetje bijgeknipt. Elk gevallen plukje haar werd opgeraapt en meegenomen.

Toen alles klaar was, nam iedereen nors afscheid. Het groepje vertrok en deed de celdeur achter zich dicht. Twintig minuten later waren de militaire cipiers terug. Ze begrepen er niets van, maar waren niet nieuwsgierig. De dichter die schreef dat begrijpen niet hun taak was, had gelijk. Ze zagen de vertrouwde gestalte van hun belangrijkste gevangene en wachtten tot de zon opging.

De ochtendzon viel al op de toppen van de Cascade Range toen de AC-130 omlaag gleed naar zijn thuisbasis McChord. De commandant van de basis had te horen gekregen dat dit een CIA-vracht was, een laatste zending voor het nieuwe onderzoekscentrum in de bossen van de Wilderness. Ondanks zijn rang hoefde hij verder niets te weten, en hij vroeg dus ook niets. De papieren waren in orde en de Chinook stond klaar.

Tijdens de vlucht kwam de Afghaan bij. Het luikje in het dak was open en de lucht in de drukcabine van de Hercules was fris en normaal. De begeleider glimlachte bemoedigend en bood eten en drinken aan. De gevangene wilde alleen spuitwater met een rietje.

Tot verrassing van de CIA'er had hij in Guantánamo door vijf jaar te luisteren kennelijk een paar Engelse zinnen opgedaan. Hij vroeg tijdens de reis twee keer hoe laat het was. Eén keer boog hij zo ver mogelijk zijn gezicht en mompelde hij zijn gebeden. Verder zei hij niets.

Vlak voor de landing werd het luikje weer aangebracht, en de wachtende vorkheftruckchauffeur had niet het flauwste vermoeden dat hij iets anders dan gewone vracht van de achterste laadklep van de Hercules naar de Chinook bracht.

De laadklep ging weer dicht. Het kleine, op een batterij werkende lampje in de kist bleef aan maar was van buitenaf onzichtbaar, zoals ook alle geluiden onhoorbaar waren. De gevangene was echter, zoals zijn begeleider later tegenover Marek Gumienny verklaarde, zo mak als een lammetje. Geen centje pijn, directeur.

Aangezien het midden februari was, hadden ze geluk met het weer. De lucht was onbewolkt, maar het was ijskoud. De grote Chinook met zijn dubbele rotor landde op het heliplatform buiten De hut en de achterdeuren gingen open. De kist bleef echter binnen, want het was makkelijker om de twee passagiers rechtstreeks uit de kist in de sneeuw te laten stappen.

Beide mannen huiverden toen de achterwand van de kist werd weggehaald. Het ontvoeringsteam uit Guantánamo was eerst met de Hercules en daarna met de Chinook meegevlogen. Ze wachtten op de laatste formaliteit.
De handen en voeten van de gevangene werden geboeid voordat de stoelriemen werden losgemaakt. Toen kreeg hij het verzoek om op te staan en schuifelde hij over de laadklep naar de sneeuw. Alle tien inwonende personeelsleden stonden in een halve cirkel met gerichte pistolen om hem heen.
Zo zwaar bewaakt dat de groep nauwelijks door de deuren kon, werd de talibancommandant over het heliplatform en door De hut naar zijn eigen verblijf gebracht. Pas toen de deur dichtging en de felle kou buiten werd gesloten, hield hij op met huiveren.
Zes cipiers stonden in de grote cel om hem heen en verwijderden eindelijk zijn boeien. Ze schuifelden achterstevoren de cel uit en sloegen de stalen deur met een klap dicht. Hij keek om zich heen. Deze cel was beter, maar het bleef een cel. Hij moest aan de rechtszaal denken. De kolonel had gezegd dat hij naar Afghanistan zou teruggaan. Ze hadden opnieuw gelogen.

Het was midden op de ochtend en de zon brandde boven het Cubaanse landschap toen een andere Hercules aankwam en landde. Ook dit vliegtuig was uitgerust voor de lange afstand, maar anders dan de Talon was het niet zwaar bewapend en kwam het niet van de Special Forces maar van MATS, de transportdivisie van de luchtmacht. Het moest één passagier naar een ander deel van de wereld brengen.
De deur van de cel zwaaide open.
'Gevangene Khan, sta op. Ga met je gezicht naar de muur staan. Neem je positie in.' Rond zijn middenrif werd een riem gebonden. Van daaraf liepen twee kettingen naar zijn enkelboeien en twee andere naar de boeien rond zijn polsen, die voor zijn middel tegen elkaar werden gehouden. Meer dan een schuifelpas was niet mogelijk. Er volgde een korte wandeling met zes cipiers naar het einde van het blok. De zwaar beveiligde vrachtwagen had een trap achterin, een rooster als scheiding tussen de gevangenen en de chauffeur, en geblindeerde ramen.
Toen hij bevel kreeg om het vliegveld op te lopen, knipperde de gevangene met zijn ogen tegen het felle zonlicht.
Hij schudde zijn woeste hoofd en had een verbijsterde blik in zijn ogen. Toen die aan het harde licht gewend waren, keek hij om zich heen en

zag hij de wachtende Hercules plus een groep Amerikaanse officieren. De mannen staarden hem aan. Een van hen kwam naar voren en wenkte.
Hij volgde de man gedwee over het gloeiend hete teermacadam. Ondanks zijn boeien was hij permanent door zes gewapende zandhazen omringd. Hij draaide zich om en keek nog één keer naar de plaats waar hij vijf ellendige jaren was vastgehouden. Toen schuifelde hij de buik van het vliegtuig in.
In een kamer vlak onder de luchtverkeersleiding sloegen twee mannen hem gade. 'Daar gaat ie,' zei Marek Gumienny.
'Als ze ooit ontdekken wie hij is, moge Allah hem dan genadig zijn,' antwoordde Steve Hill.

Deel 4

De reis

10

Het werd een lange en saaie vlucht. Er waren geen faciliteiten om onderweg in de lucht te tanken, want dat was duur. Deze Hercules was gewoon een gevangenisvliegtuig: het bewees een gunst aan de Afghaanse regering, die deze man zelf op Cuba had moeten ophalen maar er geen middelen voor had.
Ze vlogen via de Amerikaanse bases op de Azoren en in het Duitse Ramstein, en het was al laat in de middag van de volgende dag toen de C130 de daling inzette naar de grote luchtmachtbasis van Bagram aan de zuidelijke rand van de onherbergzame Shomalivlakte. De cabinebemanning was tweemaal vervangen, maar de bewakers waren al die tijd gebleven. Ze lazen, kaartten en deden een dutje terwijl vier paar rondtollende schoepen hen steeds verder naar het oosten brachten. De gevangene bleef geboeid. Ook hij sliep zo goed als hij kon.
De Hercules taxiede naar het platform naast de enorme hangars die het Amerikaanse deel van de basis Bagram beheersen, en het ontvangstcomité stond al klaar. De commandant van de Amerikaanse militaire politie, die het geleide aanvoerde, was blij te zien dat de Afghanen geen risico's namen. Afgezien van een gevangenisbusje stonden er twintig leden van de Afghaanse Special Forces onder leiding van commandant Yusuf.
De Amerikaanse majoor draafde de laadklep af om de paperassen te regelen voordat hij zijn lading overdroeg. Dat kostte een paar tellen. Toen knikte hij naar zijn collega's. Ze maakten de Afghaan los van de rib in de vliegtuigromp en brachten hem schuifelend naar de vrieskou van de Afghaanse winter.
De soldaten kwamen om hem heen staan, sleepten hem naar het gevangenisbusje en gooiden hem naar binnen. Het portier ging met een klap dicht. De Amerikaanse majoor stelde vast dat hij voor geen prijs zou willen ruilen, en salueerde naar de Afghaanse commandant, die hetzelfde deed.
'Hou hem goed in de gaten, want dit is een keiharde,' zei de Amerikaan.
'Maak u geen zorgen, majoor,' zei de Afghaanse officier. 'Hij zit de rest

van zijn leven in de gevangenis van Pul-i-Charki.'
Een paar minuten later reed het gevangenisbusje weg, gevolgd door de vrachtwagen met Afghaanse Special Forces. Het konvooi nam de weg naar het zuiden van Kabul, maar toen het helemaal donker was, raakten het busje en de vrachtwagen gescheiden bij wat later als een 'ongelukkig incident' omschreven werd. Het busje reed alleen verder.
De Pul-i-Charki is een gevreesd, somber gebouwencomplex ten oosten van de hoofdstad, bij de kloof in de vlakte van Kabul. Tijdens de Russische bezetting werd het geleid door de geheime politie Khad en waren de kreten van de gemartelden niet van de lucht.
In de loop van de burgeroorlog kwamen verscheidene tienduizenden mensen er niet levend vandaan. Sinds de schepping van de nieuwe, gekozen Republiek Afghanistan waren de omstandigheden verbeterd, maar tegen de stenen kantelen, gangen en kerkers echoot nog steeds het gegil van de geesten.
Het gevangenisbusje kwam daar gelukkig nooit aan. Vijftien kilometer nadat het militaire geleide verdwaald was, kwam een pick-uptruck uit een zijweg en bleef achter het busje rijden. Toen de auto met zijn lichten knipperde, parkeerde de chauffeur van het busje op een vooraf verkend vlak gedeelte naast de weg, achter een bosje van dwergboompjes. Daar vond de 'ontsnapping' plaats.
De boeien van de gevangene waren al verwijderd zodra het busje door de laatste veiligheidscontrole van Bagram was gereden. Nog terwijl het busje aan het rijden was, kreeg hij een warme, grijze, wollen shalwar kameez en laarzen. Vlak voordat ze gestopt waren, had hij ook de gevreesde zwarte tulband van de taliban rond zijn hoofd gewikkeld.
Commandant Yusuf was uit de cabine van de vrachtwagen in de pickuptruck gestapt en nam nu de leiding. In de open laadbak lagen vier lijken, allemaal vers uit het lijkenhuis in de stad. Twee hadden een baard en droegen talibankleding. Ze waren eigenlijk bouwvakkers die op een heel onveilige steiger aan het werk waren geweest. Die steiger was ingestort, en daarbij waren ze om het leven gekomen.
De twee anderen waren slachtoffers van verschillende verkeersongelukken. In de Afghaanse wegen zitten zoveel gaten dat het midden van de weg de beste plek is om te rijden, maar omdat het als verwijfd geldt om voor een tegenligger uit de weg te gaan, is het aantal dodelijke ongelukken indrukwekkend. De twee gladgeschoren lijken droegen het uniform van de gevangenisdienst.
Toen de gevangenismedewerkers later werden aangetroffen, hadden ze

een pistool in hun hand maar waren ze dood; er waren langs de weg kogels in hun lijk geschoten. De taliban van de 'hinderlaag' lagen verspreid langs de kant van de weg en hadden kogels uit de pistolen van de cipiers in hun lijf. De deur van het busje werd met een houweel bewerkt en bleef openstaan. In die toestand werd het busje de volgende ochtend gevonden.

Toen alles in scène was gezet, ging commandant Yusuf naast de chauffeur van de pick-up zitten. De voormalige gevangene klom in de achterbak, samen met de twee leden van de Special Forces, die hij had meegebracht. Alle drie wikkelden ze het uiteinde van hun tulband rond hun gezicht tegen de kou.

De pick-up reed vlak langs Kabul en bereikte de snelweg naar Ghazni en Kandahar in het zuiden. Daar wachtte, zoals elke avond, de lange colonne van wat in heel Azië bekendstaat als *jingly trucks*.

Het zijn vrachtwagens die allemaal wel een eeuw oud lijken. Ze rijden grommend en snuivend over de wegen van het Midden- en Verre Oosten en braken wolken verstikkend zwarte rook uit. Vaak staan ze met panne langs de weg en zit er voor de chauffeur niets anders op dan talloze kilometers te lopen om het vereiste onderdeel te vinden.

Ze banen zich een weg over onmogelijke bergpassen, afbrokkelende paden en kale hellingen. Soms is het lege geraamte ervan in een ravijn langs de weg te zien. Maar ze zijn de commerciële bloedvaten van het continent en brengen een verbazingwekkende verscheidenheid aan goederen naar zelfs de kleinste en meest afgelegen nederzettingen en de mensen die daar wonen.

De Britten noemden ze al jaren geleden *jingly* ofwel tingeltrucks vanwege hun versieringen. Elk beschikbaar oppervlak is zorgvuldig beschilderd met historische en godsdienstige taferelen. Er zijn voorstellingen uit het christendom, de islam, het hindoeïsme, de sikhgodsdienst en het boeddhisme – vaak met zichtbaar genoegen gecombineerd. De auto's zijn versierd en uitgedost met linten, klatergoud en zelfs belletjes. Ze tingelen dus.

De rij op de snelweg ten zuiden van Kabul was verscheidene honderden auto's lang. De chauffeurs sliepen in hun cabine en wachtten op de dageraad. De pick-up kwam naast de rij tot stilstand. Mike Martin sprong uit de achterbak en liep naar de cabine. De gesluierde gestalte aan het stuur had zijn gezicht verborgen achter een shebagh van geruite stof.

Commandant Yusuf zat naast hem te knikken, maar zei niets. Einde van de reis. Begin van de tocht. Toen hij zich omdraaide, hoorde hij de chauffeur zeggen: 'Veel succes, baas.'

Al weer die term. Alleen SAS'ers spreken hun officieren zo aan. De commandant van de Amerikaanse militaire politie in Bagram had bij de overdracht twee dingen niet geweten: de identiteit van de gevangene en het feit dat de Afghaanse Special Forces sinds de installatie van president Karzai op zijn verzoek door de SAS zijn opgericht en opgeleid.

Martin draaide zich om en liep langs de rij vrachtwagens. De achterlichten van de pick-up verdwenen op de terugweg naar Kabul. De SAS-sergeant in de cabine belde met zijn mobiele telefoon een nummer in Kabul. Het hoofd van de SIS-afdeling nam op. De sergeant zei twee woorden en beëindigde het gesprek.

Ook het SIS-hoofd voor heel Afghanistan belde, maar ditmaal over een beveiligde lijn. In Kabul was het vier uur 's ochtends, in Schotland elf uur 's avonds. Op een van de schermen verscheen een eenregelig bericht. Phillips en McDonald waren al in de kamer, in de hoop te zullen zien wat ze toen zagen. 'Koevoet is op weg.'

Op de ijskoude snelweg vol gaten gunde Mike Martin zich nog één laatste blik achterom. De rode achterlichten van de pick-up waren weg. Hij draaide zich om en liep door. Nog geen 100 meter verderop was hij een Afghaan geworden.

Hij wist wat hij zocht, maar pas honderd vrachtauto's verderop vond hij het: een nummerbord uit het Pakistaanse Karachi. De chauffeur van die auto was waarschijnlijk geen Pathaan en zou zijn onvolmaakte beheersing van het Pathaans dus niet horen. Hij was vermoedelijk een Baluchi, op weg naar de Pakistaanse provincie Baluchistan.

Voor de chauffeurs was het nog te vroeg om op te staan, en het was onverstandig om die van de gekozen truck te wekken, want vermoeide mannen schrikken chagrijnig wakker, en Mike had iemand in een royale bui nodig. Twee uur lang maakte hij zich huiverend onder de vrachtwagen klein.

Rond zes uur kwam er beweging in de rij en was in het oosten een vleug roze te zien. Iemand stak langs de weg een vuur aan en bracht een blik water aan de kook. In Midden-Azië vindt een groot deel van het leven in en rond de *chai-khana* ofwel het theehuis plaats, en dat kan ook met een vuur, een blik thee en een groep mannen geïmproviseerd worden. Martin stond op, liep naar het vuur en warmde zijn handen.

De theezetter was een Pathaan maar zwijgzaam, en dat kwam Martin goed uit. Hij had zijn tulband afgedaan, losgewikkeld en in de tas aan zijn schouder gedaan. Het was onverstandig om te koop te lopen met het feit dat hij een talib was, tenzij hij wist dat zijn gezelschap er geen probleem mee had. Met een hand afghani's kocht hij een dampende kop thee, die hij dankbaar opdronk. De Baluchi kwam een paar minuten later slaperig zijn cabine uit om een thee te kopen.

De zon ging op. Sommige vrachtwagens kwamen met zwarte rookwolken tot leven. De Baluchi liep terug naar zijn cabine. Martin liep mee.

'Gegroet, broeder.'

De Baluchi reageerde een tikje wantrouwig.

'Ga je toevallig naar de grens en Spin Boldak in het zuiden?'

Als de man naar Pakistan terug ging, was de kleine stad ten zuiden van Kandahar het punt waar hij de grens zou oversteken. Maar Martin wist dat er dan een prijs op zijn hoofd zou staan. Hij zou de grenscontroles te voet moeten passeren.

'Als het Allah behaagt,' zei de Baluchi.

'Wil je een arme man dan in de naam van de Barmhartige laten meerijden naar zijn gezin?'

De Baluchi dacht na. Op deze lange ritten naar Kabul ging meestal zijn neef mee, maar die lag ziek in Karachi. Hij had ditmaal alleen moeten rijden, en dat was uitputtend.

'Kun je deze auto rijden?' vroeg hij.

'Ik zweer dat ik vele jaren chauffeur ben geweest.'

Ze reden in een vriendschappelijk stilzwijgen naar het zuiden en luisterden naar Aziatische popmuziek uit de oude, plastic radio boven het dashboard. Het ding knarste en floot, maar Martin wist niet waaraan dat lag: aan de ruis of aan het lied.

De dag vorderde en ze reden ronkend door Ghazni en in de richting van Kandahar. Onderweg stopten ze voor een kop thee en een bord eten – het gebruikelijke geitenvlees met rijst – en om te tanken. Martin droeg bij aan de kosten met een stapeltje afghani's, en de Baluchi werd daar een stuk vriendelijker van.

Martin sprak geen Urdu, laat staan het dialect van Baluchistan, en de man uit Karachi sprak maar een paar woorden Pathaans, maar met gebarentaal en wat Arabisch uit de Koran kwamen ze een heel eind.

Ze stopten opnieuw voor de nacht ten noorden van Kandahar, want de Baluchi wilde niet in het donker rijden. Dit was de provincie Zabol, een woest gebied dat door woeste mensen bewoond werd. Het was veiliger om overdag te rijden met honderden andere vrachtwagens voor en achter je en nog meer andere auto's op weg naar het noorden. Bandieten opereerden liever 's nachts.

Bij de noordelijke buitenwijken van Kandahar beweerde Martin een dutje te willen doen en hij maakte het zich gemakkelijk op de bank achter de stoelen, die de Baluchi als bed gebruikte. Kandahar was het hoofdkwartier en bolwerk van de taliban geweest, en Martin wilde geen bekeerde talib laten denken dat hij een oude vriend in een vrachtauto zag passeren. Ten zuiden van Kandahar nam hij het stuur weer van de Baluchi over.

De middag was al aardig gevorderd toen ze Spin Boldak bereikten. Martin zei in een noordelijke buitenwijk te wonen, nam dankbaar afscheid van zijn gastheer en stapte kilometers voor de grenspost uit.

Omdat de Baluchi geen Pathaans sprak, had hij zijn radio alleen maar op een popstation afgestemd en het nieuws niet gehoord. Aan de grens waren de rijen nog langer dan normaal, en toen hij eindelijk voor de slagboom stond, kreeg hij een foto te zien. Het gezicht van een talib met een zwarte baard staarde hem aan.

Maar hij was een eerlijke en hardwerkende man. Hij wilde naar huis, naar zijn vrouw en vier kinderen. Het leven was al moeilijk genoeg. Waarom zou hij dagen- of zelfs wekenlang in een Afghaanse gevangenis moeten uitleggen dat hij van niets geweten had?

'Bij de Profeet, ik heb die man nooit gezien,' bezwoer hij, en ze lieten hem gaan.

Dat doe ik nooit meer, dacht hij terwijl hij naar Quetta in het zuiden tufte. Hij kwam dan misschien uit de meest corrupte stad van Azië, maar op je eigen plek wist je tenminste waar je aan toe was. De Afghanen waren zijn volk niet. Waarom zou je je ermee bemoeien? Hij vroeg zich af wat die talib gedaan had.

Martin was gewaarschuwd dat de kaping van het gevangenisbusje, de moord op twee cipiers en de ontsnapping van iemand die in Guantánamo had gezeten, niet met de mantel der liefde te bedekken vielen. Om te beginnen zou de Amerikaanse ambassade veel heisa gaan maken.

De plaats van de 'moord' was ontdekt door patrouilles die naar Bagram waren gestuurd toen het busje niet bij de gevangenis kwam opdagen. Dat het busje zijn militaire escorte was kwijtgeraakt, werd aan onbekwaamheid geweten, maar de bevrijding van deze gevangene was duidelijk het werk van een misdadige bende taliban. De jacht op hen werd geopend.

De Amerikaanse ambassade gaf de regering-Karzai helaas een foto die niet geweigerd kon worden. Het CIA- en het SIS-hoofd probeerden de loop der gebeurtenissen te vertragen, maar konden niet heksen. Op het moment dat de grensposten een gefaxte foto kregen, was Martin nog steeds ten noorden van Spin Boldak.

Hij wist niets van de opschudding, maar wilde bij de grens geen risico nemen. In de heuvels boven Spin Boldak wachtte hij hurkend tot het donker werd. Vanaf de top die hij beklommen had, kon hij het landschap overzien en zijn route voor de komende nacht bepalen. Het stadje lag 8 kilometer voor hem uit en bijna 1 kilometer onder hem. Hij zag de kronkelende weg en de vrachtwagens erop. Hij zag ook het grote, oude fort dat ooit een bolwerk van het Britse leger was geweest, en wist dat de Britten bij de verovering ervan in 1919 voor het laatst middeleeuwse stormladders hadden gebruikt. Ze waren 's nachts heimelijk naderbij gekomen, en afgezien van de balkende muilezels, het gerinkel van lepels tegen ketels en het gevloek van soldaten die hun tenen stootten, rukten ze doodstil op om de verdedigers niet te wekken. De ladders waren echter 3 meter te kort en vielen dus met honderd soldaten erop in de bedding van de droge gracht. De Pathaanse verdedigers, die zich achter de muren klein maakten, concludeerden daaruit dat de aanvallende troepenmacht overweldigend groot was. Ze glipten door de achterdeur weg en maakten zich in de heuvels uit de voeten. Het fort viel zonder dat er een schot gelost werd.

Nog voor middernacht sloop Martin stilletjes langs de muren en door de stad. Even later was hij in Pakistan, en bij zonsopgang had hij al 15 kilometer van de weg naar Quetta afgelegd. Daar vond hij een chai-khana, waar hij wachtte tot er een vrachtwagen kwam die betalende passagiers meenam en hem een lift naar Quetta gaf. Eindelijk werd de zwarte talibtulband, die in die streken onmiddellijk herkenbaar is, een voordeel en geen last. Hij zette hem dus op.

Pesjawar is al een tamelijk extreem-islamistische stad, maar dat geldt nog sterker voor Quetta, en alleen in Miram Shah is de sympathie voor Al Qaeda nog heviger. Die plaats ligt in de noordwestelijke grensprovincies, waar alleen de stammenwetgeving van kracht is. Technisch gezien zijn die provincies niet Afghaans, maar ze worden beheerst door Pathaans sprekende Pathanen met een extreme toewijding aan de ultratraditionele islam. Een talibtulband geeft aan dat met de drager niet te spotten valt.

De belangrijkste weg ten zuiden van Quetta loopt naar Karachi, maar een kleinere weg loopt naar de miserabele haven van Gwador in het zuidwesten. Deze plaats ligt vlak bij de Iraanse grens in het uiterste westen van Baluchistan en was ooit een slaperig, stinkend vissersdorp, maar

heeft zich tot een belangrijke (doorvoer)haven ontwikkeld waar vrolijk gesmokkeld wordt, vooral opium. De islam verbiedt het gebruik van verdovende middelen, maar dat geldt alleen voor islamieten. Als de ongelovigen in het Westen zich willen vergiftigen en daarvoor ook nog flink in de buidel willen tasten, staan de dienaren en volgelingen van de Profeet machteloos.
Dus worden er papavers verbouwd in Iran, Pakistan en vooral Afghanistan. Het plantensap wordt plaatselijk tot laagwaardige morfine verwerkt, naar het westen gesmokkeld en daar omgezet in heroïne en dood. In die heilige handel speelt Gwador een rol.
Martin probeerde gesprekken te vermijden met Pathaans sprekende Afghanen die hem konden ontmaskeren, en vond in Quetta een vrachtwagenchauffeur uit Baluchistan, die op weg was naar Gwador. Pas in Quetta ontdekte hij dat er een prijs van vijf miljoen afghani op zijn hoofd was gezet, maar alleen in Afghanistan. Op de derde ochtend nadat hij de woorden 'veel succes, baas' had gehoord, stapte hij uit de vrachtwagen en dronk hij dankbaar een kop zoete groene thee in een theehuis op straat. Hij werd verwacht, maar niet in Quetta.

De eerste van de twee Predators was 24 uur eerder in Thamarit opgestegen. Deze twee onbemande vliegtuigjes moesten elkaar afwisselen en dag en nacht boven het aangegeven surveillancegebied patrouilleren.
De UAV-RQ IL Predator is een product van General Atomics en stelt op het eerste gezicht niet veel voor. Het toestel lijkt op iets wat een vliegtuigontwerper achteloos heeft zitten krabbelen. Het is bijvoorbeeld maar 8 meter lang en dun als een potlood. De taps toelopende meeuwenvleugels hebben een spanwijdte van 14 meter. Helemaal aan de achterkant drijft een Rotax-motor van 113 pk de propellers aan, en die motor haalt zijn brandstof uit een tank van maar ongeveer 400 liter.
Met die nietige voortstuwing kan het toestelletje echter versnellen tot 117 knopen of een slakkengang aanhouden van 73. De maximale vliegtijd is 40 uur maar in normale omstandigheden vliegt het tot 400 zeemijl van zijn thuisbasis, waarna het 24 uur in de lucht blijft en weer terugvliegt.
Omdat de motor het toestel achterin 'voortduwt', zitten de besturingsapparaten aan de voorkant. Ze kunnen handmatig bediend worden maar ook op afstand gekoppeld zijn aan een computerprogramma zodat ze de gewenste taken blijven uitvoeren totdat ze nieuwe opdrachten krijgen.

Het echt geniale van een Predator schuilt echter in zijn dikke, afneembare neus met Skyball-vliegtuigelektronica.
Het hele communicatiepakket kijkt naar boven en luistert naar of praat met de satellieten in de ruimte. Die ontvangen alle fotografische beelden en afgeluisterde gesprekken en sturen ze naar de basis door.
De Lynx Synthetic Apertureradar en de L3 Wescam-camera kijken echter omlaag. Moderne versies zoals de twee toestellen boven Oman, trekken zich met hun multispectrale doelzoeksystemen niets aan van duisternis, wolken, regen, hagel of sneeuw.
Na de invasie van Afghanistan, toen de aantrekkelijkste doelwitten wel zichtbaar waren maar niet op tijd aangevallen konden worden, ging de Predator terug naar de makers en ontstond er een nieuwe versie. Die had ook een Hellfire-raket bij zich, waarmee het oog aan de hemel een gewapende variant kreeg.
Twee jaar later verliet het Al Qaeda-hoofd in Jemen zijn wooncomplex diep in het onzichtbare binnenland. Hij ging met vier kornuiten in een Land Cruiser zitten zonder te weten dat verscheidene paren Amerikaanse ogen hem op een scherm in Tampa gadesloegen.
Toen het bevel kwam, verliet de Hellfire de buik van de Predator, en even later was de Land Cruiser met al zijn inzittenden in rook opgegaan. In Florida was dat allemaal op een plasmascherm in kleur te volgen.
De twee Predators in Thurait waren niet gewapend. Hun enige taak was een onzichtbare, onhoorbare, tegen radar afgeschermde en 6.000 meter hoge surveillance om het land en de zee in de diepte gade te slaan.

Er waren vier moskeeën in Gwador, maar bij discrete navraag bij de Pakistaanse ISI was het de Britten gebleken dat de vierde en kleinste als broeikas van fundamentalistische agitatie te boek stond. Net als de meeste andere kleine moskeeën had deze maar één imam en waren donaties van gelovigen de enige inkomstenbron. Deze moskee was gesticht en werd geleid door imam Abdullah Halabi.
Hij kende zijn kudde goed, en terwijl hij vanaf zijn hoge zetel de gebeden leidde, zag hij de nieuwkomer meteen. De zwarte talibtulband viel ook achterin op.
Toen de onbekende met zijn zwarte baard later zijn sandalen weer wilde aantrekken en bijna in de menigte op straat verdween, trok de imam aan zijn mouw. 'Moge de groet van de Barmhartige u vergezellen,' mompelde hij in het Arabisch in plaats van in het Urdu.
'En u eveneens, imam,' zei de vreemdeling. Ook hij sprak Arabisch,

maar het Pathaanse accent ontging de imam niet. Vermoeden bevestigd: deze man kwam uit de stamlanden.
'Mijn vrienden en ik gaan naar de *madafa*,' zei hij. 'Ik nodig u graag uit voor een kop thee.'
De Pathaan dacht even na en knikte ernstig. Bij de meeste moskeeën hoort ook een madafa. Dat is een sociale club waar in een ontspannen en besloten sfeer gebeden, geroddeld en onderwezen kan worden. De indoctrinatie van tieners tot ultraextremisme vindt in het Westen vaak daar plaats.
'Ik ben imam Halabi. Heeft ook onze nieuwe gelovige een naam?' vroeg hij.
Martin gebruikte zonder aarzelen eerst de voornaam van de Afghaanse president en daarna de achternaam van de Special Forcescommandant.
'Ik ben Hamid Yusuf,' zei hij.
'Wees welkom, Hamid Yusuf,' zei de imam. 'Ik merk dat je de tulband van de taliban durft te dragen. Heb je daarbij gehoord?'
'Ja, sinds ik me in 1994 in Kandahar bij moellah Omar aansloot.'
Er zaten in de madafa – een verwaarloosd schuurtje achter de moskee – zo'n twaalf mannen. Er werd thee geserveerd. Martin merkte dat een van de mannen hem aanstaarde. Diezelfde man nam de imam vervolgens opgewonden terzijde en fluisterde verwoed. Hij legde uit dat hij er niet over zou piekeren om naar al die smeerlapperij op de televisie te kijken, maar hij was op straat langs een winkel gelopen, en daar stond een toestel in de etalage. 'Ik weet zeker dat het hem is,' zei hij sissend. 'Hij is drie dagen geleden in Kabul ontsnapt.'
Martin verstond geen Urdu, en het dialect van Baluchistan al helemaal niet, maar hij wist dat er over hem gepraat werd.
De imam moest natuurlijk niets van westerse en moderne dingen hebben, maar net als de meeste anderen vond hij een mobiele telefoon verdraaid handig, ook al was die door Nokia in het christelijke Finland gemaakt. Hij vroeg drie vrienden om de vreemdeling aan de praat te houden en hem niet te laten vertrekken. Toen ging hij naar zijn eigen nederige huis terug en belde hij een paar mensen. Hij kwam diep onder de indruk terug.
Zijn gast was een talib van het eerste uur, had zijn hele familie en clan door de Amerikanen verloren, had bij de invasie van de yanks de helft van het noordelijke front aangevoerd, had vijf jaar lang een Amerikaanse hel overleefd en was ontsnapt aan het regime in Kabul, dat de hielen van Washington likte... Deze man was geen vluchteling maar een held.

Imam Halabi was natuurlijk een Pakistaan, maar hij had een vurige afkeer van de regering in Islamabad wegens haar collaboratie met Amerika. Zijn sympathieën lagen helemaal bij Al Qaeda. In alle eerlijkheid moet gezegd worden dat hij niet in het minst werd verleid door de beloning van vijf miljoen afghani, die hem voor de rest van zijn leven een rijk man zou hebben gemaakt.
Hij ging naar de madafa terug en wenkte de vreemdeling. 'Ik weet wie je bent,' zei hij sissend. 'Jij bent de man die "de Afghaan" wordt genoemd. Bij mij ben je veilig, maar in Gwador niet. Het wemelt hier van de ISI-agenten, en die hebben een prijs op je hoofd gezet. Waar logeer je?'
'Nergens. Ik kom net uit het noorden.'
'Ik weet waar je vandaan komt. In het nieuws praten ze over niets anders. Je moet hier blijven, maar niet lang. Je moet op de een of andere manier uit Gwador weg. Maar je moet ook papieren, een nieuwe identiteit en veilig transport hebben. Misschien weet ik wel iemand.' Vervolgens stuurde hij een jongetje uit zijn medresse rennend naar de haven. De boot die hij zocht, was er nog niet en kwam pas 24 uur later. De jongen zat toen nog steeds geduldig op de steiger waar Faisal altijd aanlegde.

Faisal bin Selim was in Katar geboren als zoon van een arme visser. Ze woonden in een krot aan de oever van een modderig riviertje bij een dorp dat uiteindelijk de drukke hoofdstad Doha werd. Maar dat gebeurde pas na de ontdekking van olie, na de omzetting van de Verdragsstaten in de Verenigde Arabische Emiraten, na het vertrek van de Britten, na de komst van de Amerikanen en lang voordat het geld als een bulderende branding binnenstroomde.
In zijn jeugd had hij armoede gekend en automatisch eerbied voor arrogante, bleekhuidige buitenlanders moeten hebben. Maar Faisal was van het begin af aan vastbesloten om het in deze wereld ver te schoppen. De weg daartoe was datgene wat hij kende: de zee. Hij werd dekknecht op een kustvaarder, en terwijl het schip zijn route voer van het eiland Masira en Salala in de Omaanse provincie Dhofar tot aan de havens van Koeweit en Bahrein aan de kop van de Perzische Golf, leerde hij dankzij zijn snelle verstand veel.
Hij leerde dat er altijd wel iemand was die iets goedkoop wilde verkopen. En bovendien dat er ergens anders altijd iemand was die datzelfde iets voor meer geld wilde aanschaffen. Het douanekantoor was de barrière tussen die twee iemanden. Faisal bin Selim raakte als smokkelaar in goeden doen.

Tijdens zijn reizen zag hij veel dingen die zijn bewondering wekten: mooie kleren en tapijten, islamitische kunst, echte cultuur, oude Korans, kostbare manuscripten en de schoonheid van grote moskeeën. En hij zag andere dingen waarvan hij een afkeer kreeg: rijke westerlingen, varkenssmoelen die rood als kreeften in de zon lagen, walgelijke vrouwen in piepkleine bikini's, dronken sufferds en hopen onverdiend geld. Het feit dat ook de heersers van de Golfstaten profiteerden van het geld dat in zwarte stromen uit het woestijnzand kwam, ontging hem niet. Aangezien ook zij met hun westerse gewoonten te koop liepen, importalcohol dronken en met goudblonde hoeren sliepen, kreeg hij ook een afkeer van hen.

Toen Faisal bin Selim midden veertig was – twintig jaar voordat een jongetje uit Baluchistan in de haven van Gwador op hem wachtte – gebeurden er twee dingen. Hij had genoeg geld verdiend en gespaard om een schitterende, houten dhow te bestellen, te kopen en te bezitten. Het schip was door de beste handwerkslieden in het Omaanse Sur gemaakt en heette de *Rasha* (parel). En hij werd een fervente wahabiet.

Toen nieuwe profeten opstonden, de prediking van Maududi en Sayyid Qutb volgden en de jihad verklaarden aan de krachten van de ketterij en de ontaarding, stond hij aan hun kant. Toen jongemannen tegen de goddeloze Russen in Afghanistan gingen vechten, vergezelden zijn gebeden hen. Toen anderen met vliegtuigen de torens van de westerse geldgod binnen vlogen, bad hij knielend dat ze Allahs tuinen mochten betreden.

Ogenschijnlijk bleef hij de hoffelijke, zuinige, nette en vrome meester en eigenaar van de *Rasha*. Hij dreef handel langs de hele Golfkust en in de Arabische Zee en zocht geen problemen, maar als een ware gelovige zijn hulp vroeg – in de vorm van een aalmoes of van een veilige overtocht – deed hij wat hij kon. Daarmee had hij de aandacht van de westerse inlichtingendiensten getrokken, want een Saudische Al Qaeda-activist, die in de Hadramaut gevangen was genomen en in een cel in Riyad alles bekende, liet per ongeluk vallen dat buitengewoon geheime berichten aan Osama bin Laden zelf – zo geheim dat ze alleen mondeling werden toevertrouwd aan een koerier, die ze letterlijk uit zijn hoofd leerde en eerder zelfmoord zou plegen dan zich gevangen te laten nemen – het Saudische schiereiland soms per boot verlieten. De afgezant werd dan aan de kust van Baluchistan aan wal gezet en bracht zijn bericht naar de onbekende grotten in Waziristan in het noorden, waar de sjeik resideerde.

Dat schip was de *Rasha*. Met instemming en hulp van de ISI werd het niet onderschept maar alleen in de gaten gehouden.
Faisal bin Selim arriveerde in Gwador met een vracht witgoed uit de belastingvrije overslaghaven van Dubai. De koelkasten, wasmachines, magnetrons en televisietoestellen werden er verkocht voor een fractie van de winkelprijs buiten de magazijnen van de vrijhaven.
Hij bracht een lading Pakistaanse tapijten naar de Golf, tapijten die geknoopt waren door de dunne vingers van jonge slaafjes en bestemd waren voor de voeten van rijke westerlingen die luxe villa's kochten op het kunstmatige eiland dat buiten Dubai en Katar werd aangelegd.
Hij luisterde ernstig naar de kleine jongen met de boodschap en knikte. Toen de lading twee uur later zonder hinderlijke tussenkomst van de Pakistaanse douane aan land was gebracht, liet hij de *Rasha* onder de hoede van zijn Omaanse dekknecht achter en wandelde hij bedaard door Gwador naar de moskee.
Omdat de hoffelijke Arabier al jarenlang met Pakistan handel dreef, sprak hij goed Urdu, en zijn gesprek met de imam vond in die taal plaats. Hij nam slokjes thee, at zoete koekjes en veegde zijn vingers met een batisten zakdoekje af. Intussen knikte hij en wierp hij blikken op de Afghaan. Toen hij over de ontsnapping uit het gevangenisbusje hoorde, glimlachte hij goedkeurend. Toen stapte hij op het Arabisch over. 'En jij wilt Pakistan verlaten, broeder?'
'Voor mij is hier geen plaats,' zei Martin. 'De imam heeft gelijk. De geheime politie zal me vinden en aan de honden in Kabul overleveren. Maar dan zal ik me eerst van het leven beroven.'
'Dat zou verschrikkelijk jammer zijn,' mompelde de man uit Katar. 'Zo ver... zo'n leven. Maar als ik je naar de Golfstaten breng, wat ga je dan doen?'
'Andere ware gelovigen zoeken en aanbieden wat ik kan.'
'Wat kun je dan?'
'Vechten. En ik ben bereid in Allahs heilige oorlog te sterven.'
De hoffelijke kapitein dacht er even over na. 'Morgen bij zonsopgang worden de tapijten geladen,' zei hij. 'Dat neemt verscheidene uren in beslag. Ze moeten goed benedendeks liggen, want er mag geen opspattend zeewater op komen. Daarna vertrek ik met gereefd zeil. Ik vaar vlak langs het einde van de strekdam aan de haven. Als iemand vanaf het beton op het dek springt, ziet niemand dat.'
Na het rituele afscheid vertrok hij. Martin werd door de jongen in het

donker naar de haven gebracht, waar hij de *Rasha* aandachtig bekeek om het schip de volgende ochtend te kunnen herkennen. Even voor elven passeerde het de strekdam. Het gat was een kleine 2,5 meter breed, en Martin haalde dat na een korte aanloop vrij gemakkelijk.

De Omaanse dekknecht stond aan het roer. Faisal bin Selim begroette Martin met een milde glimlach en gaf hem fris water om zijn handen te wassen en heerlijke dadels van de palmen in Maskate.

Om twaalf uur spreidde de oudere man twee matten uit op het luikhoofd boven het vrachtruim. De twee mannen knielden naast elkaar voor het middaggebed. Voor Martin was het de eerste keer dat hij moest bidden zonder een menigte om zich heen waarin één stem makkelijk kan opgaan. Hij maakte geen enkele fout.

Als een agent zich met een gevaarlijke taak diep in vijandelijk gebied moet wagen, willen zijn helpers aan het thuisfront graag een teken dat het goed met hem gaat, dat hij nog leeft, nog vrij is en nog steeds functioneert. Die bevestiging kan komen van de agent zelf, die opbelt, een bericht op een krantenpagina met kleine annonces zet of op een afgesproken plaats een krijtstreep tekent. Maar die kan ook komen van een waarnemer die geen contact maakt maar observeert en rapporteert. Zoiets heet een levensteken. Als het dagenlang stil is gebleven, worden helpers die op een levensteken wachten, heel nerveus.

Het was middag in Thamarit, tijd voor een vroeg ontbijt in Schotland en even na middernacht in Tampa. In de eerste en derde omgeving konden de aanwezigen zien wat de Predator zag zonder dat ze de betekenis ervan begrepen, want die hoefden ze niet te weten en was hun niet verteld. Maar de luchtmachtbasis Edzell begreep die wel.

De Afghaan aan boord van de *Rasha* zat duidelijk zichtbaar te bidden, boog zijn voorhoofd en hief dan weer zijn gezicht naar de hemel. Bij de mensen achter de computers ging een gebrul op. Steve Hill kreeg een paar tellen later aan de ontbijttafel een telefoontje en gaf zijn vrouw onverwacht een hartstochtelijke zoen.

Twee minuten later rinkelde de telefoon in Marek Gumienny's slaapkamer in Old Alexandria. Hij werd wakker, luisterde, mompelde 'We zijn d'r nog lang niet' en ging weer slapen. De Afghaan was nog op koers.

11

De *Rasha* hees met een goede zuidenwind het zeil en zette de motor af. Het geratel van beneden werd vervangen door de geluiden van de zee: het klotsen van het water onder de boeg, de zuchtende wind in de zeilen, het gekraak van blokken en touwwerk.

Geschaduwd door de Predator, 6 kilometer hoger, gleed de dhow langs de kust van Zuid-Iran en de Golf van Oman in. Daar draaide het schip half naar stuurboord, kreeg de wind pal van achteren, nam wat zeil in en ging op weg naar de smalle doorgang tussen Iran en Arabië die de Straat van Ormoes heet.

Door deze nauwe opening, waar de punt van het Omaanse schiereiland Musandam maar 13 kilometer van de Perzische kust ligt, voer een constante stroom reusachtige tankers, sommige laag in het water en vol ruwe olie voor het naar energie snakkende Westen, andere veel hoger en op weg naar de kop van de Golf om zich met Saudische of Koeweitse olie te laten vullen.

Kleinere boten zoals de dhow bleven dichter onder de kust om de monsters de vrijheid van de diepe vaargeul te geven, want als iets een supertanker voor de voeten loopt, kan zo'n gevaarte simpelweg niet stoppen.

De *Rasha*, die geen haast had, lag een nacht met de kop in de wind tussen de eilanden ten oosten van de Omaanse marinebasis in Kumzar. Op een plasmascherm in een Schotse luchtmachtbasis was goed te zien hoe Martin in de milde nacht op het verhoogde achterdek zat en in het maanlicht twee 'sigarettenboten' zag. Hij hoorde ook het gebrul van de enorme buitenboordmotoren waarmee ze de Omaanse wateren verlieten om over te steken naar Zuid-Iran.

Dit waren smokkelaars over wie hij gehoord had: ze voelden zich aan geen enkel land gehoorzaamheid verschuldigd en leidden een bloeiende handel. Op een leeg strand in Iran of Baluchistan zouden ze bij dageraad een ontmoeting hebben met de ontvangers, hun vracht goedkope sigaretten uitladen en (verrassend genoeg) angorageiten aan boord nemen, want die waren in Oman veel waard.

Op een vlakke zee worden deze potloodslanke aluminium boten – met een lading die in het midden is vastgesjord en een bemanning die zich uit alle macht moet vasthouden – door twee immense HP-motoren tot een snelheid van meer dan 50 knopen aangedreven. Ze zijn bijna niet te onderscheppen, kennen elk riviertje en elke baai en zijn eraan gewend om zonder licht in het stikdonker dwars op de koers van de tankers naar de veiligheid van de andere kant te varen.

Faisal bin Selim glimlachte tolerant. Ook hij was smokkelaar, maar met aanzienlijk meer waardigheid dan deze vagebonden van de Golf, die hij in de verte kon horen.

'En als ik je naar Arabië heb gebracht, wat ga je dan doen, beste vriend?' vroeg hij zachtjes.

De Omaanse dekknecht zat op de voorplecht. Hij had een vislijn in zijn hand en probeerde iets lekkers voor het ontbijt te vangen. Hij was voor het avondgebed bij de twee anderen gaan zitten. Nu was het moment voor aangename gesprekken aangebroken.

'Dat weet ik niet,' gaf de Afghaan toe. 'Ik weet alleen dat ik in mijn eigen land zo goed als dood ben. Pakistan is voor mij gesloten, want de bazen daar zijn loopjongens van de yanks. Ik hoop andere ware gelovigen te vinden en vraag dan of ik samen met hen mag vechten.'

'Vechten? In de Verenigde Arabische Emiraten wordt niet gevochten. Ook die zijn vier handen op één buik met het Westen. In het binnenland ligt Saudi-Arabië, waar je meteen wordt gevonden en teruggestuurd. Dus...'

De Afghaan haalde zijn schouders op. 'Ik vraag alleen om Allah te mogen dienen. Ik heb mijn leven geleefd en leg mijn lot in Zijn handen.'

'Je zegt dat je bereid bent voor Hem te sterven,' zei de hoffelijke man uit Katar.

Mike Martin dacht terug aan zijn jeugd en de lagere school in Bagdad. De meeste leerlingen waren Iraakse jongens, maar ze waren de zoons van de elite en hun vaders wilden dat ze volmaakt Engels leerden spreken en grote ondernemingen gingen leiden die handel dreven met Londen en New York. De leerstof was in het Engels en iedereen moest ook de traditionele Engelse poëzie leren.

Martin had altijd één lievelingsgedicht gehad: het verhaal van hoe de Romein Horatius Cocles de laatste brug voor Rome verdedigde tegen het oprukkende leger van het Huis van Tarquinius, en hoe de Romeinen de brug achter hem vernielden. Er was een vers dat de jongens altijd samen opzeiden: 'Voor iedere man op deze aarde/komt vroeg of laat de

dood/en niemand kan beter sterven/dan oog in oog met het gevaar/voor de as van zijn vaderen/en voor de tempels van zijn goden.'
'Natuurlijk als ik als shahid in dienst van Zijn jihad kan sterven,' antwoordde hij.
De gezagvoerder van de dhow dacht er even over na en stapte op iets anders over. 'Je draagt Afghaanse kleding,' zei hij. 'Die valt erg op. Wacht.' Hij ging benedendeks en kwam terug met een schone dishdash, het witte katoenen gewaad dat in één ononderbroken lijn van de schouders op de enkels valt.
'Verkleed je,' beval hij. 'Gooi de salwar kameez en de talibtulband overboord.'
Toen Martin zich had omgekleed, gaf Bin Selim hem een nieuw hoofddeksel: de *keffiyeh* met rode spikkels van iemand uit de Golfstaten en een zwart koord om hem op zijn plaats te houden.
'Zo is het beter,' zei de oude man toen zijn gast zijn gedaanteverwisseling had voltooid. 'Iedereen denkt dat je een Golf-Arabier bent, behalve als je praat. Maar in de omgeving van Jedda is een kolonie Afghanen. Die zitten al generaties in Saudi-Arabië, maar praten zoals jij. Zeg dat je daarvandaan komt, en iedere vreemdeling zal je geloven. Laten we nu gaan slapen. We staan bij zonsopgang op voor onze laatste dag op zee.'

De Predator zag hem het anker hijsen, voorzichtig de rotspunt van Al-Ghanam ronden en in zuidwestelijke richting langs de kust van de Verenigde Arabische Emiraten varen.
Er zijn zeven van die emiraten, maar alleen de namen van de drie grootste en rijkste kent iedereen: Dubai, Abu Dhabi en Sharja. De vier andere zijn veel kleiner, veel armer en bijna anoniem. Twee ervan – Ajman en Umm al Kaiwain – grenzen aan Dubai, dat door zijn olierijkdom het meest ontwikkeld is van alle zeven.
Alleen Fujaira ligt aan de andere kant van het schiereiland en kijkt naar het oosten en de Golf van Oman. Het zevende emiraat is Ras al Khaima, dat aan dezelfde kust ligt als Dubai maar verderop in de richting van de Straat van Ormoes. Het is straatarm en ultratraditioneel. Om die reden heeft het graag de cadeautjes van Saudi-Aabië aanvaard, waaronder zwaar gesubsidieerde moskeeën en scholen, die allemaal het wahabisme leren. Ras is dan ook het regionale centrum van het fundamentalisme en van de sympathie voor Al Qaeda en de jihad. Het lag aan bakboord van de langzaam varende dhow en zou als eerste worden aangedaan. Dat gebeurde bij zonsondergang.

'Je hebt geen papieren,' zei de kapitein tegen zijn gast. 'Die kan ik je ook niet geven. Maar het doet er niet toe, want die zijn altijd een westerse impertinentie geweest. Geld is belangrijker. Pak aan.'
Hij duwde een pak dirhams van de emiraten in Martins hand. De boot gleed in het afnemende licht langs de stad, die anderhalve kilometer verderop aan de kust lag. Tussen de gebouwen begonnen de eerste lichtjes te knipperen.
'Ik zet je verderop aan land,' zei Bin Selim. 'Zoek gewoon de kustweg en loop terug. Ik ken een klein pension in de oude stad. Dat is goedkoop, schoon en discreet. Neem daar een kamer. Ga niet de straat op. Je bent er veilig, en insjallah heb ik vrienden die je kunnen helpen.'
Het was al nacht toen Martin de lichten van het hotel zag en de *Rasha* naar de kust gleed. Bin Selim kende het goed: het verbouwde Hamrafort met een strandclub voor zijn buitenlandse gasten. De club had een steiger, maar die was in het donker natuurlijk verlaten.
'Hij stapt uit de dhow,' zei een stem in het operatiecentrum van de vliegbasis Edzell. Ondanks de duisternis de thermische camera in de Predator op 6 kilometer hoogte een lenige man uit de dhow op de steiger springen; de handelaar zette de motor in zijn achteruit en zocht het diepere water van de zee op.
'Laat die boot maar zitten. Ik wil de bewegende man zien,' zei Gordon Phillips, die zich over de schouder van de man achter het scherm boog. Dit bevel ging naar Thamarit, en de Predator kreeg opdracht het thermische beeld van een man te volgen die langs de kustweg naar Ras liep.
Het was 8 kilometer lopen, maar Martin stond rond middernacht in de oude stad. Hij vroeg tweemaal de weg en kreeg uitgelegd waar het pension was. Het stond op 500 meter van het ouderlijk huis van Marwan al-Shehhi, die op 11 september met het vliegtuig de zuidelijke toren van het World Trade Center in vloog. Hij was nog steeds een plaatselijke held.
De pensioneigenaar was nors en wantrouwig totdat Martin Faisal bin Selim noemde. Ook de aanblik van een stapel dirhams was bevorderlijk. Hij mocht binnenkomen en kreeg een simpele kamer te zien. Er waren kennelijk nog twee andere betalende gasten, maar die waren naar bed.
De pensioneigenaar liet zijn norsheid helemaal varen en nodigde Martin uit voor een kop thee voordat hij ging slapen. Bij de thee moest Martin uitleggen dat hij uit Jeddah kwam maar Afghaanse voorouders had. Met zijn donkere blikken, volle, zwarte baard en de even vrome als vaak herhaalde verwijzingen naar Allah overtuigde Martin zijn gastheer ervan

dat ook hij een ware gelovige was. Nadat ze elkaar een goede nachtrust hadden gewenst, namen ze afscheid.
De kapitein van de dhow zette zijn reis door de nacht voort. Zijn bestemming was de haven in het hart van Dubai, die de Rivier heet en dat vroeger ook was: een modderige rivier waar het naar dode vis rook en waar mannen in de hitte van de dag hun netten boetten. Tegenwoordig is dit het laatste schilderachtige hoekje in de drukke hoofdstad tegenover de goudsoek – onder de ramen van de hoge, westerse hotels. Hier liggen de dhows van de kooplieden naast elkaar en staren toeristen naar de laatste rest van het 'oude Arabië'.
Bin Selim wenkte een taxi en liet zich naar het sultanaat Ajman brengen, dat 5 kilometer verderop langs de kust ligt en het kleinste en op een na armste van de zeven is. Hij stapte uit, dook een overdekte soek van kronkelstraatjes en luidruchtige marktkooplieden in en schudde een eventuele 'schaduw' af, maar die was er niet. De Predator concentreerde zich op een pension in het hart van Ras al Khaima.
De kapitein glipte vanuit de soek een kleine moskee in en deed de imam een verzoek. Een jongen werd haastig de stad in gestuurd en kwam terug met een jongeman die aan de plaatselijke technische school studeerde en tot 2001 in het opleidingskamp Darunta buiten Jalalabad had gezeten, een kamp dat eigendom was van en geleid werd door Al Qaeda. De oude man fluisterde iets in het oor van de jongere, die knikte en hem bedankte. De kapitein van de dhow liep over de overdekte markt terug, kwam tevoorschijn, wenkte een taxi en ging naar zijn schip in de Rivier terug. Hij had gedaan wat hij kon. Nu waren de jongeren aan de beurt. Insjallah.

Diezelfde ochtend maar vanwege het tijdsverschil enkele uren later, gleed de *Countess of Richmond* vanuit het estuarium van de Mersey de Ierse Zee op. Kapitein McKendrick stond aan het roer en wendde de steven naar het zuiden. Het schip liet Wales links liggen, zou mettertijd de Ierse Zee verlaten en Lizard Point ronden en dan in Het Kanaal en het oosten van de Atlantische Oceaan terechtkomen. Zijn koers liep naar het zuiden, langs Portugal, door de Middellandse Zee naar het Suezkanaal en dan naar de Indische Oceaan. De *Countess* had onder het dek, dat regelmatig met koud, maarts buiswater besproeid werd, een vracht goed beschermde en in kisten verpakte Jaguars, bestemd voor de showrooms van Singapore.

Er gingen vier dagen voorbij voordat de Afghaan die in Ras al Khaima zijn toevlucht had gezocht, bezoek kreeg. Overeenkomstig zijn instructies was hij niet naar buiten gegaan, althans niet de straat op, maar hij was wel regelmatig een luchtje gaan scheppen op de ommuurde binnenplaats achter het huis, die met een dubbele poort van 2,5 meter hoog van de straat was afgesloten. Daar kwamen en gingen allerlei bestelbusjes.

Als hij op de binnenplaats was, werd hij door de Predator gezien, en zijn begeleiders in Schotland zagen dat hij zich verkleed had.

Toen zijn bezoekers eindelijk kwamen, leverden ze geen eten, drinken of wasgoed af, maar haalden ze iemand op. Ze zetten het busje achterstevoren bijna tegen de achterdeur van het gebouw. De chauffeur bleef achter het stuur, de drie anderen liepen het huis in.

De pensiongasten waren aan het werk, de eigenaar had erin toegestemd boodschappen te gaan doen. De drie mannen hadden hun instructies. Ze liepen snel naar de juiste deur en gingen zonder kloppen naar binnen. De man die zijn Koran zat te lezen, stond op en zag zich geconfronteerd met een pistool in de hand van een man die in Afghanistan was opgeleid. Alle drie hadden ze een kap op.

Ze werkten geluidloos en efficiënt. Martin wist genoeg van vechters om te weten dat zijn bezoekers wisten wat ze deden. De kap gleed over zijn hoofd en viel op zijn schouders. Zijn handen werden achter zijn rug getrokken en van plastic boeien voorzien. Toen werd hij de deur uit, de betegelde trap af en het busje in geduwd. Hij kwam op zijn zij te liggen, hoorde het portier dichtslaan en voelde dat de auto door de poort de straat op reed.

De Predator zag het, maar de ploeg in Edzell dacht dat er wasgoed werd afgeleverd. Het busje was in een paar minuten uit het zicht verdwenen. De moderne spionagetechnologie kan veel wonderen verrichten, hoewel begeleiders en apparaten altijd te bedotten zijn. De ontvoeringsploeg had geen idee dat er een Predator boven hen hing, maar was listig genoeg om de ontvoering in de loop van de ochtend en niet 's nachts uit te voeren. Dat misleidde de ploeg in Edzell.

Het duurde toch nog drie dagen voordat ze begrepen dat de man niet meer elke dag op de binnenplaats verscheen om een levensteken te geven. Hij was gewoon weg. Ze hielden een leeg huis in het oog. En ze hadden geen idee welk van de vele busjes hem ontvoerd had.

Toch was hij niet ver uit de buurt. Het achterland achter de haven en de stad Ras al Khaima is een wilde steenwoestijn die opstijgt naar de ber-

gen van Rus Al-Jibal. Andere dieren dan geiten en salamanders kunnen daar niet leven.
De man die ze ontvoerd hadden, kon al dan niet met zijn medeweten geobserveerd zijn, en de ontvoerders namen geen risico. Er leidden paden de heuvels in, en ze namen er een van. Martin, die achterin lag, voelde dat het busje de asfaltweg verliet en over een hobbelpad begon te rijden.
Als ze door een auto gevolgd waren, zou dat nu te zien moeten zijn. Zelfs als de auto zelf uit het zicht bleef, zou hij zich met zijn stofwolk verraden hebben. Een surveillerende helikopter zou nog eerder zijn opgevallen.
Na 8 kilometer over het pad bleef het busje staan. De leider – de man met het pistool – pakte een krachtige verrekijker en speurde het dal en de kust af tot de oude stad, waar ze vandaan kwamen. Er kwam niets hun kant op.
Toen hij zich daarvan vergewist had, draaide het busje om en reed het de heuvels weer uit. Hun echte bestemming was een villa in een ommuurd complex in een buitenwijk van de stad. Toen de poort weer dicht was, reed het busje achteruit naar een open deur. Martin werd eruit getrokken en door een andere betegelde gang gebracht.
De plastic boeien werden van zijn polsen gehaald en aan zijn linkerpols door een koele, metalen boei vervangen. Die zat ongetwijfeld vast aan een ketting en een bout in de muur die niet los te trekken viel. Toen zijn kap verwijderd was, bleken zijn ontvoerders de hunne weer te hebben opgezet. Ze liepen achteruit weg, en de deur viel met een klap dicht. Hij hoorde grendels in holtes schuiven.
Zijn cel was geen cel in de eigenlijke zin van het woord, maar een beveiligde kamer op de begane grond. Het raam was dichtgemetseld, en Martin kon het natuurlijk niet zien, maar aan de buitenkant was een raam geschilderd om mensen te misleiden die met een verrekijker over de muren van het complex keken.
Vergeleken met wat hij jaren eerder had meegemaakt bij de SAS-cursus 'verzet tegen ondervraging', was het er zelfs gerieflijk. De ene lamp aan het plafond werd met een metalen geraamte beschermd. Het licht was zwak maar sterk genoeg.
Er stond een kampeerbed, en de ketting had net genoeg speling om daarop te kunnen liggen. In de kamer stonden verder een rechte stoel en een chemisch toilet, allemaal binnen bereik maar in verschillende richtingen.

Zijn linkerpols stak echter in een roestvrijstalen boei aan een ketting, en die ketting was verbonden aan een klamp in de muur. Hij kon op geen stukken na de deur bereiken waardoor zijn ondervragers hopelijk met eten en drinken zouden binnenkomen, en het kijkgaatje in de deur betekende dat ze hem te allen tijde in het oog konden houden zonder zelf gehoord of gezien te worden.

Op Forbes was lang en heftig gedebatteerd over de vraag of hij een volgapparaatje bij zich moest hebben.

Deze zendertjes zijn tegenwoordig zo klein dat ze geïnjecteerd kunnen worden zonder de opperhuid te beschadigen. Ze zijn klein als een speldenknop, en omdat het bloed ze verwarmt, hebben ze geen energiebron nodig. Maar hun bereik is beperkt. Nog erger is dat ultragevoelige detectoren ze kunnen waarnemen.

'Die mensen zijn absoluut niet dom,' had Phillips nadrukkelijk gezegd. Zijn CIA-collega van Contraterrorisme was het met hem eens geweest.

'De best opgeleiden van hen hebben de techniek en met name de computerwetenschappen op een indrukwekkende manier onder de knie,' zei McDonald.

Op Forbes betwijfelde niemand dat Martin in een paar minuten dood zou zijn als bij een lichamelijk onderzoek met moderne middelen iets ontdekt zou worden.

Uiteindelijk was de beslissing: geen zendertjes met signalen.

De ontvoerders kwamen een uur later en hadden hun kap weer op. Martins lichaam werd langdurig en grondig onderzocht. Al zijn kleren werden uitgetrokken en meegenomen naar een andere kamer.

Onderzoek in zijn keel en anus was overbodig, want de scanner was genoeg. Het apparaat werd centimeter voor centimeter over zijn lichaam gehaald en zou gaan piepen als een lichaamsvreemde substantie werd ontdekt. Dat gebeurde alleen bij zijn mond. Ze trokken zijn mond open en bekeken elke vulling. Voor de rest vonden ze niets.

Ze gaven hem zijn kleren terug en wilden weglopen.

'Ik heb mijn Koran in het pension laten liggen,' zei de gevangene. 'Ik heb geen horloge en geen mat, maar het moet tijd zijn voor het gebed.

De leider staarde hem door de kijkgaten in zijn kap aan. Hij zei niets maar kwam twee minuten later met de Koran en de mat terug. Martin bedankte hem plechtig.

Hij kreeg regelmatig voedsel en water. Elke keer moest hij onder bedreiging van het pistool naar achteren lopen terwijl het dienblad werd neergezet op een plaats die hij kon bereiken zodra ze klaar waren. Het che-

mische toilet werd op dezelfde manier vervangen.
Zijn ondervraging begon drie dagen later. Ze deden hem een blinddoek voor zodat hij niet uit het raam kon kijken, en brachten hem door twee gangen. Toen zijn blinddoek werd afgedaan, kon hij zijn ogen niet geloven. De man die kalmpjes achter een gebeeldhouwde eettafel zat, leek wel een potentiële werkgever die met een sollicitant praatte. Hij was jong, elegant, beschaafd, wereld en ongemaskerd. Hij sprak ook volmaakt Golf-Arabisch.
'Ik zie de zin niet van maskers of domme schuilnamen,' zei hij. 'Ik ben overigens doctor Al-Khattab. Daar doe ik niet geheimzinnig over. Als je mij ervan kunt overtuigen dat je bent wie je bent, ben je welkom in onze kringen en zul je ons niet verraden. Zo niet, dan ben je meteen dood. Laten we er dus geen doekjes om winden, meneer Izmat Khan. Ben jij echt de man die ze de Afghaan noemen?'
'Ze willen twee dingen weten,' had Gordon Phillips gewaarschuwd tijdens een van hun eindeloze briefings op Forbes. 'Ben je echt Izmat Khan en ben jij de Izmat Khan die in Qala-i-Jangi gevochten heeft? Of hebben die vijf jaar in Guantánamo een ander mens van je gemaakt?'
Martin staarde de glimlachende Arabier aan. Hij moest aan de waarschuwingen van Tamian Godfrey denken. Maak je niet druk over schreeuwers met een woeste baard. Pas op voor een man die gladgeschoren is, rookt, drinkt, met meisjes omgaat en speelt dat hij een van de onzen is. Volledig verwesterd. Een menselijke kameleon die zijn haat verbergt. Volstrekt dodelijk. Daarvoor bestaat een woord: *takfir.*
'Er zijn veel Afghanen,' zei hij. 'Wie noemt mij de Afghaan?'
'Ach ja, je bent vijf jaar opgesloten geweest. Na Qala-i-Jangi zijn er verhalen over je verteld. Je weet niets van mij, maar ik weet veel over jou. Sommigen van ons zijn uit Camp Delta vrijgelaten. Ze hebben met veel waardering over je gepraat. Ze beweren dat je nooit bent doorgeslagen. Klopt dat?'
'Ze hebben persoonlijke gegevens gevraagd. Die heb ik gegeven.'
'Maar heb je nooit anderen aangeklaagd? Geen namen genoemd? Volgens de anderen heb je dat nooit gedaan.'
'Ze hebben mijn familie uitgeroeid. Het grootste deel van mij is met hen gestorven. Hoe kun je een man straffen die dood is?'
'Een goed antwoord, beste vriend. Laten we het eens over Guantánamo hebben. Vertel eens iets over Gitmo.'
Martin had vele uren lang te horen gekregen wat er op het Cubaanse schiereiland met hem gebeurd was. Zijn aankomst op 14 januari 2002:

hongerig, dorstig, bevuild met urine, geblinddoekt, zo strak geboeid dat zijn handen nog wekenlang gevoelloos waren. Baarden en hoofden geschoren. In oranje overalls gekleed. Wankelend en struikelend in het donker van kappen...

Dr. Al-Khattab maakte met een ouderwetse vulpen uitvoerig aantekeningen op een gele blocnote. Als een punt was bereikt waarop hij alle antwoorden kende, hield hij op met schrijven en keek hij zijn gevangene met een milde glimlach aan.

Aan het eind van de middag liet hij hem een foto zien. 'Ken je deze man?' vroeg hij. 'Heb je hem weleens gezien?'

Martin schudde zijn hoofd. Het gezicht dat hem op de foto aankeek, was dat van generaal Geoffrey D. Miller, als kampcommandant opvolger van generaal Rick Bacchus. Die laatste had aan de ondervragingen meegedaan, maar generaal Miller liet dat aan de CIA-teams over.

'Heel goed,' zei Khattab. 'Volgens een van onze vrijgelaten vrienden heeft hij jou gezien maar had jij altijd een kap op als straf voor je gebrek aan medewerking. Maar wanneer begon de toestand te verbeteren?'

Ze praatten door tot de zon onderging. De Arabier stond op. 'Ik moet veel controleren,' zei hij. 'Als je de waarheid spreekt, gaan we over een paar dagen verder. Zo niet, dan zal ik Suleiman de overeenkomstige instructies moeten geven, ben ik bang.'

Martin ging weer naar zijn cel. Dr. Al-Khattab gaf een paar snelle bevelen aan de cipiers en vertrok. Hij reed in een bescheiden huurauto terug naar het Hilton in de stad Ras al Khaima, dat elegant boven de haven Al-Saqr uittorende. Hij bracht er de nacht door en vertrok de volgende dag. Op dat moment droeg hij een goed gemaakt, roomwit tropenkostuum. Toen hij bij British Airways op het internationale vliegveld van Dubai incheckte, bleek zijn Engels onberispelijk.

Ali Aziz al-Khattab was geboren in Koeweit als zoon van een hoge bankemployé. Naar de maatstaven van de Golf betekende dat dat zijn jeugd probleemloos en bevoorrecht was geweest. In 1989 had zijn vader in Londen een functie gekregen als plaatsvervangend manager van de Bank of Kuwait. Het gezin was meegegaan en maakte Saddam Hoesseins invasie in hun land dus niet mee.

Ali Aziz sprak al goed Engels, werd op zijn vijftiende ingeschreven op een Britse school en deed er drie jaar later met accentloos Engels en uitmuntende cijfers eindexamen. Toen zijn ouders naar huis teruggingen, bleef hij achter om aan het Loughborough Technical College een graad te behalen. Vier jaar later studeerde hij daar af als scheikundig

ingenieur en ging hij aan het werk voor zijn doctoraat.
Het was dan ook niet aan de Perzische Golf maar in Londen dat hij naar een moskee begon te gaan die geleid werd door een vurig prediker van antiwesterse haat. Hij 'radicaliseerde', zoals de media het graag zeggen. In werkelijkheid was hij op zijn eenentwintigste een volledig gehersenspoelde en fanatieke aanhanger van Al Qaeda.
Een 'talentenjager' opperde de mogelijkheid van een bezoek aan Pakistan; dat deed hij. Hij reisde via de Khyberpas door en verbleef zes maanden in een terroristisch opleidingskamp van Al Qaeda. Hij was al aangemerkt als een 'slaper', die zich in Engeland koest moest houden en nooit de aandacht van de autoriteiten mocht trekken.
In Londen deed hij wat iedereen doet: hij meldde aan zijn ambassade dat hij zijn paspoort verloren had, en kreeg een nieuw exemplaar zonder het veelzeggende Pakistaanse douanestempel. Aan iedereen die ernaar vroeg, vertelde hij dat hij vrienden en verwanten aan de Golf had bezocht; van Pakistan was geen sprake, laat staan van Afghanistan. In 1999 kreeg hij een benoeming als docent aan Aston University in Birmingham. Twee jaar later viel een Engels-Amerikaanse troepenmacht Afghanistan binnen.
Verscheidene weken heerste er paniek, want in de terreurkampen had een spoor van hem gevonden kunnen zijn, maar Abu Zubaydah, het hoofd Personeelszaken van Al Qaeda, had in dit geval zijn werk goed gedaan. Uit niets bleek dat een Al-Khattab daar ooit geweest was. Hij werd dus niet ontdekt en promoveerde tot Al Qaeda-commandant in Groot-Brittannië.

Terwijl dr. Al-Khattabs vliegtuig op weg naar Londen opsteeg, maakte de *Java Star* zich los van zijn steiger in het sultanaat Brunei in het noorden van Borneo. Het schip ging op weg naar de open zee.
Zijn bestemming was zoals gewoonlijk de West-Australische havenstad Fremantle, en de Noorse kapitein Knut Herrmann kon niet vermoeden dat deze reis anders werd dan anders, dat wil zeggen: routineus en saai. Hij wist dat de wateren in dat deel van de wereld erg gevaarlijk zijn, maar niet vanwege ondiepten, getijdenstromen, rotsen, stormen, riffen of tsunami's. Het gevaar komt van piraten.
Tussen de Straat van Malakka in het westen en de Celebeszee in het oosten voeren piraten elk jaar meer dan vijfhonderd aanvallen op koopvaardijschepen uit en worden er wel honderd gekaapt. De bemanning wordt soms tegen een losgeld aan de eigenaren teruggegeven,

maar ook wel gewoon in haar geheel vermoord. De lading wordt in zo'n geval gestolen en op de zwarte markt verkocht.
Als kapitein Herrmann met een gerust hart aan zijn 'tochtje' naar Fremantle begon, dan kwam dat door zijn overtuiging dat zijn lading voor zeerovers waardeloos was. Maar hij had ditmaal ongelijk.
Het eerste deel van zijn reis ging naar het noorden, uit de buurt van zijn eindbestemming. Het kostte zes uur om de vervallen stad Kudat en de noordpunt van Sabah en Borneo te ronden. Pas toen kon hij de steven naar het zuidoosten wenden en op weg gaan naar de Sulu-eilanden.
Hij was van plan tussen die met oerwoud bedekte koraaleilanden door te varen via het diepe water tussen de eilanden Tawitawi en Jolo. Ten zuiden daarvan kon hij dan via de Celebeszee ongehinderd naar het zuiden en uiteindelijk naar Australië varen.
Zijn vertrek uit Brunei was gadegeslagen, en vervolgens was met een mobieltje een gesprek gevoerd. Zelfs als het onderschept was, zou alleen gepraat zijn over het herstel van een zieke oom die over twaalf dagen uit het ziekenhuis zou komen. Dat betekende: over twaalf uur onderscheppen.
Het gesprek was bestemd voor iemand op Jolo, en de man die aannam, zou door de heer Alex Siebart, kantoor houdend in de Londense straat Crutched Friars, herkend zijn als de heer Lampong, die niet langer de schijn ophield een zakenman uit Sumatra te zijn.
De twaalf man die in deze zwoele tropennacht onder zijn bevel stonden waren moordenaars, maar werden goed betaald en bleven dus gehoorzaam. Naast hun misdadige activiteiten waren ze bovendien islamitische extremisten. De beweging van Abu Sayyaf in het zuiden van de Filippijnen – het laatste schiereiland daarvan ligt maar een paar kilometer van de Indonesische Sulu-eilanden verwijderd – staat niet alleen bekend om zijn godsdienstige extremisme, maar heeft ook huurmoordenaars in de aanbieding. Het voorstel dat de heer Lampong hun gedaan had, had met beide functies te maken.
De twee speedboten waarin ze zaten, gingen bij zonsopgang het zeegat uit, namen een positie tussen de twee eilanden in en wachtten. De *Java Star* kwam een uur later hun kant op om de Suluzee te verruilen voor de Celebeszee. Het schip overnemen was een werkje van niks, want de bandieten waren goed geoefend.
Kapitein Herrmann had de hele nacht aan het roer gestaan, maar toen boven de Stille Oceaan links van hem de zon opging, gaf hij het over aan zijn Indonesische eerste stuurman en ging hij benedendeks. Zijn

bemanning van tien Laskaren lag eveneens te kooi in het vooronder. Het eerste wat de Indonesische stuurman zag, waren twee speedboten die links en rechts van hem naar het achterschip stoven. Donkere, lenige mannen op blote voeten sprongen moeiteloos vanuit de speedboten aan dek en renden naar de bovenbouw met de brug waar hij stond. Hij had nog net de tijd om de alarmknop naar de kapiteinshut in te drukken. Toen stormden de mannen al naar binnen. Iemand zette een mes op zijn keel. Een stem riep: 'Kapitein, kapitein...'

Dat hoefde niet. Een vermoeide Knut Herrmann kwam boven om te zien wat er gaande was. Hij en de heer Lampong bereikten de brug tegelijkertijd. Lampong had een kleine uzi in zijn handen, en de Noor was verstandig genoeg om zich niet te verzetten. De piraten moesten het losgeld maar regelen met het hoofdkantoor van de rederij in Fremantle.

'Kapitein Herrmann...'

Die smeerlap wist hoe hij heette. De kaping was dus geen toeval.

'Vraag uw eerste stuurman alstublieft of hij de laatste vijf minuten de radio heeft gebruikt.'

Dat hoefde hij niet te vragen. Lampong sprak Engels. Voor de Noor en zijn Indonesische stuurman was dat een bekende taal. De stuurman schreeuwde dat hij de zendknop van de radio niet had aangeraakt.

'Uitstekend,' zei Lampong, die in het plaatselijke dialect een reeks bevelen gaf. De stuurman verstond ook dat en deed zijn mond open om te gaan gillen. De Noor verstond er geen woord van, maar begreep ineens alles toen de bandiet die zijn tweede man vasthield, diens hoofd naar achteren trok en met één haal zijn keel opensneed. De eerste stuurman schopte, verkrampte, hing slap en was dood. Kapitein Herrmann was tijdens zijn veertigjarige zeemansleven nog nooit misselijk geweest, maar leunde nu tegen het stuurwiel en gaf over.

'Dat zijn twee plassen smeerboel om op te ruimen,' zei Lampong. 'Maar luister goed, kapitein. Voor elke minuut dat u mijn bevelen weigert uit te voeren, gebeurt ditzelfde met een van uw bemanningsleden. Is dat duidelijk?'

De Noor werd naar de kleine radiohut achter de brug gebracht en koos daar kanaal 16, de internationale noodfrequentie. Lampong haalde een beschreven vel papier tevoorschijn. 'U gaat dit niet kalm voorlezen, kapitein. Als ik de zendknop indruk en knik, schreeuwt u dit bericht met paniek in uw stem. Anders sterven uw bemanningsleden stuk voor stuk. Bent u klaar?'

Kapitein Herrmann knikte. Hij hoofde niet eens toneel te spelen om zijn radeloosheid te uiten. 'Mayday. Mayday. Mayday. De *Java Star, Java Star*... rampzalige brand in de machinekamer... kan het schip niet redden... mijn positie...' Hij wist bij het voorlezen dat de opgegeven positie verkeerd was en 100 mijl zuidelijker in de Celebeszee lag. Maar hij ging er geen ruzie om maken. Lampong verbrak de verbinding en bracht de Noor onder bedreiging met de uzi naar de brug.

Twee van zijn eigen bemanningsleden hadden het bloed en braaksel op de vloer van de brug energiek weggeboend. Hij zag dat de acht anderen bang naar de luikhoofden waren gedreven en door zes bandieten bewaakt werden.

Twee andere kapers bleven op de brug. De resterende vier gooiden vlotten, reddingsgordels en een paar opblaasbare vesten in een van de speedboten. Dat was de boot die midscheeps extra brandstof aan boord had.

Toen ze klaar waren, maakte de boot zich van de *Java Star* los en voer hij naar het zuiden. Over een kalme, tropische zee en bij met gemak 15 knopen zouden ze zeven uur later 100 mijl zuidelijker zijn en waren ze dan tien uur later weer in hun piratennest.

'Een nieuwe koers, kapitein,' zei Lampong beleefd. Hij klonk mild, maar de onverzoenlijke haat in zijn ogen logenstrafte elk gevoel van menselijkheid tegenover de Noor. De nieuwe koers liep naar het noordoosten, buiten de archipel van de Sulu-eilanden en over de grens van de Filippijnse territoriale wateren.

De zuidelijkste provincie op Mindanao is Zamboanga, en in delen daarvan waagt zelfs het Filippijnse leger zich niet. Dit is het terrein van Abu Sayyafs troepen, die er veilig kunnen rekruteren, trainen en hun buit opslaan. En de *Java Star* was zeker buit, hoewel onverkoopbaar. Lampong overlegde in het plaatselijke dialect met de oudste piraat. De man wees naar de ingang van een smalle rivier tussen ondoordringbaar oerwoud.

Wat Lampong gevraagd had, was of de piraten de boot verder zelf konden bedienen. De piraat knikte. Lampong riep bevelen naar de groep rond de Laskaren op de voorplecht. Zonder zelfs maar te antwoorden dreven ze de zeelieden naar de reling en openden ze het vuur. De mannen vielen schreeuwend in de warme zee. Ergens beneden kwamen haaien op het mensenbloed af.

Kapitein Herrmann was zo verrast dat hij twee of drie seconden nodig zou hebben gehad om te reageren. Die kreeg hij echter niet. Lampongs kogel trof hem vol in zijn borst, en hij viel achterwaarts in het water.

Achter twee kleine sleepboten die een paar weken eerder gestolen waren,

en met veel geschreeuw en gebrul, kwam de *Java Star* een halfuur later aan zijn nieuwe ligplaats te liggen aan een stoere, teakhouten steiger. Het oerwoud verborg het schip aan alle kanten, zelfs van boven, en verborg ook de twee lange, lage werkplaatsen met een blikken dak boven staalplaten, snijapparatuur, lasapparaten, generatoren en verf.
De laatste wanhopige noodkreet van de *Java Star* was door tientallen schepen gehoord, maar het schip dat het dichtst bij de opgegeven positie lag, was een koelschip met vers en bederfelijk fruit voor de Amerikaanse markt aan de andere kant van de Stille Oceaan. De gezagvoerder was een Finse schipper, die meteen zijn koers verlegde. Daar vond hij de deinende vlotten als tentjes op de golven: ze waren plichtsgetrouw en automatisch opengegaan en opgeblazen. Hij cirkelde even rond en zag de reddingsgordels en twee opgeblazen vesten. Op allemaal stond de naam JAVA STAR. Volgens de regels van de zee, die hij respecteerde, nam kapitein Raikkonen gas terug en liet hij een sloep zakken om in de vlotten te kijken. Ze waren leeg, en dus beval hij om ze te laten zinken. Hij had een paar uur verloren en kon niet langer blijven. Dat had geen zin. Somber meldde hij over de radio dat de *Java Star* met man en muis vergaan was. Van dat bericht werd in Londen nota genomen door de verzekeraars van Lloyd's International, en in het Engelse Ipswich werd het verlies gemeld in *Lloyd's Shipping List*. Wat de wereld betrof, bestond de *Java Star* eenvoudig niet meer.

12

De ondervrager bleef een week weg. Martin zat in zijn cel en had alleen de afleiding van de Koran. Hij had het gevoel dat hij zich binnenkort in het vereerde gezelschap zou bevinden van de mensen die alle 6.666 verzen uit hun hoofd kenden. Maar zijn jaren bij de Special Forces hadden hem iets geschonken wat bij mensen zeldzaam is: het vermogen om uitzonderlijk lange perioden onbeweeglijk te blijven, de verveling te verdrijven en de neiging om te gaan friemelen te bedwingen. Hij dwong zich dus weer tot het innerlijke, contemplatieve leven, want alleen dat verhindert dat iemand in eenzame opsluiting gek wordt.

Dat talent verhinderde niet dat in het operatiecentrum op de basis Edzell veel spanning heerste. Ze waren hun man kwijt, en de navraag van Marek Gumienny in Langley en van Steve Hill in Londen werd steeds nadrukkelijker. De Predator kreeg een dubbele taak: naar Ras al Khaima kijken voor het geval Koevoet weer opdook, en de dhow *Rasha* in de gaten houden als die weer in de Golf verscheen en ergens in de VAE aanmeerde.

Dr. Al-Khattab kwam terug toen hij elk aspect van het verhaal over Guantánamo bevestigd had gekregen. Dat was niet makkelijk geweest. Hij was volstrekt niet van plan zich te verraden tegenover een van de vier Britse gevangenen die naar huis waren gestuurd. Ze hadden allemaal bij herhaling verklaard dat ze geen extremisten waren en alleen bij toeval in het Amerikaanse net waren geraakt. Wat de Amerikanen ook dachten, Al Qaeda kon bevestigen dat het waar was.

Om alles nog moeilijker te maken, had Izmat Khan zo lang wegens gebrek aan medewerking in eenzame opsluiting gezeten, dat geen enkele medegevangene hem goed had leren kennen. Hij gaf toe dat hij een paar Engelse zinnen had opgepikt, maar dat kwam door de eindeloze ondervragingen, want hij had naar de CIA-man geluisterd en vervolgens naar de vertaling van de enige Pathaans sprekende tolk.

Voor zover Al-Khattab kon nagaan, had de gevangene niet één keer uit de school geklapt. Het weinige wat hij uit Afghanistan te weten kwam, wees erop dat zijn ontsnapping uit het gevangenisbusje tussen Bagram

en de Pul-i-Charkigevangenis echt was. Wat hij niet kon weten, was dat het incident in scène was gezet door het uiterst bekwame SIS-hoofd in de Britse ambassade. Commandant Yusuf had zijn woede hoogst overtuigend gespeeld, en de inmiddels weer opkomende taliban hadden zich laten overtuigen. En dat zeiden ze ook tegen de afgezanten van Al Qaeda.
'Laten we het over je jeugd in de Tora Bora hebben,' stelde hij voor toen hij zijn ondervraging hervatte. 'Vertel eens iets over je jongensjaren.'
Al-Khattab was een intelligente man, maar hij kon niet weten dat hoewel de man tegenover hem een dubbelganger was, deze de Afghaanse bergen beter kende dan hij. De man uit Koeweit had zijn dagen in de terroristenkampen uitsluitend tussen Arabieren doorgebracht, niet tussen Pathanen uit de bergen. Hij maakte uitvoerig aantekeningen en schreef zelfs de namen van de vruchten in de boomgaarden van Malokozai op. Zijn hand gleed over zijn blocnote en vulde de ene bladzijde na de andere.
Op de derde dag van de tweede sessie bereikten ze de dag die in het leven van Izmat Khan cruciaal was geweest: 21 augustus 1998, de dag waarop de Tomahawk-kruisraketten de bergen hadden geteisterd. 'Ja ja, heel tragisch,' mompelde hij. 'En ook vreemd, want jij bent vermoedelijk de enige Afghaan voor wie geen enkel familielid kan instaan. Dat is een opmerkelijk toeval, en als wetenschapper heb ik een hekel aan het toeval. Welke gevolgen had dat voor jou?'
Izmat Khan had in Guantánamo geweigerd te praten over waarom hij de Amerikanen zo hartstochtelijk haatte. Dat gat werd alleen gevuld door inlichtingen van andere strijders die Qala-i-Jangi overleefd hadden en Camp Delta bereikten. In het leger van de taliban was Izmat Khan een symbolische figuur geworden en rond de kampvuren werden verhalen gefluisterd over hem als iemand die geen angst kende. De andere overlevenden hadden de ondervragers het verhaal over zijn uitgeroeide familie verteld.
Al-Khattab zweeg even en keek zijn gevangene aan. Hij had nog steeds ernstige bedenkingen, maar was van één ding overtuigd geraakt: deze man was echt Izmat Khan. Hij twijfelde alleen nog over het tweede punt: hadden de Amerikanen hem voor hun karretje gespannen?
'Je zegt dus dat je een soort persoonlijke oorlog bent gaan voeren. Een persoonlijke jihad. Ben je nooit tot rust gekomen? En wat heb je eigenlijk gedaan?'
'Ik vocht tegen de Noordelijke Alliantie, de bondgenoot van de Amerikanen.'

'Maar pas vanaf oktober of november 2001,' zei Khattab.
'Voor die tijd waren er in Afghanistan geen Amerikanen,' zei Martin.
'Dat klopt. Je vocht dus voor Afghanistan... en verloor. Nu wil je voor Allah vechten.'
Martin knikte. 'Zoals de sjeik voorspelde,' zei hij.
Dr. Al-Khattabs hoffelijkheid was ineens verdwenen. Hij staarde dertig seconden met open mond naar de man met de zwarte baard aan de andere kant van de tafel en had zijn pen in de aanslag, maar bewoog hem niet. Eindelijk vroeg hij fluisterend: 'Heb jij... echt de sjeik ontmoet?'
In al die maanden in het kamp had Al-Khattab nooit Osama bin Laden gezien. Eén keer had hij een Land Cruiser met zwarte ramen zien passeren, maar de auto was niet blijven staan. Hij zou echter letterlijk een hakmes hebben gepakt om zijn linkerhand af te hakken voor een kans om de man te ontmoeten of te spreken die hij meer bewonderde dan wie ook ter wereld.
Martin beantwoordde zijn blik en knikte. Al-Khattab herwon zijn zelfbeheersing. 'Begin bij het begin ervan en beschrijf precies wat er gebeurd is. Sla geen enkel detail over.'
Martin vertelde het dus. Hij vertelde dat hij als tiener, net terug uit de medresse buiten Pesjawar, in zijn vaders lashkar had gediend. Hij vertelde over de patrouille met anderen. Ze waren op een berghelling gesnapt en hadden alleen een paar rotsblokken om zich te verschuilen.
Hij maakte geen melding van een Britse officier, noch van een Blowpipe-raket, noch van de vernietiging van de Hind, en vertelde alleen over de bulderende chaingun in de neus, over de kogelfragmenten en over de rondvliegende steensplinters. Allah zij eeuwige dank dat de munitie van de Hind op raakte, waarna de helikopter wegvloog. Hij vertelde dat hij een klap voelde alsof hij met een hamer op zijn dij werd geslagen, en toen door zijn kameraden door de dalen werd gedragen tot ze een man met een muilezel vonden die hem van hen overnam.
En hij vertelde dat hij naar een grottencomplex in Jaji werd gebracht en onder de hoede werd gesteld van de Saudiërs die daar woonden en werkten.
'Maar de sjeik. Vertel alles over de sjeik,' hield Al-Khattab aan.
Martin vertelde het hem, en de man uit Koeweit schreef het gesprek woordelijk op.
'Zeg dat nog eens.'
'Hij zei tegen mij: "Er komt een dag dat Afghanistan je niet meer nodig

heeft, maar de barmhartige Allah kan een strijder als jij altijd goed gebruiken".'

'En wat gebeurde er toen?'

'Hij verwisselde het verband op mijn been.'

'Deed de sjeik dat?'

'Nee, de dokter die bij hem was. De Egyptenaar.'

Dr. Al-Khattab leunde achterover en slaakte een diepe zucht. Natuurlijk. De dokter. Ayman al-Zawahiri, metgezel en vertrouweling, de man die de islamitische jihad uit Egypte naar de sjeik had gebracht, zodat Al Qaeda was ontstaan. Hij begon zijn papieren te ordenen.

'Ik moet je weer alleen laten. Het zal een week duren, misschien wel langer. Jij zult hier moeten blijven. Geketend, ben ik bang. Je hebt te veel gezien, je weet te veel. Maar als je inderdaad een ware gelovige bent en inderdaad de Afghaan bent, zul je je als geëerde rekruut bij ons voegen. Zo niet...'

Martin zat weer in zijn cel toen de man uit Koeweit wegging. Hij ging niet rechtstreeks naar Londen, maar naar het Hilton, waar hij een dag en een nacht gestaag en met zorg bleef schrijven. Toen hij klaar was, voerde hij een paar gesprekken met zijn nieuwe, lelieblanke mobiele telefoon, die hij vervolgens in de haven gooide. In werkelijkheid werd hij niet afgeluisterd, maar zelfs als dat wel het geval was geweest, zouden zijn woorden weinig betekend hebben. Dr. Al-Khattab was echter een vrij man omdat hij zo voorzichtig was.

Met zijn telefoongesprekken regelde hij een ontmoeting met Faisal bin Selim, de schipper van de *Rasha*, die in Dubai lag afgemeerd. Die middag reed hij in zijn goedkope huurauto naar Dubai en praatte daar met de bejaarde kapitein, die een lange, persoonlijke brief overnam en die diep in zijn gewaden verborg. Intussen cirkelde de Predator nog steeds op 6 kilometer hoogte rond.

De islamitische terreurgroepen hebben veel te veel hoge functionarissen verloren om niet te weten dat mobiele en satelliettelefoons ondanks alle voorzichtigheid te gevaarlijk zijn. De technologie waarmee het Westen onderschept, afluistert en ontcijfert, is gewoon te goed. Het andere zwakke punt is de overboeking van geld via het normale banksysteem.

Om dat laatste probleem te omzeilen, maken ze gebruik van het *hundi*, dat met allerlei varianten zo oud is als het eerste kalifaat. Het hundi is een volstrekt op vertrouwen gebaseerd systeem waartegen iedere jurist zou waarschuwen. Maar het werkt omdat iedere geldhandelaar die zijn

klant bedriegt, in korte tijd zonder werk zou zitten (of erger).
De betaler geeft zijn contante geld aan de hundiman op punt A en zegt dat zijn vriend op punt B het equivalent moet krijgen minus de commissie van de hundiman.
De hundiman heeft een vertrouwde zakenpartner, meestal een familielid, op punt B. Hij licht zijn zakenpartner in en geeft opdracht het geld contant ter beschikking te stellen aan de vriend van de betaler, die zich als zodanig zal identificeren.
Omdat tientallen miljoenen moslims geld naar hun gezinnen in hun oude vaderland sturen, er geen sprake is van computers en niet eens van controleerbare betaalbewijzen en gezien het feit dat alles in contanten verloopt en zowel betalers als ontvangers een pseudoniem kunnen gebruiken, zijn de geldstromen bijna onmogelijk te onderscheppen of na te gaan.
Voor terroristische berichten ligt de oplossing in driecijferige codes die over de hele wereld gemaild of gefaxt kunnen worden. Een ontvanger met een decoderingslijst van tot driehonderd van zulke cijfergroepen kan het bericht ontcijferen, maar dat werkt alleen bij korte instructies en waarschuwingen. Af en toe moet een lange en nauwkeurige tekst over een grote afstand verzonden worden.
Alleen het Westen heeft altijd haast. Het Oosten heeft geduld. Als het een bepaalde tijd moet duren, moet het een bepaalde tijd duren. De *Rasha* voer die avond uit en ging terug naar Gwador . Daar was een trouwe, in Karachi per fax gewaarschuwde afgezant per motorfiets aangekomen. Hij nam de brief over en reed ermee naar de kleine maar fanatieke stad Miram Shah in Noord-Pakistan. Daar wachtte in een bekende chai-khana een man die genoeg vertrouwd werd om tot de hoge bergen van Zuid-Waziristan te worden toegelaten. Het verzegelde pakje veranderde weer van koerier en het antwoord ging op dezelfde manier terug. Dat kostte tien dagen.
Maar dr. Al-Khattab bleef niet aan de Perzische Golf. Hij vloog naar Caïro en vervolgde zijn reis naar Marokko. Daar ondervroeg en selecteerde hij de vier Noord-Afrikanen die tot de tweede bemanning gingen behoren. Omdat hij nog steeds niet in het oog werd gehouden, verscheen hij op niemands radar.

Toen de lichamelijke schoonheid werd uitgedeeld, had meneer Wei Wing Li achteraan gestaan. Hij was klein en gedrongen als een pad en op zijn schouders stond een voetbalrond hoofd met een gezicht dat

zwaar gepokt was. Maar op zijn werk was niets aan te merken.
Hij en zijn ploeg waren twee dagen voor de *Java Star* aangekomen bij de verborgen rivier op het schiereiland Zamboanga. Hun reis vanuit China, waar ze een rol speelden in de onderwereld van Kanton, was niet gehinderd geweest door onhandige dingen zoals paspoorten en visa. Ze waren gewoon aan boord gegaan van een vrachtboot waarvan de kapitein een ruime vergoeding had gekregen, en waren op die manier aangekomen voor de kust van Jolo, waar ze door twee speedboten waren meegenomen naar Zamboanga.
Meneer Wei had zijn gastheren – de heer Lampong en de plaatselijke commandant van Abu Sayyaf die hem had aanbevolen – begroet, de woonverblijven van zijn twaalf man sterke ploeg geïnspecteerd, de helft van zijn honorarium als voorschot geïncasseerd en naar de werkplaatsen gevraagd. Na een langdurige inspectie telde hij de zuurstof- en acetyleentanks en verklaarde hij zich tevreden. Daarna bestudeerde hij de foto's die in Liverpool genomen waren. Toen de *Java Star* eindelijk lag afgemeerd, wist hij wat hij doen moest en begon hij eraan.
De transformatie van schepen was zijn specialisme, en de meer dan vijftig vrachtschepen die geregeld met valse namen en papieren over de Zuidoost-Aziatische zeeën voeren, hadden dankzij meneer Wei ook een valse vorm. Hij zei dat hij twee weken nodig had en had er drie gekregen, maar dan ook geen uur langer. In die tijd moest de *Java Star* de *Countess of Richmond* worden. Meneer Wei wist dat niet. Hij hoefde het ook niet te weten.
Op de foto's die hij bestudeerd had, was de naam van het schip met een spuitbus uitgewist. Meneer Wei had geen belangstelling voor namen of papieren. Zijn werk betrof alleen de vorm.
Sommige delen van de *Java Star* moesten eruit worden gehaald, andere moesten worden afgesneden. Van gelast staal moesten weer andere onderdelen gemodelleerd worden. Maar op de allereerste plaats moest hij zes lange, stalen zeecontainers maken die in drie paren tussen de brug en voorplecht kwamen te staan.
Toch zouden het geen echte containers zijn. Vanaf de zijkanten en van boven gezien moesten ze authentiek lijken, tot de Hapag-Lloyd-markeringen aan toe. Op een meter afstand moesten ze een inspectie kunnen doorstaan. Maar aan de binnenkant mochten ze geen wanden hebben. Ze moesten één lange galerij vormen, met een scharnierend dak dat geopend kon worden. Ze moesten ook toegankelijk zijn via een nieuwe deur die in het schot onder de brug was aangebracht, en zodanig ver-

momd was dat je hem niet zag als je niet wist waar de grendel zat. Meneer Wei en zijn ploeg zouden alleen niet het schilderwerk voor hun rekening nemen. Dat zouden de Filippijnse terroristen doen, en de nieuwe naam van het schip zou pas geschilderd worden als meneer Wei weg was. Op de dag dat deze zijn autogene branders aanzette, voer de *Countess of Richmond* door het Suezkanaal.

Ali Aziz al-Khattab kwam als een ander mens in de villa terug. Hij beval de boeien van de gevangene los te maken en nodigde hem uit voor het middagmaal. In zijn ogen blonk een enorme opwinding.
'Ik heb contact gehad met de sjeik zelf,' zei hij innig tevreden. Die eer beheerste kennelijk zijn denken. Het antwoord was niet opgeschreven, maar in de bergen mondeling toevertrouwd aan de koerier, die het uit zijn hoofd had geleerd. Ook dat is een bekende praktijk in de hogere kringen van Al Qaeda.
De boodschapper was helemaal naar de Perzische Golf gebracht, en toen de *Rasha* in de haven lag, was het bericht woord voor woord aan dr. Al-Khattab doorgegeven.
'Er is nog één laatste formaliteit,' zei hij. 'Trek alsjeblieft de zoom van je dishdash tot het midden van je dij op.'
Martin deed het. Hij wist niets van Al-Khattabs wetenschappelijke achtergrond, alleen maar dat hij doctor was, en hoopte vurig dat de man geen dermatoloog was.
De man uit Koeweit bekeek het gerimpelde litteken heel aandachtig. Het zat precies waar het zitten moest. Hij zag ook de zes hechtingen die achttien jaar eerder in een grot van Jaji waren aangebracht door een man die hij vereerde. 'Dank je, beste vriend. De sjeik zendt je zijn persoonlijke groet. Wat een ongelooflijke eer! Hij en de dokter herinneren zich de jonge strijder en wat er toen gezegd is. Hij heeft me toestemming gegeven jou te betrekken bij een missie die de Grote Satan zo'n klap zal toebrengen dat de verwoesting van de torens erbij in het niet valt. Je hebt je leven aangeboden voor Allah. Dat aanbod is aanvaard. Je zult als een ware, glorieuze shahid sterven. Over jou en je medemartelaren zal over duizend jaar nog steeds gesproken worden.'
Na drie verloren weken had dr. Al-Khattab ineens haast. Alles wat Al Qaeda aan de kust ter beschikking stond, werd opgetrommeld. Een kapper kwam Martins woeste haardos fatsoeneren tot een westerse coupe. Hij wilde ook zijn baard afscheren, maar Martin protesteerde. Als moslim en Afghaan kon hij niet zonder baard. Al-Khattab was bereid er

een kort puntbaardje rond de kin van te laten maken, maar langer mocht het niet zijn.
Suleiman zelf maakte pasfoto's en kwam 24 uur later terug met een volmaakt paspoort waaruit bleek dat de eigenaar maritiem ingenieur was en uit Bahrein kwam – een sultanaat dat als onwrikbare bondgenoot van het Westen bekendstaat.
Een kleermaker kwam de maat nemen en kwam terug met schoenen, sokken, een overhemd, een stropdas en een donkergrijs kostuum.
Het gezelschap maakte zich de volgende dag klaar voor de reis. Suleiman, die uit Abu Dhabi bleek te komen, zou met de Afghaan meegaan. De twee anderen waren er alleen vanwege hun spierballen bij: ze kwamen uit de buurt, waren ter plaatse gerekruteerd en konden gemist worden. De villa had zijn doel gediend en zou worden uitgekamd en verlaten.
Al-Khattab, die eerder zou vertrekken dan de rest, wendde zich tot Martin. 'Ik ben jaloers op je, Afghaan. Je zult nooit weten hoe jaloers. Je hebt voor Allah gevochten, voor Allah gebloed, voor Hem pijn geleden en voor Hem de smeerlapperijen van de ongelovigen verdragen. Nu ga je voor Hem sterven. Ik wilde dat ik met je mee kon.'
Hij stak in Engelse stijl zijn hand uit, maar herinnerde zich toen dat hij een Arabier was en omhelsde de Afghaan. Bij de deur draaide hij zich nog één keer om. 'Jij bent eerder in het paradijs dan ik, Afghaan. Hou een plaatsje voor me vrij. Insjallah.'
Toen was hij weg. Hij parkeerde zijn auto altijd een paar honderd meter verderop, twee hoeken verder dan de villa. Buiten de poort hurkte hij zoals altijd om zijn schoenveters vast te maken en intussen een blik links en rechts te werpen. Hij zag niets anders dan een piepjong meisje dat 200 meter verderop een scooter aan de praat probeerde te krijgen. Maar ze kwam uit de buurt en droeg een *jilbab* die haar kapsel en halve gezicht bedekte. Toch zat het hem dwars dat een vrouw een motorvoertuig had.
Hij draaide zich om en liep naar zijn auto. Het meisje met de sputterende scooter boog zich voorover en zei iets in de mand boven haar voorste spatbord. Haar afgebeten Engels verried het Cheltenham Ladies College. 'Mangoest Eén, op weg,' zei ze.

Iedereen die weleens te maken heeft gehad met wat Kipling 'het grote spel' noemde en wat James Jesus Angleton van de CIA bedoelde met 'de wereld van rook en spiegels', weet wat de grootste vijand is: de OPH.

'Onvoorziene puinhopen' hebben waarschijnlijk meer geheime missies op de klippen laten lopen dan verraad of briljante contraspionage van de vijand. Ze maakten ook bijna een eind aan de operatie-Koevoet. En dat begon allemaal omdat iedereen bezield was van een nieuwe wil tot samenwerking en behulpzaam wilde zijn.

De foto's die de twee elkaar afwisselende Predators boven de VAE en de Perzische Golf maakten, gingen van Thamarit naar de luchtmachtbasis Edzell, die precies wist waarvoor ze dienden, en naar het CENTCOM van het Amerikaanse leger in Tampa, dat dacht dat de Britten om een normale luchtsurveillance gevraagd hadden. Martin had erop gestaan dat nooit meer dan twaalf mensen iets van zijn operatie wisten. Dat aantal bedroeg nog steeds tien, en die bevonden zich niet in Tampa.

Steeds als de Predators boven de emiraten vlogen, kwamen er beelden van een ziedende massa Arabieren, niet-Arabieren, auto's, taxi's, havens en huizen. Het waren er veel te veel om alles te kunnen nagaan. Maar de dhow *Rasha* en zijn bejaarde kapitein waren bekend. Als hij in een haven lag, wekte iedereen die op bezoek kwam dus potentieel belangstelling. Gelukkig was er veel te doen op het schip. Vracht werd in- en uitgeladen. Het schip tankte bij en werd van proviand voorzien. De dekknecht uit Oman die aan het schrobben was, wisselde beleefdheden uit met voorbijgangers op de kade. Toeristen slenterden langs en keken bewonderend naar deze echte handelsdhow van traditioneel teakhout. De schipper kreeg aan boord bezoek van zijn plaatselijke agenten en persoonlijke vrienden.

Toen één enkele jonge, gladgeschoren Golf-Arabier in een witte dishdash en een witte thub op zijn hoofd met Faisal bin Selim kwam praten, was hij gewoon de zoveelste.

Het operationele centrum van Edzell had duizend foto's van zekere en vermoedelijke Al Qaeda-leden en -sympathisanten, en elk beeld uit de Predators werd er elektronisch mee vergeleken. Dr. Al-Khattab liet geen alarmbellen rinkelen omdat hij niet bekend was. Edzell zag hem dus over het hoofd. Zulke dingen gebeuren nu eenmaal. Dat een slanke, jonge Arabier de *Rasha* bezocht, zei ook in Tampa niemand iets, maar het leger stuurde de beelden als attentie ook naar de National Security Agency in Fort Meade (Maryland) en het National Reconnaissance Office – verantwoordelijk voor de spionagesatellieten – in Washington. De NSA stuurde ze uit beleefdheid naar hun Britse partners in het GCHQ Cheltenham, waar ze er flink lang naar keken, Al-Khattab over het hoofd zagen en de beelden doorstuurden naar de British Security Ser-

vice (contraspionage), die beter bekend is als MI5 en gevestigd is in het Thames House, vlak bij de parlementsgebouwen aan de rivier.
Daar haalde een jonge werknemer, die nog in zijn proeftijd verkeerde en graag een goede indruk maakte, de gezichten van alle bezoekers op de *Rasha* door een databank voor gezichtsherkenning.
Het is nog niet zo heel lang geleden dat de herkenning van menselijke gezichten afhing van het talent van agenten, die in het halfdonker door vergrootglazen naar korrelige foto's tuurden om twee vragen te beantwoorden: wie is die man/vrouw op de foto en hebben we hem/haar eerder gezien? Het was altijd eenzaam werk, en het duurde jaren voordat een toegewijde tuurder het vereiste zesde zintuig had ontwikkeld en zich wist te herinneren dat de gezellige dikkerd op de foto vijf jaar eerder een cocktailparty op de Vietnamese ambassade in Delhi had bijgewoond en dus zeker van de KGB was.
Toen kwam de computer. Er kwam ook software die een menselijk gezicht opdeelde in zeshonderd afzonderlijke maten en ze opsloeg. Elk menselijk gezicht blijkt door meten opdeelbaar te zijn, bijvoorbeeld de exacte, tot op de micron nauwkeurig bepaalde afstand tussen de oogpupillen, de breedte van de neus op zeven plaatsen tussen de wenkbrauwen en de punt, 22 maten voor alleen al de lippen, en dan de oren...
Ach ja, die oren. Gezichtsanalisten zijn gek op oren. Elke kreuk en plooi, rimpel en bocht, verhoging en lob is weer anders. Oren zijn net vingerafdrukken. Zelfs de twee oren van één en hetzelfde hoofd verschillen iets. Plastisch chirurgen trekken zich daar niets van aan, maar als je aan een ervaren gezichtenwaarnemer een goede afbeelding van beide oren geeft, kan hij je zeggen van wie ze zijn.
De computersoftware had een veel grotere databank dan de duizend gezichten in Edzell. Er zaten ook veroordeelde misdadigers bij die schijnbaar geen enkele politieke overtuiging hadden, want als de prijs hoog genoeg is, kunnen ook zij voor terroristen werken. Er zaten legale en illegale immigranten bij, en niet per se alleen islamitische. De software bevatte vele duizenden gezichten van demonstranten die langs de verborgen camera's liepen, met borden zwaaiden en leuzen schreeuwden. De databank had ook niet alleen betrekking op Groot-Brittannië: hij bevatte, kortom, drie miljoen menselijke gezichten van over de hele wereld.
De computer analyseerde het gezicht van de man die met de schipper van de *Rasha* stond te praten, compenseerde voor de schuine hoek van de opname door uit te gaan van het ene beeld waarop hij zijn gezicht

hief om naar een opstijgend vliegtuig op de luchthaven van Abu Dhabi te kijken, nam zijn zeshonderd maten en begon ze te vergelijken. Het apparaat hield zelfs rekening met toegevoegde of verwijderde gezichtsbeharing.

Het werkte snel, had er desondanks een uur voor nodig en vond de man toen. Hij was een gezicht in een menigte buiten een moskee vlak na 11 september, en die menigte juichte enthousiast bij alles wat de redenaar zei. De redenaar stond bekend als Abu Qatada, een fanatieke Al Qaeda-aanhanger in Groot-Brittannië, en de menigte die hij die dag – het was eind september 2001 – toesprak, bestond uit leden van Al-Muhajiroun, een groep extremisten die de jihad ondersteunden.

De man in zijn proeftijd haalde het gezicht van de student uit het bestand en bracht het naar zijn chef. Daarna kwam het terecht bij de geduchte dame die MI5 leidt: Eliza Manningham-Buller. Ze beval de man op te sporen. Niemand wist toen nog dat de employé in zijn proeftijd het hoofd van Al Qaeda in Groot-Brittannië had opgespoord.

Het duurde wat langer voordat nog een andere foto van hetzelfde gezicht boven water kwam: de man kreeg daarop zijn doctorsbul tijdens een universitaire ceremonie. Hij heette Ali Aziz al-Khattab en was een sterk verengelste docent aan Aston University in Birmingham.

Op grond van het toen bekende materiaal was hij hetzij een heel succesvolle 'slaper' voor de lange termijn, hetzij een domme man die zich in zijn studententijd met extremistische politiek had ingelaten. Als iedere burger uit de tweede categorie gearresteerd zou worden, zouden er meer gevangenen dan politieagenten zijn. Sinds die dag buiten de moskee was hij nooit meer in de buurt van extremisten geweest. Maar een volledig tot inkeer gekomen domme jongen voert geen gesprekken met de kapitein van de *Rasha* in de haven van Abu Dhabi. Dus... behoorde hij tot de eerste categorie en was hij een Al Qaeda-'slaper' tot het tegendeel bewezen was.

Bij verder discreet onderzoek bleek hij weer in Groot-Brittannië te zijn en zijn laboratoriumwerk aan Aston te hervatten. De vraag was: arresteren of observeren? Het probleem was dat een veroordeling onmogelijk was op grond van één luchtfoto die niet getoond kon worden. Daarom werd besloten de academicus onder surveillance te houden, hoe duur dat ook was.

Het probleem werd een week later opgelost, toen dr. Al-Khattab opnieuw een ticket voor de Perzische Golf kocht. Op dat moment ging het SRR meedoen.

Groot-Brittannië heeft al sinds jaren een van de beste spoorvolgerseenheden ter wereld. Die heette vroeger de Veertiende Inlichtingencompagnie of het Detachement, of nog korter het Det. En die was uitzonderlijk geheim. Anders dan de SAS en het SBS was de compagnie niet bedoeld als eenheid van bikkelharde vechtersbazen, maar van mensen die met veel heimelijkheid en vakmanschap afluisterapparatuur plaatsten, van lange afstanden foto's maakten, gesprekken afluisterden en mensen volgden. De eenheid was vooral effectief tegen de IRA in Noord-Ierland, en informatie van het Det stelde de SAS meermalen in staat een terroristische aanvalsploeg in een hinderlaag te lokken en buiten gevecht te stellen. Anders dan de harde eenheden gebruikte het Det veel vrouwen. Als spoorvolgers maakten vrouwen namelijk algauw een onschuldige en onschadelijke indruk, maar de inlichtingen waarmee ze terugkwamen, waren allerminst onschadelijk.

In 2005 besloot de Britse regering het Det te vergroten en beter uit te rusten, en de eenheid werd vanaf dat moment het Special Reconnaissance Regiment genoemd. Bij de inaugurele parade werd van iedereen, ook van de bevelvoerende generaal, alleen de onderste helft gefotografeerd. Het hoofdkwartier is nog steeds geheim, en vergeleken met de discrete SAS en SBS is het SRR ronduit onzichtbaar. Maar de geduchte Eliza vroeg hen en kreeg hen.

Toen dr. Al-Khattab op Heathrow op het vliegtuig naar Dubai stapte, gingen er – onzichtbaar verspreid tussen driehonderd andere passagiers – ook zes SRR-leden aan boord. Een van hen was de jonge boekhouder in de rij achter de man uit Koeweit.

Omdat tijdens deze operatie alleen geschaduwd werd, was er geen reden om de Special Forces van de VAE om medewerking te vragen. Sinds ontdekt was dat een van de daders van de aanslag op het World Trade Center uit de VAE kwam, en nog sterker sinds het lek dat het Witte Huis veel zin had om de televisiezender van Al Jazeera in Katar te bombarderen, waren de emiraten heel gevoelig op het punt van islamitisch extremisme, en nergens gevoeliger dan in Dubai, het hoofdkwartier van de Special Forces.

Dus had het SRR-team bij zijn landing twee huurauto's en twee gehuurde scooters tot zijn beschikking voor het geval dat dr. Al-Khattab werd opgehaald. Het was niet onopgemerkt gebleven hij alleen handbagage had. Ze hadden zich geen zorgen hoeven te maken: hij huurde een kleine, Japanse auto, en dat gaf hun de tijd om hun posities in te nemen. Hij werd eerst geschaduwd vanaf het vliegveld naar de Rivier in Dubai,

waar de *Rasha* na zijn terugkeer uit Gwador weer lag afgemeerd. Ditmaal liep hij niet naar de boot maar bleef hij 100 meter verderop bij zijn auto staan tot Bin Selim hem opmerkte.
Een paar minuten later kwam een bij niemand bekende jongeman uit het ruim van de *Rasha*. Hij liep door de mensenmenigte en fluisterde iets in het oor van de man uit Koeweit: het antwoord van de man in de bergen van Waziristan. Al-Khattab begon ineens verbaasd te kijken.
Hij reed vervolgens over de drukke kustweg via Ajman en Umm al Kaiwain naar Ras al Khaima. Hij nam er een kamer in het Hilton en kleedde zich om, wat heel attent van hem was, want nu konden de drie jonge vrouwen van het SRR-team naar het damestoilet om een alles bedekkende jilbab aan te trekken, waarna ze hun voertuig weer opzochten.
Dr. Al-Khattab kwam in zijn witte dishdash tevoorschijn en reed de stad in. Hij haalde diverse manoeuvres uit om een eventuele 'schaduw' af te schudden, maar had geen schijn van kans. Aan de Perzische Golf wemelt het van de scooters, die door beide seksen bereden worden. Hun kleding is ongeveer dezelfde, en de ene berijder lijkt dus sterk op de andere. Sinds hun deze klus was toegewezen, hadden de teamleden de wegenkaarten van de zeven emiraten bestudeerd tot ze elke autoweg uit hun hoofd kenden. Op die manier konden ze hem tot de villa volgen.
En als iemand nog enige twijfel had gekoesterd over de vraag of de man veel goeds in de zin had, verdween die toen de chemicus zijn schaduw probeerde te lozen. Onschuldige mensen gedragen zich niet zo.
Hij bleef niet in de villa slapen, en de SRR-vrouw volgde hem weer naar het Hilton. De drie mannen vonden een positie op een heuveltop met uitzicht op de villa en bleven de hele nacht observeren. Niemand kwam of ging. De tweede dag verliep anders. Er kwamen mensen op bezoek. De meekijkers konden het niet weten, maar die mensen brachten het nieuwe paspoort en de nieuwe kleren. De nummerborden werden genoteerd, en een van hen werd later opgespoord en gearresteerd. De derde was de kapper, die eveneens later werd opgespoord.
Aan het einde van de tweede dag kwam Al-Khattab zelf naar buiten. Op dat moment waarschuwde Katy Sexton, die problemen had met haar scooter, haar collega's dat het doelwit onderweg was.
In het Hilton onthulde de academicus uit Koeweit zijn plannen toen hij op zijn kamer, waar in zijn afwezigheid afluisterapparatuur was geplaatst, een kaartje kocht voor de vlucht van de volgende ochtend naar Londen. Hij werd helemaal tot aan Birmingham geëscorteerd en had niets in de gaten.

MI5 had een fantastische slag geslagen en wist het. Het rapport van de operatie werd op strikt vertrouwelijke basis aan maar vier mensen in de Britse inlichtingenwereld getoond, en een van hen was Steve Hill, die bijna uit zijn dak ging.
De Predator kreeg een nieuwe taak: de observatie van een villa in een buitenwijk van Ras al Khaima aan de kant van de woestijn. Maar het was midden op de ochtend aan de Golf en middag in Londen. Het toestel zag alleen de schoonmakers naar binnen gaan. Plus de overval.
Het was te laat om te verhinderen dat de Special Forces van de VAE hun opruimingsploeg onder bevel van de voormalige Britse officier Dave De Forest erop afstuurden. Via de oerwoudtamtam werd meteen het gerucht verspreid dat het optreden voortvloeide uit een anonieme tip van een buurman met een grief.
De twee schoonmakers wisten van niets; ze kwamen van een bureau, waren vooraf betaald en hadden de sleutels gekregen. Ze waren echter nog niet klaar, en een bergje opgeveegd stof bevatte een hoeveelheid zwart haar – kennelijk hoofd- en baardharen, want die zien er niet hetzelfde uit. Voor de rest was er geen spoor van de mannen die hier gewoond hadden.
Buren hadden een dicht busje gezien, maar wisten het nummer niet meer. De auto werd later leeg aangetroffen en bleek gestolen, maar daar had toen niemand meer iets aan.
De kleermaker en kapper waren een betere vangst. Ze praatten vrijuit, maar konden alleen de vijf mannen in huis beschrijven. Al-Khattab was al bekend. Suleiman werd beschreven en geïdentificeerd aan de hand van politiefoto's, want hij stond op een plaatselijke verdachtenlijst. De twee onderknuppels werden beschreven maar lieten geen alarmbellen rinkelen.
De perfect Arabisch sprekende De Forest concentreerde zich op de vijfde man, en het SIS-hoofd kwam erbij zitten. De twee Golf-Arabieren die het kleermakers- en kapperswerk hadden gedaan, kwamen uit Ajman en waren simpele ambachtslieden.
Niemand in die kamer wist iets over een Afghaan; ze stelden gewoon een volledige omschrijving op en stuurden die naar Londen. Niemand wist iets van een paspoort, want dat had Suleiman zelf gemaakt. Niemand wist ook waarom Londen zo hysterisch deed over een grote man met woest zwart haar en een volle baard. Ze konden alleen maar melden dat hij inmiddels netjes geknipt was en mogelijk een tweedelig kostuum van donkere mohair droeg.

Maar wat Steve Hill, Marek Gumienny en de ploeg in Edzell nog het meest verrukte, was het laatste detail dat de kapper en kleermaker gemeld hadden. De Golf-Arabieren hadden hun gast met veel egards behandeld. Hij werd kennelijk klaargemaakt voor vertrek en was geen lijk op een tegelvloer aan de Perzische Golf.

Michael McDonald en Gordon Phillips in Edzell waren even blij als zij, maar hadden ook vragen. Ze wisten dat hun agent alle tests doorstaan had en als ware jihadi aanvaard was. Na weken van grote bezorgdheid hadden ze eindelijk hun tweede levensteken. Had hun agent ook iets ontdekt over Stekelrog, het doel van de hele operatie? Waar was hij naartoe? Was er een manier om contact op te nemen?

Maar zelfs als ze met hun agent hadden kunnen praten, zou hij niet hebben kunnen helpen. Hij wist het evenmin. En niemand wist dat de *Countess of Richmond* in Singapore zijn Jaguars aan het uitladen was.

13

Het groepje reizigers was zich er niet van bewust dat hun achtervolgers maar een paar uur achterstand hadden. Hun ontsnapping was aan een gelukkig toeval te danken. Als ze naar de gezamenlijke kust van de zes emiraten waren gegaan, zouden ze waarschijnlijk zijn opgepakt. Maar ze gingen naar het oosten, over het bergachtige schiereiland in de richting van het zevende emiraat Fujaira aan de Golf van Oman.

Ze lieten de laatste verharde wegen snel achter zich en namen hobbelige paden die verloren gingen op de gloeiend hete, bruine hellingen van de Jebel Yibir. Vanaf de top van dat gebergte daalden ze af naar de kleine havenstad Dibbah.

De politie in de stad Fujaira, een flink eind naar het zuiden aan diezelfde kust, ontving vanuit Dubai een verzoek en een beschrijving en plaatste op de bergweg naar de stad een wegversperring. Veel busjes werden staande gehouden, maar in geen ervan zaten de vier terroristen.

Dibbah stelt niet veel voor. Het stadje bestaat uit wat witte huizen, een moskee met een groene koepel en een haventje voor vissersboten en af en toe een begeleidingsboot voor westerse sportduikers. Twee kreken verderop wachtte een aluminium boot, die op het kiezelstrand was getrokken. De enorme buitenboordmotoren waren uit het water gehaald en de laadruimte midscheeps werd in beslag genomen door vastgesjorde tanks met extra brandstof. De tweekoppige bemanning zocht koelte in de schaduw van een enkele kameeldoorn tussen de rotsblokken.

Voor de twee jonge jongens zat het werk erop. Ze moesten het gestolen busje hoog de heuvels in rijden en achterlaten. Daarna zouden ze gewoon verdwijnen in dezelfde straten die Marwan al-Shehhi hadden voortgebracht. Suleiman en de Afghaan hadden hun westerse kleren in zakken gedaan om ze tegen opspattend zeewater te beschermen en hielpen de sigarettenboot achteruit het heupdiepe water in te duwen.

Toen zowel de passagiers als de bemanning aan boord waren, voer het smokkelschip in alle rust langs de kust tot bij de punt van het schiereiland Musandam. De smokkelaars wilden pas in het donker op topsnelheid de oversteek wagen.

Binnen twintig minuten na zonsondergang zei de roerganger tegen de passagiers dat ze zich moesten vasthouden, en hij zette de kraan open. Het smokkelschip stoof de laatste Arabische wateren uit en stormde naar Iran. De neus had 500 paardenkrachten achter zich en ging omhoog. Het schip begon te scheren. Martin schatte dat ze met bijna 50 knopen over het water gleden. De kleinste rimpeling van de zee voelde aan als een boomstam, en het buiswater vilde hen zo ongeveer. Alle vier de inzittenden, die hun keffiyeh rond hun gezicht hadden getrokken om het tegen de zon te beschermen, deden nu hetzelfde tegen het opspattende water.
Minder dan een halfuur later waren de eerste verspreide lichtjes aan de Iraanse kust te zien en racete het smokkelschip naar Gwador en Pakistan. Onder de bedaarde zeilen van de *Rasha* had Martin een maand eerder deze zelfde route afgelegd. Nu kwam hij met een tien keer hogere snelheid terug.
Ter hoogte van de lichten in Gwador nam de bemanning vaart terug. Het schip kwam stil te liggen. Dat was een hele opluchting. Ze hesen de drums met spierkracht naar het achterschip en vulden de motoren met behulp van trechters tot de rand met brandstof. Waar ze gingen bijtanken voor hun terugreis, was hun zaak.
Faisal bin Selim had Martin verteld dat deze smokkelaars in één nacht vanuit de Omaanse wateren naar Gwador voeren en dan 's morgens vroeg met een nieuwe lading terugkwamen. Ditmaal trokken ze kennelijk verder en moesten ze ook bij daglicht varen.
Toen de zon opging, waren ze ruimschoots in de Pakistaanse wateren en dicht genoeg onder de kust om voor een vissersboot te worden aangezien, hoewel geen enkele vis zo snel kan zwemmen. Er was echter geen ambtenaar te bekennen, en de kale, bruine kust gleed langs.
Martin besefte rond het middaguur dat hun bestemming Karachi was, maar had geen idee waarom.
Ze tankten nog één keer op zee bij, en toen de zon in het westen achter hen onderging, werden ze afgezet in een stinkend vissersdorp buiten de slordige massa van Pakistans grootste havenstad.
Suleiman was hier misschien nooit geweest, maar was dan gebriefd door iemand die zijn huiswerk gedaan had. Martin wist dat Al Qaeda alles altijd gedetailleerd onderzocht en daarbij niet op tijd en kosten lette – een van de weinige dingen waarvoor hij bewondering had.
De Golf-Arabier vond de enige auto die in het dorp te huur was, en onderhandelde over de prijs. Het feit dat twee vreemdelingen uit een

smokkelschip aan land waren gekomen zonder zich over wettelijke voorschriften te bekommeren, wekte geen enkele verbazing. Dit was Baluchistan; de regels van Karachi golden alleen voor idioten.
Het interieur van de auto stonk naar vis en lichaamsgeuren en de steeds overslaande motor kon nog geen 60 kilometer per uur aan, maar dat gold ook voor de wegen. Uiteindelijk vonden ze de snelweg en bereikten ruim op tijd het vliegveld.
De Afghaan was naar behoren verbijsterd en onhandig. Hij had nog maar twee keer gevlogen, beide keren in een Amerikaanse C-130 Hercules en beide keren als geboeide gevangene. Hij wist niets over inchecken, vliegtickets en paspoortcontroles. Suleiman liet het hem met een spottende glimlach zien.
Ergens in de enorme massa duwende en trekkende mensen die de grote hal van het internationale vliegveld bij Karachi vulden, vond de Golf-Arabier het kaartjesloket van Malaysian Airlines, waar hij twee kaartjes economyclass naar Kuala Lumpur kocht. Er moesten uitvoerige visumaanvragen worden ingevuld, en dat deed Suleiman in het Engels. Hij betaalde contant en in Amerikaanse dollars, 's werelds meest gebruikte valuta.
Het was een vlucht met een Europese Airbus 330 en die duurde zes uur plus twee uur vanwege de andere tijdzone. Het toestel landde om halfnegen, nadat als ontbijt een hapje was opgediend. Martin liet voor de tweede keer zijn nieuwe Bahreinse paspoort zien en vroeg zich af of het de proef zou doorstaan. En dat deed het, want het was perfect.
Vanuit de internationale aankomsthal ging Suleiman voorop naar de binnenlandse vertrekhal. Pas toen Martin zijn instapkaart moest laten zien, zag hij waar ze naartoe gingen: het eiland Labuan.
Hij had ervan gehoord, maar wist er niet veel van. Labuan ligt voor de noordkust van Borneo en hoort bij Maleisië. Toeristenfolders noemen het een druk, kosmopolitisch eiland met schitterende koralen in de omringende wateren, maar in westerse briefings over de onderwereld komt een andere, duisterder reputatie aan de orde.
Het behoorde ooit tot het sultanaat Brunei aan de kust, waarvan het door 30 kilometer water gescheiden is. De Britten veroverden het in 1846 en bleven er 115 jaar (behalve de drie jaar van de Japanse bezetting) heer en meester. In het kader van de dekolonisatie gaven de Britten het in 1963 aan Sabah, dat het in 1984 aan Maleisië afstond.
Labuan had door een speling van de geschiedenis geen economie op zijn 130 vierkante kilometer grote oppervlak, en moest er dus een scheppen.

Het kreeg de status van internationaal financieel centrum met een vrijhaven zonder belastingen en een goedkope vlag. Het werd een paradijs voor smokkelaars en trok dan ook buitengewoon dubieuze klanten aan. Martin besefte waarnaar hij op weg was: het hart van een niets en niemand ontziende piraterij waarbij ladingen gestolen en bemanningen vermoord werden. Hij moest contact met zijn basis leggen en een teken van leven geven, en hij moest snel bedenken hoe.
Er was een korte tussenstop in Kuching, het eerste vliegveld op Borneo, maar niet-uitstappende passagiers moesten in het vliegtuig blijven.
Veertig minuten later steeg het in westelijke richting op, en na een bocht boven zee vervolgde het zijn weg naar Labuan in het noordoosten. Ver beneden het draaiende vliegtuig was de *Countess of Richmond* in ballast op weg naar Kota Kinabalu om een lading padoek en palissander in te nemen. De stewardess deelde na het opstijgen landingskaarten uit. Suleiman pakte ze allebei aan en vulde ze in. Martin moest doen alsof hij geen Engels verstond, geen Engels las en alleen hakkelend Engels sprak, hoewel hij die taal overal om zich heen hoorde. Hij en Suleiman hadden zich in Kuala Lumpur weliswaar omgekleed in kostuum en overhemd, maar hij had geen pen, noch een excuus om er een van iemand te lenen. Ogenschijnlijk waren ze een ingenieur uit Bahrein en een boekhouder uit Oman, op weg naar Labuan in opdracht van een aardgasbedrijf, en dat vulde Suleiman dan ook in.
Martin mompelde dat hij naar het toilet moest. Hij stond op en liep naar achteren, waar twee toiletten waren. Een ervan was leeg, maar hij deed net alsof ze allebei in gebruik waren, draaide zich om en liep naar voren. Dat had een reden. De Boeing 737 had een economyclass en een businessclass. Daartussen hing een gordijn, en Martin moest aan de andere kant zien te komen.
Buiten de deur van het toilet in de businessclass staande keek hij stralend naar de stewardess die de landingskaarten had uitgedeeld. Vervolgens mompelde hij een verontschuldiging en trok hij een nieuwe landingskaart plus een pen uit haar bovenste zakje. De toiletdeur ging klikkend open, en hij liep naar binnen. Hij had alleen de tijd om een kort bericht op de achterkant van de landingskaart te schrijven, de kaart opgevouwen in zijn borstzak te steken, naar buiten te lopen en de pen terug te geven. Toen ging hij weer naar zijn plaats.
Suleiman had ongetwijfeld te horen gekregen dat de Afghaan te vertrouwen was, maar bleef als een klit aan hem plakken. Hij wilde misschien verhinderen dat zijn pupil uit naïveteit of gebrek aan ervaring fouten

maakte, of anders had hij het bij Al Qaeda gewoon zo geleerd, maar zijn waakzaamheid verslapte nooit, zelfs niet tijdens het gebed.

Het vliegveld van Labuan was klein en netjes – heel anders dan dat van Karachi. Martin had nog steeds geen idee waar ze precies naartoe gingen, maar vermoedde dat de luchthaven zijn laatste kans was om zijn bericht te verzenden en hoopte op een mazzeltje.

Die kans kwam heel kort, en wel op de stoep voor de hal. Suleimans uit het hoofd geleerde instructies waren kennelijk heel nauwkeurig geweest. De man had met Martin over de halve wereld gevlogen en was kennelijk een ervaren reiziger. Martin kon echter niet weten dat de Golf-Arabier al tien jaar bij Al Qaeda zat en zowel in Irak als in het Verre Oosten (met name Indonesië) had gediend. Hij kon ook niet weten wat Suleimans specialisme was.

Suleiman keek de straat af die naar het vliegveld leidde – de aankomst- en de vertrekhal lagen op de begane grond. Hij zocht een taxi, en daar kwam er al een op hen af. De auto was bezet, maar ging zijn lading kennelijk op de stoep afzetten. Er zaten twee mannen in, en Martin hoorde hun Britse accent meteen. Allebei waren ze groot en gespierd, allebei droegen ze een korte kaki broek en een gebloemd strandhemd. Ze liepen zwetend in de laaiende zon en de vochtige warmte van 30 graden die aan de moesson voorafgaat. Een van hen haalde Maleisisch geld tevoorschijn om de chauffeur te betalen, de andere haalde hun bagage uit de achterbak. Het waren tassen met de uitrusting van sportduikers. Ze waren allebei voor het Britse blad *Sport Diver* bij de riffen voor de kust aan het duiken geweest.

De man bij de achterbak kon niet alle bagage tegelijk dragen, want allebei hadden ze zowel een koffer voor hun kleren als een tas met duikersspullen. Voordat Suleiman er iets van kon zeggen, hielp Martin de duiker door een van de tassen van de straat op het trottoir te zetten. Daarbij stak hij de opgevouwen landingskaart in een van de zijvakken, waarvan duikerstassen altijd ruim voorzien zijn.

'Bedankt, ouwe jongen,' zei de duiker, die met zijn collega naar de vertrekhal liep om in te checken voor hun vliegtuig naar Kuala Lumpur met een aansluitende vlucht naar Londen.

Suleiman gaf de Maleisische chauffeur instructies in het Engels. Hun bestemming was een bevrachtingskantoor midden in de haven. Hier stond eindelijk iemand de reizigers op te wachten. Net als de nieuwkomers trok hij geen aandacht met opvallende kleding of gezichtsbeharing. Net als zij was hij een takfir. Hij stelde zich voor als meneer Lam-

pong en nam hen mee naar een 15 meter lang motorjacht dat vermomd als sportvissersboot aan de kademuur lag. Binnen een paar minuten waren ze de haven uit.
De boot hield gestaag 10 knopen aan, wendde de steven naar het noordoosten en zette koers naar Kudat, de toegang tot de Suluzee en de terroristenschuilplaatsen in de Filippijnse provincie Zamboanga.
Het was een zware reis geweest, en in het vliegtuig hadden ze alleen dutjes kunnen doen. De deinende zee was verleidelijk, het windje na de saunahitte van Labuan verfrissend. De twee passagiers vielen in slaap. De roerganger kwam uit de terreurbeweging van Abu Sayyaf; hij kende de weg want hij ging naar huis. De zon ging onder en de tropische duisternis volgde niet lang daarna. De boot voer op de motor door de nacht, passeerde de lichtjes van Kudat, voer door Straat Balabac en stak de onzichtbare grens naar de Filippijnse wateren over.

Meneer Wei was al voor de afgesproken dag klaar en ging weer naar zijn vaderland terug – wat hem betrof zo snel mogelijk. Gelukkig zat hij op een Chinees schip en at hij goede Chinese maaltijden in plaats van de viezigheid die de piraten in hun kamp aan de rivier opdienden.
Hij wist niet wat hij precies gemaakt had, en dat kon hem ook niet schelen. Anders dan de moordenaars van Abu Sayyaf en de twee of drie Indonesische fanatici die vijfmaal per dag met hun voorhoofd op de grond zaten te bidden, was Wei Wing Li lid van een slangenkoptriade. Hij bad tot niemand.
Het resultaat van zijn werk was in feite een tot het laatste detail nauwkeurige kopie van de *Countess of Richmond*, gemaakt van een schip van ongeveer dezelfde omvang, tonnage en afmetingen. Hij wist niet hoe het oorspronkelijke schip heette, noch wat de naam van het nieuwe ging worden. Het enige wat hem interesseerde, was de dikke rol dollarbiljetten in grote coupures, afkomstig van een bank op Labuan in het kader van een krediet dat geregeld was door wijlen de heer Tewfik al-Qur, voorheen inwoner van Caïro, Pesjawar en het lijkenhuis.
In tegenstelling tot meneer Wei bad kapitein Kendrick wel, zij het niet zo vaak als hij gemoeten zou hebben, naar hij wist. Hij was echter als brave Ierse katholiek in Liverpool grootgebracht. Vlak voor het roer op de brug stond een beeldje van de Heilige Maagd en aan de wand van zijn kajuit hing een crucifix. Voordat hij uitvoer, bad hij altijd om een behouden vaart, en na terugkeer dankte hij zijn god voor zijn veilige thuiskomst.

Hij hoefde niet te bidden toen de loods uit Sabah de *Countess* langs de ondiepten en naar zijn ligplaats in de haven van Kota Kinabalu bracht. Dat was de voormalige koloniale havenplaats Jesselton waar de Britse kooplieden in de tijd vóór de koelkast elke maand boter in blik kregen aangevoerd en die dan uit een klein kannetje op hun brood moesten gieten.
Kapitein Kendrick veegde zijn bezwete nek weer af met zijn halsdoek en bedankte de loods. Eindelijk kon hij alle deuren en patrijspoorten dichtdoen en van de airconditioning genieten. En een koud biertje zou er ook wel in gaan, dacht hij. De volgende ochtend wilde hij de waterballast lozen, en in de lichten van de haven zag hij zijn boomstammen al liggen. Met een goede stuwadoorsploeg kon hij de volgende avond alweer op zee zijn.

De twee jonge duikers waren in Kuala Lumpur overgestapt en zaten nu in een vliegtuig van British Airways naar Londen. Die maatschappij stond niet 'droog', en de duikers hadden zo veel bier gedronken dat ze in een diepe slaap waren gevallen. De vlucht zelf duurde twaalf uur, maar ze wonnen er zeven vanwege de tijdzones, en bij dageraad zouden ze op Heathrow landen. De harde koffers lagen in het bagageruim en de duikerstassen lagen boven hun slapende hoofden. Ze bevatten zwemvliezen, maskers, wetsuits, regelaars en vesten om hun drijfvermogen te regelen. Een van de tassen bevatte bovendien een nog niet ontdekte Maleisische landingskaart.

Boven een rivier op het schiereiland Zamboanga was een ervaren schilder aan het werk. Bij het licht van schijnwerpers aan een paneel boven het achterschip was hij bezig aan de laatste D van de naam van het aangemeerde schip. Aan de mast hing slap een Red Ersign. Aan beide kanten van de boeg en op het ronde achterschip waren de woorden COUNTESS OF RICHMOND aangebracht, en daaronder – maar alleen op het achterschip – het woord LIVERPOOL. Toen de schilder van de ladder klom en de lampen uitgingen, was de transformatie voltooid.
Bij dageraad voer een als sportvissersboot vermomd motorjacht langzaam de rivier op. Aan boord waren de laatste twee leden van de nieuwe bemanning voor de oude *Java Star*, die het schip zou meenemen op zijn en hun laatste reis.

Het inladen van de *Countess of Richmond* begon bij zonsopgang, toen het buiten nog koel en aangenaam was. Drie uur later zou weer de gebruikelijke saunahitte heersen. De kranen op de kade waren niet wat je noemt ultramodern, maar de stuwadoors verstonden hun vak. Ze brachten de stammen zeldzaam timmerhout met kettingen aan boord, en daar werden ze in het ruim geladen door een ploeg die zwetend aan het werk was.
In de hitte van de middag moest zelfs de plaatselijke bevolking pauzeren, en de inwoners van de oude houthaven doezelden vier uur lang op elk schaduwplekje dat ze vinden konden. Over een maand kwam de lentemoesson, en de luchtvochtigheidsgraad, die zelden minder dan negentig procent bedroeg, was al aardig op weg naar de honderd.
Kapitein McKendrick zou op zee gelukkiger zijn geweest, maar na het inladen waren de luiken pas bij zonsondergang weer dicht, en de loods zou pas de volgende ochtend aan boord komen om het vrachtschip naar open zee te brengen. Dat betekende nog een nacht in de broeikas. McKendrick zocht dus weer zuchtend zijn toevlucht bij de airconditioning benedendeks
Om zes uur 's ochtends kwamen de plaatselijke agent en de loods aan boord en werden de laatste papieren getekend. Toen voer de *Countess* rustig de Zuid-Chinese Zee op.
Net als voordien de *Java Star* nam het schip een koers rond de punt van Borneo en voer toen naar het zuiden in de richting van de Sulu-eilanden en uiteindelijk Java, want hij dacht dat er in Surabaya zes containers vol oosterse zijde op hem wachtten. Het zou nooit tot hem doordringen dat er in Surabaya geen zijde was en ook nooit geweest was.

Het motorjacht zette zijn lading van drie mensen af op een wankele steiger halverwege de rivier. Meneer Lampong ging voorop naar een lang woonhuis op palen boven het water. Daar aten en sliepen de mannen die gingen meedoen aan een missie die Martin als Stekelrog en Lampong als Al-Isra kende. Degenen die de gekaapte *Java Star* weer hadden klaargemaakt voor de zee, zouden echter in dat huis achterblijven.
Het was een mengeling van Indonesiërs uit de Jemaah Islamiyah – de groep die de bomaanslagen op Bali en andere eilanden van de archipel had gepleegd – en Filippino's van Abu Sayyaf. De gebruikte talen varieerden van een plaatselijke versie van het Tagalog tot een Javaans dialect, en mensen die van verder in het westen kwamen, mompelden af en toe iets in het Arabisch. Martin leerde de bemanningsleden en

hun bijzondere taak stuk voor stuk identificeren.
De machinist, de navigator en de radioman waren allemaal Indonesiërs. Suleiman verklapte dat fotografie zijn specialisme was. Hij wist niet precies wat er gebeuren ging, maar voordat hij als martelaar stierf, moest hij de climax met een digitale camera fotograferen en de beelden via een laptop en een satelliettelefoon voor uitzending naar Al Jazeera sturen.
Er was een tiener die er Pakistaans uitzag. Toch sprak Lampong Engels met hem. Toen de jongen antwoordde, bleek dat hij in Groot-Brittannië geboren en getogen was maar Pakistaanse ouders had. Zijn accent kon uit een groot deel van het Engelse noorden komen. Martin gokte op de streek van Leeds en Bradford.
Daarmee bleven drie mensen over. Martin zelf was kennelijk aanwezig als persoonlijk geschenk van Osama bin Laden, maar hij kon niet beredeneren welke taak hij zou krijgen. Hij moest misschien wel koken. Daarnaast was er een echte scheikundig ingenieur en vermoedelijke explosievenexpert, en ten slotte de commandant van de missie. Die was er nog niet. Ze zouden allemaal later kennis met hem maken.
In de loop van de ochtend werd de plaatselijke commandant Lampong op zijn satelliettelefoon gebeld. Het gesprek was kort en behoedzaam, maar heel duidelijk. De *Countess of Richmond* was uit Kota Kinabalu vertrokken en was nu op zee. Rond zonsondergang werd het schip tussen de eilanden Tawitawi en Jolo verwacht. De speedbootbemanningen die het moesten onderscheppen, hadden nog vier uur voordat ze op pad moesten. Suleiman en Martin hadden broeken, gebloemde overhemden en sandalen gekregen en hun kostuum ervoor verruild. Ze mochten de trap af lopen naar het water van de ondiepe rivier om zich voorafgaand aan het gebed te wassen, en kregen 's avonds rijst met vis.
Martin kon niets anders doen dan kijken en wachten, zonder er veel van te begrijpen.

De twee duikers hadden geluk. De meesten van hun medepassagiers waren Maleisiërs en moesten in de rij voor mensen zonder Brits paspoort gaan staan. De paar Britten hadden de controle van de grenspolitie dan ook snel achter de rug. En omdat ze als een van de eersten aan de bagageband stonden, konden ze hun koffers en tassen pakken en naar de douanegang lopen voor mensen die niets aan te geven hadden.
Het kwam misschien door hun gladgeschoren schedel, de stoppels op hun kin of hun gespierde armen die op een kille ochtend in de Britse maand maart uit de korte mouwen van een gebloemd overhemd staken,

maar een van de douaniers wenkte hen naar de inspectietafel. 'Mag ik uw paspoorten even zien?'
Dat was een formaliteit. Die waren in orde.
'Waar komt u net vandaan?'
'Maleisië.'
'Wat was het doel van uw reis?'
Een van de jongemannen wees naar zijn duikerstas. Hij keek erbij alsof hij het een niet erg slimme vraag vond, omdat de tassen het logo van een beroemde fabrikant van duikersspullen droegen. Het is echter een vergissing om een douanier belachelijk te maken. Zijn blik verried niets, maar hij had in de loop van zijn lange carrière al grote hoeveelheden exotische rookwaren en injecteerbare stoffen uit het Verre Oosten in beslag genomen. Hij gebaarde naar een van de duikerstassen.
Daar zaten alleen de gebruikelijke duikersspullen in. Toen hij de ritssluiting weer had dichtgetrokken, stak hij zijn vingers in de zijvakken. Uit een ervan haalde hij een opgevouwen kaart, die hij bekeek en las. 'Waar hebt u deze vandaan, meneer?'
De duiker stond echt voor een raadsel. 'Dat weet ik niet. Ik heb die kaart nog nooit gezien.'
Een paar meter verderop merkte een andere douanier de stijgende spanning, want de beleefdheid van zijn collega was niet voor niets voorbeeldig. Hij kwam dichterbij. 'Wilt u zo vriendelijk zijn om hier even te wachten?' vroeg de eerste, voordat hij door de deur achter zich wegliep.
De grote spiegels bij douaneafdelingen hangen daar niet voor ijdele mensen die hun make-up willen bijwerken. Het zijn doorkijkspiegels, en daarachter zit een ploeg van de binnenlandse veiligheidsdienst, in het Britse geval dus MI5. Een paar minuten later zaten de twee duikers met hun bagage in aparte ondervragingskamers. De douanemensen controleerden hun bagage zwemvlies voor zwemvlies, masker voor masker en overhemd voor overhemd. Ze vonden niets illegaals. De man in burger bestudeerde de nu opengevouwen kaart.
'Iemand moet dat ding in mijn bagage hebben gestopt. Ik heb het niet gedaan,' zei de duiker protesterend.
Het was inmiddels halftien. Steve Hill zat aan zijn bureau op Vauxhall Cross toen zijn buitengewoon geheime privételefoon rinkelde.
'Met wie spreek ik?' vroeg een stem.
Hill werd nijdig. 'Datzelfde kan ik aan u vragen. Ik denk dat u een verkeerd nummer belt,' antwoordde hij.
De man van MI5 had het bericht op de kaart in de duikerstas gelezen en

was geneigd 's mans uitleg te geloven. En in dat geval...
'Ik bel vanaf Heathrow, terminal 3. Afdeling Binnenlandse Veiligheid. We hebben hier een passagier uit het Verre Oosten. In zijn duikerstas is een kort, handgeschreven bericht gestopt. Zegt het woord Koevoet u iets?'
Steve Hill had het gevoel dat hij in zijn maag werd gestompt. Het nummer was goed. Er was ook geen verkeerd gesprek doorheen gekomen. Hij identificeerde zich met zijn dienst en rang, vroeg beide mannen vast te houden en zei dat hij eraan kwam. Zijn auto reed binnen vijf minuten de ondergrondse parkeergarage uit, stak de Vauxhall Bridge over en nam Cromwell Road naar Heathrow.
Het was natuurlijk pech voor de duikers dat hun hele ochtend verloren was, maar na een ondervraging van een uur was Steve Hill van hun onschuld overtuigd. Hij bestelde voor hen een ontbijt met alle toeters en bellen uit de personeelskantine en vroeg hun goed na te denken over wie de opgevouwen kaart in het zijvak gestopt kon hebben. Ze gingen iedereen na die ze gesproken hadden sinds ze hun bagage hadden ingepakt. Uiteindelijk zei een van hen: 'Mark, kun je je die Arabisch uitziende vent herinneren die je op het vliegveld heeft helpen uitladen?'
'Wat voor een Arabisch uitziende man?' vroeg Hill.
Ze beschreven de man zo goed als ze konden. Zwart haar, zwarte baard. Netjes geknipt. Donkere ogen, olijfkleurige huid. Jaar of 45, kennelijk fit. Donker pak. Hill had ook de beschrijvingen van de kapper en de kleermaker uit Ras al Khaima gelezen. Het was Koevoet. Hij dankte hen van ganser harte en regelde een auto met chauffeur voor hun thuisreis naar Essex. Daarna belde hij Phillips in Edzell en een ontbijtende Marek Gumienny in Washington. Hij kon doorgeven wat er op de kaart gekrabbeld stond: *Als je vaderlandslievend bent, ga dan naar huis en bel xxxxxxxxx. Geef door dat Koevoet zegt dat het om een soort schip gaat.*
'Zet alles op alles, en zoek over de hele wereld naar een vermist schip,' zei hij tegen Edzell.

Net als kapitein Herrmann van de *Java Star* had Liam McKendrick zelf zijn schip rond de diverse kapen geloodst en het roer overgegeven toen hij de straat tussen Tawitawi en Jolo achter zich had. Vóór hem lag de uitgestrektheid van de Celebeszee, en zijn koers naar de Straat van Makassar liep recht naar het zuiden.
Hij had een zeskoppige bemanning: vijf man uit het Indiase Kerala, die allemaal christelijk, trouw en efficiënt waren, en een eerste stuurman uit

Gibraltar. Hij had het roer overgegeven en was benedendeks gegaan, toen van achteren de speedboten aangestormd kwamen. Net als bij de *Java Star* had de bemanning geen schijn van kans. Tien bandieten waren in een paar tellen over de reling geklommen en renden naar de brug. De heer Lampong, die de kaping leidde, deed het rustiger aan.
Ceremonieel was ditmaal onnodig, en hij hoefde ook niet met geweld te dreigen als zijn bevelen niet werden opgevolgd. De *Countess of Richmond* had maar één taak: voorgoed en met de hele bemanning verdwijnen. De waardevolle lading waarmee het schip naar deze wateren was gelokt, zou afgeschreven moeten worden; dat was jammer maar onvermijdelijk.
De bemanning werd gewoon naar de reling gedreven en met een machinegeweer afgemaakt. De lijken verkrampten nog uit protest tegen deze onrechtvaardige dood toen ze over de reling werden gekieperd. Ballast of gewichten om hen naar de bodem te krijgen, waren evenmin nodig. Lampong kende zijn haaien.
Liam McKendrick ging als laatste. Hij brulde van woede tegen de moordenaars en noemde Lampong een heidens varken. De fanatieke moslim vond dat scheldwoord onprettig en zorgde ervoor dat de zeeman uit Liverpool wel diverse kogels in zijn lichaam had maar nog leefde toen hij in het water viel.
De piraten van Abu Sayyaf hadden genoeg schepen tot zinken gebracht om te weten waar de buitenboordskranen zaten. Toen de zaathouten onder de lading even later onder water stonden, gingen de overvallers het schip af en bleven ze op een paar kabellengtes afstand deinen tot de *Countess* op zijn achterschip ging staan, de boeg in de lucht stak, naar achteren gleed en langzaam naar de bodem van de Celebeszee zakte. Toen het schip verdwenen was, draaiden de moordenaars zich om en voeren ze ijlings terug.

Een nieuw, kort gesprek via Lampongs satelliettelefoon op zee kondigde voor de groep in het huis aan de Filipijnse rivier het tijdstip van vertrek aan. De mannen liepen in een rij naar de motorsloep, die aan de voet van de trap lag afgemeerd. Onder het lopen drong tot Martin door dat de achterblijvers geen enkel gevoel van opluchting toonden, alleen veel jaloezie. Tijdens zijn carrière bij de Special Forces had hij nooit een toekomstige pleger van een zelfmoordaanslag ontmoet. Nu werd hij door zulke mensen omringd en was hij er zelf een.
Op Forbes had hij veel gelezen over hun gemoedstoestand, over hun

volstrekte overtuiging dat ze iets doen voor een heilige zaak die automatisch Allahs zegen heeft en hun directe toegang tot het paradijs garandeert. Die overtuiging is veel sterker dan wat er nog van hun levenslust rest.

Hij was ook gaan beseffen hoeveel haat een shahid – naast liefde voor Allah – moest worden bijgebracht. Een van die twee was op zichzelf niet genoeg. Die haat moest als een bijtend zuur in de ziel branden, en hij zat er middenin.

Hij had het gezien in de ogen van Abu Sayyafs bandieten, die genoten van elke kans om een westerling te doden. Hij had het gezien in de harten van de Arabieren als ze baden om de kans om bij hun dood zo veel mogelijk christenen, joden en seculiere of lauwe moslims mee te nemen. En hij had die haat vooral gezien in de ogen van Al-Khattab en Lampong, juist omdat ze zich bezoedelden om zich onopgemerkt tussen hun vijanden te kunnen begeven.

Terwijl ze langzaam de rivier afvoeren, waarbij het oerwoud van alle kanten op hen af kwam en zelfs de hemel boven hen werd afgesloten, bestudeerde hij zijn metgezellen. Ze werden allemaal door dezelfde haat en hetzelfde fanatisme verteerd en vonden zichzelf bevoorrecht boven de andere ware gelovigen.

Martin was ervan overtuigd dat ze evenmin als hij wisten wat hun offer precies inhield, wat hun bestemming was, wat ze op de korrel moesten nemen en waarmee dat moest gebeuren. Ze hadden aangeboden om te sterven, waren aanvaard en waren met zorg uitgekozen, maar wisten alleen dat ze de Grote Satan een slag gingen toebrengen op een manier waarover nog een eeuw gesproken zou worden. Net als de Profeet lang geleden maakten ze een grote reis naar de hemel zelf, en die reis heette Al-Isra.

De rivier voor hen splitste zich. Het tuffende motorjacht nam de breedste zijtak en ging een bocht om. Er kwam een aangemeerd schip in zicht dat met zijn boeg stroomafwaarts lag. Het lag klaar voor vertrek naar de open zee. De dekvracht zat kennelijk in de zes containers die het voordek in beslag namen, en het schip heette de *Countess of Richmond*.

Martin speelde even met de gedachte om in het omringende oerwoud te ontsnappen. Hij had wekenlang in het oerwoud van Belize gezeten, want daar organiseerde de SAS zijn tropenopleiding. Maar het idee was nog niet bij hem opgekomen of hij wist al dat het zinloos was. Zonder kompas en hakmes kwam hij geen kilometer verder, en zijn achtervolgers zouden hem binnen een uur te pakken hebben. Daarna zou hij

dagenlang onuitsprekelijk gemarteld worden om de details van zijn opdracht uit hem te wringen. Het had gewoon geen zin. Hij zou op een betere kans moeten wachten, als die tenminste ooit kwam.
Een voor een klommen ze over de ladder naar het dek van het vrachtschip: de machinist, de navigator, de radioman, de chemicus en de fotograaf; de Pakistaan uit Groot-Brittannië met het vlakke, noordelijke accent, wat handig kon zijn als iemand met alle geweld over de radio met de *Countess* wilde praten; en de Afghaan, die kon leren om het roer vast te houden en een koers te volgen. Op Forbes had hij vele uren lang gezichten van bekende verdachten bestudeerd, maar geen van deze mensen was erbij. Aan dek wachtte echter de man die hen bij hun tocht naar de eeuwige glorie zou commanderen, en hem herkende de ex-SAS'er wel. Dankzij de boevengalerijen die hij op Forbes te zien had gekregen, wist hij naar wie hij staarde: Yusef Ibrahim, de plaatsvervanger en rechterhand van Al-Zarqawi, de Slager van Bagdad.
Dit gezicht behoorde tot de 'eredivisie' in de galerij die hij op Forbes gezien had. De man was, zoals verwacht, kort en gezet, en zijn te korte linkerarm hing omlaag. Hij had in Afghanistan tegen de Russen gevochten, en die linkerarm had tijdens een luchtaanval verscheidene granaatscherven opgevangen. Hij weigerde echter een nette amputatie en liet het lichaamsdeel liever nutteloos hangen.
Er waren geruchten geweest dat hij daar gestorven was, maar dat was niet waar. Hij was in de grotten opgelapt en voor modernere chirurgie naar Pakistan gesmokkeld. Na de Russische terugtrekking was hij verdwenen.
De man met de verschrompelde arm verscheen weer na de Amerikaans-Engelse invasie van Irak in 2003 en was in de tussentijd veiligheidschef in een van de Al Qaeda-kampen onder het talibanbewind geweest.
Voor Mike Martin was het een angstig moment, want misschien herkende de man Izmat Khan uit zijn Afghaanse tijd en wilde hij erover praten. Maar de commandant van de taakgroep keek hem alleen aan met zwarte ogen die ondoorgrondelijk als kiezels waren. Deze man had twintig jaar gedood en gemoord, en was er gek op. Als adjudant van Musab al-Zarqawi in Irak had hij voor de camera hoofden afgehakt en ervan genoten. Hij vond het heerlijk om mensen te horen smeken en schreeuwen. Martin staarde in die lege, manische ogen en uitte de gebruikelijke groet. Vrede zij met je, Yusef Ibrahim, Slager van Karbala.

14

Twaalf uur na de ondergang van de *Countess of Richmond* kwam de voormalige *Java Star* uit de verborgen Filippijnse kreek tevoorschijn. Het schip stak de Golf van Moro over, voer de Celebeszee op en sloeg naar het zuidzuidwesten af om de koers te bereiken die de *Countess* door de Straat van Makassar genomen zou hebben.

De Indonesische roerganger stond aan het roer, maar naast hem stonden de Brits-Pakistaanse tiener en de Afghaan, aan wie hij uitlegde hoe je op zee op koers moet blijven.

Zijn leerlingen konden het niet weten, maar de contraterrorismediensten in de wereld van de koopvaardij waren al heel lang verbijsterd over het grote aantal keren dat een schip in deze wateren gekaapt was en dan urenlang in cirkels voer terwijl de bemanning zat opgesloten, waarna de kapers het schip weer in de steek lieten.

De reden is eenvoudig dat de piraten in het Verre Oosten een groot schip op zee moeten leren hanteren zoals de kapers van 11 september geoefend hebben tijdens hun Amerikaanse vliegopleidingen. De Indonesiër aan het roer van de nieuwe *Countess* was een van hen.

De meester in de machinekamer had datzelfde werk gedaan toen het vrachtschip waarop hij zat, door Abu Sayyaf was gekaapt. Liever dan te sterven was hij bereid geweest zich bij de terroristen aan te sluiten en een van hen te worden. De derde Indonesiër had alles over radioprocedures tussen wal en schip geleerd bij zijn werk op het kantoor van een havenmeester op Noord-Borneo totdat hij een radicale islamiet werd en de gelederen van de Jemaah Islamiyah mocht versterken; later hielp hij met bommen leggen in discotheken op Bali.

Deze drie waren de enigen die technische kennis van schepen moesten hebben. De Arabische scheikundige kreeg uiteindelijk de verantwoordelijkheid voor de ontploffing van de lading; Suleiman uit de VAE moest de foto's maken die de wereld zouden schokken; de Pakistaanse jongen zou zo nodig het noordelijke accent van kapitein McKendrick moeten nadoen, en de Afghaan moest het roer kunnen overnemen tijdens de vaardagen die ze nog voor de boeg hadden.

Het was eind maart, maar de lente had nog geen enkele poging gedaan om de Cascade Range te bereiken. Het was bitter koud, en in het bos voorbij de muren van De hut lag een dik pak sneeuw.
Binnen was het warm en behaaglijk. Ondanks de televisie dag en nacht, de films op dvd, de muziek en de bordspelletjes was de verveling de grote vijand. De mannen hadden evenveel te doen als vuurtorenwachters, en deze zes maanden waren een goede test van hun vermogen tot innerlijke eenzaamheid en zelfredzaamheid. Gelukkig konden de bewakingsteams ski's of sneeuwschoenen aantrekken om door het bos te ploeteren, fit te blijven en even buiten het slaaphuis, de eetkamer en de spelletjeskamer te kunnen zijn.
De gevangene was immuun voor alle pogingen tot verbroedering, en op hem was de druk des te groter. Izmat Khan had de voorzitter van de krijgsraad in Guantánamo horen verklaren dat hij vrij was om te gaan, en was ervan overtuigd dat hij niet langer dan een jaar in Pul-i-Charki zou hebben gezeten. Toen hij naar deze eenzame wildernis werd gebracht – vermoedelijk voor eeuwig – was het moeilijk om de tierende woede in zijn binnenste te verbergen.
Dus trok hij het met kapok gevoerde jasje aan dat ze hem gegeven hadden, liep naar buiten en ijsbeerde over de ommuurde binnenplaats. Tien passen lang, vijf passen breed. Hij kon het met zijn ogen dicht doen zonder ooit tegen het beton te botsen. De enige afwisseling bood soms de hemel boven hem.
Die bestond meestal uit loodgrijze wolken waaruit sneeuw viel, maar eerder, in de periode dat de christenen bomen versierden en liedjes zongen, was de hemel blauw, hoewel het ijskoud was.
Hij had toen arenden en raven boven zijn hoofd zien cirkelen. Kleinere vogels waren naar de top van de muur gefladderd en hadden op hem neergekeken. Ze vroegen zich misschien af waarom hij niet vrij met hen kwam meevliegen. Maar hij sloeg vooral graag de vliegtuigen gade.
Sommige kende hij als militaire toestellen, hoewel hij nooit gehoord had van Cascade Range, waar hij nu verbleef, noch van de vliegbasis McChord, op 80 kilometer naar het westen. Maar hij had Amerikaanse gevechtsvliegtuigen gezien als ze bommen op Noord-Afghanistan afwierpen, en hij wist dat dit dezelfde toestellen waren.
En dan had je de passagiersvliegtuigen. Ze waren allemaal verschillend beschilderd en hadden allerlei symbolen op hun staart, en hij wist genoeg om te weten dat dit geen nationale maar bedrijfssymbolen waren. Behalve het esdoornblad. Veel vliegtuigen hadden dat blad op

hun staart; ze waren altijd aan het opstijgen en kwamen uit het noorden.
Het noorden was makkelijk te bepalen: in het westen zag hij de zon ondergaan; in het oosten lag Mekka, en in die richting bad hij. Hij vermoedde dat hij in de Verenigde Staten was, want zijn bewakers spraken duidelijk Amerikaans. Waarom kwamen er dan vliegtuigen met een ander nationaal symbool uit het noorden? De enige reden kon zijn dat daar een ander land lag, een land waar de mensen een rood blad op een witte achtergrond aanbaden. Zo liep hij te ijsberen en aan het land van het rode blad te denken. In werkelijkheid zag hij de vluchten van Air Canada vanuit Vancouver.

In een verlopen havenkroeg in Port of Spain op Trinidad werden twee zeelieden van de koopvaardij door een plaatselijke bende aangevallen en dood achtergelaten. Ze waren allebei met bekwame hand doodgestoken.
Toen de politie ter plaatse kwam, kregen alle getuigen ineens geheugenverlies; ze konden zich alleen herinneren dat vijf aanvallers een kroeggevecht geprovoceerd hadden en mensen van het eiland waren. De politie kwam niet verder dan dat en verrichtte geen arrestaties.
De moordenaars waren plaatselijke boefjes die niets met het islamistische terrorisme te maken hadden. Maar de man die hun betaald had, was een vooraanstaand lid van de Jamaat al-Muslimeen, de belangrijkste Trinidadse terreurgroep in het kielzog van Al Qaeda.
De westerse pers besteedde niet veel aandacht aan de JaM, maar de groep groeide jarenlang gestaag, net als andere groepen in het Caribisch gebied. In een regio die bekendstaat om zijn vele simpele christenen, dijde de islam in alle stilte uit door een massale immigratie uit het Midden-Oosten, Midden-Azië en het Indiase subcontinent.
Het geld dat de JaM voor de moorden betaalde, kwam uit een krediet dat wijlen de heer Tewfik al-Qur geregeld had, en de opdracht ertoe kwam van een afgezant van dr. Al-Khattab, die nog op het eiland was.
Er was geen poging gedaan om de portefeuilles van de slachtoffers te stelen, en de politie van Port of Spain identificeerde hen dan ook snel als Venezolaanse staatsburgers en dekknechten op een Venezolaans schip dat toen in de haven lag.
De schipper, kapitein Pablo Montalbán, was geschokt en bedroefd toen hij over de dood van zijn bemanningsleden hoorde, maar kon niet te lang in de haven blijven liggen. De repatriatie van de lijken naar Caracas

was de taak van de Venezolaanse ambassadeur en consul, en kapitein Montalbán vroeg zijn plaatselijke agent intussen om vervangende zeelieden. De man vroeg wat rond en had geluk. Hij vond twee beleefde en gretige jonge Indiërs uit Kerala, die steeds op schepen hadden aangemonsterd om hun wereldreis te betalen en misschien geen naturalisatiebewijs maar wel uitstekende papieren als zeeman hadden.
Ze werden aangenomen en gingen aan het werk met de vier andere zeelieden die de bemanning vormden. De *Doña María* voer maar een dag te laat uit.
Montalbán wist wel min of meer dat de meeste mensen in India hindoes zijn, maar had geen idee dat daar ook 150 miljoen moslims wonen. Hij wist evenmin dat die Indiase islamieten even sterk geradicaliseerd waren als in Pakistan en dat Kerala, ooit een broeikas van het communisme, bijzonder gevoelig voor het islamistische extremisme was gebleken.
Zijn twee nieuwe bemanningsleden waren inderdaad als dekknechten vanuit India naar het eiland gekomen, hoewel op bevel en om ervaring op te doen. En ten slotte was hem ook volstrekt onbekend dat ze weliswaar geen van beide zelfmoord in de zin hadden, maar wel allebei voor de Jamaat al-Muslimeen werkten. De twee stakkerds in de kroeg waren nu juist vermoord om deze twee Indiase pikbroeken aan boord van de *Doña María* te krijgen.

Marek Gumienny besloot naar Groot-Brittannië te vliegen zodra hij het nieuws uit het Verre Oosten hoorde, maar nam ditmaal een specialist op een ander gebied mee.
'De arabisten hebben hun werk gedaan,' zei hij voor zijn vertrek tegen Steve Hill. 'Nu hebben we mensen nodig die de wereld van de koopvaardij kennen.'
De man die hij meebracht, kwam van de Amerikaanse Dienst Douane en Grensbescherming, afdeling Koopvaardij. Steve Hill reisde vanuit Londen naar het noorden in gezelschap van een van zijn collega's: een man van de SIS-afdeling Antiterrorisme, onderafdeling Scheepvaart. De twee jongere mannen troffen elkaar in Edzell: Chuck Hemingway uit New York en Sam Seymour uit Londen. Ze wisten van elkaars bestaan omdat ze elkaars rapporten en briefings binnen de westerse antiterreurwereld gelezen hadden. Ze kregen te horen dat ze twaalf uur de tijd hadden om de koppen bij elkaar te steken en dan met twee dingen op de proppen moesten komen: een inschatting van het gevaar en een plan om het te keren.

Toen het tweetal hun resultaten aan Gumienny, Hill, Phillips en McDonald voorlegde, nam Chuck Hemingway als eerste het woord. 'We zijn niet op jacht, we zoeken een naald in een hooiberg. Als je op jacht gaat, weet je je doel, maar wij hebben alleen iets wat drijft. Misschien. Ik geef even wat cijfers. Op ditzelfde moment bevaren 46.000 koopvaardijschepen de wereldzeeën. De helft daarvan voert een goedkope vlag, die zo ongeveer naar believen door de kapitein vervangen kan worden. Zeszevende deel van het wereldoppervlak is bedekt met zeewater, en dat gebied is zo groot dat op elk willekeurig moment letterlijk duizenden schepen uit het zicht van het land of andere schepen zijn. Tachtig procent van de wereldhandel vindt nog steeds per schip plaats, en dan hebben we het over iets minder dan 6 miljard ton. En over de hele wereld zijn er 4.000 bruikbare handelshavens. Ten slotte zoeken we een schip maar weten verder niets: geen type, omvang, tonnage, silhouet, leeftijd, eigenaar, vlag, kapitein of naam. Er is alleen een kans dat we dit schip opsporen – laten we het het "spookschip" noemen – als we meer weten of heel veel geluk hebben. Kan iemand ons een van die twee bieden?'

Er viel een sombere stilte.

'Dat is verrekte ontmoedigend,' zei Marek Gumienny. 'Kun je ons dan geen straaltje hoop geven?'

'Chuck en ik zijn het erover eens dat het misschien mogelijk is als we weten waar de terroristen op uit zijn. We kunnen dan elk schip dat die kant op gaat controleren en het schip en de lading inspecteren,' zei Seymour.

'We zijn een en al oor,' zei Hill. 'Wat lijkt jou het waarschijnlijkste doelwit?'

'De mensen op mijn terrein maken zich al jaren zorgen en dienen al jaren rapporten in. De oceanen zijn voor terroristen een soort speeltuin. Het feit dat Al Qaeda zijn eerste spectaculaire aanval vanuit de lucht uitvoerde, was dan ook onlogisch. Ze hoopten slechts vier verdiepingen van de Twin Towers te vernietigen, maar hadden ongelooflijk veel geluk. En al die tijd wenkte de zee.'

'De veiligheid van de havens is enorm verbeterd,' snauwde Marek Gumienny. 'Dat weet ik, want ik heb de begrotingen gezien.'

'Maar dan merk ik met alle respect op dat het niet genoeg is geweest, meneer. Sinds het begin van het nieuwe millennium is de piraterij in de wateren rond Indonesië – en ik bedoel aan alle kanten – gestaag toegenomen. Een deel daarvan dient alleen om de schatkist van terroristen te spekken. Andere kapingen zijn volstrekt onbegrijpelijk.'

'Zoals?'
'Piraten hebben in tien gevallen een sleepboot gestolen. Sommige daarvan zijn nooit teruggevonden. Ze zijn niet te verkopen, omdat ze erg opvallen en moeilijk te vermommen zijn. Waar dienen ze voor? Volgens ons zijn ze bruikbaar om een gekaapte supertanker een drukke internationale haven zoals Singapore in te slepen.'
'En dan op te blazen?' vroeg Hill.
'Hoeft niet. Gewoon afzinken met de vrachtluiken open. Die haven is dan voor tien jaar dicht.'
'Juist,' zei Marek Gumienny. 'Mogelijk doelwit nummer één. Neem een supertanker en sluit daarmee een grote haven af. Is dat spectaculair? Het klinkt me nogal afgezaagd in de oren, behalve voor de haven in kwestie... Geen slachtoffers.'
'Het kan erger,' zei Chuck Hemingway. 'Een blokkade door een schip kan heel schadelijk voor de wereldeconomie zijn. In zijn video van oktober 2004 zei Bin Laden zelf dat hij op economische schade wilde overstappen. Geen klant in de winkelcentra of benzinepompen realiseert zich hoe sterk de hele wereldhandel inmiddels afhangt van leveranties op het laatste moment. Niemand wil meer iets in voorraad hebben. Het Chinese T-shirt dat op maandag in Dallas verkocht wordt, is waarschijnlijk de vrijdag ervoor in de haven aangekomen. Dat geldt ook voor de benzine. Het Panamakanaal? Het Suezkanaal? Sluit ze, en de hele wereldeconomie zakt in. We hebben het dan over een schade van honderden miljarden dollars. Andere vitale zeestraten zijn zo smal dat een dwars afgezonken, echt groot vrachtschip of een tanker de hele boel blokkeert.'
'Oké,' zei Marek Gumienny. Hoor eens, ik heb een president en vijf andere patroons aan wie ik moet rapporteren. Jij hebt een eerste minister, Steve. We kunnen Koevoets bericht niet gewoon laten liggen. We kunnen ook geen potje gaan janken. We zullen concrete maatregelen moeten voorstellen. Ze willen ons actief zien, willen dat we er iets aan doen. Laten we een lijst van waarschijnlijkheden maken en tegenmaatregelen voorstellen. Verdomme, we kunnen toch nog wel een beetje van ons af slaan?'
Chuck Hemingway haalde een rapport voor de dag waaraan hij en Seymour gewerkt hadden. 'Goed, meneer. Waarschijnlijkheid één is volgens ons de kaping van een heel groot schip – tanker, vrachtvaarder, ertsschip – dat in een smalle maar vitale flessenhals op zee wordt afgezonken. Tegenmaatregelen? Alle flessenhalzen lokaliseren en aan beide

kanten oorlogsschepen posteren. Laat alle passerende schepen door mariniers inspecteren.'
'Christus, dan krijgen we chaos,' zei Steve Hill. 'Dan zegt iedereen dat we ons gedragen als piraten. En de landen die aan die wateren liggen? Hebben die er iets over te zeggen?'
'Als de terroristen slagen, zijn zowel de andere schepen als de kustlanden geruïneerd. Er hoeft geen oponthoud te zijn. De mariniers kunnen aan boord gaan zonder dat de schepen vaart terugnemen. En heel eerlijk gezegd kunnen terroristen aan boord van een spookschip niet toestaan dat iemand aan boord komt. Ze moeten terugschieten, zich blootgeven en ijlings het hazenpad kiezen. De reders zullen ons standpunt zeker begrijpen.'
'Waarschijnlijkheid twee?' wilde Steve Hill weten.
'Een spookschip boordevol explosieven tegen een installatie zoals een kunstmatig eiland voor pijpleidingen of een booreiland laten varen en tot ontploffing brengen. Dat veroorzaakt een astronomische milieuschade en heeft jarenlang economische repercussies. Saddam deed dat in Koeweit door alle olieputten in brand te steken toen de coalitie zich ermee ging bemoeien. Hij wilde Koeweit van verschroeide aarde laten leven. Tegenmaatregelen: zoals genoemd. Elk schip dat in de buurt van zo'n installatie komt, identificeren en onderscheppen. Een positieve identificatie moet buiten een veiligheidszone van 15 kilometer plaatsvinden.'
'We hebben niet genoeg oorlogsschepen,' protesteerde Steve Hill. 'Elk knooppunt, elke raffinaderij aan de kust, elk booreiland?'
'Daarom zullen de betrokken landen aan de kosten moeten bijdragen. En het hoeft geen oorlogsschip te zijn. Als een onderscheppend schip beschoten wordt, weten we dat dat het spookschip is en kunnen we het vanuit de lucht tot zinken brengen.'
Marek Gumienny haalde zijn hand over zijn voorhoofd. 'Verder nog iets?'
'Er is nog een waarschijnlijkheid nummer drie,' zei Seymour. 'Het gebruik van zoveel explosieven dat bij een bevolking een vreselijke slachting plaatsvindt. In dat geval is het doelwit waarschijnlijk een toeristenplaats vol vakantiegangers aan een kust. Dat is een afschuwelijk vooruitzicht en lijkt op de verwoesting van het Canadese Halifax in 1917 toen een munitieschip midden in de binnenhaven ontplofte. De stad werd van de kaart geveegd. Die klap geldt nog steeds als de grootste niet-nucleaire ontploffing uit de geschiedenis.'

'Ik moet rapport uitbrengen, en daar kijk ik niet naar uit, Steve,' zei hij toen ze op het teermacadam van de startbaan afscheid namen. 'Overigens... Als we tegenmaatregelen nemen, zoals onvermijdelijk is, dan kunnen we de pers er nooit buiten houden. We moeten dan de best mogelijke dekmantel verzinnen om de aandacht van kwaadwilligen niet op kolonel Martin te vestigen. Maar je weet dat je de werkelijkheid moet aanvaarden, hoewel ik mijn petje voor hem afneem. De kans is groot dat hij het niet overleeft.'

Majoor Larry Duval keek in het zonlicht van Arizona en verbaasde zich zoals altijd over de aanblik van de F-15 Strike Eagle die hem wachtte. Hij had de F-15E tien jaar lang gevlogen en dat toestel was de liefde van zijn leven.
In de loop van zijn carrière had hij ook met de F-111 Aardvark en de F-G Wild Weasel te maken gehad. Dat waren mooie machines en het was een voorrecht dat de Amerikaanse luchtmacht hem erin liet vliegen, maar de Eagle was voor hem na twintig jaar als luchtmachtpiloot nog steeds je van het.
Aan het toestel dat hij die dag van de vliegbasis Luke naar de deelstaat Washington moest brengen, werd nog gewerkt. Het stond zwijgend tussen een krioelende menigte mannen en vrouwen in overalls die overal over zijn stoere geraamte kropen. Zelf was het immuun voor liefde, lust, haat of angst. Larry Duval was jaloers op zijn Eagle, die ondanks al zijn talloze complexiteiten niets kon voelen. Het vliegtuig kon nooit bang zijn.
Het toestel dat die ochtend werd klaargemaakt voor zijn testvlucht, was naar de vliegbasis Luke gegaan voor een grondige onderhoudsbeurt. De regels schreven een proefvlucht voor als het zo lang in de werkplaats had gestaan.
Het stond dus in het heldere lentezonnetje van Arizona te wachten: 19 meter lang, 5,5 hoog en 12 in de breedte met een leeg gewicht van 18.000 kilo en een maximaal startgewicht van ruim tweemaal zoveel. Larry Duval draaide zich om toen zijn officier Wapensystemen (WSO of Wizzo) kapitein Nicky Johns terugkwam van zijn eigen controles. In de Eagle zit de WSO vlak achter de piloot tussen vliegtuigelektronica die miljoenen dollars waard is. Tijdens de lange vlucht naar de vliegbasis McChord wilde hij ze allemaal testen.
De open SUV stopte bij de ramen, en de twee bemanningsleden werden naar het wachtende gevechtsvliegtuig, zo'n 800 meter verderop, gere-

den. Ze besteedden tien minuten aan testen op de grond, hoewel de kans heel klein was dat de grondbemanning iets over het hoofd had gezien.
Eenmaal aan boord snoerden ze zichzelf in en knikten ze nog één keer naar de onderhoudsmensen, die naar beneden kwamen, wegliepen en hen verder met rust lieten. Larry Duval startte de twee machtige F100-motoren, liet de kap sissend zakken en begon te rijden. Het toestel reed in een lichte briesje de startbaan op, bleef even staan, kreeg toestemming en bleef toen nog even staan om de remmen te proberen. Toen schoten vlammen van 9 meter uit de twee naverbranders en liet majoor Duval de macht van het toestel de vrije loop.
Anderhalve kilometer later en bij een snelheid van 185 knopen stegen de wielen van het teermacadam op en was de Eagle in de lucht. Het landingsgestel in, vleugelkleppen omhoog en de gaskraan een eind dicht om de motoren uit de brandstof vretende nabrandermodus te halen en in de military power setting te krijgen. Duval stelde een klimsnelheid van 1.500 meter per minuut in, en de WSO achter hem gaf hem de kompasrichting van hun bestemming. Op 9 kilometer hoogte aan een strakblauwe hemel kwam het toestel horizontaal te liggen en werd de koers naar Seattle verlegd. De Rocky Mountains onder hen waren met sneeuw bedekt en zouden dat de hele weg blijven.

In het Britse ministerie van Buitenlandse Zaken waren de laatste details van het vervoer van de Britse regering en haar adviseurs naar de G8 van april bijna in kannen en kruiken. De hele delegatie zou in een chartervliegtuig van Heathrow naar JFK in New York vliegen om daar door de Amerikaanse minister van Buitenlandse Zaken formeel begroet te worden.
De andere zes niet-Amerikaanse delegaties kwamen vanuit hun eigen hoofdsteden naar datzelfde vliegveld. Alle delegaties zouden aan de 'vliegkant' van de luchthaven blijven, anderhalve kilometer verwijderd van de demonstranten buiten. De president was gewoon niet van plan om mensen die hij halvegaren noemde, toe te staan zijn gasten te beledigen of op andere manieren lastig te vallen. Herhalingen van Seattle en Genua waren niet in de plannen opgenomen.
Het vervoer vanaf JFK zou geregeld worden met een luchtbrug van helikopters, die hun vracht in een tweede, volledig afgeschermde omgeving zouden afzetten. Van daaruit konden ze gewoon naar het trefpunt van hun vijfdaagse conferentie wandelen en waren ze voor de rest in luxe en

privacy opgesloten. Het was een simpel en vlekkeloos plan.
'Niemand is ooit op het idee gekomen, maar als je er goed over nadenkt, is het briljant,' zei een van de Britse diplomaten. 'Misschien moeten we het zelf ook maar eens proberen.'
'Het nog betere nieuws is,' zei een oudere en meer ervaren collega, 'dat het na Gleneagles nog jaren duurt voordat wij weer aan de beurt zijn. Laat anderen de hoofdpijn van de beveiliging maar krijgen.'

Het duurde niet lang of Marek Gumienny nam weer contact op met Steve Hill. Hij was in gezelschap van de CIA-directeur naar het Witte Huis gegaan en had de zes patroons uitgelegd welke conclusies waren getrokken uit het bizarre bericht van het bij iedereen onbekende eiland Labuan.
'Ze zeiden ongeveer hetzelfde als eerst,' meldde Gumienny. 'Wat het ook is, waar het ook is, vind het en vernietig het.'
'Mijn regering reageert net zo,' zei Steve Hill. 'Laat je door niets weerhouden. Vernietig het als je het ziet. En ze willen dat we op dit punt samenwerken.'
'Daar heb ik het niet moeilijk mee. Maar aan deze kant is iedereen ervan overtuigd dat de Verenigde Staten het doelwit zijn. Onze kustbewaking gaat dus boven alles – Midden-Oosten, Azië, Europa. Die totale prioriteit geldt ook voor onze middelen – satellieten, oorlogsschepen en de hele mik. Alleen als het spookschip ver uit de buurt van onze kust blijkt te liggen, oké, dan zetten we onze middelen in om het te vernietigen.'
De Amerikaanse directeur Nationale Inlichtingen, John Negroponte, gaf de CIA toestemming om hun Britse Neven inzage te geven in de maatregelen die de Verenigde Staten wilden nemen.
De defensiestrategie omvatte drie fasen: luchtverkenning, identificatie en inspectie. Bij een onbevredigende verklaring of onverklaarde afwijking van de koers zou het schip fysiek onderschept worden. Elk verzet betekende vernietiging op zee.
Om een maritiem gebied af te bakenen, werd een complete cirkel met een straal van 500 kilometer rond Labuan getekend. Vanaf de noordkant ervan werd een lijn over de Stille Oceaan naar Anchorage aan de zuidkust van Alaska getrokken. Een tweede lijn liep van de zuidkant van de cirkel naar de kust van Ecuador. Het gebied ertussen was het grootste deel van de Stille Oceaan. Het omvatte de hele westkust van Canada, de Verenigde Staten en Midden-Amerika tot Ecuador, inclusief het Panamakanaal.

Het Witte Huis besloot het nog niet officieel aan te kondigen, maar het was de bedoeling om in deze driehoek alle schepen die in oostelijke richting naar de Amerikaanse kust voeren, in het oog te houden. Elk schip dat de driehoek verliet of naar Azië ging, zou met rust worden gelaten. De rest zou geïdentificeerd en geïnspecteerd worden.
Dankzij jarenlange druk door een paar diensten die vaak als 'niet goed snik' waren beschouwd, was er een procedurele bondgenoot. De reders van de grote handelsroutes hadden ermee ingestemd om altijd hun bestemmingen op te geven, zoals ook vliegtuigen hun vluchtplan opgeven. Van zeventig procent van de schepen in de inspectiezone was de bestemming bekend, en de rederijen konden contact opnemen met hun kapiteins. De nieuwe regels omvatten ook de afspraak dat de kapiteins, als ze zich veilig voelden, altijd een bepaald woord moesten gebruiken dat alleen bij hun rederij bekend was. Als dat woord niet gebruikt werd, kon dat betekenen dat de kapitein gevangen werd gehouden.
Het was 72 uur na de conferentie in het Witte Huis toen de eerste KH11 Keyholesatelliet in zijn baan in de ruimte terechtkwam en de cirkel rond Labuan begon te fotograferen. De computers hadden opdracht binnen een straal van 500 kilometer rond Labuan elk koopvaardijschip ongeacht zijn richting te fotograferen. Computers doen wat ze opgedragen krijgen, en dat gebeurde dus. Toen de eerste foto's genomen werden, voer de *Countess of Richmond* door de Straat van Makassar naar het zuiden en lag het schip op iets meer dan 500 kilometer van Labuan. Het werd dus niet gefotografeerd.

Voor Londen was een aanval vanuit de Stille Oceaan, die het Witte Huis zo obsedeerde, maar het halve plaatje. De waarschuwingen van de Edzellconferentie waren voor nader onderzoek doorgegeven aan de Britse en Amerikaanse regering, maar de bevindingen werden in grote lijnen aanvaard.
Er was een lang, persoonlijk gesprek over de directe telefoonlijn tussen Downing Street en het Witte huis nodig om een overeenkomst over de buitengewoon vitale zee-engten ten oosten van Malta te bereiken. De overeenkomst behelsde dat de Britse marine in samenwerking met de Egyptenaren de zuidkant van het Suezkanaal in het oog zou houden om alle schepen uit Azië (behalve de allerkleinste) te onderscheppen.
De oorlogsschepen van de Amerikaanse marine in de Perzische Golf, Arabische Zee en Indische Oceaan zouden in de Straat van Ormoes patrouilleren. Hier kon de dreiging alleen afkomstig zijn van een enorm

schip dat zichzelf kon laten zinken in de diepe geul door het midden van de straat. Het verkeer bestond er vooral uit supertankers die vanuit het zuiden leeg aankwamen en diep in het water terugkwamen omdat ze vol olie zaten die op een van de talloze eilanden voor de Iraanse kust, de VAE, Katar, Bahrein, Saudi-Arabië of Koeweit was ingenomen.

Het was voor de Amerikanen prettig dat de rederijen van zulke schepen een betrekkelijk klein clubje vormen en graag samenwerken om een ramp voor iedereen te voorkomen. Neem het voorbeeld van een supertanker die op weg is naar de straat, maar nog 300 mijl te gaan heeft: het kostte niet veel tijd om op het dek een Sea Stallion-helikopter te laten landen met Amerikaanse mariniers, die snel rondkeken op de brug. Het leverde voor het schip geen vertraging op.

Inzake de waarschijnlijkheden twee en drie werd elke Europese regering met een belangrijke zeehaven gewaarschuwd voor het mogelijke bestaan van een spookschip onder bevel van terroristen. Denemarken moest Kopenhagen beschermen, Zweden deed hetzelfde met Stockholm en Gotenburg, Duitsland bekeek alles wat Hamburg of Kiel binnenliep, Frankrijk zorgde voor Brest en Marseille. Vliegtuigen van de Britse marine in Gibraltar patrouilleerden in de zee-engte tussen Marokko en Gibraltar die de Zuilen van Hercules heet. Alles wat vanaf de Atlantische Oceaan de Middellandse Zee in wilde varen, moest geïdentificeerd worden.

Majoor Duval had de Eagle overal boven de Rocky Mountains flink uitgeprobeerd, en het toestel had zich kranig gehouden. Onder hem was het weer veranderd.

De blauwe hemel van Arizona verried de eerste paar lange vederwolken, die steeds dikker werden toen hij Nevada verruilde voor Oregon. Toen hij daarna de Columbiarivier overstak en in Washington terechtkwam, hing onder hem een massief wolkendek dat van de boomtoppen tot 6 kilometer hoogte reikte en vanuit Canada in het noorden kwam. Op 9 kilometer hoogte was de hemel nog steeds blauw, maar bij zijn afdaling zou hij een heel eind door dikke waterdamp moeten vliegen. Na 300 kilometer vroeg hij de vliegbasis McChord om een door de vluchtleiding geregelde landing.

McChord vroeg hem aan de oostkant te blijven, boven Spokane te draaien en de afdalingsinstructies op te volgen. De Eagle was aan zijn bocht naar links en naar McChord bezig toen datgene wat de duurste moersleutel van de Amerikaanse luchtmacht ging worden, weggleed van de plaats waar hij ingeklemd had gezeten, namelijk tussen twee hydraulische pijpen in de motor aan stuurboord. Toen de Eagle horizontaal kwam te hangen, viel het ding tegen het blad van de turbofan.

Het eerste gevolg was een zware knal ergens diep in de ingewanden van de F100 aan stuurboord. Het compressorblad, dat scherp als een hakmes was en met bijna de geluidssnelheid rondtolde, begon los te scheuren. Elk losgeraakt blad kwam tussen de andere vast te zitten. In de cockpit kwam met een felrood licht antwoord op Nicky Johns' geschreeuwde vraag: 'Wat was dat, verdomme?'

Larry Duval zat voor hem en luisterde naar iets in zijn hoofd dat gilde: 'Uitzetten!'

Duvals vingers hadden na al die jaren vliegen genoeg ervaring om het bijna automatisch te doen: de ene hendel na de andere omzetten: brandstof, elektrische circuits, hydraulische pijpen... De motor aan stuurboord stond echter in lichterlaaie. De ingebouwde brandblussers gingen automatisch aan het werk maar kwamen te laat. De F100 aan stuurboord hakte zichzelf in mootjes in een proces dat 'catastrofale motorstoring' heet.

De WSO achter Duval riep tegen McChord: 'Mayday, mayday, mayday, stuurboordmotor in brand...!'

Hij werd onderbroken door een nieuw gebulder achter hem. De motor aan stuurboord was niet stilgevallen. Allerlei fragmenten ervan waren door het brandvrije schot gevlogen en bestookten bakboord. Nieuwe rode lampjes flitsten aan. Ook de tweede motor vloog in brand. Met een beperkte brandstoftoevoer, zoals het geval was, en op één werkende motor had Larry Duval veilig de grond kunnen halen. Maar een modern gevechtsvliegtuig met twee uitgevallen motoren glijdt niet meer omlaag zoals de toestellen van vroeger; het stort als een kogel neer.

Kapitein Johns zou bij het latere onderzoek verklaren dat de stem van de piloot kalm en beheerst bleef. Hij had de radio in de zendstand gezet zodat de luchtleiding van McChord niet ingelicht hoefde te worden maar alles hoorde terwijl het gebeurde.

'Twee motoren uitgevallen,' zei de majoor. 'Klaarmaken voor schietstoel.'

De WSO keek nog één keer op zijn instrumenten. Hoogte: 7.200 meter. Hoek: steile duikvlucht. Buiten scheen de zon nog, maar het wolkendek stormde op hen af. Hij keek om zich heen en achterom. De Eagle brandde van kop tot staart als een lier. Voor hem klonk alweer die kalme stem: 'Schietstoel.'

Beide mannen pakten de hendel naast hun stoel en trokken. Meer hoefden ze niet te doen. Moderne schietstoelen werken automatisch; zelfs als de betrokkene bewusteloos is, gaat alles vanzelf.
Larry Duval en Nicky Johns konden de ondergang van hun vliegtuig niet zien. In de paar seconden die hun nog restten, werden hun lichamen via de verbrijzelde kap de ijskoude atmosfeer in gesmeten. De stoel hield hun armen en benen op hun plaats, zodat die er niet afgerukt konden worden. De stoel beschermde hun gezicht tegen een luchtstroom die hun jukbeenderen door hun schedel kon drijven.
De twee vallende schietstoelen stabiliseerden zichzelf met behulp van kleine remparachutes en doken omlaag. Eén tel later waren ze in het wolkendek verdwenen. Zelfs als de twee bemanningsleden door hun vizier hadden kunnen kijken, zouden ze alleen grijze wolken hebben zien passeren.
De stoelen bepaalden zelf wanneer de grond dicht genoeg in de buurt was om hun inzittenden te bevrijden. De riemen schoten open en de mannen, die inmiddels anderhalve kilometer uit elkaars buurt waren geraakt, vielen uit hun stoelen, die hun val gewoon voortzetten.
Ook de parachutes werkten automatisch. Eerst ging een kleine *drogue* open om de vallende man stabiel te krijgen, en daarna was de grote parachute aan de beurt. De twee mannen voelden een harde ruk toen de dodelijke snelheid van 200 kilometer per uur afnam tot iets boven de twintig.
In hun lichte, nylon vlieg- en G-pak begonnen ze de felle kou te voelen. Eerst leken ze in een eigenaardig nat, grijs tussengebied tussen hemel en hel te verkeren, maar toen vielen ze met een klap op de bovenste takken van dennen en sparren.
In het vage licht onder het wolkendek landde de majoor op een soort open plek, waar zijn val gebroken werd door veerkrachtige naaldboomtakken die plat op de grond lagen. Hij voelde zich een paar seconden duizelig en buiten adem, maar maakte toen de parachutesluiting op zijn middenrif los en stond op. Daarna zette hij de zender aan zodat de redders konden vaststellen waar hij was.
Nicky Johns kwam niet op een open plek terecht; toen hij de takken raakte, werd hij bedolven onder vallende sneeuw. Hij wachtte tot hij met een klap op de grond zou vallen, maar dat gebeurde niet. In het ijskoude halfduister boven zich zag hij dat zijn parachute in de bomen verward was geraakt. Beneden zich kon hij de grond onderscheiden. Sneeuw en dennennaalden op een afstand van 4 of 5 meter, dacht hij.

Hij haalde diep adem, maakte de sluiting los en viel omlaag.
Met enig geluk zou hij na zijn landing hebben kunnen opstaan, maar hij voelde zijn scheenbeen netjes doormidden breken toen het tussen twee dikke takken onder de sneeuw gleed. Hij wist dat de kou en de shock een meedogenloze aanslag op zijn reserves zouden betekenen. Ook hij maakte zijn zender los en zette hem aan.
Toen de bemanning verdwenen was, had de Eagle nog een paar tellen geprobeerd te vliegen. Het toestel stak zijn neus omhoog, tolde om, gleed weg en hervatte zijn duik; het schoot de wolken in en ontplofte toen de vlammen de brandstoftanks bereikten.
De twee motoren werden losgescheurd en vlogen weg. Zes kilometer lager raasden ze – allebei 5 ton brandend metaal – met een snelheid van 800 kilometer per uur naar de Wilderness in de Cascade Range. De ene vernielde twintig bomen, de andere nog meer.

Het kostte de CIA-man die de operatie leidde en de commandant was van het garnizoen in De hut, meer dan twee minuten om weer bij bewustzijn te komen en zich op te hijsen van de vloer in de eetkamer, waar hij had zitten lunchen. Duizelig en misselijk leunde hij tegen een muur van de blokhut en riep hij in het rondkolkende stof namen af. Hij kreeg kreunend antwoord. Twintig minuten later had hij de stand van zaken opgenomen. De twee mannen die in de speelkamer aan het biljarten waren geweest, waren dood. Drie anderen waren gewond. De echte mazzelaars waren buiten geweest om een voettocht te maken. Ze hadden 100 meter verderop gestaan toen de meteoriet – zoals ze dachten – de hut raakte. Toen ze eenmaal hadden vastgesteld dat twee CIA'ers dood waren, drie dringend naar het ziekenhuis moesten, twee wandelaars niets mankeerden en de vijf anderen in shock waren, keken ze hoe het met de gevangene ging.
Ze werden er later van beschuldigd dat ze niet erg vlug van begrip waren geweest, maar het eindrapport concludeerde uiteindelijk dat ze terecht eerst aan zichzelf hadden gedacht. Een blik door het kijkgaatje in de kamer van de Afghaan bewees dat het daar te licht was. Toen ze naar binnen stormden, bleek de deur van de woonkamer naar de ommuurde binnenplaats open te staan. De kamer zelf was van gewapend beton en had het overleefd, maar de muur van de binnenplaats was minder fortuinlijk. De vallende F100-motor had een brok van anderhalve meter muur – beton of niet – meegenomen alvorens naar het garnizoensverblijf te ricocheren. En de Afghaan was weg.

15

Terwijl de Amerikanen rond de Filippijnen, Borneo en Oost-Indonesië hun grote maritieme val opzetten en helemaal tot aan hun eigen Stille Oceaankust lieten doorlopen, glipte de *Countess of Richmond* de Floreszee uit. Het schip voer door de Straat Lombok tussen het gelijknamige eiland en Bali en bereikte uiteindelijk de Indische Oceaan. Daar koos het een westelijke koers naar Afrika.

Het noodsein uit de brandende Eagle was door minstens drie luisteraars opgevangen. De luchtmachtbasis McChord had natuurlijk alles opgenomen, omdat daar rechtstreeks met de bemanning gepraat was. Het kleine vliegveld van de marine op het eiland Whibbey ten noorden van McChord had eveneens naar kanaal zestien geluisterd en de eenheid van de Amerikaanse kustwacht in Bellingham had hetzelfde gedaan. Binnen een paar tellen na de melding hadden ze onderling contact om te zeggen dat ze klaarstonden om een driehoeksmeting op de positie van de neergestorte bemanning uit te voeren.

De tijd dat piloten machteloos in een bootje lagen te deinen of in een bos moesten wachten tot ze gevonden werden, is allang voorbij. Moderne vliegtuigbemanningen hebben een reddingsvest met een klein maar sterk en ultramodern baken en een zender die verbale communicatie mogelijk maakt.

De seinen uit de bakens werden meteen opgevangen, en de drie luisterposten konden hun positie met een nauwkeurigheid van een paar meter lokaliseren. Majoor Duval was midden in het natuurpark neergekomen, en kapitein Johns lag in het commerciële bos. Vanwege de winter waren die allebei nog gesloten.

Het wolkendek vlak boven de bomen verhinderde dat de mannen per helikopter – de snelste en beste manier – werden opgehaald. Dat dwong tot een ouderwetse reddingsoperatie. Terreinwagens of halfrupsvoertuigen zouden de reddingsploegen naar het dichtstbijzijnde punt op een van de paden brengen; van daaraf tot aan de gestrande vliegeniers was het een kwestie van zweet en spierkracht.

De ergste vijand was nu de onderkoeling, en in het geval van Johns met zijn gebroken been ook shock. De sheriff van het district Whatcom zei over de radio dat hij manschappen had klaarstaan om in actie te komen; ze zouden elkaar dertig minuten later in het stadje Glacier aan de rand van het bos treffen. Zij waren het dichtst bij WSO Nicky Johns met zijn gebroken been. Diverse houthakkers woonden in de buurt van Glacier en kenden elk pad door het bos. De sheriff kreeg Johns' vrijwel exacte positie en vertrok.

Om het moreel van de gewonde man op peil te houden, verbond McChord de sheriff door met de radio op het reddingsvest van de WSO zodat de sheriff hem bij zijn nadering kon aanmoedigen.

De Washington National Park Service ging aan het werk voor majoor Duval. De mensen van die dienst hadden genoeg ervaring, want elk jaar moesten ze wel een kampeerder redden die was uitgegleden en gevallen. Ze kenden alle wegen in het park, en waar die ophielden, ook alle paden. Ze gingen er met sneeuwmobielen en quads naartoe. Omdat de man niet gewond was, was een brancard met alles erop en eraan hopelijk niet nodig.

Maar naarmate meer minuten verstreken, daalde de lichaamstemperatuur van de mannen verder, en bij Johns, die zich niet kon bewegen, ging dat nog sneller. De twee mannen moesten handschoenen, laarzen, gevoerde dekens en hete soep krijgen voordat de kou de redders te snel af was. Niemand wist het en dus zei ook niemand tegen de reddingsploegen dat er die dag nog een andere man in de wildernis was, en dat die man echt heel gevaarlijk was.

Voor de CIA'ers in de beschadigde hut was het een geluk bij een ongeluk dat de telefoon het nog deed. De commandant had maar één nummer dat hij bellen kon, maar dat nummer was goed en gaf via een beveiligde lijn toegang tot het bureau van adjunct-directeur Operaties Marek Gumienny in Langley. Hij zat drie tijdzones verderop in het oosten en het was bij hem vier uur 's middags toen hij opnam.

Al luisterend werd hij heel zwijgzaam. Hij begon niet te razen en te tieren, hoewel hij dingen te horen kreeg die een ramp voor de dienst betekenden. Al voordat zijn jonge collega in de Cascade Range was uitgepraat, was hij de situatie aan het analyseren. De twee lijken konden in de vrieskou nog wel even wachten. De drie gewonden moesten dringend worden opgehaald. En de vluchteling moest worden opgepakt.

'Kan een helikopter jullie bereiken?' vroeg hij.

'Nee, meneer. De wolken hangen vlak boven de boomtoppen en er dreigt meer sneeuw.'
'Wat is de dichtstbijzijnde plaats waar een pad naartoe loopt?'
'Mazama. Dat ligt buiten de Wilderness, maar er loopt een pad van dat dorp naar Hart's Pass, anderhalve kilometer van hier. Dit is echter alleen 's zomers begaanbaar.'
'Jullie zijn een geheime onderzoeksinstelling, begrepen? Er is bij jullie een ernstig ongeluk gebeurd. Jullie hebben dringend hulp nodig. Trommel de sheriff van Mazama op en laat hem jullie komen helpen met alles wat hij heeft. Halfrupsvoertuigen, sneeuwmobielen, terreinwagens tot zo dicht mogelijk in jullie buurt. Ski's, sneeuwschoenen en sleden voor de laatste anderhalve kilometer. Zorg dat die mensen in het ziekenhuis komen. Kunnen jullie je intussen warm houden?'
'Ja, meneer. Twee kamers zijn beschadigd, maar we hebben er drie helemaal dicht gekregen. De centrale verwarming is kapot, maar we leggen veel hout op het vuur.'
'Oké. Als de reddingsploeg komt, sluit je alles af, vernietig je alle geheime communicatieapparatuur, neem je alle codes mee en kom je met de gewonden naar buiten.'
'Meneer?'
'Ja?'
'En de Afghaan?'
'Laat die maar aan mij over.'
Marek Gumienny dacht aan de brief die John Negroponte hem bij het begin van operatie-Koevoet gegeven had. Alle bevoegdheden. Geen beperkingen. Het werd tijd dat het leger iets terugdeed voor het belastinggeld dat het kostte. Hij belde het Pentagon.
Dankzij zijn lange carrière bij het Bedrijf en de nieuwe geest van informatie-uitwisseling had hij veel contact met de militaire inlichtingendienst, en die was weer dikke maatjes met de Special Forces. Twintig minuten later besefte hij dat achter de wolken misschien tóch de zon scheen.
Niet meer dan 6 kilometer van de vliegbasis McChord ligt Fort Lewis. Dat is een reusachtig legerkamp. Een hoek daarvan is verboden terrein voor onbevoegden, en daar is de First Special Forces Group – bij zijn weinige vrienden bekend als Operational Detachment Group Alpha 143 – gelegerd. Die laatste 3 betekent 'een bergeenheid' ofwel 'A-team'. De commandant Operaties was kapitein Michael Linnett. Toen de luitenant van de eenheid het telefoontje uit het Pentagon aannam, kon hij

niet veel bieden, hoewel hij met een luitenant-generaal aan het praten was. 'Op dit moment zijn ze niet op de basis, generaal. Ze hebben een tactische oefening op Mount Rainer.'
De in Washington woonachtige generaal had nog nooit van deze sombere bergtop ver ten zuiden van Tacoma in het district Pierce gehoord.
'Kunt u ze per helikopter naar de basis terug krijgen, luitenant?'
'Dat zal wel lukken, generaal. Het wolkendek is net hoog genoeg.'
'En kunt u ze dan naar het dorp Mazama brengen? Dat ligt dicht bij Hart's Pass aan de rand van de Wilderness.'
'Dat moet ik nagaan, generaal.'
Drie minuten later was hij weer aan de lijn. 'Dat kan niet, generaal. De wolken hangen tot op de boomtoppen en er komt sneeuw. We kunnen er alleen per vrachtwagen naartoe.'
'Nou, zorg dat ze er zo snel mogelijk komen. Zei u niet dat ze op manoeuvre zijn?'
'Ja, generaal.'
'En hebben ze alles bij zich om in de Pasayten Wilderness te kunnen opereren?'
'Alles voor een operatie op ruw terrein bij vrieskou, generaal.'
'Scherpe munitie?'
'Jawel, generaal. In het Rainer National Park wordt een terroristenjacht gesimuleerd.'
'Het is geen simulatie meer, luitenant. Breng de hele eenheid naar het sheriffskantoor van Mazama. Praat met een CIA'er die Olsen heet. Hou te allen tijde contact met Alpha en rapporteer uw voortgang aan mij.'
Om tijd te winnen vroeg kapitein Linnett, die tijdens de afdaling van de Rainer was ingelicht over een noodsituatie, om transport door de lucht. Fort Lewis had zijn eigen Chinook-helikopter voor troepentransporten, en die pikte het A-team dertig minuten later op het lege parkeerterrein aan de voet van de berg op.
De Chinook bracht de eenheid zo ver noordelijk als de sneeuwwolken toelieten, en zette hen af op een klein vliegveld ten westen van Burlington. De vrachtwagen daarheen was al bijna een uur onderweg en arriveerde bijna tegelijkertijd.
Vanaf Burlington slingert de sombere Interstate 20 langs de Skagitrivier naar de Cascade Range. Die weg is 's winters alleen toegankelijk voor officiële en speciaal uitgeruste voertuigen, en de vrachtwagen van de SF was uitgerust voor alle soorten terrein, inclusief soorten die nog niet waren uitgevonden. Toch ging het langzaam. Het duurde vier uur voor-

dat de uitgeputte chauffeur eindelijk knarsend het dorp Mazama in reed.
Ook de CIA-ploeg was uitgeput, maar hun gewonde collega's hadden gelukkig morfine gekregen, lagen in echte ambulances en waren op weg naar het zuiden, waar ze door een helikopter opgepikt zouden worden om naar het Memorialziekenhuis in Tacoma te worden vervoerd.
Olsen vertelde kapitein Linnett net genoeg om de situatie duidelijk te maken, maar Linnett vond zichzelf bevoegd om door te vragen. 'Heeft die vluchteling poolkleding en -schoeisel?'
'Nee. Trekkerslaarzen, een warme broek en een dun gevoerd jasje.'
'Geen ski's of sneeuwschoenen? Is hij gewapend?'
'Nee, helemaal niet.'
'Het is al donker. Heeft hij een nachtbril of iets anders waarmee hij zich kan voortbewegen?'
'Nee, zeker niet. Hij was gevangen en werd goed bewaakt.'
'Dan heeft ie geen schijn van kans,' zei Linnett. 'Wie bij deze temperaturen zonder kompas door een meter sneeuw moet ploegen, gaat in cirkels lopen. We krijgen hem wel.'
'Nog één ding. Hij komt uit de bergen. Daar is hij geboren en getogen.'
'Hier in de buurt?'
'Nee, in de Tora Bora. Het is een Afghaan.'
Linnett staarde hem verbijsterd aan. Hij had in de Tora Bora gevochten als deelnemer aan de eerste invasie in Afghanistan, toen Amerikaanse en Britse Special Forces door de Spin Ghar trokken op zoek naar een gevluchte groep Saudi-Arabiërs, van wie er één bijna 2 meter lang was. En hij had ook meegedaan aan de operatie-Anaconda, die evenmin goed was afgelopen en aan een paar goede soldaten het leven had gekost. Linnett had nog een appeltje te schillen met de Pathanen van de Tora Bora.
'Instappen!' riep hij, en het A-team klom weer in de truck om de rest van het pad naar Hart's Pass rijdend af te leggen. Daarna werden hun transportmiddelen 3.000 jaar ouderwetser: ski's en sneeuwschoenen.
Bij hun vertrek meldde de radio van de sheriff dat de neergestorte straaljagerbemanning gevonden en opgehaald was; de twee mannen hadden het ijskoud maar leefden nog. Ze lagen allebei in Seattle in een ziekenhuis. Dat was goed nieuws, maar het kwam iets te laat voor een man die Lemuel Wilson heette.

De Engelse en Amerikaanse koopvaardijdeskundigen die de operatie-Koevoet hadden overgenomen, concentreerden zich nog steeds op dreiging één, de mogelijkheid dat Al Qaeda een vitale scheepvaartroute in de vorm van een zee-engte zou afsluiten.
In dat geval was de afmeting van het schip de doorslaggevende factor. De lading deed er niet toe, behalve dat weglekkende olie het werk van slopende duikers bijna onmogelijk zou maken. Overal ter wereld kwamen verzoeken binnen om elk zeeschip met een enorm tonnage te identificeren.
Hoe groter het schip was, des te kleiner het aantal ervan, en de meeste waren uiteraard in het bezit van respectabele en gigantische ondernemingen. De belangrijkste categorie bestond uit de 500 ultragrote en heel grote olietankers (de ULCC's en VLCC's), die bij het grote publiek supertankers heten. Ze werden geïnspecteerd en bleken niet aangevallen. Daarna werden de tonnages verkleind met steeds (volgeladen) 10.000 ton tegelijk. Toen alle schepen van minimaal 50.000 ton in orde waren bevonden, nam de paniek over een mogelijke blokkade af.
Lloyd's Shipping List is waarschijnlijk het meest complete archief ter wereld en het Edzellteam organiseerde een rechtstreekse telefoonlijn naar Lloyd's, die permanent in gebruik was. Op advies van Lloyd's concentreerden ze zich op schepen die onder een goedkope vlag voeren of een verdachte eigenaar hadden. Lloyd's, de SIS-afdeling Maritiem Antiterrorisme, de CIA en de Amerikaanse kustwacht plakten een 'verboden naar de kust te varen'-etiket op meer dan 200 schepen zonder dat de kapiteins en eigenaren het wisten. Maar er kwam niets boven water dat de alarmsirenes aan het loeien bracht.

Kapitein Linnett kende de bergen en wist dat iemand die zonder gespecialiseerd schoeisel door een besneeuwd terrein stikvol onzichtbare bomen, wortels, spleten, geulen, greppels en rivierbeddingen probeert te trekken, alleen met enig geluk een miserabele driekwart kilometer per uur aflegt.
Zo iemand valt waarschijnlijk door de sneeuwkorst in een sijpelend beekje en krijgt natte voeten; dat leidt tot een schrikbarend snelle daling van de lichaamstemperatuur, tot onderkoeling en tot bevroren tenen.
Olsens bericht uit Langley was niet mis te verstaan: de vluchteling mocht onder geen beding Canada of een werkende telefoon bereiken. Gewoon voor het geval dat.
Linnett had weinig twijfels. Zijn doelwit zou zonder kompas in cirkels

gaan rondlopen. Hij zou bij elke tweede stap struikelen en vallen. In het donker onder de bomen waar zelfs het maanlicht niet doordrong (ook niet zonder 6 kilometer ijskoude wolken), kon hij niets zien.

De man had inderdaad een voorsprong van 5 uur, maar zelfs in een rechte lijn had hij in die tijd hoogstens 4 kilometer kunnen afleggen. De Special Forces op ski's waren driemaal zo snel, en als rotsblokken en omgevallen bomen tot het gebruik van sneeuwschoenen dwongen, waren ze nog steeds tweemaal sneller.

Hij had gelijk wat de ski's betrof. Vanaf het eind van het pad, waar de truck hen had afgezet, stonden ze in minder dan een uur bij de vernielde CIA-hut. Hij en zijn soldaten doorzochten hem even om te zien of de vluchteling was teruggekomen om betere spullen te zoeken. Dat bleek uit niets. De twee lijken lagen stijf en met hun handen op hun borst gevouwen in de ijskoude eetkamer en waren daar veilig voor zwervende dieren. Ze zouden moeten wachten tot de wolken wegtrokken en een helikopter kon landen.

Een Alphateam telt twaalf man. Linnett was de enige officier, en zijn tweede man was adjudant-onderofficier. De andere tien waren ervaren soldaten met een sergeant als laagste in rang. Er waren twee man uit de genie (voor vernielingsoperaties), twee uit de medische troepen, een teamsergeant met twee specialismen, een inlichtingensergeant en twee sluipschutters. Terwijl Linnett in de vernielde hut was, speurde zijn teamsergeant, die een deskundige spoorzoeker was, buiten de omgeving af.

De gevreesde sneeuw was niet gevallen. De omgeving van het helikopterplatform en de voordeur, waar de reddingsploeg uit Mazama was aangekomen, was een sneeuwbrij vol sneeuwschoenafdrukken. Maar vanaf de beschadigde muur van de binnenplaats liep één paar voetafdrukken recht naar het noorden.

Linnett vroeg zich af of dat toeval was. Het was de enige richting die de vluchteling niet mocht nemen. Zo kwam je in Canada, 35 kilometer verderop. Maar voor de Afghaan was dat een tocht van 44 uur. Dat redde hij nooit, zelfs niet als hij in een rechte lijn liep. Hoe dan ook, het A-team zou hem halverwege al te pakken hebben.

Het duurde nog een uur voordat ze de volgende anderhalve kilometer op sneeuwschoenen hadden afgelegd. Toen vonden ze de andere hut. Niemand had gezegd dat er in de Pasayten Wilderness nog meer hutten stonden, omdat die al van voor het bouwverbod dateerden. En in deze was ingebroken. Het verbrijzelde, driedubbele glas en de steen naast het

raam lieten daarover geen twijfel bestaan.
Kapitein Linnett ging als eerste naar binnen. Hij had zijn karabijn in de aanslag en de veiligheidspal omgezet. Bij de randen van het versplinterde glas gaven twee mannen dekking. Nog geen minuut later was geconstateerd dat niemand aanwezig was: noch in de hut, noch in de aangrenzende houtopslag, noch in de lege garage. Sporen waren er genoeg. Hij probeerde de lichtknop, maar de generator achter de garage stond niet aan. Ze moesten met hun zaklantaarns genoegen nemen.
Naast de diepe schouw in de zitkamer lagen een doos lucifers en diverse lange waspitten, kennelijk om het hout in de haard aan te steken. Ze vonden ook kaarsen, voor het geval dat de generator weigerde. De indringer had ze allebei gebruikt om in het huis zijn weg te vinden.
Kapitein Linnett zei tegen een van zijn communicatiesergeants: 'Zie dat je de sheriff te pakken krijgt en ga na van wie deze hut is.' Hij begon alles uit te kammen. Er was niets kapotgemaakt, maar alles was wel doorzocht.
'Een chirurg uit Seattle,' meldde de sergeant. 'Hij is hier in de zomervakantie en doet de boel in de herfst op slot.'
'Naam en telefoonnummer. Die moeten op het kantoor van de sheriff liggen.'
Toen de sergeant ze gekregen had, kreeg hij bevel om contact met Fort Lewis op te nemen, de mensen daar de chirurg in Seattle te laten bellen en een rechtstreekse verbinding tot stand te brengen. Een chirurg was een prettig toeval, want chirurgen hebben piepers voor noodgevallen. En deze situatie was beslist een noodgeval.

Het spookschip kwam nooit in de buurt van Surabaya. Er lag daar geen lading dure zijde om aan boord te nemen, en de zes schijnbare zeecontainers stonden hoe dan ook al op het voordek van de *Countess of Richmond.*
Het schip nam een koers ten zuiden van Java, passeerde het eiland Christmas en kwam op de Indische Oceaan terecht. Voor Mike Martin werd de routine aan boord een ritueel.
De psychopaat Ibrahim bleef meestal in zijn hut en was gelukkig het grootste deel van de tijd heel misselijk. Van de zeven anderen zorgde de machinist voor de motoren, die ongeacht het brandstofverbruik op maximale kracht voeren. De *Countess* ging ergens heen waar geen brandstof voor de terugreis nodig was.
Voor Martin bleven twee vragen onbeantwoord. Waar ging het schip

naartoe en welk explosief vermogen lag benedendeks? Dat scheen niemand te weten, misschien met uitzondering van de scheikundig ingenieur. Maar die zei er niets over, en het onderwerp kwam nooit ter sprake. De radioman hield een luisterwake en moet gehoord hebben dat op de Stille Oceaan en bij de ingang van de Straat van Ormoes en het Suezkanaal schepen werden gecontroleerd. Hij meldde dat misschien aan Ibrahim, maar zei er tegen de anderen niets over.
Die maakten in de kombuis het ene bord koud blikvoer na het andere klaar en stonden om beurten aan het roer. De navigator zette de koers uit: eerst steeds naar het westen, later iets zuidelijker naar Kaap de Goede Hoop.
Voor de rest baden ze vijf keer per dag zoals de Profeet voorschreef, herlazen ze hun Koran en staarden ze naar de zee.
Martin overwoog een poging om het schip over te nemen. Hij had geen wapen, maar kon proberen om een keukenmes te stelen, en zou dan zeven mannen moeten doden, van wie Ibrahim vermoedelijk een of twee vuurwapens had. En die mannen waren over het hele schip verspreid: van de machinekamer tot de radiohut in het vooronder. Als en wanneer ze in de buurt van het kennelijke doelwit ergens aan de kust kwamen, wist hij dat hij het zou moeten doen. Maar op de Indische Oceaan moest hij geduld oefenen.
Hij wist niet of het bericht in de duikerstas gevonden was of ongelezen op een zolder was gegooid. En hij wist evenmin dat hij een wereldwijde schepenjacht veroorzaakt had.

'Ik ben dokter Berenson. Met wie spreek ik?'
Michael Linnett pakte de microfoon van het apparaat op de rug van de sergeant en zette het op een liegen. 'Ik ben van het sheriffkantoor in Mazama, en op dit moment ben ik in uw hut in de Wilderness. Het spijt me, maar ik moet u meedelen dat er is ingebroken.'
'Nee toch! Verdorie, is er veel schade?' vroeg een klein stemmetje vanuit Seattle.
'Hij heeft ingebroken door het voorste raam met een steen in te slaan. Volgens mij is dat de enige materiële schade. Ik wil alleen nagaan of er iets gestolen is. Hebt u hier vuurwapens?'
'Beslist niet. Ik heb twee jachtgeweren en een hagelgeweer, maar die neem ik in de herfst mee.'
'Goed. Dan de kleren. Hebt u een kast met dikke winterkleren?'
'Ja. De staande kast naast de slaapkamerdeur.'

Kapitein Linnett knikte naar zijn teamsergeant, die hem met zijn zaklantaarn voorging. De ruime kast hing, lag en stond vol winterspullen.
'Er moet een paar sneeuwlaarzen staan, en verder een gevoerde broek en een parka met een capuchon.' Die waren allemaal weg.
'Ski's of sneeuwschoenen, dokter?'
'Ja, allebei. In dezelfde kast.' Ook weg.
'Wapens? Een kompas?' Aan de binnenkant van de kastdeur had een groot bowiemes in de schede moeten hangen, en de bureaula was de plaats voor het kompas en de lantaarn. Ze waren alle drie meegenomen. Afgezien daarvan had de vluchteling de keuken geplunderd. Een net geopend en leeggegeten blik witte bonen in tomatensaus en een blikopener lagen op het aanrecht naast twee lege blikjes spuitwater. Er stond ook een lege augurkenpot, die vol kwartjes had gezeten, maar dat wist niemand.
'Bedankt, dokter. U kunt het beste wachten tot het weer opklaart, een ploeg mensen meenemen voor een nieuw raam en de inboedelverzekering bellen.'
De commandant van het A-team verbrak de verbinding en bekeek de mannen om zich heen.
'We gaan.' Meer zei hij niet. Hij wist dat de voorsprong van de Afghaan door de hut en de buit verkleind was. Misschien bestond die wel niet meer. Hij nam aan dat de vluchteling, die meer dan een uur in de hut moest hebben gezeten terwijl Linnett er maar een halfuur was kwijtgeraakt, inmiddels twee of drie uur voor hem uit was; alleen liep hij nu veel sneller.
Hij slikte zijn trots in en besloot een paardenmiddel in te zetten. Hij liet iedereen stoppen en belde Fort Lewis weer.
'Zeg tegen McChord dat ik een Spectre wil, en wel meteen. Breng al het gezag in stelling dat je nodig hebt, desnoods het Pentagon. Ik wil hem boven de Cascade Range hebben en wil rechtstreeks met hem praten.'
In afwachting van de nieuwe bondgenoot liepen de twaalf man van Alpha 143 hard door. Ze eisten het uiterste van zichzelf. De spoorzoekende sergeant liep voorop en volgde de indrukken van de sneeuwschoenen uit de hut over de bevroren sneeuw. Ze spraken al hun krachten aan, maar hadden veel meer spullen bij zich dan de man voor hen uit. Linnett nam aan dat ze hem bijhielden. Liepen ze ook in?
Toen begon het te sneeuwen. Dat was zowel een voordeel als een nadeel. De misleidend zachte vlokken zweefden van de omringende naaldbo-

men omlaag, bedekten de stenen en rotsblokken en maakten het mogelijk om tijdens een korte pauze de schoenen voor de snellere ski's te verruilen.
Ze wisten echter ook het spoor uit. Linnett had een leidende hand uit de hemel nodig, en die kwam even na middernacht in de vorm van een AC-130 Hercules van Lockheed-Martin, die op 6 kilometer hoogte rondcirkelde. Hij vloog dus boven het wolkendek, maar keek er dwars doorheen.
Van de vele speeltjes waarmee de Special Forces zich mogen vermaken, is de Spectre vanuit het gezichtspunt van een vijand op de grond zo ongeveer het ergste wat hem kan overkomen.
Het oorspronkelijke Hercules-transporttoestel is leeggehaald en de ingewanden zijn vervangen door een van de cockpit tot de staart reikende sortering technologie die bedoeld is om een tegenstander op de grond te lokaliseren, op de korrel te nemen en te doden. Het toestel bestaat uit 72 miljoen dollar ellende.
De lokaliseringsfunctie wordt niet gehinderd door daglicht of duisternis, wind of regen, sneeuw of hagel. De mensen van Raytheon waren zo vriendelijk geweest om een radar en een infrarode, thermische camera met automatische diafragmaopening in te bouwen. Zo'n apparaat geeft in een landschap iedere aanwezige weer die lichaamswarmte uitstraalt. Het beeld is ook geen vage vlek; het is duidelijk genoeg om een vierpotig van een tweebenig dier te onderscheiden.
Maar tegen het rare gedrag van de heer Lemuel Wilson was het apparaat niet opgewassen. Ook hij had een hut, die vlak buiten de Pasayten Wilderness stond, op de lagere hellingen van de Mount Robinson. Anders dan de chirurg uit Seattle was hij trots op zijn vermogen er te overwinteren, want hij had geen huis in de grote stad.
Hij deed het zonder elektriciteit, brandde een houtvuur voor de verwarming en verlichtte zijn hut met petroleumlampen. Elke zomer ging hij op jacht en hij droogde dan repen vlees voor de winter. Hij hakte zijn eigen hout en verzamelde voer voor zijn geharde paard. Maar hij had wel degelijk een hobby: hij bezat een heleboel MC-apparatuur, die hij met een kleine generator aandreef, en doodde 's winters de tijd door de frequenties van de sheriff, de nooddiensten en de nutsbedrijven af te luisteren. Zo hoorde hij het bericht dat er een vliegtuigbemanning in de Wilderness terecht was gekomen en dat de reddingswerkers moeite hadden om de plaats te bereiken.
Lemuel Wilson noemde zich trots een 'betrokken burger', hoewel de

autoriteiten hem, zoals zo vaak, een bemoeial vonden. Zodra de twee piloten om hulp vroegen en de autoriteiten hun nauwkeurige locaties opgaven, had Lemuel Wilson zijn paard gezadeld en was hij weggereden. Hij wilde de zuidelijke helft van de Wilderness doorkruisen, het natuurpark bereiken en majoor Duval redden. Zijn radioscanner was te zwaar om mee te nemen, en hij hoorde dus niet dat de twee piloten al gered waren. Maar hij kwam wel degelijk iemand tegen.
Hij zag de man alleen niet op zich af komen. Het ene moment dreef hij zijn paard nog door een laag sneeuw die dieper was dan anders, het volgende kwam een sneeuwberg naar hem toe. Die sneeuwberg was echter een man in een gevoerd, tweedelig pak van zilverkleurig ruimtevaartmateriaal.
Geenszins uit het tijdperk van de ruimtevaart daterend was echter het bowiemes, dat in de negentiende eeuw is uitgevonden en nog steeds heel doeltreffend is. De arm rond zijn nek trok hem van zijn paard; toen hij viel, drong het mes van achteren in zijn ribbenkast en sneed zijn hart open.
Een thermische camera is prachtig om lichaamswarmte op te vangen, maar Lemuel Wilsons lijk, dat op 10 meter van de plaats van de moord in een rotsspleet werd gegooid, verloor zijn lichaamswarmte snel. En toen de AC-130 dertig minuten later hoog boven de Cascade Range begon rond te cirkelen, kwam Lemuel Wilson niet in beeld.
'Hier Spectre Echo Foxtrot voor Team Alpha. Hoor je me, Alpha?'
'Luid en duidelijk,' meldde kapitein Linnett. 'We staan met ons twaalven hier op ski's. Kun je ons zien?'
'Kijk maar naar het vogeltje, dan maak ik een foto van jullie,' zei de man van het infrarood 6 kilometer boven hen.
'Bewaar je geintjes maar voor later,' zei Linnett. 'Een kilometer of vijf ten noorden van ons loopt een vluchteling. Eén man. Op ski's. Kun je dat bevestigen?'
Er viel een stilte, een lange stilte. 'Nee. Daar heb ik geen beeld van,' zei de stem vanuit de hemel.
'Dat kan niet,' wierp Linnett tegen. 'Hij moet ergens voor ons uit zijn.'
Ze hadden de laatste esdoorn en lariks al een tijd achter zich gelaten, kwamen vanuit het bos op kale steenslag terecht en klommen voortdurend naar het noorden. De sneeuw viel recht omlaag en werd niet meer door bomen gefilterd. Ver achter hen stonden Lake Mountain en de Monument Peak in het donker. Zijn manschappen leken wel spoken, witte zombies in een wit landschap. Hij had dan misschien problemen,

maar de Afghaan ook. Voor zijn afwezigheid op de beelden was maar één verklaring: de Afghaan was gaan schuilen in een grot of sneeuwhol. De overhangende rand maskeerde dan zijn lichaamswarmte. Linnett liep dus in. De ski's gleden probleemloos over de berghelling, en voor hen uit was geen bos meer.

De Spectre stelde zijn positie tot op de meter nauwkeurig vast: nog 19 kilometer en 200 meter tot de Canadese grens. Over vijf uur ging de zon op, of wat daarvoor door moest gaan in dit land van sneeuw, bergtoppen, rotsblokken en bomen.

Linnett wachtte nog een uur. De Spectre cirkelde kijkend rond en kon niets vinden.

'Kijk nog eens,' zei kapitein Linnett. Hij begon zo langzamerhand te vermoeden dat er iets was misgegaan. Was de Afghaan hier omgekomen? Mogelijk, en dat zou de afwezigheid van lichaamswarmte verklaren. Hurkte hij in een grot? Ook dat was mogelijk, maar dan zou hij daar sterven. Anders moest hij naar buiten komen en vluchten. En dan...

Izmat Khan, die zijn taaie maar vermoeide paard vanaf de steenslag het bos in dreef, had zijn voorsprong in feite vergroot. Het kompas vertelde hem dat hij naar het noorden ging, en uit de houding van zijn paard bleek dat ze klommen.

'Ik scan nu een boog van 90 graden met jou als middelpunt,' zei de man van de camera. 'Helemaal tot aan de grens. In die boog zie ik acht dieren. Vier herten. Twee zwarte beren, maar die zijn heel zwak omdat ze ingegraven in winterslaap liggen. Dan zie ik iets wat op een loerende poema lijkt, en één enkele eland die naar het noorden kuiert. Een kilometer of zes voor je uit.'

De poolkleding van de chirurg was gewoon te goed. Het paard zweette van uitputting en was duidelijk te zien, maar de man die erop zat en zich over de paardenhals boog om het dier aan te moedigen, werd zo goed geïsoleerd dat hij niet afstak tegen het paard.

'Kapitein,' zei een van de geniesergeants, 'ik kom uit Minnesota.'

'Bewaar je problemen maar voor de aalmoezenier,' snauwde Linnett.

'Wat ik zeggen wil, kapitein,' zei het met sneeuw bedekte gezicht naast hem, 'is dat elanden in zulk weer niet naar de bergen trekken. Ze gaan dan juist naar het dal om mos te zoeken. Het kan geen eland zijn.'

Linnett liet halt houden, wat iedereen erg prettig vond. Hij staarde naar de vallende sneeuw voor zich. Hij had niet het flauwste vermoeden hoe de man het gelapt had. Misschien had hij weer een andere hut gevonden waar een overwinterende gek met een stal zat. De Afghaan had op de een of andere manier een paard te pakken gekregen en reed steeds verder voor hem uit.

Zes kilometer verder en weer in een dicht bos viel Izmat Khan, die Lemuel Wilson in een hinderlaag had gelokt, nu zelf in een hinderlaag. De poema was oud en een beetje te traag voor herten, maar listig en heel hongerig. Hij sprong vanaf een richel tussen twee bomen, en het paard zou hem geroken hebben als het niet zo uitgeput was geweest.
De Afghaan merkte alleen dat iets snels en vaalgeels het paard aanviel en dat het paard opzij aan het vallen was. Hij had de tijd om Wilsons geweer uit de hoes langs de zadelknop te trekken en achteruit weg te komen. Hij landde op de grond, draaide zich om, richtte en schoot.
Het was voor hem een geluk dat de poema het paard had aangevallen en niet hemzelf, maar nu was hij zijn rijdier kwijt. Het dier leefde nog, maar was rond hoofd en schouders opengescheurd door klauwen met 60 kilo hongerig vlees erachter. Het zou nooit meer opstaan. Hij gebruikte een tweede kogel om het uit zijn lijden te verlossen. Het ineenzakkende paard viel half over het lichaam van de poema. De Afghaan stond er verder niet bij stil, maar de romp en voorpoten van de poema lagen onder het paard.
Hij maakte de sneeuwschoenen achter het zadel los, trok ze over zijn laarzen aan, legde zijn geweer tegen zijn schouder en liep door. Honderd meter voor hem was een groot, overhangend stuk rots. Hij ging eronder zitten om even niet door de sneeuw te hoeven lopen, en zonder dat hij het wist, maskeerde het gesteente zijn lichaamswarmte.

'Neem die eland te grazen,' zei kapitein Linnett. 'Volgens mij is het een paard met de vluchteling erop.'
De man met de camera bestudeerde de beelden opnieuw. 'Je hebt gelijk,' zei hij. 'Ik zie zes benen. Hij rust even uit. Bij ons volgende rondje gaat hij eraan.'
De functie van de Spectre als vernietiger wordt door drie systemen uitgevoerd. Het zwaarste is de M102, een houwitser van 105 millimeter die zo krachtig is dat het een tikje overdreven zou zijn om hem tegen één mens te gebruiken.
Vervolgens komt het Boforskanon van 40 millimeter, dat lang geleden ontwikkeld is uit een Zweeds luchtafweerwapen. Het is een snel repe-

teerwapen met genoeg kracht om een gebouw of tank in mootjes te hakken. De Spectre-bemanning wist nu echter dat hun doelwit een man op een paard was en koos de Gau-12/U, een chaingun. Dit lekkertje vuurt 1.800 kogels per minuut af, en al die kogels hebben een doorsnee van 25 millimeter. Eén daarvan scheurt een menselijk lichaam al in stukken. Het vuur uit de vijf draaiende lopen is zo hevig dat na dertig seconden schieten op een voetbalveld alleen een slaapmuis nog in leven is, en die sterft dan alsnog van de schrik.

De maximale hoogte voor het gebruik ervan is echter ruim 3,5 kilometer. De ronddraaiende Spectre liet zich dus tot 3 kilometer zakken, nam het doelwit in het vizier en schoot tien seconden, waarbij driehonderd kogels het paardenlijk in het bos doorzeefden. 'Daar is niks van over,' zei de man met de camera. 'Met man en paard vergaan.'

'Bedankt, Echo Foxtrot,' zei Linnett. 'We nemen het weer over.'

De Spectre, die zijn werk gedaan had, vloog naar de luchtmachtbasis McChord terug.

Het sneeuwde niet meer. De ski's suisden over de verse poedersneeuw en gaven het soort snelheid die ski's horen te geven als er een getrainde sportman op staat. Zo stuitte het A-team op de resten van het paard. Niet veel fragmenten waren groter dan een mannenarm, maar ze waren beslist van een paard, niet van een mens. Behalve de stukjes met een vaalgele vacht.

Linnett zocht tien minuten lang naar delen van poolkleding, laarzen, dijbeenderen, een bowiemes, een baard of sneeuwschoenen.

De ski's lagen er wel, maar een ervan was kapot. Dat was gebeurd toen het paard viel. Hij zag een hoes van schapenvacht, maar geen geweer. Geen sneeuwschoenen, geen Afghaan.

Twee uur later zou de zon opgaan, en de achtervolging was een wedstrijd geworden. Eén man op sneeuwschoenen, twaalf man op ski's. Allemaal uitgeput, allemaal wanhopig. Het Alpha-team had met de gps zijn positie bepaald. Toen in het oosten het eerste daglicht verscheen, mompelde de teamsergeant: 'Grens over 800 meter.'

Twintig minuten later stonden ze op een rotswand met uitzicht op een dal van links naar rechts. Onder hen lag de houthakkersweg die de Canadese grens vormt. Recht tegenover hen bevond zich een andere rotswand. Daaronder was een stuk bos gekapt. Er stond een stel blokhutten voor de Canadese houthakkers, die ze gingen gebruiken als na de sneeuw de vergunning weer van kracht was.

Linnett hurkte op de grond, zette zijn onderarmen op zijn knieën en

bestudeerde het landschap door zijn verrekijker. Niets bewoog. Het werd langzaam lichter.
Zonder dat iemand er het bevel toe gaf, haalden de scherpschutters hun geweer uit de hoes waar het tijdens de hele operatie in gezeten had, zetten er een telescoopvizier op, deden er een kogel in, gingen liggen en staarden door hun vizier in het dal.
Naar militaire maatstaven zijn scherpschutters een eigenaardig volkje. Ze komen nooit in de buurt van degenen die ze doden, maar zien hen met een helderheid en grotere nabijheid dan elders mogelijk is. Het gevecht van man tegen man is bijna uitgestorven, en iemand sterft niet door de hand van zijn vijand maar door zijn computer. Soldaten gaan in rook op door een raket die vanaf een werelddeel of ergens onder water wordt afgeschoten.
Ze worden afgemaakt door een 'slimme' bom die is losgelaten door een vliegtuig op zo grote hoogte dat het onzichtbaar en onhoorbaar is. Ze sterven omdat iemand van twee districten afstand een granaat afschiet. Het dichtst in de buurt komen de schutters achter een machinegeweer in een aanstormende helikopter, die hun slachtoffers zien als vage gedaanten die rennen, zich verbergen en proberen terug te schieten. Maar niet als echte mensen.
Voor scherpschutters ligt dat anders. Ze liggen volstrekt onbeweeglijk en zien hun doelwit als een man met een stoppelbaard van drie dagen, die zich gapend uitrekt, bonen uit een blik schept, zijn gulp openritst of gewoon staat de staren naar een lens die hij op anderhalve kilometer afstand niet kan zien. En dan sterft hij. Sluipschutters zijn dus speciaal. Ze leven ook in een eigen wereld. Ze worden zo geobsedeerd door nauwkeurigheid dat ze vervallen in een stilte die alleen bevolkt wordt door het gewicht van kogels, de kracht van allerlei soorten kruit, de afwijking van een kogel in de wind, de hoek waaronder de kogel op verschillende afstanden valt, en de vraag of aan hun geweer nog iets te verbeteren valt.
Net als alle andere specialisten hebben ze een hartstocht voor hun eigen, geliefde uitrusting. Sommige sluipschutters houden van een echt kleine kogel zoals de M700 uit een Remington 308. Die kogel is zo klein dat er een afneembare bus omheen moet om hem in de loop te kunnen krijgen. Anderen zweren bij de M21, de sluipschuttersversie van het normale M14-geweer. De zwaarste van allemaal is de Barrett Light Fifty, een monster dat een kogel zo groot als een mensenvinger anderhalve kilometer ver schiet met zoveel kracht maal gewicht dat een menselijk lichaam erdoor ontploft.

Aan kapitein Linnetts voeten lag zijn eerste scherpschutter, sergeant-majoor Peter Bearpaw. Hij was een halfbloed: zijn vader was een Santee-Sioux, zijn moeder een Latijns-Amerikaanse. Hij kwam uit de sloppenwijken van Detroit, en het leger was zijn leven. Hij had prominente jukbeenderen en de schuine ogen van een wolf. En hij was de beste schutter van de commando's.

Wat hij in zijn handen had terwijl hij uitkeek over het dal, was de Cheyenne .408 van Cheytac uit Idaho. Die was later ontwikkeld dan de andere, maar na 3.000 kogels op de schietbaan was het zijn favoriete wapen geworden. Het geweer werkte met een grendel, en dat vond hij prettig omdat de volledige sluiting van een dichte grendel op het moment van de ontploffing een beetje extra stabiliteit geeft.

Hij had er één heel lange en slanke kogel in gedaan, die hij gepolijst en gladgewreven had om tijdens de vlucht ook de kleinste trillingen te voorkomen. Op het staartstuk stond een Jim Leathewood X24-telescoopvizier.

'Ik heb hem, kapitein,' fluisterde hij.

De verrekijker had de vluchteling over het hoofd gezien, maar het vizier had hem gevonden. Tussen de blokhutten aan de overkant van het dal en aan drie kanten door hout omringd, stond een telefooncel met een glazen deur.

'Groot, woest en lang haar, woeste zwarte baard?'

'Klopt.'

'Wat doet ie?'

'Staat in een telefooncel, kapitein.'

In Guantánamo had Izmat Khan zich weinig met zijn medegevangenen bemoeid, maar hij had maandenlang in een cellenblok voor eenzame opsluiting gezeten met een Jordaniër die rond het midden van de jaren negentig in Bosnië had gevochten en toen trainer in de Al Qaeda-kampen was geworden. Hij was iemand van de harde lijn.

Toen in de kersttijd de bewaking iets verslapte, konden ze vanuit hun cellen tegen elkaar fluisteren. Als je hier ooit uit komt, moet je een vriend van mij bellen, zei de Jordaniër tegen hem. We hebben samen in het kamp gezeten. Hij is te vertrouwen. Hij zal een ware gelovige helpen. Noem mijn naam.

Er kwam een naam. Plus een telefoonnummer, maar Izmat Khan wist niet waar de abonnee woonde. Hij wist niet precies hoe hij rechtstreeks moest bellen, hoewel hij er genoeg kwartjes voor had, en nog erger was

dat hij de buitenlandse toegangscode vanuit Canada niet kende. Hij deed er dus een kwartje in en vroeg naar de telefoniste.
'Welk nummer wilt u draaien?' vroeg de onzichtbare Canadese telefoniste.
Langzaam en in hakkelend Engels zei hij het nummer op dat hij met zoveel zorg uit zijn hoofd had geleerd.
'Dat is een nummer in Groot-Brittannië,' zei de telefoniste. 'Gebruikt u Amerikaanse kwartjes?'
'Ja.'
'Dat kan. Doe er acht in, dan zal ik u doorverbinden. Als u piepjes hoort, moet u er meer geld in stoppen als u het gesprek wilt voortzetten.'

'Heb je hem op de korrel?' vroeg Linnett.
'Ja, kapitein.'
'Schiet.'
'Hij staat in Canada, kapitein.'
'Schiet, sergeant.'
Peter Bearpaw haalde langzaam en diep adem, hield de lucht in zijn longen en haalde de trekker over. Op zijn afstandsmeter las hij een windstille 2.100 meter af.
Izmat Khan was kwartjes in de gleuf aan het doen en keek niet op. De glazen deur van de telefooncel versplinterde tot speldenknopjes perspex, en de kogel sneed het achterhoofd van de rest van de schedel.
De telefoniste was zo geduldig als ze maar kon zijn. De beller in het houthakkerskamp had maar twee kwartjes in het toestel gedaan, liet de hoorn toen bengelen en was kennelijk weggelopen. Uiteindelijk kon ze niets anders doen dan ophangen.
Omdat het schot over de grens heen heel gevoelig lag, is er nooit een officieel rapport opgesteld.
Kapitein Linnett meldde het aan zijn commandant, die het aan Marek Gumienny in Washington vertelde. Er is niets meer van vernomen.
Toen de houthakkers na de dooi terugkwamen, vonden ze het lijk. De rechter van instructie kon weinig anders doen dan zich op de vlakte houden. De man droeg Amerikaanse kleren, maar in die grensstreek is dat niet vreemd. Hij had geen identiteitsbewijs, en niemand in de buurt herkende hem.
De mensen die met het kantoor van de rechter te maken hadden, gingen er onofficieel van uit dat de man het tragische slachtoffer was van een verdwaalde kogel uit het geweer van een hertenjager. Al weer

iemand dood door een onnadenkend schot of een ricochet. Hij werd in een naamloos graf begraven.

Omdat niemand ten zuiden van de grens slapende honden wakker wilde maken, kwam niemand op het idee om na te gaan welk nummer de vluchteling had willen bellen. Alleen al die vraag zou de herkomst van het schot verraden hebben. Hij werd dus niet gesteld.

Maar het gewenste nummer was dat van een kleine flat even buiten de campus van Aston University in Birmingham. Dat was de flat van dr. Ali Aziz al-Khattab en de telefoon werd afgeluisterd door de Britse MI5, die genoeg bewijzen zocht om een huiszoeking en arrestatie te rechtvaardigen. Die bewijzen kregen ze een maand later. Maar die ochtend probeerde de Afghaan de enige man ten westen van Suez te bellen die de naam van het spookschip kende.

16

Na twee weken geestdrift op jacht te zijn geweest naar een blijkbaar niet-bestaand spookschip begon de stemming om te slaan, en dat kwam door Washington.

Hoeveel tijd, moeite en geld kon iedereen besteden aan een vage krabbel op een instapkaart die in een duikerstas was gestopt op een eiland waarvan niemand ooit gehoord had? Marek Gumienny was naar Londen gevlogen om met Steve Hill te overleggen, toen Sam Seymour, de SIS-deskundige op maritiem terrorismegebied, opbelde en alles nog erger maakte. Hij was van mening veranderd. Hill beval hem naar Londen te komen om het uit te leggen.

'Achteraf gezien is de mogelijkheid dat Al Qaeda met een enorm schip een vitale scheepvaartroute wil blokkeren om de wereldhandel te ruïneren, altijd de waarschijnlijkste dreiging geweest,' zei Seymour. 'Maar nooit de enige.'

'Waarom denk je tegenwoordig dat we het verkeerd hebben aangepakt?'

'Omdat elk schip dat groot genoeg is om dat te bereiken, geïnspecteerd is. Ze zijn allemaal in veiligheid. Daarmee hebben we alleen nog de mogelijkheden twee en drie, die onderling bijna verwisselbaar zijn maar een verschillend doelwit hebben. Ik denk dat we daar de massamoord op een stad aan zee aan kunnen toevoegen als dreiging nummer drie. Bin Ladens openlijke overstap op economische doelen kan bedrog zijn, maar misschien is hij wel van mening veranderd.'

'Oké, Sam. Zorg dat je me overtuigt. Steve en ik hebben allebei politieke bazen die hetzij resultaten, hetzij onze rug willen zien. Wat voor schip als het geen blokkadeschip is?'

'Bij dreiging nummer drie gaat het niet zozeer om het schip maar om de lading. Die hoeft niet groot te zijn om zeer dodelijk te zijn. Lloyd's heeft een divisie die zich met gevaarlijke ladingen bemoeit, want die hebben natuurlijk gevolgen voor de premie.'

'Een munitieschip?' vroeg Hill. 'Is een tweede Halifax mogelijk?'

'Volgens de geleerde wijsneuzen ontploft de moderne legermunitie niet meer op die manier. Modern materiaal eist een enorme provocatie om af te gaan. Een ontploffende vuurwerkfabriek zou erger zijn, maar dan heb je nog lang niet het spektakel van 11 september. Het chemische lek in Bhopal was veel erger, en toen was het dioxine, een dodelijke onkruidverdelger.'

'We hebben het dus over een tankauto die dioxine naar Park Avenue rijdt en de klus met semtex afmaakt,' opperde Hill.

'Maar zulke chemicaliën worden in de fabrieken en magazijnen streng bewaakt,' wierp Gumienny tegen. 'Hoe komen ze aan zo'n lading zonder dat iemand het merkt?'

'En we hebben met zoveel woorden te horen gekregen dat een schip de drager is,' zei Seymour. 'Als zo'n lading gestolen wordt, komt iedereen meteen in actie.'

'Behalve in delen van de wereld waar chaos heerst,' zei Gumienny.

'Maar zulke dodelijke gifstoffen worden niet meer in zulke landen gemaakt, meneer. Zelfs niet om arbeidskosten te besparen.'

'Zijn we weer terug bij een schip?' vroeg Hill. 'Een exploderende olietanker?'

'Ruwe olie ontploft niet,' verklaarde Seymour. 'Toen de *Torrey Canyon* voor de Franse kust openscheurde, waren er fosforbommen nodig om de olie aan te steken en te laten wegbranden. Een lekke olietanker veroorzaakt milieuschade, maar geen massamoord. Een tamelijk kleine gastanker is wel mogelijk. Vloeibaar gas dat tijdens het transport sterk geconcentreerd is.'

'Vloeibaar aardgas?' vroeg Gumienny. Hij vroeg zich af hoeveel Amerikaanse havens samengeperst gas voor industriële doeleinden importeerden. Het aantal werd zo langzamerhand onthutsend. Maar de havenfaciliteiten daarvoor stonden toch vele kilometers van dichtbevolkte gebieden?

'Vloeibaar aardgas ofwel lng is moeilijk aan te steken,' riposteerde Seymour. 'Het wordt bij min 162 graden Celsius in dubbelwandige schepen opgeslagen. Zelfs als je er een te pakken krijgt, moet het spul urenlang naar de atmosfeer weglekken voordat het brandbaar is. Maar volgens de wijsneuzen is er een ander gas waarvan ze het in hun broek doen. Dat is lpg, een levensgevaarlijk mengsel van propaan en butaan. Als een kleine tanker binnen tien minuten na een catastrofale scheur wordt aangestoken, ontketen je de kracht van dertig Hirosjimabommen, de grootste niet-nucleaire explosie op deze aarde.'

Er viel een diepe stilte in de kamer boven de Theems. Steve Hill stond op, kuierde naar het raam en keek naar de rivier, die in het aprilzonnetje

langs zijn hoofdkwartier stroomde. 'Zeg dat nog eens in lekentaal, Sam.'
'Volgens mij kijken we uit naar het verkeerde schip op de verkeerde oceaan. Het enige prettige is dat het om een kleine en heel gespecialiseerde markt gaat. De Verenigde Staten zijn de grootste lpg-importeur. Ik weet dat ze in Washington denken dat het allemaal grote onzin is, maar ik vind dat we moeten doorzetten. De Amerikanen kunnen elke lpg-tanker controleren die in hun wateren verwacht wordt, en niet alleen vanuit het Verre Oosten. En leg ze stil tot ze geïnspecteerd zijn. Bij Lloyd's kan ik elke vracht lpg wereldwijd en in alle windstreken natrekken.'
Marek Gumienny nam de volgende vlucht naar Washington. Hij moest vergaderingen bijwonen en had werk te doen. Terwijl hij van Heathrow opsteeg, rondde de *Countess of Richmond* de Zuid-Afrikaanse Kaap Agulhas en daarmee voer het schip de Atlantische Oceaan op.

Het schip was lekker op stoom, en de navigator, een van de drie Indonesiërs, schatte dat de Agulhasstroom en de naar het noorden lopende Benguelastroom een extra tijdwinst van een dag zouden opleveren, zodat het schip ruim op tijd de geplande bestemming kon bereiken.
Verderop in de wateren rond de kaap en de Atlantische Oceaan waren ook andere schepen op weg van de Indische Oceaan naar Europa of Noord-Amerika. Sommige ware reusachtige ertsschepen, andere gewone vrachtvaarders die steeds grotere hoeveelheden Aziatische producten naar de twee westerse werelddelen brachten, omdat steeds meer ondernemers hun productie uitbesteedden aan de goedkope werkplaatsen van het Oosten. Weer andere waren supertankers die zelfs voor het Suezkanaal te groot waren. Hun computers volgden de honderdvademlijn van oost naar west terwijl hun bemanningen zaten te kaarten.
Ze werden allemaal opgemerkt. Hoog aan de hemel zweefden onzichtbare en onvermoede satellieten door de ruimte, en hun camera's gaven aan Washington elke lijn van hun silhouet en de naam op het achterschip door. Alle schepen waren bovendien sinds kort verplicht om transponders bij zich te hebben, die voor luisterende oren een speciale code uitzenden. Elke identificatie werd nagegaan, en dat gold ook voor de *Countess of Richmond*, het schip dat Lloyd's en Siebart & Abercrombie garandeerden als een in Liverpool geregistreerd klein vrachtschip met een legitieme lading en een voorziene koers tussen Surabaya en Baltimore. Voor de Amerikanen had het geen zin om dieper te graven, want het schip was nog op duizenden mijlen afstand van de Amerikaanse kust.

Binnen een paar uur na Marek Gumienny's terugkeer in Washington werden de Amerikaanse voorzorgsmaatregelen gewijzigd. Op de Stille Oceaan werd het inspectiegebied beperkt tot een 1.000 mijl brede strook voor de kust. Een soortgelijk kordon werd ingesteld in de Atlantische Oceaan van Labrador tot Puerto Rico en dwars door de Caribische Zee tot Yucatán in Mexico.
Zonder gedoe of officiële verklaringen werd de nadruk verschoven van reuzentankers en -vrachtschepen (die op dat moment allemaal gecontroleerd waren) naar de vele tientallen kleinere tankers op de wateren tussen Venezuela en de Saint Lawrencerivier. Alle beschikbare EP3 Orions moesten kustpatrouilles uitvoeren. Ze vlogen over honderdduizenden vierkante kilometers tropische en subtropische zee en zochten kleine tankers, vooral die welke gas vervoerden.
De Amerikaanse industrie werkte loyaal mee en gaf details over verwachte ladingen, inclusief de plaats en tijd van aankomst. De gegevens van de industrie werden naast de waarnemingen op zee gelegd, en alles werd gecontroleerd. Gastankers mochten aankomen en afmeren, maar alleen als een eenheid van de Amerikaanse marine, mariniers of kustwacht op 200 mijl uit de kust aan boord was gekomen om het schip te begeleiden.

De *Doña María* lag weer in Port of Spain toen de twee terroristen van de bemanning het teken zagen dat was aangekondigd. En zodra ze dat teken zagen, deden ze wat hun bevolen was.
De Republiek Trinidad en Tobago is een belangrijke leverancier van een brede sortering aan petrochemische producten aan de Verenigde Staten. Het schip lag aangemeerd aan een kunstmatig eiland in zee, waar grote en kleine tankers konden aankomen, inladen en vertrekken zonder ooit in de buurt van de stad te komen. De meeste grote tankers komen ruwe Venezolaanse olie brengen, die in een raffinaderij aan de kust tot de verschillende fracties wordt opgewerkt en dan naar het kunstmatige eiland wordt gepompt om er weer andere tankers mee te vullen.
Samen met twee andere kleine tankers lag de *Doña María* aan een afgelegen deel van het eiland. De lading was immers lpg, en niemand wilde in de buurt zijn als dat spul geladen werd. Het was al laat in de middag toen alles klaar was, en kapitein Montalbán maakte het schip klaar voor de zee.
Er waren nog twee uren tropisch daglicht over toen de trossen losgingen en het schip bij de steiger weggleed. Anderhalve kilometer verderop pas-

seerde het een stijve, opblaasbare motorsloep waarin vier mannen zaten te vissen. Dat was het verwachte teken.
De twee Indiërs lieten hun werk in de steek, renden naar hun kasten beneden en kwamen met handvuurwapens terug. Een van hen liep naar het midden van het schip, waar de spuigaten het dichtst bij het water lagen en waar de mannen aan boord zouden komen.
De ander ging naar de brug en zette zijn pistool tegen de slaap van kapitein Montalbán. 'Doe alstublieft niets, kapitein,' zei hij heel beleefd. 'U hoeft geen gas terug te nemen. Mijn vrienden zijn over een paar minuten aan boord. Probeer niet de radio te gebruiken, want dan zal ik u moeten neerschieten.'
De kapitein was gewoon te verbijsterd om niet te gehoorzamen. Toen hij zich hersteld had, wierp hij een blik op de radio aan de zijkant van de brug, maar de Indiër zag het en schudde zijn hoofd. Daarmee was elk verzet de kop ingedrukt. Een paar minuten later waren de vier terroristen aan boord en werd elk verzet zinloos.
De laatste man die uit de opblaasbare boot kwam, maakte er met een hakmes een snee in; het ding zonk in het kielzog zodra de lijn was losgemaakt. De drie andere mannen hadden hun canvas koffers al gegrepen, stapten over de spaghetti van pijpen, buizen en luikhoofden die het voordek van een tanker vormen, en liepen naar het achterschip.
Een paar tellen later stonden ze op de brug: de twee Algerijnen en twee Marokkanen, die dr. Al-Khattab een maand eerder gestuurd had. Ze spraken alleen Noord-Afrikaans Arabisch, maar de altijd hoffelijke Indiërs vertaalden. De vier Zuid-Amerikaanse bemanningsleden werden naar het voordek geroepen en moesten daar wachten. Er moest een nieuwe koers worden uitgezet en gevolgd.
Een uur na zonsondergang werden de vier bemanningsleden in koelen bloede vermoord en overboord gegooid, nadat een stuk ketting uit de voorste scheepskist rond de enkels van ieder lijk was gewikkeld. Als kapitein Montalbán nog enige neiging tot verzet had gehad, liet hij die nu varen. De executies waren heel mechanisch uitgevoerd, want de twee Algerijnen waren in eigen land lid geweest van de Gewapende Islamitische Groepen en hadden honderden machteloze *fellagha* ofwel boeren in afgelegen gebieden vermoord. Voor de GIA was massamoord een manier om de regering in Algiers iets duidelijk te maken. Mannen, vrouwen, kinderen, zieken, bejaarden... De mannen hadden vaak gemoord, en de bemanning was dus een routineklus.
De *Doña María* voer de hele nacht naar het noorden, maar niet langer

naar zijn oorspronkelijke bestemming Puerto Rico. Aan bakboord lag de uitgestrektheid van de Caribische Zee, die tot aan Mexico ononderbroken doorliep. Aan stuurboord lagen tamelijk dichtbij twee eilandenketens: de Bovenwindse en de Benedenwindse Eilanden. De warme zeeën daarvan zijn een vakantiebestemming, maar wemelen ook van de kleine trampboten en tankers die de eilanden bevoorraden. In die wirwar van kustvaarders en eilanden kon de *Doña María* onderduiken en ondergedoken blijven tot het schip in Puerto Rico als 'te laat' zou worden aangemerkt.

Toen de *Countess of Richmond* de stiltegordel bereikte, kwam de zee tot bedaren en verscheen Yusef Ibrahim aan dek. Hij was bleek en uitgeput van misselijkheid, maar zijn van haat overlopende zwarte ogen waren nog steeds dezelfde, en hij gaf zijn bevelen. De bemanning haalde een 6 meter lange, opblaasbare speedboot uit de opslag in de machinekamer. Toen het ding was opgeblazen, werd het aan de twee davits boven het achterschip gehangen.
Zes zwetende en grommende mannen waren nodig om de buitenboordmotor van 100 pk van beneden te halen en aan de achterkant van de speedboot te bevestigen. Toen werd die met de lier in de lichte deining onder het achterschip gelegd.
Brandstoftanks werden naar beneden getakeld en aangesloten. Na diverse valse starts kwam de motor kuchend tot leven. De navigator pakte het roer en nam de speedboot mee voor een snelle cirkel rond de *Countess*.
Ten slotte klommen ook de zes anderen via het dolboord en een ladder naar beneden, zodat alleen de invalide moordenaar nog op de *Countess* was. Dit was kennelijk een generale repetitie.
Het draaide bij de oefening om fotograaf Suleiman, die zich op 300 meter van het vrachtschip moest omdraaien om met zijn volledig digitale apparatuur foto's te maken. Als zijn camera via zijn laptop met de Mini-M-satelliettelefoon verbonden werd, konden de beelden worden doorgeseind naar een website aan de andere kant van de wereld, waar ze vastgelegd en uitgezonden konden worden.
Mike Martin wist waarnaar hij keek. Voor terroristen zijn internet en de cyberruimte onmisbare propagandawapens geworden. Elke wreedheid waarover tijdens een nieuwsuitzending iets gezegd kan worden, is goed; elke wreedheid die door miljoenen islamitische jongeren in zeventig landen wordt gadegeslagen, is goud waard. Zo ontstaan de rekruten. Ze

hebben iets echt zien gebeuren en willen het dolgraag imiteren.
Martin had Forbes video-opnames uit Irak gezien waarop de plegers van een zelfmoordaanslag grijnzend in de lens keken voordat ze wegreden om voor de camera te sterven. In zulke gevallen overleefde de cameraman het, maar in het geval van de rondcirkelende speedboot was duidelijk dat het doelwit voortdurend in het oog moest blijven, en er zouden foto's worden genomen tot de boot en de zeven man erop zouden zijn weggevaagd. Blijkbaar moest alleen Ibrahim aan het roer van de *Countess* blijven.
Martin kon echter niet weten waar en wanneer het zou gebeuren of welke gruwelen er in de containers lagen. Hij overwoog de mogelijkheid om als eerste weer aan boord van de *Countess* te komen, de opblaasbare boot los te snijden, Ibrahim te doden en het vrachtschip over te nemen. Maar daarop was geen schijn van kans. De speedboot was veel sneller, en de zes mannen zouden in een paar tellen weer aan boord van de *Countess* zijn.
Na afloop van de oefening bleef de speedboot leeg aan de davits hangen en leek daar een doodgewone sloep. De machinist bracht de machine op toeren, en de *Countess* voer naar het noordwesten om de kust van Senegal rakelings te passeren.
Yusef Ibrahims misselijkheid was over. Hij zat vaker op de brug of in de mess, waar de bemanning gezamenlijk at. De sfeer was al snaarstrak gespannen, en door zijn aanwezigheid werd dat nog erger. Hoewel alle acht mannen aan boord hadden besloten als shahid een martelaarsdood te sterven, vraten het wachten en de verveling aan hun zenuwen. Alleen constant bidden en in de Koran lezen stelde hen in staat kalm te blijven en te blijven geloven in wat ze deden. Alleen de explosievendeskundige en Ibrahim wisten wat zich in de stalen containers bevond die het voorschip van de *Countess of Richmond* bedekten, van vlak voor de brug tot bijna de voorsteven. En alleen Ibrahim leek te weten wat hun bestemming en uiteindelijke doelwit waren. De zeven anderen konden niets anders doen dan vertrouwen hebben in de verzekering dat eeuwige glorie hun deel zou zijn.
Martin besefte al een paar uur na Ibrahims aankomst dat diens uitdrukkingsloze en krankzinnige ogen hem voortdurend opnamen. En natuurlijk maakte dat hem ongerust.
Allerlei vragen begonnen hem te kwellen. Had Ibrahim dan toch Izmat Khan in Afghanistan gezien? Wilde hij Martin een paar vragen stellen die hij domweg niet kon beantwoorden? Had Martin iets fout gezegd

bij het nooit aflatende bidden? Wilde Ibrahim hem testen door hem passages te laten opzeggen die hij niet bestudeerd had?
Hij had deels gelijk, deels niet. De Jordaanse psychopaat aan de andere kant van de eettafel had Izmat Khan nooit gezien, maar wel van de legendarische talibanvechter gehoord. En hij had zich in zijn gebeden niet vergist. Ibrahim haatte de Pathaan gewoon om zijn reputatie als strijder, die hij zelf nooit verworven had. Vanwege die haat was het verlangen gegroeid dat de Afghaan uiteindelijk een verrader zou blijken, zodat hij ontmaskerd en gedood kon worden.
Maar hij bedwong zijn woede om een van de oudste redenen ter wereld: hij was bang voor de man uit de bergen, en hoewel hij in zijn gewaad een pistool verborg, had hij onwillekeurig ontzag voor de Pathaan uit de Tora Bora. Daarom broedde hij, staarde hij, wachtte hij en zei hij niets.

De westerse speurtocht naar het al dan niet bestaande spookschip liep voor de tweede maal op veel frustraties uit. Die frustraties bereikten ook Downing Street, en Steve Hill werd gebombardeerd met vragen om inlichtingen, welke dan ook. Het hoofd Midden-Oosten kon echter geen antwoord geven op de vier vragen waarmee de Britse premier en de Amerikaanse president hem bestookten. Bestaat het schip eigenlijk wel? Zo ja, wat is het, waar is het en welke stad is het doelwit?
De dagelijkse vergaderingen werden een kwelling. Het SIS-hoofd, dat bekendstond en altijd werd aangesproken als 'C', bewaarde een onwrikbaar stilzwijgen. Na Pesjawar waren alle hogere autoriteiten het erover eens geweest dat er een spectaculaire terreuraanval werd voorbereid. Maar de wereld van rook en spiegels is geen veilig oord voor mensen die hun politieke meesters teleurstellen.
Sinds het gekrabbelde bericht op de opgevouwen landingskaart bij de douane ontdekt was, was er van Koevoet geen levensteken meer geweest. Was hij dood of leefde hij nog? Niemand die het wist, en het kon sommigen ook niet veel schelen. Het was al bijna vier weken geleden, en elke dag won de gedachte terrein dat Martin iets in de verleden tijd was.
Sommigen mompelden dat hij zijn werk gedaan had, gepakt was en om het leven was gebracht, maar dat de aanslag wegens hem was opgegeven. Alleen Hill drong aan op voorzichtigheid en het voortzetten van de speurtocht naar de herkomst van een nog steeds onbekend gevaar. Hij reed in een sombere bui naar Ipswich voor een gesprek met Sam Seymour en de twee wijsneuzen op de afdeling Gevaarlijke Ladingen van Lloyd's, die hem hielpen om elke mogelijkheid te overdenken, hoe bizar

die ook was.
'In Londen heb je je nogal huiveringwekkend uitgedrukt, Sam. Dertigmaal de Hirosjimabom. Hoe kan een kleine tanker in vredesnaam erger zijn dan het hele Manhattanproject?'
Sam Seymour was uitgeput. Hij was 32 en zag zijn veelbelovende carrière in de Britse inlichtingendienst nu al naar het beleefde zijspoor van een plek in het Centrale Archief gerangeerd worden, hoewel hij was opgezadeld met een taak die elke dag onmogelijker uit te voeren leek.
'Een atoombom richt in vier golven schade aan. De flits is zo fel dat je hoornvlies kan dichtschroeien als je geen zwarte lenzen draagt. Dan komt een hitte die zo hevig is dat alles op zijn pad vanzelf in brand vliegt. De schokgolf verwoest gebouwen op kilometers afstand en de gammastraling veroorzaakt op lange termijn kanker en misvormingen. Bij een lpg-explosie mag je drie golven weglaten en gaat het alleen om de hitte. Maar die is zo groot dat staal smelt als honing en beton afbrokkelt tot stof. Heb je weleens van een fuel-airbom gehoord? Daarbij vergeleken is napalm havermoutpap. Ze worden echter van hetzelfde gemaakt: aardolie. Lpg is zwaarder dan lucht en wordt niet, zoals vloeibaar aardgas, bij een heel lage temperatuur vervoerd maar onder druk. Vandaar de dubbele romp van lpg-tankers. Als zo'n romp scheurt, spuit er onzichtbaar lpg in de lucht, maar het gas is zwaarder dan lucht, blijft daar dus hangen en vormt een enorme fuel-airbom. Als je die aansteekt, explodeert de hele lading in vreselijke vlammen waarin het algauw 5.000 graden is. Dan komt het spul in beweging, want het schept zijn eigen wind. Het laat zijn bron als een donderend vlammentij achter zich en verbrandt alles op zijn pad totdat het zelf is uitgebrand. Daarna flakkert het als een afgebrande kaars uit.'
'Hoe ver rolt die vuurbal door?'
'Volgens mijn nieuwe wijsneuzige vrienden is een kleine tanker van bijvoorbeeld 8.000 ton in staat om in een straal van 5 kilometer alles te verbranden en al het leven te beëindigen. Nog één ding. Ik zei dat het zijn eigen wind schept. Het zuigt namelijk lucht van de omgeving naar het centrum om zichzelf te voeden. Dus zelfs mensen in een beschermende omgeving op een flinke afstand komen om het leven, maar dan door verstikking.'
Steve Hill zag voor zich wat er zou gebeuren als zo'n gruwel in de haven van een kuststad zou ontploffen. Zelfs de buitenwijken zouden verwoest worden.
'Worden die tankers gecontroleerd?'

'Stuk voor stuk. Grote en kleine. Zelfs de allerkleinste. De afdeling Gevaarlijke Ladingen hier bestaat uit maar twee man, maar die zijn goed. Ze zijn in feite al met de laatste lpg-tankers bezig. Het aantal gewone vrachtschepen is zo groot dat we schepen kleiner dan 10.000 ton laten lopen. Behalve als ze de verboden zones langs de twee Amerikaanse kusten in varen. Dan gaan de Yanks op onderzoek uit. Voor de rest hebben we elke wat grotere haven ter wereld ervan op de hoogte gesteld dat er volgens de westerse inlichtingendiensten een gekaapt schip op zee kan rondvaren, en dat ze hun eigen voorzorgsmaatregelen moeten nemen. Maar eerlijk gezegd ligt elke haven die door Al Qaeda geselecteerd kan zijn voor een groot menselijk bloedbad, waarschijnlijk in een westers, ontwikkeld land. Het is niet Lagos of Darak en is niet islamitisch, boeddhistisch of hindoeïstisch. Daarmee hebben we een lijst van minder dan driehonderd mogelijke, niet-Amerikaanse havens.'

Er werd op de deur geklopt en iemand stak zijn gezicht naar binnen. Dat was de piepjonge Conrad Phipps met zijn blozende wangen.

'We hebben de laatste gehad, Sam. De *Wilhelmina Santos* uit Caracas brengt lpg naar Galveston en bevestigt dat alles goed is aan boord. De Amerikanen staan klaar om aan boord te gaan.'

'Meer niet?' vroeg Hill. 'Is nu elke lpg-tanker ter wereld bekend?'

'Het zijn er ook niet zoveel, Steve,' zei Seymour.

'Maar goed, het ziet ernaar uit dat het idee van een lpg-tanker een doodlopende weg is,' zei Hill. Hij stond op en wilde naar Londen teruggaan.

'Er is iets wat me dwarszit, meneer Hill,' zei de wijsneus van Gevaarlijke Ladingen.

'Zeg maar Steve,' zei Hill. De SIS heeft altijd vastgehouden aan zijn traditie van voornamen, van de hoogste tot de laagste, met uitzondering van het opperhoofd. Die informaliteit onderstreept het gevoel dat iedereen tot één team hoort.

'Drie maanden geleden is een lpg-tanker met de hele bemanning vergaan.'

'En?'

'Niemand heeft het schip zien zinken. De kapitein riep in paniek over de radio dat er een rampzalige brand in de machinekamer woedde en dat hij zijn schip niet meer kon redden. Daarna... niets meer. Het was de *Java Star*.'

'Sporen?' vroeg Seymour.

'Ja, inderdaad. Sporen. Voordat hij onder water ging, heeft hij zijn nauwkeurige positie opgegeven. Een koelschip uit het zuiden was als

eerste ter plaatse. De kapitein ervan meldde automatisch opblaasbare bootjes, reddingsgordels en zwemvesten maar geen overlevenden.
'Tragisch, maar wat dan nog?' vroeg Hill.
'Het gaat me om de locatie, meneer. Eh... Steve. In de Celebeszee, 200 mijl van een eiland dat Labuan heet.'
'Shit,' zei Steve Hill voordat hij naar Londen vertrok.

Terwijl hij in de auto zat, passeerde de *Countess of Richmond* de evenaar. Het schip voer naar het noordnoordwesten, en alleen de navigator wist precies waar het naartoe ging. Hij richtte zich op een punt op 800 mijl ten westen van de Azoren en op 1.200 mijl ten oosten van de Amerikaanse kust. Als het dan recht naar het westen ging, kwam het in de Chesapeake Bay naast Baltimore, een streek die heel dicht bevolkt is.
Aan boord van de *Countess* begonnen sommigen hun intrede in het paradijs voor te bereiden. Dat omvatte het afscheren van al hun lichaamsbeharing en het schrijven van de laatste geloofsbelijdenissen, en iedere schrijver las voor de camera zijn laatste wil voor. Ook de Afghaan schreef zijn testament, maar besloot het in het Pathaans voor te lezen. Yusef Ibrahim had een tijd in Afghanistan gezeten en daar een paar woorden Pathaans opgepikt. Hij deed zijn best om het te begrijpen, maar zelfs als hij het vloeiend gesproken had, zou hij er niets op aan te merken hebben gehad.
De man uit de Tora Bora had het over de ondergang van zijn familie door een Amerikaanse raket en zijn vreugde over het feit dat hij hen binnenkort zou terugzien, intussen eindelijk de Grote Satan straffend. Al pratend besefte hij dat niets van dit alles ooit in tastbare vorm een kust zou bereiken. Suleiman zou alles digitaal doorseinen totdat ook hij stierf en zijn uitrusting vernietigd werd. Kennelijk wist niemand hoe ze gingen sterven en welke straf ze de Verenigde Staten zouden opleggen, behalve de explosievenexpert en Ibrahim zelf. Maar zij verrieden niets.
Omdat de hele bemanning inmiddels alleen koude dingen uit blik at, merkte niemand dat in de kombuis een stalen koksmes van 18 centimeter lang ontbrak. Als niemand keek, sleep Martin het lemmet met de slijpsteen uit de messenla vlijmscherp. Hij overwoog om midden in de nacht van het achterschip te klimmen en de speedboot lek te snijden, maar verwierp dat plan.
Hij was een van de vier mannen die op britsen in het vooronder sliepen. Er stond altijd een roerganger, en het roer was vlak naast het punt waar je met een touw het achterschip af kon dalen. De radioman zat bijna

altijd in zijn kleine hut achter de brug en de machinist was altijd in zijn machinekamer, die onder de brug in het achterschip lag. Als iemand van hen zijn hoofd naar buiten stak, was hij gezien.
En de schade zou worden opgemerkt. Meteen zou bekend zijn dat er een saboteur was. Hoewel het verlies van de speedboot een tegenslag zou zijn, was het niet genoeg om de zaak af te blazen. En er was misschien tijd om de schade te herstellen. Hij verwierp het idee, maar hield het mes tegen zijn dij gebonden. Bij elke dienst op de brug probeerde hij te achterhalen op welke haven ze het gemunt hadden en wat er in de zeecontainers zat; met die informatie kon hij de vernietiging misschien saboteren. Hij kreeg echter geen antwoord op zijn vragen, en de *Countess* voer door naar het noordnoordwesten.

De mondiale jacht sloeg een andere weg in en versmalde zijn terrein. Alle maritieme reuzen, alle tankers en alle gasschepen waren opgespoord en geverifieerd. Alle ID-transponders zonden uit wat ze moesten zenden; alle koersen kwamen overeen met wat vooraf was vastgelegd. Drieduizend kapiteins hadden persoonlijk met hun hoofdkantoren en agenten gepraat en hadden persoonlijke details over hun geboorte en achtergrond verteld, zodat geen kaper kon weten of ze logen, ook niet als ze tot praten gedwongen waren.
Bij de marine, het Korps Mariniers en de kustwacht van de Verenigde Staten waren alle verloven ingetrokken en werkte iedereen zich een slag in de rondte. De mannen ging aan boord van elk vrachtschip dat naar een grote haven voer, en begeleidden het. Dat was economisch gezien lastig, maar niet lastig genoeg om echte schade toe te brengen aan 's werelds grootste economie.
Na de tip uit Ipswich werden de herkomst en eigenaren van de *Java Star* met een stofkam uitgeplozen. Omdat de rederij zo klein was, verborg het bedrijf zich achter een lege vennootschap, geregistreerd op het adres van een bank die uit alleen een koperen plaat in een belastingparadijs in het Verre Oosten bestond. De raffinaderij op Borneo die de lading geleverd had, wist echt maar weinig van het schip zelf. De bouwer werd opgespoord – het schip had in de loop van zijn leven zes eigenaren gehad – en verschafte tekeningen. Er werd een zusterschip gevonden, waar het al gauw wemelde van de Amerikanen met meetlinten. De computer wist een exacte kopie van de *Java Star* te produceren, maar het schip zelf werd niet gevonden.
De overheid van het land waarvan het schip de goedkope vlag had

gevoerd toen het voor het laatst gezien werd, kreeg massaal Amerikaans bezoek, maar het was een Polynesische atolrepubliek, en de inspecteurs waren er al gauw van overtuigd dat de gastanker er nog nooit geweest was. De westerse wereld wilde antwoord op drie vragen. Was het schip echt gezonken? Zo nee, waar was het dan? En wat was de nieuwe naam? De KH11 Keyholesatellieten kregen opdracht om hun speurtocht te beperken tot iets wat op de *Java Star* leek.

In de eerste week van april werd de gemeenschappelijke operatie op de Schotse vliegbasis Edzell beëindigd. Wat de mannen daar deden, konden de grote westerse inlichtingendiensten veel officiëler doen. Michael McDonald ging opgelucht naar Washington terug. Hij bleef deelnemen aan de jacht op het spookschip, maar voortaan vanuit Langley. Een deel van de CIA-taak was de hernieuwde ondervraging van alle gevangenen in hun geheime detentiecentra die voorafgaand aan hun aanhouding misschien hadden horen fluisteren over iets wat Al-Isra heette. En ze putten uit alle bronnen die ze in de schaduwrijke wereld van het islamistische terrorisme hadden. Maar overal vingen ze bot. De uitdrukking die sloeg op een magische, nachtelijke reis naar een diep inzicht, leek geboren en gestorven met een Egyptische terreurfinancier die in oktober van een balkon in Pesjawar was gesprongen.

Met spijt werd aangenomen dat kolonel Mike Martin tijdens zijn missie was omgekomen, en als ontdekt werd dat de *Java Star* of een andere drijvende bom op weg was naar de Verenigde Staten, dan was dat aan hem te danken. Maar niemand verwachtte hem terug te zien. Het was gewoon te lang geleden dat hij op Labuan zijn laatste levensteken in een duikerspak had kunnen stoppen.

Drie dagen voor de G8-conferentie was het geduld met de op een Britse tip gebaseerde mondiale speurtocht eindelijk uitgeput, en wel op het hoogste niveau. Marek Gumienny, die in Langley achter zijn bureau zat, belde Steve Hill over een veilige lijn met het nieuws.

'Steve, het spijt me. Het spijt me voor jou en nog meer voor Mike Martin. Maar we zijn er hier van overtuigd dat hij weg is, en nu we over de hele wereld op een ongehoorde schaal naar één schip hebben gezocht, moeten we vaststellen dat hij ongelijk had.'

'En de theorie van Sam Seymour dan?' vroeg Hill.

'Idem dito. Vergeet het maar. We hebben zo ongeveer elke verdomde tanker ter wereld in alle categorieën geïnspecteerd. We moeten er nog een stuk of vijftig lokaliseren en inspecteren; dan hebben we het gehad.

Ik weet niet wat Al-Isra betekent. We zullen het wel nooit ontdekken. Misschien betekent het gewoon niets, of anders is iedereen er allang mee opgehouden. Wacht even... Ik krijg een gesprek op een andere lijn binnen.'

Hij was even later terug.

'Er is een schip weg. Vier dagen geleden uit Trinidad vertrokken, had gisteren in Puerto Rico moeten zijn. Is nooit aangekomen en geeft geen sjoege.'

'Wat voor soort schip?' vroeg Hill.

'Een tanker van 3.000 ton. Hij kan best aan de grond zijn gelopen, maar we gaan hem op dit moment na.'

'Wat was de lading?' vroeg Hill.

'Lpg,' was het antwoord.

De KH11 Keyholesatelliet vond het schip zes uur nadat de klacht vanuit Puerto Rico aan een in Houston gevestigde oliemaatschappij (de eigenaar van de raffinaderij) de alarmbellen had laten rinkelen.

De satelliet speurde met zijn camera's en luistersensoren een 500 mijl brede strook water en eilanden in het oosten van de Caribische Zee af en hoorde in de diepte een transpondersignaal. De computer bevestigde dat het van de vermiste *Doña María* afkomstig was.

Dat gegeven ging meteen naar een groot aantal diensten, en daarom werd Marek Gumienny tijdens zijn telefoongesprek met Londen gestoord. Andere diensten die het weten moesten, waren het SOCOM-hoofdkwartier in Tampa, de Amerikaanse marine en de Amerikaanse kustwacht. Allemaal kregen ze de nauwkeurige locatie van het vermiste schip.

Dat de kapers de transponder niet hadden uitgezet, leek te betekenen dat ze heel dom waren of op veel geluk hoopten. Maar ze deden alleen wat hun bevolen was. Zolang de transponder aan het zenden was, verried hij de naam en positie van het schip. Als hij werd uitgezet, was het schip onmiddellijk verdacht.

De kleine lpg-tanker werd nog steeds bestuurd door een doodsbange kapitein Montalbán, die al vier dagen nauwelijks had geslapen en alleen af en toe een dutje had kunnen doen voordat hij weer wakker werd geschopt. Het schip was in het donker voorbij Puerto Rico geglipt, had in het westen de Turkse en Caicoseilanden gepasseerd en had zich even verscholen in het labyrint van zevenhonderd eilanden die samen de Bahama's vormen.

Toen de Keyhole het schip vond, voer het recht naar het westen en lag het even ten zuiden van Bimini, het westelijkste eiland van de hele archipel.

In Tampa werd die koers geëxtrapoleerd, en die bleek recht naar de open mond van de haven van Miami en dus tot midden in de stad te leiden.

Nog geen tien minuten later had de kleine tanker echt gezelschap gekregen. Een P3 Orion-patrouillevliegtuig, opgestegen van een klein marinevliegveld op Key West, vond het schip, liet zich tot 1.000 meter hoogte zakken, begon in cirkels rond te vliegen en filmde het van alle kanten. Het beeld verscheen bijna levensgroot op een enorm plasmascherm in het schemerduister van het operatiecentrum in Tampa.

'Jezus, moet je dat zien,' zei een van de mensen daar tegen niemand in het bijzonder.

Op zee was iemand met een kwast en witte verf naar het achterschip geklommen om een streep door de i van María te zetten. Het was een poging om de naam te veranderen in *Doña Marta*, maar die witte streep was gewoon te primitief om iemand langer dan een paar tellen voor de gek te houden.

De kustwacht had in Charleston (South Carolina) twee kotters uit de Hamilton-klasse, die allebei op zee waren. Het waren de 717 USCG *Mellon* en zijn zusterschip de *Morgenthau*. De *Mellon* was het dichtst bij, wendde de steven in de richting van de gekaapte tanker en verruilde het optimale aantal omwentelingen voor volle kracht vooruit. De navigatieofficier zette een zodanige koers uit dat het schip vlak voor zonsondergang loodrecht onderschept zou worden.

Het woord 'kotter' doet de *Mellon* eigenlijk geen recht, want met zijn lengte van 150 meter en zijn draagvermogen van 3.300 ton presteert het als een klein fregat. Terwijl het door de Atlantische golven van begin april stoof, bracht de bemanning ijlings de wapens in gereedheid, voor het geval dat. De vermiste tanker gold op dat moment als 'mogelijk vijandig'.

Met de wapens van de *Mellon* valt niet te spotten. Zijn lichtste systeem is een chaingun met zes lopen van 20 millimeter. Het braakt een wolk staal uit die tegen raketten wordt ingezet. In theorie zou zelfs een inkomende raket die door zo'n wolk vliegt, uit elkaar worden gescheurd. Maar deze Phalanx is niet alleen op die manier bruikbaar: hij vernietigt bijna alles, zij het alleen van tamelijk dichtbij.

De *Mellon* voerde ook twee Bushmasterkanonnen van 25 millimeter; die zijn minder snel maar zwaarder, genoeg om de bui van een kleine

tanker grondig te verpesten. En aan dek stond een Oto Melara-snelvuurkanon van 76 millimeter.
Toen de *Doña María* een vlekje aan de horizon werd, waren alle drie de systemen bemand en schietklaar. De mannen die zich over de wapens bogen, hadden ze alleen nog maar bij oefeningen gebruikt en zouden onmiddellijk heilig verklaard moeten worden als ze er niet stiekem naar snakten om er echt mee te schieten.
Terwijl de Orion boven hen rondvloog, alles opnam en de beelden meteen aan Tampa doorgaf, beschreef de *Mellon* een bocht rond het achterschip om langszij te komen, waar de kotter op 200 meter van de zijkant zijn snelheid aanpaste. De *Mellon* riep de tanker vervolgens met een luidspreker aan.
'Onbekende tanker, dit is de *Mellon* van de Amerikaanse kustwacht. Draai bij. Ik herhaal: draai bij. We komen aan boord.'
Met een sterke verrekijker was te zien dat een man aan het roer tussen twee anderen stond. Er kwam geen antwoord. De tanker nam geen snelheid terug. Het bericht werd herhaald.
Na de derde keer beval de commandant één granaat in het water voor de boeg van de tanker te schieten. Toen het buiswater over het voorschip spoot en de zeildoeken doorweekte waarmee iemand tevergeefs het netwerk van pijpen en buizen had bedekt om de ware aard van het schip te maskeren, moesten de mannen op de *Doña María* de boodschap wel begrepen hebben. Toch verminderde het schip zijn vaart niet.
Daarna kwamen twee mensen uit de deur op het achterschip, vlak achter de brug. Een van hen had een M60-machinegeweer rond zijn nek. Dat was een zinloos gebaar en bezegelde het lot van de tanker. De man kwam kennelijk uit Noord-Afrika en was in de ondergaande zon goed te zien. Hij loste een kort salvo, dat over de *Mellon* heen vloog, en kreeg toen een kogel in zijn borst uit een van de M16-karabijnen die vanaf het dek van de *Mellon* op hem gericht werden.
Daarmee waren de onderhandelingen afgelopen. Terwijl het lijk van de Algerijn naar achteren gleed en de deur waardoor hij naar buiten was gekomen dichtsloeg, vroeg de commandant van de *Mellon* toestemming om de vluchteling tot zinken te brengen. Die toestemming werd echter geweigerd, en het bericht van de basis was niet mis te verstaan.
'Ga uit zijn buurt. Schep afstand en doe het snel. Dat schip is een drijvende bom. Neem een positie in op één mijl van de tanker.'
De *Mellon* wendde spijtig de steven, voer op volle kracht weg en liet de tanker aan zijn lot over. Twee F16 Falcons waren al in de lucht en op

drie minuten afstand.
In het smalle deel van Florida bevindt zich op de vliegbasis Pensacola een eskader dat vierentwintig uur per dag in vijf minuten kan opstijgen. Het wordt meestal ingezet tegen drugssmokkelaars die met (vooral) cocaïne door de lucht en soms over zee Florida en de aangrenzende deelstaten binnen proberen te dringen.
Ze doken op uit de zonsondergang aan een heldere maar steeds donkerder wordende hemel, kregen de tanker ten westen van Bimini in het vizier en stelden hun Maverick-raketten scherp. Iedere piloot had een schermpje waarop te zien was hoe de 'slimme' raket zich op het doelwit richtte, en de ondergang van de tanker verliep heel mechanisch, heel nauwkeurig en volstrekt emotieloos.
Er klonk een kort bevel van de commandant. De twee Mavericks vlogen uit hun steunen onder de gevechtsvliegtuigen en gingen hun neus achterna. Een paar tellen later raakten twee koppen van elk 135 kilo vol slecht nieuws de tanker.
De lading werd niet zodanig met lucht gemengd dat de brand maximaal was, maar de exploderende Mavericks in het samengeperste gas deden hun werk.
De bemanning van de *Mellon* zag het schip van een mijl afstand branden en was naar behoren onder de indruk. Ze voelden de hitte op hun gezicht en roken de stank van samengeperst gas dat in brand stond. Het ging snel. Op het water bleef niets smeulends achter. Het voor- en achterschip van de tanker zonken als twee afzonderlijke brokken gesmolten schroot. Het laatste restant van de zwaardere brandstofolie flakkerde vijf minuten; toen eiste de zee alles op.
Precies zoals Ali Aziz al-Khattab het bedoeld had.

Binnen een uur werd de Amerikaanse president aan een staatsbanket gestoord met een kort, gefluisterd bericht. Hij knikte, vroeg om een volledig mondeling rapport voor de volgende ochtend om acht uur in het Oval Office en ging door met zijn soep.
Om vijf minuten voor acht werd de CIA-directeur in gezelschap van Mark Gumienny daar binnengelaten. Gumienny was al twee keer eerder in die ruimte geweest, maar was nog steeds diep onder de indruk. De president en de vijf andere patroons waren er al.
De formaliteiten werden kort gehouden. Marek Gumienny moest verslag uitbrengen over de voortgang en afronding van een langdurige oefening in contraterrorisme die Koevoet heette.

Hij hield het kort, want hij wist dat de man onder het ronde raam met uitzicht op de rozentuin (er zat kogelvrij glas van 15 centimeter dik in) een hekel had aan lange uiteenzettingen. De vuistregel was altijd: vijftien minuten en dan je mond houden. Marek Gumienny wist de complexiteiten van Koevoet in twaalf minuten te persen.
Toen hij klaar was, viel er een stilte.
'De tip van de Britten klopte dus?' vroeg de vice-president.
'Ja, meneer. De agent die ze in Al Qaeda hebben laten infiltreren, was een heel moedige officier, en de vorige herfst heb ik het voorrecht gehad hem te ontmoeten. Maar we moeten aannemen dat hij dood is. Anders zou hij wel een levensteken hebben gegeven. Hij heeft ons echter wel kunnen waarschuwen. Het terreurwapen was inderdaad een schip.'
'Ik had geen idee dat er elke dag met zulke gevaarlijke ladingen wordt gezeuld,' zei de minister van Buitenlandse Zaken na een korte stilte.
'Ik ook niet,' zei de president. 'Maar goed, wat adviseren jullie over de G8-conferentie?'
De minister van Buitenlandse Zaken wierp een blik op de directeur Nationale Veiligheid en knikte. Ze hadden kennelijk een groen licht voorbereid. 'Meneer de president, we hebben alle reden om te denken dat de terroristische dreiging in ons land, en dan met name in Miami, gisteravond is afgewend. Het gevaar is geweken. Tijdens de G8 staat u te allen tijde onder bescherming van onze marine, en die heeft gezworen dat u niets zal overkomen. Ons advies is dan ook dat u de G8 met een gerust hart kunt bijwonen!'
'Nou, dan moet ik dat maar doen,' zei de president van de Verenigde Staten.

17

David Gundlach vond dat hij de beste baan ter wereld had. Of in elk geval de op een na beste. Het zou nog beter zijn geweest als hij ook die vierde gouden ring op zijn mouw en epaulet had gehad en kapitein van het schip was geweest, maar met eerste stuurman was hij dik tevreden.
Op een avond in april stond hij aan stuurboord van de enorme brug en keek hij neer op de woelige mensenmenigte op de kade van de nieuwe Brooklynterminal, 60 meter onder hem. Het stadsdeel Brooklyn torende niet boven hem uit; hij stond zelf zo hoog als een gebouw van 23 verdiepingen en keek op het grootste deel ervan neer.
Pier 12 van het Buttermilk Channel werd diezelfde avond ingewijd en is niet bepaald klein, maar dit lijnschip nam alles in beslag. Het schip was 340 meter lang, 40 meter breed en had een diepgang van bijna 12 meter, en was daarmee veruit het grootste passagiersschip. Het hele kanaal had ervoor uitgediept moeten worden. Hoe meer eerste stuurman Gundlach, die aan zijn eerste overtocht sinds zijn promotie bezig was, ernaar keek, des te mooier vond hij het schip.
Diep onder zich en in de richting van de straten voorbij het terminalgebouw zag hij de spandoeken van gefrustreerde en boze demonstranten. De New Yorkse politie had de hele terminal doeltreffend afgezet. Boten van de havenpolitie voeren aan de kant van de zee rond de terminal om ervoor te zorgen dat geen enkele demonstrant in de buurt kon komen. Maar zelfs als ze vanaf de zee hadden kunnen naderen, zouden ze daar niets aan gehad hebben. De stalen romp van de lijnboot torende te hoog boven het water uit, en de laagste patrijspoorten bevonden zich meer dan 15 meter boven ze. De mensen die die avond aan boord gingen, konden dat dus in alle rust doen.
Wat niet betekende dat de demonstranten belangstelling voor hen hadden. Tot dusver nam het schip alleen loonslaven aan boord: stenografen, secretaresses, jonge diplomaten, bijzonder adviseurs en alle andere menselijke mieren zonder wie de brave reuzen van deze wereld niet over honger, armoede, veiligheid, handelsbarrières, defensie en bondgenootschappen konden praten.

David Gundlach dacht aan de kwestie van de veiligheid en fronste zijn wenkbrauwen. Hij en zijn collega's hadden de hele dag samen met mensen van de Amerikaanse veiligheidsdienst elke vierkante centimeter van het schip onderzocht. Die lui zagen er allemaal identiek uit: ze keken allemaal reuze geconcentreerd, kletsten tegen de revers waar ze hun microfoons hadden verborgen, en kregen antwoord via oormicrofoons die ze nodig hadden om zich niet naakt te voelen. Gundlach concludeerde uiteindelijk dat ze aan professionele paranoia leden, maar ze hadden niet eens iets aan te merken.
De achtergronden van de twaalfhonderd bemanningsleden waren nagegaan, en er was geen spoor van bewijs gevonden dat tegen hen sprak. De grote, dubbele suite voor de president en zijn echtgenote was verzegeld en werd door de geheime dienst bewaakt nadat de kamers centimeter voor centimeter onderzocht waren. David Gundlach had nooit eerder gezien in welke cocon de president altijd zat opgesloten.
Hij keek op zijn horloge. De 3.000 passagiers hadden nog twee uur om aan boord te gaan voordat de acht staatshoofden arriveerden. Net als de Londense diplomaten bewonderde hij de eenvoud van het idee om de grootste en meest luxueuze lijnboot ter wereld te gebruiken als onderkomen voor de grootste en meest prestigieuze conferentie ter wereld, en dat nog wel tijdens een vijf dagen durende oversteek van de Atlantische Oceaan tussen New York en Southampton.
Die list bracht alle krachten in verwarring die de G8-conferentie elk jaar in chaos wilden laten eindigen. De *Queen Mary II* was beter dan een berg, beter dan een eiland, bood plaats aan 4.200 mensen en was onkwetsbaar.
Gundlach zou naast de kapitein staan als de Typhoon-sirenes met hun diepe A afscheid namen van New York. Hij zou zeggen op welke stand de motoren van Mermaid moesten staan, en de kapitein zou het schip met een heel kleine joystick naar de East River, de Roads en de wachtende Atlantische Oceaan manoeuvreren. De besturing was zo nauwkeurig en de twee motoren waren zo wendbaar – ze konden 360 graden draaien – dat er geen sleepboten nodig waren om het schip de haven uit te loodsen.

Ver ten oosten daarvan passeerde de *Countess of Richmond* aan stuurboord de Canarische Eilanden voor de Afrikaanse kust. De eilanden zelf, waar veel Europeanen 's winters de kou en natte sneeuw van hun woonplaats proberen te vergeten, waren onzichtbaar, maar de Pico del Teide was met een verrekijker te zien.

Het schip had tot zijn treffen met de geschiedenis nog twee dagen te gaan. De Indonesische navigator had zijn landgenoot in de machinekamer opdracht gegeven om het 'rustig aan te doen', en het schip voer stapvoets door de rustige golfslag van een avond in april. De Pico del Teide verdween uit het zicht, en de roerganger draaide het schip een paar graden naar bakboord, waar 1.600 mijl verderop de Amerikaanse kust lag. Vanuit de hemel werd de *Countess* opnieuw gelokaliseerd, maar toen de computers desgevraagd de transponder hadden afgeluisterd, de archieven hadden gecontroleerd en zijn onschadelijke positie ver op zee hadden vastgesteld, gaven ze het schip opnieuw de ruimte: legitieme vrachtvaarder, geen gevaar.

De eerste regeringsvertegenwoordiger die aankwam, was de Japanse premier met zijn gevolg. Zoals afgesproken waren ze van Tokio rechtstreeks naar Kennedy gevlogen. De groep was buiten gezichts- en gehoorsafstand van de demonstranten gebleven en naar de passagierscabines van een kleine vloot helikopters gebracht, die hen vanaf Jamaica Bay naar Brooklyn hadden gevlogen.

Het landingsplatform lag binnen het complex van grote zalen en loodsen die samen de nieuwe terminal vormden. Vanuit het gezichtspunt van de Japanners verdwenen de demonstranten, die voorbij de barrières geluidloos hun protesten riepen, eenvoudig uit het zicht. Terwijl de rotors steeds langzamer gingen draaien, werd de delegatie door de scheepsofficieren begroet, door de overdekte tunnel naar de ingang in de zijkant van het schip gebracht en vandaar naar een van de koninklijke suites begeleid.

De helikopters vertrokken weer naar Kennedy, waar de Canadezen net waren aangekomen.

David Gundlach bleef op de brug, die van de ene naar de andere kant 50 meter breed was en enorme ramen had. Hij verlangde naar de zee. De brug lag 60 meter hoog, maar de ruitenwissers voor elk raam bewezen dat buiswater ook de brug overspoelde als de *Queen* midden in de winter door de 18 meter hoge Atlantische golven voer.

Maar volgens de weerberichten werd dit een rustige oversteek met lage golven en weinig wind. Het lijnschip zou het zuidelijke deel van de Grote Cirkel-route volgen, een route die bij de gasten altijd geliefd was vanwege het mildere weer en de rustiger zee. De koers beschreef een grote boog over het kortste deel van de Atlantische Oceaan, en het zuidelijkste punt lag even boven de Azoren.

De Russen, Fransen, Duitsers en Italianen arriveerden in een soepel tempo na elkaar, en de Britten – de eigenaren van de *Queen Mary II* – namen in de avondschemering de laatste vluchten van de helikopterluchtbrug.
De Amerikaanse president, die even na achten de gastheer werd van het inaugurale diner, arriveerde om klokslag zes uur in zijn gebruikelijke donkerblauwe Witte Huis-helikopter. Een marinierskapel op de kade speelde *Hail to the Chief* terwijl hij het schip in liep en de stalen deuren de rest van de wereld buitensloten. Om halfzeven gingen de trossen los en gleed de *Queen*, fraai gepavoiseerd en als een drijvende stad verlicht, maar de East River.
De mensen in kleinere boten en op de buitenwegen zagen het schip gaan en zwaaiden. Hoog boven hen en achter gehard glas zwaaiden de staats- en regeringsleiders van de acht rijkste landen ter wereld terug. Het felverlichte Vrijheidsbeeld gleed voorbij, de eilanden verdwenen uit het zicht en de *Queen* vermeerderde rustig vaart.
Links en rechts ervan namen twee met raketten uitgeruste kruisers van de Amerikaanse Atlantische marine op verscheidene kabellengten afstand hun positie in en meldden zich bij de kapitein. Aan bakboord lag de USS *Leyte Gulf* en aan stuurboord de USS *Monterey*. Overeenkomstig de gebruiken van de zee dankte hij hen voor hun aanwezigheid. Toen liep hij de brug af om zich om te kleden voor het diner. David Gundlach had het roer en het bevel.
Ze werden niet geëscorteerd door een onderzeeër, want dit was geen eenheid met een vliegdekschip, maar er waren nog twee andere redenen voor de afwezigheid van een onderzeeër. Geen enkel land bezat een onderzeeër die kon ontsnappen aan de vermogens tot lokalisering en vernietiging van de kruiser, en de *Queen* was zo snel dat geen enkele onderzeeër het schip kon bijhouden.
Toen het konvooi de Rhodes passeerde en de lichten van Long Island uit het zicht verdwenen, liet eerste stuurman Gundlach de snelheid tot optimaal verhogen. De vier motoren met samen 157.000 pk konden de *Queen* zo nodig een snelheid van 30 knopen geven, maar de normale kruissnelheid bedroeg 25 knopen, en de kruisers moesten toch al hun best doen om het schip bij te houden.
Aan de hemel verscheen een luchtescorte: een EC2 Hawkeye van de Amerikaanse marine met een radar die het water van de Atlantische Oceaan met een straal van 500 mijl rond het konvooi afspeurde. Plus een EA6B Prowler, in staat om elk offensief wapen dat op het konvooi

gericht werd, te storen en met HARM-raketten te vernietigen.

De luchtsteun zou buiten de Verenigde Staten tanken en gewisseld worden totdat die kon worden overgenomen vanaf de Amerikaanse basis op de Azoren, en daarna zouden de Britten de dekking overnemen. Niets was aan het toeval overgelaten.

Het diner was een doorslaand succes. De staatslieden straalden, hun echtgenotes schitterden, de maaltijd was volgens iedereen verrukkelijk en het kristal glom terwijl het met uitmuntende wijnen werd volgeschonken.

De tafelgenoten volgden het voorbeeld van de Amerikaanse president en trokken zich vroeg in hun hut terug, al was het alleen maar omdat bijna iedereen een lange vlucht achter de rug had.

De conferentie kwam de volgende ochtend voltallig bijeen. De bioscoop was zodanig omgebouwd dat de acht delegaties er konden plaatsnemen met het kleine legertje pluimstrijkers dat ieder staatshoofd kennelijk nodig had.

De tweede avond verliep als de eerste, maar de gastheer was nu de Britse premier in de grillbar van de *Queen*, met tweehonderd zitplaatsen. Lieden van minder belang verspreidden zich over het reusachtige Brittannia-restaurant en de diverse pubs en bars waar eveneens eten werd opgediend. De jongeren waren eindelijk van hun diplomatieke verplichtingen bevrijd en gaven na het eten de voorkeur aan de balzaal of de nachtclub annex disco G32.

Hoog boven iedereen uit waren de lichten gedimd op de uitgestrekte brug, waar David Gundlach de hele nacht de scepter zwaaide. Vlak onder de voorste ramen stond de rij plasmaschermen waarop alle systemen van het schip zichtbaar waren.

Een van de belangrijkste was de radar, die 25 mijl in het rond kon kijken. Hij zag de bliepjes van de twee kruisers links en rechts van hem, en daarachter die van andere schepen, die huns weegs gingen.

Hij had ook een automatisch identificatiesysteem tot zijn beschikking, waarmee hij mijlen in de omtrek de transponder van elk schip kon aflezen en het signaal met het Lloyd's-archief kon vergelijken; dan wist hij niet alleen hoe het heette, maar ook zijn route, lading en radiofrequentie.

Aan beide kanten van de *Queen* en eveneens op een verduisterde brug zaten de mannen van de radar op de kruisers met dezelfde taak over hun scherm gebogen. Het was hun taak om ervoor te zorgen dat niets wat ook maar enigszins bedreigend was, in de buurt van de kolos tussen hen

in kon komen. Zelfs een onschuldig en geïnspecteerd vrachtschip mocht niet dichterbij komen dan 3 kilometer. Op de tweede avond lag geen enkel schip dichterbij dan 10 kilometer.
Het beeld dat de EC2 Hawkeye leverde, omvatte uiteraard meer, vanwege de hoogte. Het was net een immense lichtkring die van west naar oost over de Atlantische Oceaan gleed. Maar het grootste deel van wat het vliegtuig zag, lag vele mijlen verder en kwam niet in de buurt van het konvooi. De Hawkeye schiep een wel 10 mijl brede corridor voor de varende schepen uit, zodat de kruisers wisten wat voor hen lag. Om de werkelijkheid zo goed mogelijk te benaderen werd ook die projectie beperkt tot 25 mijl, dat wil zeggen: een uur varen.
Op de derde avond kwam de Hawkeye even voor elven met een niet erg dringende waarschuwing: '25 mijl voor jullie uit en 2 mijl ten zuiden van jullie uitgezette koers ligt een klein vrachtschip. Volgens mij ligt het stil.'

De *Countess of Richmond* lag niet helemaal stil. De motoren draaiden stationair, maar er stond een stroming van 4 knopen die net genoeg stuwkracht gaf om de boeg naar voren en dus naar het westen te houden. De opblaasbare speedboot lag in het water en was aan bakboord verbonden met een touwladder die van de reling naar het water liep. Vier mannen zaten er al in en deinden naast de romp van het vrachtschip op de stroming.
De vier anderen waren op de brug. Ibrahim stond aan het roer, staarde naar de horizon en zocht het eerste spoor van naderende lichten.
De Indonesische radioman stelde de kracht en helderheid van de zendmicrofoon bij. Naast hem stond de tiener die in een buitenwijk van de stad Leeds in Yorkshire geboren en getogen was als zoon van Pakistaanse ouders. De vierde was de Afghaan. Toen de radioman tevreden was, knikte hij naar de jongen, die terugknikte, een kruk pakte en naast het paneel van het schip de oproep afwachtte.

Die oproep kwam van de kruiser die op zes kabellengtes afstand aan stuurboord van de *Queen* voer. David Gundlach hoorde het luid en duidelijk, en ieder ander die wacht had, hoorde het ook. De frequentie was de gebruikelijke voor schepen in het noorden van de Atlantische Oceaan. De stem klonk lijzig en was van iemand uit het diepe zuiden. '*Countess of Richmond, Countess of Richmond*, hier spreekt de kruiser *Monterey* van de Amerikaanse marine. Hoort u mij?'

De stem die antwoordde, werd licht misvormd door de niet echt ultramoderne radioapparatuur aan boord van het oude vrachtschip. En die stem had ook de vlakke klinkers van Lancashire of misschien Yorkshire.
'O, jawel, *Monterey*. De *Countess* hier.'
'U schijnt stil te liggen. Verklaar uw situatie.
'*Countess of Richmond.* Tikkeltje oververhit... *klik... klik...* schroefas... (ruis...) repareren zo snel als we kunnen.'
Op de brug van de kruiser was het even stil. Toen: 'Zeg dat nog eens, *Countess of Richmond.* Ik herhaal: zeg dat nog eens.'
Het antwoord kwam met een nog zwaarder accent. Op de brug van de *Queen* zag de eerste stuurman een bliepje op zijn radarscherm verschijnen, iets ten zuiden van zijn koers en op vijftig minuten varen afstand. Een ander scherm gaf alle details over de *Countess of Richmond.* Het bevestigde ook dat de transponder authentiek was en het juiste signaal uitzond. Hij onderbrak het radiogesprek.
'*Monterey*, hier de *Queen Mary II.* Laat mij het maar proberen.'
David Gundlach was geboren en getogen in het district Wirral in Cheshire, op minder dan 80 kilometer van Liverpool. Naar zijn schatting kwam de stem van de *Countess* uit Yorkshire of Lancashire, allebei vlak bij Cheshire.
'*Countess of Richmond*, hier de *Queen Mary II.* Ik begrijp dat de lager van uw schroefas oververhit is en dat u reparaties uitvoert. Klopt dat?'
'Ja, klopt. Hoop over een uurtje klaar te zijn,' zei de stem door de luidspreker.
'*Countess*, meld uw gegevens, alstublieft. Thuishaven, haven van vertrek, bestemming, vracht.'
'*Queen Mary*, thuishaven Liverpool, 8.000 ton, algemeen vrachtschip, kom uit Java met brokaat en Aziatisch timmerhout, ga naar Baltimore.'
Gundlach liet zijn blik over een scherm met gegevens glijden die door het hoofdkantoor van McKendrick Shipping in Liverpool, de cargadoor Siebart & Abercrombie in Londen en de verzekeraar Lloyd's geleverd waren. Alles klopte.
'Met wie heb ik de eer?' vroeg hij.
'Ik ben kapitein McKendrick. En u?'
'Eerste stuurman David Gundlach.'
De *Monterey*, die het dialect van de twee nauwelijks kon volgen, bemoeide zich ermee. '*Queen*, hier de *Monterey*. Wilt u uw koers verleggen?'
Gundlach raadpleegde de schermen. De computer op de brug leidde de

Queen langs de vooraf bepaalde route en voerde bij elke verandering van de zee, de wind, de stroming of de golven de juiste aanpassingen door. Een omleiding betekende handmatige navigatie of nieuwe programmering om later weer naar de oude koers terug te gaan. Over drie kwartier zou hij de stilgelegde vrachtvaarder passeren, en dat schip lag dan op 3 kilometer afstand. 'Hoeft niet, *Monterey.* Als ze over veertig minuten passeren, ligt er meer dan 2 mijl zee tussen ons in.'
Daarbij ging hij uit van de *Queen.* De *Monterey* lag dichterbij, maar had toch ruimte genoeg. De Hawkeye en de EA6 hoog aan de hemel scanden het hulpeloze vrachtschip op tekenen van gerichte raketten of andere elektronische activiteit. Ze zagen niets, maar zouden blijven kijken tot de *Countess* ruim achter het konvooi lag. Er waren nog twee andere schepen in de verboden corridor; die lagen alleen veel verder naar het oosten en zouden het verzoek krijgen om naar links en rechts uit te wijken.
'Akkoord,' zei de *Monterey.*
Op de brug van de *Countess* was alles gehoord. Ibrahim knikte en beduidde daarmee dat iedereen hem alleen moest laten. De radioman en de tiener klauterden de ladder naar de speedboot af, en het zestal in de opblaasbare boot zat op de Afghaan te wachten. Martin was er nog steeds van overtuigd dat de waanzinnige Jordaniër de motor weer zou aanzetten om een van de naderende schepen te rammen en wist dat hij de *Countess of Richmond* niet kon verlaten. Zijn enige hoop was dat hij het schip kon overnemen na de bemanning gedood te hebben.
Hij ging achterwaarts over de touwladder omlaag. Suleiman zat op een doft en maakte zijn foto-uitrusting gereed. Aan de reling van de *Countess* bengelde een touw. Een van de Indonesiërs bij de boeg van de speedboot pakte het vast en hield de boot op de stroming die langs de zijkant van het schip liep.
Martin hield de ladder vast, draaide zich om, stak zijn hand uit en maakte een houw van meer dan anderhalve meter in het steenharde grijze materiaal. Hij deed het zo snel en onverwacht dat twee of drie tellen lang niemand reageerde, behalve de zee zelf. De ontsnappende lucht bulderde zachtjes. Met zes man aan boord maakte de boot aan die kant slagzij en begon hij water te maken. Martin stak zijn arm nog verder uit en deed een uitval naar het touw. Hij miste, maar gaf wel een jaap in de onderarm van de Indonesiër. Toen kwamen de mannen in actie. De Indonesiër moest het touw echter loslaten en de zee eiste hen op.
Wraakzuchtige handen werden naar Martin uitgestoken, maar de ach-

terkant van de speedboot zonk. De zware buitenboordmotor trok die kant omlaag, en er stroomde steeds meer zeewater naar binnen. De beschadigde boot dreef in het donker van de nacht een eind bij het achterschip van de vrachtvaarder vandaan en zonk toen gewoon in de stroming onder het gewicht van de buitenboordmotor. In het licht op de achtersteven van de *Countess* zag Martin wanhopige handen boven het water uitsteken, maar toen verdwenen ook die, want tegen 4 knopen kan geen zwemmer op. Hij beklom de ladder weer.

Op dat moment trok Ibrahim aan een van de hendels die de explosievenexpert voor hem had aangebracht. Terwijl Martin nog aan het klimmen was, hoorde hij een reeks scherpe knallen omdat kleine springladingen ontploften.

Toen meneer Wei de galerij bouwde in de vorm van zes zeecontainers die tussen de brug en de boeg op het dek van de *Java Star* stonden, schiep hij een dak of 'deksel' boven de lege ruimte eronder. Dat was één staalplaat, die met vier zware bouten was vastgezet.

De explosievenexpert had daar kneedbommen aan bevestigd, die stroom kregen via draden die verbonden waren met de scheepsmotoren. Toen die ontploften, werd de staalplaat boven de holte wel een meter opgetild, maar de springladingen waren niet allemaal even sterk, zodat de ene kant van de plaat verder omhoogging dan de andere.

Martin nam het mes tussen zijn tanden en was al bijna boven toen de kneedbommen ontploften. Hij hurkte neer en zag de enorme plaat staal zijwaarts de zee in glijden. Daarop deed hij zijn mes weg en liep hij de brug op.

De man van Al Qaeda stond aan het roer en staarde door het glas. Met een snelheid van 25 knopen naderde aan de horizon een drijvende stad bestaande uit 17 dekken en 150.000 ton licht, staal en mensen. Recht onder de brug lag de galerij nu open onder de sterren. Martin besefte voor het eerst wat het doel ervan was: niet iets bevatten maar iets verbergen.

De wolken maakten ruimte voor de halvemaan en het hele voordek van de vroegere *Java Star* glom in het licht. Het drong nu pas tot Martin door dat dit geen algemene vrachtvaarder met een lading explosieven was, maar een tanker. Vanaf de brug liep een wirwar van buizen, pijpen, kranen en standleidingen, en die verrieden het eigenlijke doel van het schip.

Met gelijke tussenruimten waren zes ronde stalen schijven in het dek aangebracht. Dat waren de inlaatpijpen boven de tanks benedendeks.

'Je had op de kleine boot moeten blijven, Afghaan,' zei Ibrahim.
'Het was nogal krap, broeder. Suleiman viel bijna overboord. Ik stond nog op de ladder en toen gingen ze weg. Nu zal ik hier met jou sterven. Insjallah.'
Ibrahim was kennelijk tevreden. Hij keek op de scheepsklok en trok aan de tweede hendel. De draden die vanaf de brug naar de accu's van het schip liepen, kwamen onder spanning, en de stroom liep de galerij in, waar de explosievenman via de geheime deur tijdens zijn maand op zee gewerkt had.
Nog zes springladingen ontploften. De zes luiken werden weggeblazen. Wat volgde, was met het blote oog niet te zien. Als dat wel zo was geweest, zouden de twee mannen zes verticale pluimen hebben zien opstijgen uit de tanks, want het gas spoot weg. De opstijgende wolk bereikte een hoogte van dertig meter, verloor zijn stuwkracht en gaf zich aan de zwaartekracht over. Het onzichtbare gas, dat zich verwoed met de nachtlucht mengde, zakte terug naar de zee en begon in alle richtingen weg te stromen.
Martin wist dat hij verloren had. En ook dat het te laat was. Nu besefte hij pas op wat voor een drijvende bom hij zich sinds de Filippijnen bevonden had, en dat het wegstromende gas uit de opgeblazen luiken een onzichtbare dood betekende die niet meer in de hand te houden was.
Hij had altijd gedacht dat de *Countess of Richmond*, die nu weer de *Java Star* was geworden, ergens naar een binnenhaven zou varen om te laten ontploffen wat benedendeks lag. Of dat het schip iets waardevols ging rammen en zichzelf daarbij opblies. Dertig dagen lang had hij vergeefs gewacht op een kans om zeven mannen te doden en het schip over te nemen. Die kans was niet gekomen.
Hij besefte te laat dat de *Java Star* geen bom ging afleveren, maar zelf een bom wás. En nu de lading gas snel wegstroomde, kon het schip blijven liggen waar het lag. De lijnboot hoefde maar tot op 3 kilometer te naderen om door het vuur verteerd te worden.
Hij had het gesprek op de brug tussen de Pakistaanse jongen en de stuurman van de *Queen Mary II* gehoord. Hij begreep te laat dat de *Java Star* zijn motoren niet zou aanzetten. De escorterende kruisers zouden dat niet toestaan, en het hoefde ook helemaal niet.
Naast Ibrahims rechterhand zat nog een derde hendel, die omlaag getrokken moest worden. Martins blik volgde de draden naar een Verypistool, een vlammenwerper die vlak voor de ramen van de brug bevestigd was. Eén flits, één vonk...

Door de ramen was aan de horizon de verlichte stad te zien. Vijftien mijl, dertig minuten varen, precies de goede tijd om de lucht en het gas maximaal te mengen.
Martins blik gleed naar de microfoon op het paneel. Een laatste kans om een waarschuwing te schreeuwen. Zijn rechterhand gleed naar de split in zijn gewaad. Daarachter was zijn mes tegen zijn dij gebonden.
Ibrahim ving die blik en die beweging op. Hij had Afghanistan, een Jordaanse gevangenis en de meedogenloze Amerikaanse jacht op hem in Irak niet overleefd zonder de instincten van een wild dier te ontwikkelen. Hij had aangevoeld dat de Afghaan ondanks zijn broederlijke taalgebruik niet zijn vriend was. De brug zinderde van pure haat.
Martins hand gleed zijn gewaad in om zijn mes te pakken. Ibrahim was sneller: zijn pistool lag onder de kaart op de kaartentafel. Het wees recht naar Martins hart. De afstand tussen beiden bedroeg 3,5 meter – drie te veel.
Een militair wordt opgeleid om bliksemsnel kansen in te schatten. Martin had dat een groot deel van zijn leven gedaan. Op de brug van de *Countess of Richmond*, die door zijn eigen doodswolk omhuld werd, waren er maar twee: op de man of op de hendel mikken. Hij zou het geen van beide overleven.
Er kwamen woorden bij hem op, woorden van lang geleden, woorden uit een gedicht op school: 'Voor iedere man op deze aarde/komt vroeg of laat de dood...' En hij moest denken aan Ahmad Shah Massoud, de Leeuw van de Pansjir, die bij een kampvuur zei: 'We zijn allemaal ter dood veroordeeld, Angleez. Maar alleen een strijder die door Allah is gezegend, kan toestemming krijgen om te kiezen hoe!' Kolonel Martin koos...
Ibrahim zag hem gaan; hij wist hoe iemand kijkt die op het punt staat te sterven. De moordenaar schreeuwde en schoot. De ander kreeg een kogel in zijn borst en begon te sterven. Maar voorbij de pijn en de schok is er altijd nog net genoeg wilskracht voor één seconde leven.
Aan het einde van die seconde werden de twee mannen en het schip in een rozerode eeuwigheid verteerd.

David Gundlach zag het in stomme verbijstering gebeuren. Vijftien mijl voor hem uit, op het punt waar 's werelds grootste lijnschip 35 minuten later geweest zou zijn, verrees een enorme vlammenvulkaan uit de zee. Hij hoorde de drie andere mannen van de nachtwacht roepen: 'Jezus, wat was dat!'

'*Monterey* voor *Queen Mary II*. Onmiddellijk naar bakboord. Ik herhaal: onmiddellijk naar bakboord. We gaan op onderzoek uit.'
Gundlach zag de Amerikaanse kruiser rechts van hem op aanvalssnelheid komen en op weg gaan naar de vlammen, die al minder hoog werden. Het was duidelijk dat op de *Countess of Richmond* een verschrikkelijk ongeluk was gebeurd. Het was zijn plicht om uit de buurt te blijven; als er mensen in het water lagen, zou de *Monterey* hen vinden. Maar het was wel verstandig om zijn kapitein te laten komen.
Toen de schipper op de brug kwam, vertelde zijn eerste stuurman wat hij gezien had. Ze waren inmiddels 18 mijl van de vermoedelijke plaats verwijderd, en de afstand werd snel groter.
De USS *Leyte Gulf* bleef aan bakboord bij hen. De *Monterey* voer rechtstreeks naar de vuurbal, mijlen verderop. Ook de kapitein vond dat de *Monterey* in het onwaarschijnlijke geval van overlevenden naar hen moest zoeken. Terwijl de twee mannen vanaf hun veilige brug toekeken, begonnen de vlammen te flakkeren en uit te gaan. De laatste vlammen op het water kwamen van de brandstof van het verdwenen schip zelf.
De kapitein van het passagiersschip gaf bevel om weer koers naar Southampton te zetten.

Epiloog

Er kwam een onderzoek. Uiteraard. Dat nam bijna twee jaar in beslag, want alleen op televisie gebeuren zulke dingen in een paar uur.

Een van de teams onderzocht de echte *Java Star* vanaf het moment dat de kiel werd gelegd tot het moment dat het schip met een lading lpg aan boord uit Brunei vertrok met bestemming Fremantle in Western Australia.

Onafhankelijke getuigen zonder reden om te liegen, verklaarden dat kapitein Herrmann toen de leiding had en dat alles wel was aan boord. Het schip werd kort daarna gezien door twee andere kapiteins die de noordoostelijke punt van Borneo rondden. Beide schippers merkten op dat de *Java Star* juist vanwege zijn lading flink uit de buurt bleef, en noteerden de naam van het schip in hun logboek.

De enige opname van Herrmanns laatste noodkreet werd afgedraaid voor een Noorse psychiater, die bevestigde dat de stem afkomstig was van een goed Engels sprekende landgenoot, die kennelijk onder dwang handelde.

De kapitein van het fruitschip, die de opgegeven positie had gehoord en erheen was gevaren, werd opgespoord en ondervraagd. Hij herhaalde wat hij gehoord en gezien had. Maar experts op het gebied van scheepsbranden twijfelden sterk: als de brand in de machinekamer van de *Java Star* zo rampzalig was dat kapitein Herrmann het schip niet kon redden, moest uiteindelijk ook de lading in brand zijn gevlogen. En in dat geval kon er geen sprake zijn geweest van reddingsvlotten met een tent van textiel erop die waren blijven drijven op de plek waar het schip gezonken was.

Met steun van Amerikaanse gevechtshelikopters voerden Filippijnse commando's een overval op Zamboanga uit, ogenschijnlijk gericht tegen bases van Abu Sayyaf. Ze kamden een stuk oerwoud uit en kwamen terug met twee daar wonende Huqspoorzoekers die weleens voor de terroristen werkten, maar niet bereid waren om ter wille van hen voor een vuurpeloton te komen.

Ze verklaarden in een smalle rivier in het hart van het oerwoud een middelgrote tanker te hebben gezien waarop lassers aan het werk waren.

Het team van de *Java Star* diende zijn rapport binnen een jaar in. Daarin stond dat het schip niet bij een brand aan boord gezonken was maar intact was gekaapt, en dat veel moeite was gedaan om de koopvaardijwereld te laten denken dat het niet meer bestond terwijl dat in feite wel zo was. De hele bemanning was vermoedelijk dood, maar dat moest nog bevestigd worden.

Omdat iedereen alleen mocht weten wat hij of zij weten moest, werkten alle onderzoeksteams aan de diverse facetten zonder te weten waarom. Ze hadden te horen gekregen en geloofden dat het om een verzekeringskwestie ging.

Een ander team bracht de lotgevallen van de echte *Countess of Richmond* in kaart. Na hun bezoek aan het kantoor van Alex Siebart in de Londense straat Crutched Friars gingen ze naar Liverpool om er de familie en bemanning tegen het licht te houden. Iedereen bevestigde dat de *Countess* de Jaguars probleemloos in Singapore had afgeleverd. Kapitein McKendrick was in de haven een vriend uit Liverpool tegengekomen en dronk met hem een paar glazen bier alvorens uit te varen. En hij belde ook naar huis.

Onafhankelijke getuigen bevestigden dat het schip nog zijn eigen wettige gezagvoerder had toen het in Kinabalu waardevol timmerhout aan boord nam.

Maar bij een persoonlijk bezoek aan de Javaanse stad Surabaya bleek dat het daar nooit was aangekomen om het tweede deel van de lading – Aziatische zijde – in te nemen. Toch had Siebart & Abercrombie in Londen de bevestiging van de expediteurs gekregen dat dat wel was gebeurd. Die bevestiging was dus vals.

Er werd een zo goed mogelijk lijkende tekening van 'meneer Lampong' gemaakt, en de Indonesische binnenlandse veiligheidsdienst herkende hem als een vermoedelijke geldschieter van de Jemaah Islamiyah, hoewel dat nooit bewezen was. Er werd een speurtocht op touw gezet, maar de terrorist was in de mensenmassa's van Zuidoost-Azië opgegaan.

Het team concludeerde dat piraten in de Celebeszee aan boord van de *Countess of Richmond* waren gekomen en het schip gekaapt hadden. Ze stalen alle papieren en de identiteitscodes voor de radio en de transponder. Daarna was het schip ongetwijfeld met de hele bemanning tot zinken gebracht. De naaste familie werd ingelicht.

De doorbraak was aan dr. Ali Aziz al-Khattab te danken. Zijn afgeluisterde telefoon bewees dat hij een ticket naar het Midden-Oosten had gekocht. Tijdens een vergadering in het Thames House, het hoofdkwartier van MI5, werd vastgesteld dat het lang genoeg had geduurd. Mensen van de Birminghamse politie en de Special Branch forceerden de deur van de flat toen de afluisterapparatuur verraden had dat de academicus uit Koeweit in bad zat. Hij werd in een badhanddoek afgevoerd.
Maar Al-Khattab was slim geweest. Een uiterst grondig onderzoek van zijn flat, auto, kantoor, mobiele telefoon en laptop leverde geen enkel bezwarend detail tegen hem op.
Hij glimlachte minzaam en zijn advocaat protesteerde aan één stuk door tijdens de 28 dagen dat de Britse politie een verdachte zonder formele aanklacht mag vasthouden. Die glimlach verdween toen hij uit de gevangenis van Belmarsh kwam en meteen opnieuw gearresteerd werd, ditmaal wegens een uitleveringsverzoek dat door de regering van de Verenigde Arabische Emiraten was ingediend.
Daarvoor gold geen tijdslimiet. Al-Khattab ging rechtstreeks naar zijn cel terug. Ditmaal ging zijn advocaat krachtig in beroep tegen de uitlevering. Al-Khattab kwam uit Koeweit en was niet eens staatsburger van de VAE, maar dat was het punt niet.
Het contraterrorismecentrum in Dubai was op wonderbaarlijke wijze in het bezit gekomen van een stapel foto's. Op sommige stond Al-Khattab te praten met een bekende Al Qaeda-koerier, een dhowkapitein die al in het oog werd gehouden. Andere lieten hem zien bij zijn aankomst in en vertrek uit een villa aan de buitenrand van Ras al Khaima, die als schuilplaats van terroristen bekendstond. De Londense rechter was onder de indruk en stond de uitlevering toe. Al-Khattab ging in beroep... en verloor opnieuw.
Geconfronteerd met een keuze tussen de twijfelachtige charmes van hare majesteits gevangenis in Belmarsh of een stevige ondervraging door Special Forces van de VAE in hun woestijnbasis aan de Golf, vroeg hij de gast van koningin Elizabeth te mogen blijven. Daarmee ontstond een probleem. De Britten legden uit dat ze hem niets ten laste konden leggen, laat staan dat ze genoeg hadden voor een proces.
Hij was al halverwege Heathrow toen hij zich tot een overeenkomst bereid verklaarde en begon te praten.
Toen hij eenmaal op gang was, meldden de CIA'ers die de zittingen als gast bijwoonden, aan hun superieuren dat het leek alsof de Boulderdam het begaf. Hij verried meer dan honderd lelieblanke, bij de Engelse en

Amerikaanse inlichtingendiensten onbekende Al Qaeda-agenten en 24 slapende bankrekeningen.

Toen de ondervragers begonnen over een Al Qaeda-project met de codenaam Al-Isra, zweeg de man uit Koeweit verbijsterd. Hij had geen idee dat iemand dat wist. Later begon hij weer te praten.

Hij bevestigde alles wat Londen en Washington al vermoedden en voegde er nog het nodige aan toe. Op de drie Indonesiërs na kon hij iedereen op de *Countess of Richmond* tijdens zijn laatste reis identificeren.

Hij kende de achtergrond van de tiener met Pakistaanse ouders die, geboren en getogen in het Engelse graafschap Yorkshire, eerste stuurman David Gundlach kon bedotten door zich op de scheepsradio voor kapitein McKendrick uit te geven.

En hij gaf toe dat de *Doña María* doelbewust was opgeofferd, hoewel de bemanning dat niet geweten had. Het was een schijnbeweging geweest voor het geval er enige aarzeling bestond over de vraag of de Amerikaanse president op een lijnschip de zee op moest worden gestuurd.

De ondervragers brachten het gesprek soepeltjes op een Afghaan van wie ze wisten dat Al-Khattab hem in de villa ondervraagd had. In feite wisten ze dat helemaal niet en vermoedden ze het slechts, maar Al-Khattab aarzelde nauwelijks.

Hij bevestigde de komst van de geheimzinnige talibancommandant in Ras al Khaima na een gedurfde en bloedige ontsnapping uit een gevangenisauto buiten Kabul. Hij beweerde dat Al Qaeda-sympathisanten in Kabul die details met zorg gecontroleerd en geverifieerd hadden.

Hij gaf toe dat hij van Ayman al-Zawahiri zelf opdracht had gekregen om naar de Golf te gaan en de vluchteling te ondervragen zo lang als nodig was.

Hij onthulde ook dat niemand minder dan de sjeik de identiteit van de Afghaan bevestigd had op grond van een gesprek dat vele jaren eerder in een hospitaalgrot in de Tora Bora had plaatsgevonden.

De sjeik had de Afghaan het voorrecht van deelname aan Al-Isra gegund, en hij zelf, Al-Khattab, had hem samen met anderen naar Maleisië gestuurd.

De Engelse en Amerikaanse ondervragers ruïneerden met heel veel genoegen de rest van zijn leven door hem te vertellen wie de Afghaan eigenlijk was.

Als laatste detail bevestigde een grafoloog dat het handschrift van de vermiste kolonel identiek was aan dat van de man die het bericht op Labuan in de duikerstas had gestopt.

De Koevoetcommissie werd het er uiteindelijk over eens dat Mike Martin een tijdje na Labuan als zogenaamde terrorist aan boord van de *Countess of Richmond* was gegaan en dat volstrekt niets erop wees dat hij zich op tijd uit de voeten had kunnen maken.
De theorieën over de vraag waarom de *Countess* een halfuur te vroeg in vlammen op was gegaan, werden in het rapport gelaten voor wat ze waren.

Het is in Groot-Brittannië gebruikelijk dat een spoorloos vermiste pas na zeven jaar wettelijk dood wordt verklaard. Maar toen de ondervraging van dr. Al-Khattab was afgerond, werd de rechter van instructie in de Londense City of Westminster uitgenodigd voor een heel discreet etentje in de Brooks' Club aan St James' Street. Er waren maar drie anderen aanwezig, en toen de obers weg waren, legden ze de rechter een hoop uit. In de week daarna werd een overlijdensakte overhandigd aan een docent aan de School of Oriental and African Studies, een zekere dr. Terry Martin, en die akte betrof zijn broer, kolonel Mike Martin van het Parachutistenregiment, die achttien maanden eerder spoorloos verdwenen was.

Op het terrein van het SAS-hoofdkwartier buiten Hereford staat een nogal vreemd bouwsel dat de Klokkentoren wordt genoemd. Toen het regiment enkele jaren geleden vanuit zijn oude naar zijn nieuwe basis verhuisde, werd die toren steen voor steen afgebroken en opnieuw opgebouwd.
In de top ervan hangt inderdaad een klok, maar belangwekkender zijn de zijkanten van de toren, waarop de namen staan van alle SAS-leden die in een gevecht zijn omgekomen.
Kort na de afgifte van de overlijdensakte werd aan de voet van de Klokkentoren een herdenkingsdienst gehouden. Er waren twaalf mannen in uniform, tien mannen in burger en twee vrouwen. De ene vrouw was de directeur-generaal van MI5, de andere de ex-vrouw van de overledene.
De overlijdensakte was pas na enige druk afgegeven, maar die druk kwam uit de allerhoogste regionen, en toen de directeur, de Special Forces en de commandant van het regiment alle bekende feiten tot zich hadden laten doordringen, waren ze het erover eens dat die status gerechtvaardigd was. Kolonel Mike Martin was zeker niet de eerste en beslist niet de laatste SAS'er die ergens ver weg omkwam en nooit meer werd teruggevonden.

Op deze sombere februaridag zakte de zon aan de andere kant van de Engelse grens achter de Black Mountains van Wales, en aan het eind van de korte ceremonie citeerde de aalmoezenier de gebruikelijke zin uit het evangelie van Johannes: 'Er is geen grotere liefde dan je leven te geven voor je vrienden'. Alleen het groepje rond de Klokkentoren wist dat Mike Martin van het Parachutistenregiment en SAS-kolonel buiten dienst dit gedaan had voor zo'n 4.000 volmaakt onbekenden van wie niemand wist dat hij ooit bestaan had.

'Wat ben je aan het doen, man? Wat doe je nou?' Cash begon weer te kronkelen en probeerde weg te rollen. Ten slotte kreeg de grote man genoeg van Cash' geworstel, dus deed hij een stap achteruit en gaf Cash een harde trap in zijn gezicht. Cash kreunde. De man rolde hem op zijn buik, zette zijn knie tussen Cash' schouderbladen en begon geduldig het sweatshirt en de spijkerbroek open te snijden.

ISBN 90 229 8786 8

John Sandford

Doodstrijd

Op haar ronde langs de muskusratvallen doet een twaalfjarig meisje een gruwelijke ontdekking. In een boom hangen de stijfbevroren, naakte lichamen van een man en een vrouw. De pers bestempelt deze moorden al snel als een lynchpartij met raciale motieven.
De gouverneur, bang voor negatieve publiciteit, vreest voor zijn baan als deze zaak niet snel word opgelost. In zijn wanhoop zoekt hij contact met Lucas Davenport.
Davenport werkt sinds kort als troubleshooter in het district Minnesota. Elke zaak die ingewikkeld of precair is, kan rekenen op zijn aandacht en tijd. Wanneer Davenport het onderzoek start, blijkt al snel dat het raciale motief onhoudbaar is en dat hier iets veel weerzinwekkenders achter steekt...

'Spannende en weer zeer onderhoudend geschreven thriller.'

NBD

'Wat was dat in godsnaam?' zei de rokende man en hij wendde zijn blik van Faith af om in de richting van het geluid te turen. Faith wist het antwoord op die vraag ook niet. Zoiets had ze nog nooit gehoord. De vreemde, metaalachtige ondertoon van het geluid hoorde absoluut niet thuis op deze prachtige, groene, natuurlijk plek en joeg haar de stuipen op het lijf.

ISBN 90 229 9175 X

Cathy Hapka

Lost, Bedreigde soort

Faith Harrington neemt vlucht 815 van Oceanic Airline van Sydney naar Los Angeles, maar ze zal daar nooit aankomen. Het vliegtuig stort neer op een tropisch eiland in de Stille Oceaan en slechts 48 passagiers overleven de crash. Vrienden, vijanden en vreemden: gestrand zonder dat er hulp in aantocht is. En al snel komen de overlevenden erachter dat ze niet op een gewoon eiland zijn beland…

Door haar kennis van de natuur zou Faith een belangrijke rol kunnen spelen op het eiland. Maar de gebeurtenissen die ertoe hebben geleid dat ze aan boord ging van vlucht 815, hebben haar onzeker en berouwvol gemaakt. Faith draagt een geheim met zich mee dat niet mag worden onthuld en al gauw blijkt dat zij hierin niet de enige is. Zal deze mysterieuze nieuwe wereld waarin ze is terechtgekomen Faith de mogelijkheid bieden om opnieuw te beginnen? Of is zij het volgende slachtoffer van de dodelijke gevaren die het eiland herbergt?

Bedreigde soort is het eerste boek in een nieuwe reeks gebaseerd op de populaire tv-serie *Lost.*

'Je weet wat zamochit *betekent?' vroeg hij. 'Dat al je botten worden gebroken?'*
Klaarblijkelijk wist Yelizaveta dat, want ze begon hysterisch te schreeuwen.
'Mooi zo,' zei de Wolf terwijl hij de slanke linkerpols van de vrouw vastgreep. 'Vandaag gaat alles echt van een leien dakje.'
Hij begon met Yelizaveta's pink, alleen haar pinkje.

ISBN 90 229 8976 3

James Patterson

Zij die gaan sterven

Op klaarlichte dag vernietigt een bom een stad in het midden van de Verenigde Staten. Het is een waarschuwing aan het Westen: betaal ons, anders is de volgende keer Londen, Parijs, New York of Frankfurt het doelwit. Het dreigement wordt uitermate serieus genomen, zeker als duidelijk wordt dat het afkomstig is van de Wolf, een oude bekende van Alex Cross. De FBI, Scotland Yard en Interpol slaan de handen ineen om een ramp af te wenden.

'Een compleet pakket van spanning, emotie en pakkende personages in een minimaal aantal woorden.'

Publishers Weekly

'Verdomme!' schreeuwde Mickey. Hij beukte woedend met zijn vuist op een ingelijste prent aan de muur, wat hem een paar bebloede knokkels opleverde.
De Pollock was verdwenen. Net als de Picasso en de Cézanne. Hij wilde degene vermoorden die dit had gedaan – degene die zijn dromen had gestolen.
Ze waren erin geluisd!

ISBN 90 229 9179 2

James Patterson

Zomer van verraad

Ned Kelly is opgegroeid in een van de armste wijken van Boston. Zijn vrienden zijn stuk voor stuk in het criminele milieu terechtgekomen, maar Ned is erin geslaagd om aan de goede kant van de wet te blijven. Dan wordt hij overgehaald om toch voor één keer zijn vrienden te helpen bij een inbraak in Palm Beach, Florida. De beoogde buit bestaat uit drie schilderijen die op de zwarte markt vijftig miljoen zullen opleveren. Maar het plan loop volkomen in het honderd...
Neds vrienden vinden de dood en Ned zelf slaat op de vlucht.
Terwijl de FBI begint aan wat de grootste klopjacht in de geschiedenis zal worden, probeert Ned in Florida bewijs te verzamelen voor zijn onschuld.

'Een thriller vol actie en verrassingen.'

Publishers Weekly

Een labyrint van gangen en uitpuilende boekenkasten klom omhoog vanaf de basis tot aan de top, en een bijenkorf tekende zich af met tunnels, trappen, platformen en bruggen die een gigantische bibliotheek met een onmogelijke geometrie deden vermoeden. Ik keek naar mijn vader, sprakeloos. Hij glimlachte naar me en knipoogde. 'Daniel, welkom in het Kerkhof der Vergeten Boeken.'

ISBN 90 5672 078 3

Carlos Ruiz Zafón

De schaduw van de wind

Als Daniel op een dag door zijn vader wordt meegenomen naar het Kerkhof der Vergeten Boeken en daar een boek uitkiest met de titel *De schaduw van de wind*, is zijn leven voorgoed veranderd. Vanaf dat moment wordt Daniel beheerst door de personages die het boek bevolken. Hij raakt geïntrigeerd door de schrijver ervan, Julián Carax, en gaat naar hem op zoek. Het ene na het andere verhaal wordt verteld en zo ontspint zich een web van verhalen, waarin de levens van Daniel en Julián steeds meer met elkaar verweven raken...

Een duizelingwekkend verhaal tegen de schitterende achtergrond van een mysterieus Barcelona.

'Een geweldige, romantische leeservaring.' – STEPHEN KING

'Een bestseller à la Gaudí.' – TROUW

'Belofte uit Barcelona.' – HET NIEUWSBLAD